Michael Wilcke

Der Bund der Hexenkinder

Historischer Roman

atb aufbau taschenbuch

ISBN 978-3-7466-2656-7

Aufbau Taschenbuch ist eine Marke
der Aufbau Verlag GmbH & Co. KG

1. Auflage 2010

Umschlaggestaltung Mediabureau Di Stefano, Berlin
unter Verwendung zweier Motive von Bridgeman Art Library
und eines Motivs von © Soubrette/iStockphoto
Kartenillustration: Jessica Krienke
Satz LVD GmbH, Berlin
Druck und Binden Druckerei C. H. Beck, Nördlingen
Printed in Germany

www.aufbau-verlag.de

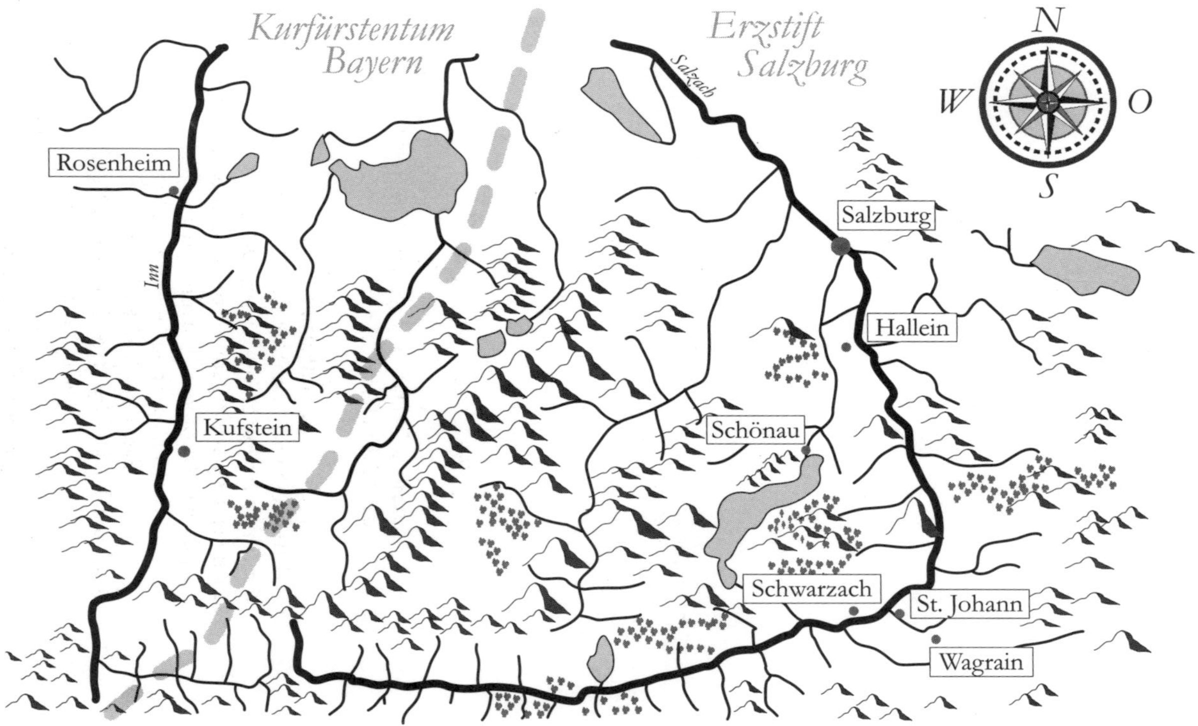
Kurfürstentum Bayern
Erzstift Salzburg
N
W
O
S
Salzach
Rosenheim
Inn
Salzburg
Hallein
Kufstein
Schönau
Schwarzach
St. Johann
Wagrain

Prolog

Sybilla keuchte. Ihre Mutter Josefa hielt ihre Hand in einem festen Griff und zerrte sie so hastig durch die engen Gassen Salzburgs, als wäre sie eine Aussätzige, die den Menschen in der Stadt den Tod bringen würde. Mehrere Male stolperte Sybilla, doch die Mutter riss dann sofort heftiger an ihrem Arm, damit sie weiterlief. Die klirrende Kälte an diesem Januarmorgen des Jahres 1658 kniff wie eine Zange in Sybillas Wangen, und bei jedem Schritt über den vereisten Boden glaubte sie, auszurutschen und zu stürzen.

Die Domuhr schlug zur sechsten Morgenstunde. Aus einigen Häusern waren Stimmen zu hören und hier und da das Klappern von Türen. Die Bürger Salzburgs bereiteten sich auf den neuen Tag vor, doch noch blieben die dunklen Straßen verlassen. Nur einige magere Hunde strichen umher. Sybilla strauchelte erneut und sackte schmerzhaft auf die Knie. Dieses Ungeschick brachte ihr zwei klatschende Maulschellen ein, die ihr Josefa mit zornigem Gesicht verpasste. Sybilla hob abwehrend die Hände, um sich zu schützen, und wimmerte. In den sechzehn Jahren ihres Lebens war sie häufig von ihrer Mutter mit wütenden Worten gescholten worden, doch nie zuvor hatte sie sich so erniedrigt gefühlt wie in diesem Moment, als sie hier in der Kälte auf den Knien geohrfeigt wurde.

Josefa griff in Sybillas Haare und zog sie grob zurück auf die Beine.

»Eil dich!«, schimpfte ihre Mutter. »Wenn die Kutsche

ohne dich abfährt, treibe ich dich auf deinen Füßen aus der Stadt.«

Sybilla schwieg nur und versuchte, mit Josefa Schritt zu halten. Sie konnte verstehen, dass ihre Mutter so hartherzig mit ihr umging. Die Sünde, die sie auf sich geladen hatte, rechtfertigte diesen Zorn. Und doch wünschte sie sich einige tröstende Worte, denn sie war im Begriff, Salzburg für lange Zeit, vielleicht sogar für immer, zu verlassen und damit auch alle Menschen, die ihr lieb und teuer waren.

Vor allem quälte sie der Gedanke, dass sie sich nicht mehr von Sebastian hatte verabschieden können. Die Trennung trieb ihr die Tränen in die Augen.

Sie erreichten die Bürgerstadt und kamen bald am Waagplatz an. In den vergangenen Jahren hatte Sybilla hier zu mehreren Gelegenheiten inmitten einer dichtgedrängten Menschenmasse verfolgt, wie die sechsunddreißig Mitglieder des Rates unter freiem Himmel auf hufeisenförmig angeordneten Bänken Platz genommen hatten, um auf der Schranne das Gericht abzuhalten. An diesem Morgen war der Platz verlassen, und doch fühlte sich Sybilla, als hätte man auch über sie ein Urteil gesprochen und eine schreckliche Strafe verhängt.

Am Rande des Waagplatzes trafen sie auf eine vierspännige Kutsche, vor der zwei Männer und eine Frau standen, die sich frierend die Arme rieben. Ein schlaksiger Kerl, wahrscheinlich der Kutscher, verstaute derweil Gepäckstücke auf dem Dach des Wagens und schwenkte dabei eine Laterne.

Josefa ließ Sybillas Hand los und trat auf den Mann mit der Laterne zu. Während die beiden miteinander sprachen und die Mutter ihm einige Münzen reichte, legte Sybilla eine Hand auf ihren Bauch, der sich bereits ein wenig wölbte. Der Gedanke an das Kind, das sie erwartete, machte ihr das Herz schwer. Nachdem das Geheimnis um ihre

Schwangerschaft verraten worden war, hatte man Sebastian gezwungen, sich von ihr abzuwenden. In der vergangenen Woche war er ihr ausgewichen, und sie hatten nicht mehr miteinander sprechen können. Hatte er sich so schnell damit abgefunden, dass sie Salzburg verlassen und er sein Kind womöglich niemals zu Gesicht bekommen würde? Sie wollte das nicht glauben.

Eine Hand legte sich auf ihre Schulter und zog sie rüde herum. »Verflucht sei er, der Bankert!«, zischte die Mutter mit einem giftigen Blick auf Sybillas Bauch. Josefa schüttelte verständnislos den Kopf. »Warum nur straft mich Gott mit dieser Schande.« Die Mutter schob sie zur Kutschentür. »Du hast hoffentlich nicht vergessen, was du tun wirst, wenn du in Rosenheim angekommen bist.«

»Ich suche eine Frau namens Maria Rogan auf und übergebe ihr den Brief, den du mir in mein Bündel gesteckt hast«, erwiderte Sybilla fügsam und senkte dabei den Blick.

»Sie wird dir bei der Geburt zur Seite stehen.« Josefa beugte sich an ihr Ohr und raunte: »Du wirst mindestens ein Jahr in Rosenheim bleiben und auch nur ohne das Kind zurückkehren. Sollte Gott dir vergeben, wird er den Bastard nicht am Leben lassen. Ich bete dafür, dass dir der Herr diese Gnade erweist.«

Ohne etwas darauf zu erwidern, wandte Sybilla sich um und setzte sich in die Kutsche. Nach ihr stieg ein Kerl ein, den ein widerlicher Geruch nach ranzigem Öl umgab. Ihm folgten ein kahlköpfiger alter Mann und eine fette Frau, die sich schnaufend neben ihr niederließ und sie dabei gegen den Holzrahmen drückte. Als sich die Kutsche ruckelnd in Bewegung setzte, schaute Sybilla aus dem Fenster, doch ihre Mutter hatte bereits den Rückweg angetreten und stapfte davon, ohne sich noch einmal umzudrehen.

Während die Kutsche die Bürgerstadt passierte und in die Gstättengasse einbog, zog sie aus ihrem Rockschurz ein kleines silbernes Kruzifix hervor. Sie hatte es gestern Abend auf ihrer Bettstatt gefunden, und sie hatte geweint, als ihr klar geworden war, dass dies die letzte Aufmerksamkeit sein würde, die Sebastian ihr zuteil werden ließ.

Sybilla streckte den Kopf aus dem Fenster. Der eisige Fahrtwind schnitt in ihr Gesicht. Aus zusammengekniffenen Augen machte sie in der Dämmerung die steilen Hänge des Mönchbergs aus. Im vergangenen Jahr hatte sie sich dort häufig mit Sebastian zu ihren verbotenen Treffen zurückgezogen. Zwischen Holundersträuchern und wildem Hopfen hatten sie sich geküsst und schon bald im Rausch ihrer Leidenschaft jedes Verbot missachtet. Nun hatte Sybilla die Konsequenzen dafür zu tragen.

Die Kutsche durchquerte das Klausentor und ließ damit die Stadt Salzburg hinter sich. Wehmütig strich Sybilla mit der Hand über ihren Bauch. Ihre Mutter hatte behauptet, das Kind sei verdammt, weil es der Saat des Teufels entsprungen war, doch insgeheim hoffte Sybilla, dass ihrem Sohn oder ihrer Tochter Gnade widerfuhr. Sie wollte nicht, dass dieses Kind starb. Und wenn diese Hoffnung zur Folge hatte, dass sie sich von Salzburg fernhalten musste, dann würde sie auch die Bürde auf sich nehmen, für immer in Rosenheim oder an einem anderen entfernten Ort zu leben.

Erster Teil

Kapitel 1

Es bereitete Robert Bernau keine Mühe, seinen Gegner einzuschätzen. Er kannte Caspar Stössel seit seiner Kindheit, denn sie waren im selben Jahr geboren worden. Doch damit fanden die Gemeinsamkeiten der beiden Zwanzigjährigen auch schon ein Ende. Im Gegensatz zu Caspar, dem Sohn eines wohlhabenden Kaufmanns, stammte Robert aus ärmlichen Verhältnissen. Er schlug sich mit Gelegenheitsarbeiten durchs Leben, ging beizeiten dem Gerbermeister zur Hand, unter dessen Dach seine Mutter und er vor einigen Jahren untergekommen waren, oder verbrachte seine Zeit damit, begüterten Taugenichtsen wie Caspar Stössel das allzu locker sitzende Geld an den Spieltischen in den Tavernen abzunehmen.

In Caspar glaubte er nun genau das richtige Opfer vor sich zu haben. Dessen Vater hatte einige Jahre nach dem Ende des großen Krieges die Schweizer Eidgenossenschaft verlassen und war nach Rosenheim gekommen, wo er mit dem Handel von Kalk, Seide, Holz und Salz über die Innschifffahrt rasch ein ansehnliches Vermögen angehäuft hatte. Und diesen Wohlstand trug nun vor allem Caspar zur Schau, obwohl jedermann wusste, dass er seinem geschäftstüchtigen Vater nicht das Wasser reichen konnte. Dem behäbigen und launischen Caspar schien es zu gefallen, als galanter Kavalier aufzutreten. Er trug stets einen knielangen, taillierten Schoßrock, den er mit allerlei Bandschmuck, Rosetten und Schluppen hatte verzieren lassen. Sogar seine

Schuhe waren mit bunten Schleifen geschmückt. Zudem frönte er seit einigen Wochen einer neuartigen Mode, indem er eine bauschige Perücke trug, deren Lockenpracht so fein gekräuselt war, dass er wie ein Pudel ausschaute, und sein feistes Gesicht, aus dem zwei bösartig funkelnde Schweinsaugen hervorstachen, schminkte er mit hellem Puder.

Die beiden saßen sich im Gasthaus Bruckladner wie zwei kampflustige Hunde gegenüber, die sich mit lauerndem Blick abschätzten. Zwar fletschten sie noch nicht die Zähne, doch die zahlreichen neugierigen Zuschauer, die sich um ihren Tisch versammelt hatten, ließen keinen Zweifel daran aufkommen, dass sich hier ein besonderes Duell abspielte. Sogar der Schankwirt Humbert hatte sich eingefunden, obwohl er nur selten die Zeit fand, das Geschehen an den Spieltischen zu verfolgen. Und wenn, dann hielt er sich zumeist nur an den Würfel- und Kartentischen auf, die in einem Nebenraum untergebracht waren.

Robert und Caspar indes hatten mitten im Schankraum Platz genommen. Hier befand sich ein Tisch, in dessen Holzplatte drei ineinanderliegende, mit Linien verbundene Quadrate geritzt worden waren. Die Linien waren bereits ausgeblichen, die Oberfläche des Holzes war mit zahlreichen Kerben übersät. Wahrscheinlich hatten sich schon lange vor Roberts Geburt die Gäste der Bruckladner-Taverne an diesem Tisch die Zeit mit dem Mühlespiel vertrieben.

Caspar rümpfte die Nase. Die Luft war stickig vom Tabakqualm und von dem Rauch, der von dem großen Herd aufstieg, wo über dem Feuer fetttriefendes Fleisch gebraten wurde. Die schrillen Klänge einer Fidel und einer Querflöte untermalten die johlenden Stimmen der Betrunkenen. Schankbuben rannten mit Bier- und Weinkrügen zwischen den Tischen umher. Obwohl es noch früh am Abend war, hatte Robert bereits zahlreiche Männer gesehen, die mit den Köpfen auf die Tische gesunken waren und ihren Rausch ausschliefen. Er selbst hatte bislang nur einige Becher verdünnten Wein zu sich genommen. Für ihn stand bei dieser Partie gegen Caspar Stössel viel Geld auf dem Spiel. Darum würde er sich erst später betrinken.

»Wird dir die Luft knapp?«, fragte Robert belustigt. Er hatte Caspar in den vergangenen Monaten nur selten in der verrauchten Taverne zu Gesicht bekommen, der eitle Pfau schien in diesem Dunst regelrecht nach Atem zu ringen. »Vielleicht möchtest du vor dem Spiel noch einen Augenblick auf die Straße treten.«

Ein pockennarbiger Bursche, der hinter Caspar stand, richtete drohend einen Finger auf Robert und warnte ihn: »Werde nur nicht frech!« Robert kannte seinen Namen nicht, aber ihm war aufgefallen, dass der Kerl Caspar nicht von der Seite wich und sich wohl berufen fühlte, seinen Kumpan zu verteidigen.

»Er ist den Gestank gewiss gewohnt«, erwiderte Caspar mit einem hämischen Grienen. Er schob die Hand unter seinen Schoßrock, holte eine Silbermünze hervor und legte sie auf den Tisch. »Was ist? Kann ich deinen Einsatz sehen?«

Robert schüttelte einige Kupfermünzen aus einem Lederbeutel auf seine Hand und zählte sechzig Kreuzer ab, was dem Gegenwert des silbernen Guldens entsprach, den Caspar als Einsatz gebracht hatte. Für dieses Geld hatte er zwei Wochen lang für die Fasszieher am Innlände geschuftet, faulende Tierkadaver für den Abdecker geschleppt und einige stinkende Aborte gereinigt. Wenn er dieses Spiel und damit den Einsatz verlor, wäre die gesamte Anstrengung umsonst gewesen. Ihm würden dann nur wenige Kreuzer bleiben, mit denen er nicht mal mehr einen Krug Dünnbier in dieser Taverne bezahlen konnte.

Also durfte er nicht verlieren.

Üblicherweise wurden im Gasthaus Bruckladner fünf Gewinnpartien ausgetragen, um einen Einsatz zu erringen. Caspar und Robert hatten sich jedoch darauf geeinigt, dass nur eine einzige Partie – sofern sie nicht unentschieden endete – über Sieg oder Niederlage entscheiden sollte.

Unter den Schaulustigen machte Robert nun auch zwei ihm bekannte Frauengesichter aus. Ihm gegenüber hatte die Hure Apollonia einen vorderen Platz in der Menge ergattert. Sie war ohne Zweifel die hübscheste der drei Dirnen, die in den oberen Räumen für Humbert arbeiteten. Robert nahm an, dass Apollonia ihm den Sieg wünschte, denn er hatte ihr versprochen, noch am Abend ihre Dienste in Anspruch zu nehmen, wenn er Caspar Stössel den Gulden aus der Tasche zog.

Die andere Frau hatte ihn zur Bruckladner-Taverne begleitet. Helene Holt war entsetzt darüber gewesen, wieviel Geld Robert aufs Spiel setzte, um gegen Caspar anzutreten.

»Der Einsatz ist viel zu hoch«, hatte sie geklagt, als wäre sie seine Ehefrau, die ihn maßregeln wollte. Robert schlug ihre Warnung in den Wind. Er verstand auch nicht, warum sie sich überhaupt um ihn sorgte. Sie waren weder verheiratet, noch teilten sie das Bett miteinander. Helene wohnte mit ihrem Sohn zwar im selben Haus, in dem auch Robert und seine Mutter untergekommen waren, aber das gab ihr nicht das Recht, ihm vorzuschreiben, was er zu tun und zu lassen hatte. Sie hielt ihn für einen Hasardeur und hatte nicht begriffen, dass er sein Geld schon lange nicht mehr für Glücksspiele einsetzte.

Früher hatte er so manchen Abend bis in die tiefe Nacht hinein an den Karten- und Würfelspielen teilgenommen, die Humbert regelmäßig in einem kleinen Nebenraum betrieb. Beim Faro, Wurfzabel oder auch beim Gänsespiel hatte er immer wieder Geld verloren, bis er es leid war, sich einzig auf die Launen Fortunas zu verlassen. Glück spielte hingegen beim Setzen der Steine auf dem Mühlefeld keine Rolle. Es gab keine Spielkarten, die dem Gegner Vorteile verschafften, und keine Würfel, die unglücklich fielen. Allein das taktische Geschick war von Bedeutung – und Robert war überzeugt, davon in einem Übermaß gesegnet worden zu sein.

Schon als Kind hatte er das Mühlespiel hervorragend beherrscht. Seine Mutter Sybilla hatte es ihm beigebracht, indem sie die Quadrate mit einem Holzstab in die Erde gezeichnet und Bohnen als Spielsteine benutzt hatte. Bald darauf hatte sie kaum mehr eine Partie gegen ihn gewinnen können, und ihr war die Lust vergangen, sich mit ihrem Sohn bei diesem Spiel zu messen. Robert hingegen hatte seine Fertigkeiten in zahlreichen Auseinandersetzungen mit geschickten Gegnern verbessert, und von den weniger guten Spielern waren immer wieder Münzen in seine Tasche gewandert. Für dieses Geld hatte er vor einigen Monaten dann ein kunstvoll bedrucktes Kartenspiel erstanden, das mit den Farben und Figuren des französischen Pikettblattes bedruckt war. Der fahrende Händler, von dem er diese Karten erworben hatte, brachte ihm zudem noch einige Kunststücke bei, die geschickte Finger erforderten, doch nach beharrlichem Üben gelang es ihm schon bald, andere Menschen in Erstaunen zu versetzen, wenn er eine der Karten plötzlich in seiner Hand verschwinden ließ oder scheinbar mühelos erriet, welche Karte die Person zuvor aus dem Stapel gezogen hatte. Seine Mutter betrachtete seine Leidenschaft für das Spiel um Geld mit Argwohn und hatte des Öfteren ihr Missfallen darüber geäußert, dass er versuchte, auf diese unredliche Weise anderen Männern die Münzen aus den Taschen zu locken. Um sie nicht weiter zu beunruhigen, verschwieg er ihr darum zumeist, dass er regelmäßig an die Spieltische zurückkehrte und seine Einsätze immer höher wurden.

Auch Helenes fünfjähriger Sohn Adam war an den Tisch getreten und streckte sich, um das Spielfeld zu betrachten, doch sofort langte dessen Mutter nach seinem dünnen Arm und zog ihn zurück. Mit mürrischer Miene verfolgte sie, wie Robert und Caspar die Spielsteine bereitlegten. In Gedanken malte sich Robert bereits aus, dass er ihr von seinem Gewinn ein seidenes Haarband und Adam eine Handvoll Zuckerwerk kaufen würde. Seine Großzügigkeit würde sie beschämen, und vielleicht verstand sie dann endlich, dass ein guter und geschickter Spieler in einer Stunde mehr Münzen in seine Taschen bekommen konnte als manch fleißiger Handwerker in der ganzen Woche.

Die Partie begann. Robert blieb nicht verborgen, dass unter den Gaffern Nebenwetten über den Spielausgang abgeschlossen wurden und dass er dabei als Favorit gehandelt wurde. Sogleich lenkte er seine Aufmerksamkeit aber wieder voll und ganz auf das Spielfeld. Eine Partie Mühle konnte in drei Phasen unterteilt werden. Zunächst die Eröffnung, in der jeder Spieler abwechselnd seine neun Steine auf die Schnittpunkte der Linien verteilte. In der mittleren Phase durften die Steine von einem Punkt zum nächsten gezogen werden, mit dem Ziel, drei Steine waagerecht oder senkrecht nebeneinander zu platzieren, um eine *Mühle* zu bilden und so einen Stein des Gegners aus dem Spiel zu nehmen. Konnte man sieben Steine des Gegners entfernen oder blockierte man dessen Steine so, dass es ihm nicht mehr möglich war, einen Zug auszuführen, hatte man das Spiel gewonnen. Besaß ein Spieler allerdings nur noch drei Steine, dann durfte er springen, also seine Steine auf einen beliebigen freien Platz setzen – ein Vorteil, der nicht zu unterschätzen war.

Robert bot Caspar an, das Spiel mit den weißen Steinen zu beginnen. Der ging auch, ohne zu zögern, darauf ein und stapelte die kleinen Plättchen auf seiner Seite. Viele Spieler bevorzugten es, die Eröffnung auszuführen, so dass sie beim

Setzen immer einen Stein voraus waren. Robert wusste aus Erfahrung, dass es aber ebenso ein Vorteil sein konnte, den letzten Stein auf das Feld zu bringen. Er hütete sich davor, allzu schnell eine Mühle zu bilden, denn besonders an den inneren und an den äußeren Quadraten konnten seine Steine rasch blockiert werden. Für eine möglichst große Bewegungsfreiheit war es unumgänglich, zuerst die mittlere Kreuzung zu besetzen.

Caspar grübelte deutlich länger über jeden Stein, den er auf das Spielfeld legte. Er kratzte sich die Stirn, rieb an seinem Kinn und atmete jedes Mal schnaufend aus, wenn er dann endlich seinen Zug ausführte. Robert befand, dass Caspar nicht so ungeschickt spielte, wie er es erwartet hatte, aber die Mühe, die seinem Gegenüber diese Entscheidungen bereiteten, bewies ihm, dass er Caspar richtig eingeschätzt hatte. Der Sohn des Kaufmanns war der unerfahrenere und damit auch schwächere Spieler von ihnen.

Robert konnte mit seinem Spiel zunächst zufrieden sein. Er hatte eine symmetrische Stellung der Spielsteine verhindert, die den weißen Spieler in eine vorteilhafte Position gebracht hätte, und als er seinen letzten Stein platzierte, war er davon überzeugt, dass er nur noch auf einen Fehler seines Gegners warten musste, um diese Partie und damit den Silbergulden zu gewinnen.

Die umstehenden Gaffer hielten sich inzwischen mit ihren Kommentaren zurück und verfolgten das Spiel größtenteils schweigend. Robert wechselte erneut einen kurzen Blick mit Helene und zwinkerte ihr zu. Sie jedoch verzog keine Miene.

Inzwischen war es Robert gelungen, den ersten von Caspars Steinen vom Spielfeld zu entfernen. Der fluchte nur leise und stützte den Kopf auf seine Hände, während er überlegte. »Du spielst recht geschickt«, sagte Caspar nach einer Weile. »Wie kann es sein, dass ein einfacher Tagelöhner – ein Bursche von schlichtem Verstand – dieses schwierige Spiel so gut beherrscht?«

Robert wusste nicht, ob er Caspars Bemerkung als Kompliment oder als Beleidigung auffassen sollte. Er schnaufte nur abfällig, dann erwiderte er: »Seidene Bänder und falsche Locken zeugen nicht unbedingt von der Klugheit eines Mannes.«

»Wohl wahr.« Caspar griente. »Vielleicht war ja aber dein Vater ein kluger Mann. Damit würde sich vieles erklären lassen. Zu schade, dass du nicht weißt, ob deine Mutter dereinst von einem Gelehrten oder einem tumben Idioten besprungen wurde.«

Dies war nun ohne jeden Zweifel eine Beleidigung. Robert spürte, wie ihm das Blut in den Kopf schoss. Er konnte damit umgehen, wenn man ihn wegen seines niederen Standes schmähte, aber er würde es nicht hinnehmen, dass Caspar seine Mutter in den Dreck zog. Robert sprang auf und krallte seine Hände am Spieltisch fest. Als hätte sie geahnt, was geschehen würde, war Helene hinter ihn geeilt und legte ihre Hände auf seine Schultern, um ihn zurück auf den Stuhl zu drücken, was ihr aber nicht gelang.

»Noch ein weiteres Wort, Caspar, und du wirst mit einer gebrochenen Nase den Heimweg antreten!«, rief Robert.

Caspar gab sich von dieser Drohung unbeeindruckt. »Wenn du den Tisch umwirfst, gilt das Spiel für dich als verloren.«

»Bring es zu Ende!«, zischte Helene in sein Ohr. Robert setzte sich wieder und führte den nächsten Zug aus. Es fiel ihm nun schwerer, sich zu konzentrieren. Immer wieder schaute er in die Gesichter der Umstehenden, denen der Streit wohl gefallen hatte, denn die meisten von ihnen feixten und lachten verhalten. Caspar gab sich völlig unbeteiligt, und es schien ihn auch nicht zu stören, dass Robert ihn mit finsterer Miene anstarrte.

Roberts Herz pochte wild, und seine Hände zitterten noch immer vor Wut. Sein verdammtes Temperament hätte ihn fast dazu gebracht, den Tisch umzuwerfen und Caspar den Sieg zu schenken. Es ärgerte ihn, dass er sich wieder einmal nicht zu beherrschen gewusst hatte.

Nachdem Caspar seinen Zug ausgeführt hatte, verschob Robert, ohne lang zu überlegen, den nächsten Stein. Sein Gegenüber lachte leise, und sofort begriff Robert, dass ihn seine Unaufmerksamkeit zu einem dummen Spielzug verleitet hatte. Caspar nutzte dies aus, indem er zwei offene Mühlen bilden und diese nach Belieben öffnen und schließen konnte, so dass Robert nun einen Stein nach dem anderen verlor. Robert zwang sich zur Ruhe. Er besaß noch vier Steine. Wenn Caspar einen weiteren Stein aus dem Spiel nahm, würde er springen können, und mit einigen geschickten Spielzügen war es dann immer noch möglich, das Spiel zu gewinnen. Er atmete tief durch und unterdrückte seinen Ärger.

Caspar schien zu spüren, dass die entscheidende Phase der Partie bevorstand, denn er unternahm einen weiteren Angriff auf Roberts Konzentration.

»Nein, ich glaube nicht, dass dein Vater ein Idiot war«, sagte Caspar. Sein Tonfall klang vorsichtig, als wolle er abschätzen, wie weit er gehen konnte, bevor er Roberts Temperament erneut zum Ausbruch brachte. Und jedes seiner Worte fachte das Feuer an, das Robert nur noch mühsam unter Kontrolle hielt.

»Deine Mutter scheint auf kluge Männer durchaus anziehend zu wirken. Es heißt, sogar der Schiffmeister Stollberg kann nicht die Augen von ihr lassen, wenn sie Aufgaben in seinem Haushalt erledigt. Um welche Dienste mag es sich dabei wohl handeln?«

Er will mich nur aus dem Spiel bringen, dachte Robert und zwang sich, ruhig zu bleiben. Ohne Caspar eines Blickes zu würdigen, führte er seinen Zug aus.

»Man sagt, Weiber aus den unteren Schichten üben eine starke Anziehung auf die Herren des höheren Standes aus.« Während einige der Umstehenden über die Bemerkung kicherten, verschob Caspar nach kurzem Nachdenken seinen Stein. »Wahrscheinlich liegt es daran, dass solche Frauen eher bereit sind, ihnen im Bett die sündhaftesten Wünsche zu erfüllen.«

Robert stutzte. Caspars Worte schwirrten in seinem Kopf herum, doch die Beleidigungen waren in diesem Moment zweitrangig. Er betrachtete die Konstellation der Spielsteine, und als er begriff, was geschehen war, sprach Caspar das mit deutlicher Genugtuung aus.

»Du bist blockiert und hast damit verloren.«

Er hatte recht. Es war Robert nicht möglich, einen seiner verbliebenen Steine zu verschieben. Caspars Provokationen hatten ihn unaufmerksam werden lassen und zu einem weiteren Fehler verleitet. Neben ihm seufzte Helene vernehmlich.

Caspars Kumpan lachte laut auf und klang dabei wie ein schreiender Esel. Er klopfte Caspar auf die Schultern und reichte ihm einen Krug Bier.

Einen Augenblick lang fühlte sich Robert wie zu Stein erstarrt. Ein Grollen bahnte sich den Weg von seinem Bauch bis zur Kehle. Dann machte er seiner Wut Luft, indem er den Tisch umwarf und auf Caspar losgehen wollte. Da er das Spiel verloren hatte, konnte er seinem Kontrahenten nun auch die blutige Nase schlagen, die er ihm angedroht hatte.

Mit erhobener Faust machte er einen Schritt auf den Sohn des Kaufmanns zu, doch sofort war Humbert bei ihm und stieß ihn zurück. »Keinen Streit hier!«, grollte der Wirt, und auf sein Zeichen hin wurde Robert von zwei kräftigen Männern gepackt und festgehalten. Er fluchte laut und wand sich in dem festen Griff, während Caspar sich rasch bückte und die Münzen einsammelte, die auf dem Boden verstreut lagen.

Helene baute sich mit verschränkten Armen vor Robert auf und schüttelte den Kopf. »Beruhige dich! Du Dummkopf hast dir schon genügend Schwierigkeiten eingehandelt.«

»Beruhigen soll ich mich?«, keifte er ihr entgegen. »Der Hundsfott hat meine Mutter beleidigt.«

»Trotzdem hat er das Spiel gewonnen«, erwiderte Helene kühl.

Caspar hatte inzwischen seinen Gewinn zusammengerafft und zog sich feixend mit seinem Kumpan in eines der Hinterzimmer zurück. Erst jetzt wurde Robert losgelassen. Er schnaufte noch immer aufgebracht. Einen Moment lang spielte er mit dem Gedanken, Caspar zu folgen, doch dann gewann die Vernunft Oberhand, denn Humbert machte ihm mit einem finsteren Blick klar, dass er ihn bei dem geringsten Ärger auf die Straße werfen lassen würde.

Helene zog an seinem Arm. »Lass uns gehen. Es war kein guter Tag für dich.«

Sollte er sich wie ein geprügelter Hund nach Hause schleichen? Die aufgestaute Wut kochte noch immer in ihm. Vielleicht war es das Beste, er würde sich daheim eine Axt zur Hand nehmen und seinem Ärger Luft machen, indem er einen Klafter Holz in Stücke hackte.

Bevor er Helene jedoch eine Antwort geben konnte, tauchte die Hure Apollonia neben ihm auf und zeigte ihm mehrere Kreuzer in ihrer Hand.

»Die hat Caspar in der Eile wohl übersehen«, meinte sie und zwinkerte Robert aufreizend zu. »Was meinst du? Willst du dich auf seine Kosten ein wenig amüsieren?«

Robert berührte ihr schwarz glänzendes Haar und vergaß die Axt. Er drehte er sich zu Helene um und raunte ihr zu: »Geh allein zurück. Und bitte sag Sybilla nicht, dass ich mein Geld verloren habe.«

Helene beäugte skeptisch die Dirne und verzog das Gesicht. »Caspar wird seinen Triumph morgen zum Stadtgespräch machen. Und auch Sybilla wird dann erfahren, was ihr Sohn für ein Tölpel ist.« Aufgebracht zog sie an seiner Hand, als wolle sie ihn so aus der Gewalt der Hure befreien, doch Robert hatte schon einen Arm um Apollonias Hüfte gelegt und rührte sich nicht vom Fleck.

»Schweig heute einfach über meine Dummheit«, bat er Helene noch einmal, dann ließ er sie im Schankraum stehen und folgte Apollonia in eine Dachkammer, in der sich nur eine schmale Bettstatt befand.

Robert schloss die Tür hinter sich und machte sich Luft, indem er dreimal kräftig gegen die Wand schlug – so fest, dass seine Hand schmerzte.

»Spar dir die Kraft für mich auf.« Apollonia zog neben dem Bett einen Eimer hervor. »Es war gewiss nicht schmeichelhaft, was Caspar über deine Mutter gesagt hat, aber du solltest lernen, dein Temperament zu zügeln.«

Robert setzte sich auf das Bett, in dem er schon so manch lustvolle Nacht mit Apollonia verbracht hatte, und seufzte: »Wenn mein Blut in Wallung gerät, setzt mein Verstand aus. So war es schon immer.«

»Besonnenheit ist also nicht deine Stärke«, sagte sie.

»Besonnenheit?« Robert schnaubte. »Wie kann ich besonnen sein, wenn dieser Ochse meine Mutter beleidigt? Er hat angedeutet, sie hätte ein Verhältnis mit dem Schiffmeister Stollberg. Welch ein Unsinn!« Schon oft hatte Sybilla darüber geklagt, dass Rudwin Stollberg ihr nachstellte und sie mit zweideutigen Bemerkungen in Verlegenheit brachte, obwohl er ein verheirateter Mann war. Sie hatte vor Robert keinen Hehl daraus gemacht, dass sie in dem Schiffmeister nur einen Widerling sah und sein Haus nur aufsuchte, um sich ihren Lohn zu verdienen, indem sie dessen Gesinde ab und an bei der großen Wäsche unterstützte oder für Rudwin auf die sumpfigen Weiden ging, um das Moos zu sammeln, mit dem die Fugen der Schiffsbretter auf den Schopperplätzen abgedichtet wurden.

»Rudwin ist ein Schwein«, fügte er an.

»Ich weiß«, meinte Apollonia und raffte ihre Röcke hoch. »Er sucht mich an jedem Freitagabend auf, lässt sich von mir im Zuber waschen und mag es besonders, wenn ich ihm dabei kräftig den Anus reibe. Aber er bezahlt mich anständig für diese Dienste.« Sie hockte sich über den Eimer, bemerkte aber, dass Robert sie nicht aus den Augen ließ.

»Dreh dich um!«, verlangte sie.

Er lachte. »Warum? Ich kenne deinen Körper fast besser als meinen eigenen.«

»Deshalb musst du mir aber nicht beim Pissen zuschauen.«

»Glaubst du etwa, das würde mich erregen?«

Sie rollte mit den Augen. »Mir sind schon Männer mit weit seltsameren Vorlieben untergekommen.«

Robert erhob sich, trat zum Fenster, das zur Straßenseite lag und drehte Apollonia den Rücken zu. Während sie sich erleichterte, öffnete er das Fenster und sog die kühle Abendluft ein. Unten hörte er Stimmen und ein heiseres Lachen. Es dämmerte bereits, aber das letzte Tageslicht war noch hell genug, um die beiden Männer zu erkennen, die dort auf die Straße traten.

Er wandte sich um. Apollonia hatte sich aufgerichtet und wollte den Eimer unter das Bett schieben.

»Gib mir den Eimer! Schnell!«, rief er und winkte sie eilig zu sich.

Apollonia rührte sich nicht. Ihre Augen verrieten Skepsis.

»Schau mich nicht an, als wollte ich daraus trinken«, sagte Robert. »Gib ihn mir einfach.«

Sie reichte ihm den Eimer. Robert lehnte sich aus dem Fenster, steckte zwei Finger in den Mund und pfiff laut. Im nächsten Moment reckten sich auch schon Caspar Stössels Gesicht und das seines Begleiters nach oben. Caspar runzelte die Stirn. Robert zögerte nicht und schüttete den Inhalt des Eimers auf sie. Caspar kreischte und schimpfte, als der üble Schauer auf ihn niederging. Sein Kumpan sprang zur Seite, doch auch ihm gelang es nicht mehr, dem Unrat auszuweichen. Rasch schloss Robert das Fenster. Caspars Flüche und Verwünschungen waren nun nur noch gedämpft zu hören.

Er stellte den Eimer zur Seite, wischte die Hände an seiner Hose ab und zog Apollonia an sich, die bereits die Bänder ihres Kleides geöffnet hatte.

»Nun fühle ich mich besser«, sagte er und ließ sich mit der Dirne auf das Bett fallen.

Kapitel 2

Mit eiligen Schritten trat Helene auf das Färbertor zu und wich dabei den Dreckpfützen aus, die die heftigen Regenfälle der letzten Tage hinterlassen hatten. Wie so häufig bedeckte am Beginn des Frühlings eine tiefe Schlammschicht die Straßen Rosenheims.

Fluchend zog sie Adam am Arm, um ihn voranzutreiben. Bei jedem kräftigen Ruck jaulte er auf, gab sich aber weiterhin störrisch wie ein Esel. Wahrscheinlich ließ ihn die Müdigkeit so trotzig werden. Helene stoppte kurz und drohte ihrem Sohn Schläge auf den Hinterkopf an, woraufhin er sofort losheulte. Sie seufzte und stieß ihn unter das Tor, das den Abschluss des Äußeren Marktes zur Färbergasse bildete. Ein Mann taumelte auf sie zu, stolperte in Helenes Arme und säuselte ihr lallend ins Ohr, ob er sie nach Hause begleiten dürfe. Helene versteifte sich, dann warf sie den Betrunkenen zu Boden. Sie stellte sich vor, dass Robert dort vor ihr kauerte, und versetzte dem Kerl einen harten Tritt vor das Hinterteil. Der schrie auf, ballte drohend die Faust und wünschte sie lautstark zum Teufel. Doch er war zu betrunken, um auf die Beine zu kommen. Helene drängte Adam schnell mit sich und durchquerte das Tor.

»Warum hast du den Mann getreten?«, wollte Adam wissen.

»Das Gleiche wird auch dir passieren, wenn du jetzt nicht mit mir kommst«, fauchte sie ihn an.

Von dieser überzeugenden Drohung durchaus beeindruckt, löste Adam den Blick von dem Betrunkenen und hielt nun endlich mit ihr Schritt. Helene bedauerte es bereits, dass sie so rüde mit Adam umging. Im Grunde ließ sie an ihm nur ihre Enttäuschung über Robert aus, weil es sie ärgerte, dass er so dumm gewesen war, sein mühsam verdientes Geld in der Bruckladner-Taverne zu verspielen.

War das wirklich der Grund für ihre schlechte Laune? Nein, Helene gestand sich ein, dass sie sich selbst belog. Es scherte sie doch eigentlich gar nicht, dass Robert sein Geld aufs Spiel setzte. Eigentlich hatte sie sich nur deshalb kaum noch unter Kontrolle, weil er sich lieber mit der Hure Apollonia abgab als mit ihr. Ihn in den Armen dieser Metze zu wissen, zwischen deren Beinen gewiss schon die Hälfte aller Männer aus Rosenheim gelegen hatte, machte Helene rasend.

Ihr Kopf schmerzte. Sie lehnte sich an eine Hauswand und rieb ihre Stirn. »Verfluchter Kerl«, raunte sie, und plötzlich hätte sie über ihre Vernarrtheit heulen können. War es ihr Schicksal, handelte es sich nur um eine Laune der Natur oder mochte gar Zauberei im Spiel sein, dass sie Robert nicht aus ihrem Kopf bekam und ihn stärker begehrte als irgendeinen Mann zuvor in ihrem Leben?

Fünf Jahre lang hatte sie an der Seite ihres Ehemannes Kilian gelebt. Und in all diesen Jahren war sie an keinem einzigen Tag von einem solch unerträglichen Verlangen geplagt worden, wie sie es nun in Roberts Nähe ständig verspürte. Kilian Holt war ihr ein guter Mann gewesen. Er hatte niemals die Hand gegen sie erhoben und ihr sogar dann und wann kleine liebevolle Aufmerksamkeiten zukommen lassen, selbst wenn es sich nur um Blumen handelte, die er auf den Feldern für sie gepflückt hatte. Und er hatte sich stets bemüht, sie zum Lachen zu bringen, auch wenn ihr Tag zumeist nur aus harter Arbeit bestanden hatte. Bei Adams Geburt war er ihr nicht von der Seite gewichen, obwohl die Hebamme damals vehement auf ihn eingeredet hatte, um ihn vom Wochenbett fernzuhalten. Helene war davon überzeugt, dass Kilian niemals eine andere Frau als sie begehrt hatte.

Sie hatten als Landweber auf einem gepachteten Acker in der Nähe Rosenheims Flachs angebaut und diesen in ihrer Kate verarbeitet. Helene hatte die meiste Zeit mit dem Riffeln und Rösten, Brechen und Klopfen des langfaserigen Flachses verbracht, den Kilian auf dem Markt verkauft oder zu Stoffen verarbeitet hatte.

Er war vor fast genau einem Jahr gestorben. Beim Heben schwerer Fässer hatte er sich einen Bruch an der Leiste zugezogen. Nachdem ein Bader ohne Erfolg versucht hatte, den Bruch mit der Hand in die Bauchhöhle zurückzuzwängen und auch eine eiserne Bandage keine Wirkung gezeigt hatte, hatte sich der schmerzgeplagte Kilian an einen Chirurgen gewandt, der einen Bruchschnitt durchgeführt hatte, von dem sich ihr Ehemann nicht mehr erholt hatte. Nach dem Eingriff hatte er fünf Tage an einem heftigen Fieber gelitten, eine Vergiftung seines Blutes hatte ihn schließlich getötet. Helene hatte um ihn geweint, doch vor allem deshalb Tränen vergossen, weil sie wusste, dass sie nun die Pacht für das Land nicht mehr aufbringen konnte und mit ihrem Sohn ein Leben in Armut führen würde. Glücklicherweise unterbreitete ihr der Bruder ihrer Mutter, der Gerber Ludolf Dickart, das Angebot, in seinem Haus zu wohnen. Dort teilte sie sich seit nunmehr elf Monaten eine Dachkammer mit Robert Bernau und dessen Mutter Sybilla und verdiente sich ihr Brot, indem sie ihrer Tante Donata dabei half, den Haushalt zu führen, oder beizeiten als Lohnwäscherin arbeitete.

Es hatte sie verwundert, wie schnell die Trauer um Kilian ihrem Interesse für Robert gewichen war. Robert Bernau und seine Mutter waren wie sie aus wirtschaftlicher Not im Haus des Gerbers untergekommen. Beide leisteten ihre Arbeit im Haus und schlugen sich mit Gelegenheitsdiensten durch. Helene war mit den beiden vom ersten Tag an gut ausgekommen, und das war im Grunde auch eine Notwendigkeit, denn sie lebten in der Dachkammer auf engstem Raum. Ihre Schlaflager waren nur durch ein an einer Stange aufgehängtes Sacktuch voneinander getrennt, so dass kein Geräusch und kein Wort voreinander verborgen blieben.

Die unvermeidliche Nähe in dieser Kammer war ihr aber alles andere als unangenehm, denn da war etwas an Robert, was sie ganz einfach faszinierte. Sie konnte nicht genau bestimmen, womit er ihre Aufmerksamkeit auf sich zog. War es seine Art oder sein Äußeres? Oftmals betrachtete sie Robert verstohlen, wenn er beim Waschen sein Hemd ablegte. Und sie verspürte einen gewissen Reiz dabei, sich selbst zu entblößen, wenn Robert sich in der Kammer aufhielt. Helene gefiel es, seine Blicke auf ihrem Körper zu wissen, auch wenn ihre Brüste nicht mehr so fest waren wie vor Adams Geburt. In vielen Nächten malte sie sich in ihrer Phantasie aus, wie es sein könnte, wenn er sich neben sie legen und sie in seinen Armen halten würde. So manches Mal stiegen ihr dann recht lüsterne Bilder in den Kopf, und wenn sie in der Dunkelheit heimlich mit der Decke zwischen ihren Beinen rieb, stellte sie sich vor, es wären seine Finger, die sie dort berührten. Häufig reichte aber schon der Gedanke an seine blauen Augen, an den Klang seiner Stimme oder aber ganz einfach die Erinnerung an den Geruch seiner Haut aus, um sie in Erregung zu versetzen.

Helene fragte sich, ob Roberts Mutter ahnte, wie sehr sie ihren Sohn begehrte. In all den Monaten hatte sie nie mit ihr darüber gesprochen. Im Grunde gab sich Sybilla ohnehin sehr verschlossen. Helene war zu Ohren gekommen, dass Roberts Mutter vor zwanzig Jahren schwanger in Rosenheim eingetroffen war und seitdem nie mehr einen Mann an ihrer Seite gehabt hatte. Mit ihren sechsunddreißig Jahren war Sybilla noch immer eine hübsche Frau, und darum war es verwunderlich, dass sie es offenbar vorgezogen hatte, ihr Leben wie eine Nonne zu verbringen.

Im Gegensatz zu Sybilla wollte Helene aber nicht allein bleiben. Das Trauerjahr war inzwischen abgelaufen, und es hatte vor einigen Wochen sogar ein Angebot für eine Heirat gegeben, als ein verwitweter Drechsler um sie geworben hatte. Nach reiflicher Überlegung hatte Helene jedoch abgelehnt. Es hatte sie gestört, dass der Werber fast dreißig Jahre älter war als sie. Doch vor allem hoffte sie noch immer darauf, Robert für sich zu gewinnen und sein Verlangen zu wecken. Ihn wollte sie heiraten, und nur mit ihm konnte sie es sich vorstellen, eine neue Familie zu gründen, wenngleich er sich mehr schlecht als recht als Tagelöhner durchs Leben schlug und zudem ein lasterhafter Spieler war. Sein Naturell machte ihn wohl kaum zum geeigneten Kandidaten für einen verlässlichen Vater und Ehemann – und doch reizte Helene genau das an Robert.

Für sie nahm diese Zukunft bereits klare Formen an. Mit dem Wissen, das Kilian ihr vermittelt hatte, könnten Robert und sie als Landweber arbeiten und eine neue Hütte mieten. Adam würde bald alt genug sein, um sie bei der Arbeit auf dem Feld zu unterstützen, und auch Sybilla konnte dann in ihrer Kate leben, wenn sie das denn wollte. Bislang hatte Helene nur noch nicht den Mut gefunden, mit Robert über ihre Gefühle und diese Pläne zu sprechen. Sie ahnte, dass er nur darüber lachen würde, denn leider zeigte er kein ernsthaftes Interesse an ihr, sondern zog es vor, sein Geld an den Spieltischen zu verprassen und sich im Bett einer billigen Dirne zu vergnügen.

Sie erreichten den Häuserblock am Mühlbach, der ringförmig von der Färbergasse umschlossen wurde. Hier war das Handwerk angesiedelt, das auf fließendes Wasser angewiesen war: die Müller, Gerber, Färber und Metzger. Helene und Adam liefen über einen Schotterweg, bis sie den Hof des Gerberhauses ihres Onkels Ludolf betraten. Schon aus der Entfernung nahm man hier den Gestank wahr, der aus den Bottichen stieg, in die Ludolf Schaf- und Ziegenfelle über mehrere Wochen in eine Lauge aus Branntkalk und Wasser tauchte, bevor sie mit einem Eisenschaber enthaart und von Fett- und Hautresten befreit wurden. In dieser Lauge bildete sich ein beißender Geruch, der für Helene in der ersten Zeit kaum zu ertragen gewesen war. Nach und nach hatte sie sich allerdings an den Gestank gewöhnt, der vor allem dann besonders penetrant in der Luft hing, wenn ihr Onkel Ludolf oder Robert mit einem Stecken in den Bottichen rührten. Nicht ohne Grund waren die Weißgerber vor den Toren des Marktes Rosenheim angesiedelt worden.

Als sie nun den Hof betrat, war ihr Onkel damit beschäftigt, seine Haareisen zu schärfen. Er bewegte mit einem Fußbrett den rundlaufenden Sandstein und schaute nur kurz auf, als er Helene und Adam bemerkte. Ludolf war ein schweigsamer Kerl, der im Grunde nur dann den Mund aufmachte, wenn man ihm eine Frage stellte. Ansonsten vernahm man von ihm nur ab und an ein Brummen oder ein Seufzen. Ihre Tante Donata war von einem anderen Schlag. Häufig hörte man ihre kräftige Stimme bereits auf der Straße, und auch jetzt empfing sie Helene mit einem lauten Rufen.

»Heda! Wir haben auf dich gewartet. Wo treibst du dich nur den ganzen Abend herum mit dem Buben? Ich habe zwei Hühner geschlachtet, die nicht von allein ihre Federn verlieren werden.« Donata wischte ihre Finger an einer fleckigen Schürze ab, an der noch einige frische Blutspritzer aus den Hühnerhälsen klebten.

»Warum ist Sybilla dir nicht zur Hand gegangen?«, meinte Helene. Sie schöpfte mit einer Kelle aus einem Eimer Wasser und ließ Adam davon trinken.

»Sybilla?« Donata runzelte die Stirn. »Die ist auch noch nicht zurückgekehrt. Wahrscheinlich hat sie sich bei der Wäsche in Rudwins Haus mit den anderen Frauen verschwatzt.« Ludolf pflichtete seiner Frau mit einem Brummen bei, doch Helene wusste, dass es nicht Sybillas Art war, lange Gespräche mit den anderen Weibern zu führen. Roberts Mutter, die stets einen etwas traurigen Eindruck vermittelte, pflegte nur wenig Kontakt zu den Menschen aus Rosenheim. Zumeist hielt sie sich bei Donata oder auf dem Gerberhof auf, ganz im Gegensatz zu ihrem Sohn, der hier nur die ihm aufgetragenen Arbeiten erledigte und ansonsten durch den Ort streifte oder in einer der Tavernen hockte.

Donata strich über Adams Haar. »Der Bub ist so müde, dass ihm fast die Augen zufallen. Bring ihn ins Bett, sonst schläft er morgen während der Frühmesse ein.«

Helene nickte. »Ich werde dir gleich zur Hand gehen, Tante.« Sie schob Adam ins Haus und stieg mit ihm die steile Treppe ins Dachgeschoss hinauf, wo sie zunächst einen Raum durchquerten, in dem auf Stangengerüsten zahlreiche Lederhäute getrocknet wurden. Am hinteren Ende des Dachbodens befand sich die Kammer, die sie mit Robert und Sybilla bewohnte. Ihre Einrichtung bestand nur aus einer Strohmatratze, dem Sacktuch, das die Schlaflager abtrennte, und einer Bank, auf der eine Waschschüssel und ein Krug mit Wasser standen. Nicht mal einen Ofen oder eine Feuerstelle gab es hier oben, so dass es in den zurückliegenden Wintermonaten oft so kalt gewesen war, dass sie sich eng an Adams warmen Körper gedrängt hatte, um in der eisigen Luft in den Schlaf zu finden.

Adam ließ sich auf die Matratze fallen. Helene deckte ihn

zu und versprach ihrem Sohn, dass Ludolf mit ihm nach der morgigen Frühmesse an die Innlände gehen würde, um dort am Fluss zu angeln. Dann küsste sie Adams Stirn und trat hinter das Tuch in Roberts Teil der Kammer. Ihr Blick fiel auf ein Hemd, das er dort achtlos zu Boden geworfen hatte. Sie hob es auf und roch an dem Wollstoff. Vielleicht bildete sie es sich nur ein, aber sie glaubte, dass Roberts Geruch sein Bild in ihrem Kopf klarer hervortreten ließ. Sie sah ihn entblößt vor sich und presste das Hemd noch dichter an ihre Nase.

»Wird Robert morgen mit zum Fluss kommen?«

Helene erschrak, als sie Adams Stimme vernahm. Sein Kopf lugte hinter dem Tuch hervor. Rasch warf sie das Hemd fort und drängte Adam zurück auf das Lager.

»Ich weiß es nicht. Schlaf jetzt!«, sagte sie hastig und grämte sich darüber, wie offensichtlich sie diese Situation vor ihrem Sohn zu überspielen versuchte.

Nachdem sie Adam wieder zugedeckt hatte, begab sie sich zu ihrer Tante in die Küche. Donata hatte dort einen großen Topf mit Wasser auf den Herd gestellt und das Feuer angeheizt. Sie holte die beiden toten Hühner herbei, um sie in das Wasser zu tauchen, wenn es denn endlich kochte. Danach würden sich die Federn leichter rupfen lassen.

Mit einem Seufzen setzte sich Helene an den Tisch und stützte den Kopf auf die Hände.

»Du schaust so traurig aus, als wolltest du jeden Moment heulen«, meinte Donata. »Was macht dir zu schaffen?«

»Es war ein langer Tag. Ich bin müde.« Helene täuschte ein Gähnen vor, das Donata aber nicht zu überzeugen wusste.

»Müde?« Die Tante schüttelte den Kopf. »Nein, nein, dich bedrückt gewiss etwas anderes.« Donata ließ sich ebenfalls am Tisch nieder und schnitt dort eine Rübe in Stücke.

»Du kennst meine Meinung. Es ist nicht gut für eine junge Frau wie dich, wenn sie zu lange alleine ist. Such dir einen Mann, der dich wieder aufblühen lässt.«

»So einen wie den Drechsler, mit dem du mich verkuppeln wolltest?«

»Albrecht Keßler ist ein guter Mann.«

»Er könnte mein Großvater sein.«

»Ein lahmer Gaul, na und? Nicht jeder feurige Hengst lässt sich zähmen.« Donatas Blick wanderte kurz zur Dachstube. Helene begriff die Anspielung, doch bevor sie sich rechtfertigen konnte, wurden sie von Ludolfs lautem Rufen unterbrochen.

»Donata! Helene!« Die Aufregung in der Stimme des Gerbers ließ Helene sofort aufspringen. Wenn der wortkarge Ludolf derart die Stimme erhob, musste etwas Schlimmes geschehen sein.

Sie liefen auf den Hof und sahen im Halbdunkel, dass Ludolf und eine Frau aus dem Nachbarhaus jemanden stützten, der wie leblos in ihrem Griff hing.

»Oh, Himmel, Sybilla!«, keuchte Donata und stürzte auf Roberts Mutter zu, deren Kleidung so schlammverschmiert war, als wäre sie in eine Pfütze gestürzt. Doch das alles konnte nicht der Grund für ihren Zustand sein.

Sie trugen sie in die Küche. Donata holte eine Schüssel Wasser herbei und tupfte Sybillas schmutziges Gesicht mit einem Tuch ab, dann löste sie die Bänder des Wamses, das Roberts Mutter trug, und streifte es ab. Auf Sybillas Hemd war nun auf der linken Körperseite ein großer Blutfleck zu erkennen. Helene legte erschrocken eine Hand vor den Mund. Jemand musste mit einem Messer auf sie eingestochen und ihr eine Verletzung zugefügt haben, die sie das Leben kosten konnte.

»Ich habe sie auf der Straße gefunden, als ich die Schweine zurück zum Haus trieb«, erklärte die Nachbarsfrau hastig.

»Heilige Maria, zunächst glaubte ich, sie wäre tot, wie sie dort im Schlamm lag. Aber dann bewegte sie sich und stöhnte. Wahrscheinlich wurde sie von herumlungerndem Gesindel überfallen.«

»Wie auch immer«, unterbrach Helene sie. »Sie braucht einen Arzt und zwar schnell, sonst stirbt sie.«

»Ich werde Ullrich, den Bader, herbeischaffen«, sagte Ludolf und machte sich sogleich auf den Weg.

Sybilla stöhnte laut. Ihre Augen irrten suchend in der Küche umher.

»Robert?«, brachte sie krächzend hervor. »Wo ist Robert?«

»Er wird bald hier sein«, erwiderte Helene. Sie drehte sich zu Donata um. Ihre Tante nickte, und so lief sie eilig aus dem Haus auf das Färbertor zu, um Robert herbeizuschaffen. Er musste erfahren, dass seine Mutter mit dem Tod rang.

Kapitel 3

Robert wusste, dass Apollonia von Humbert dazu angehalten wurde, ihre Freier rasch aus dem Zimmer zu schicken, wenn diese ihre Befriedigung erlangt hatten, damit die Dirne sich umgehend dem nächsten Kunden zuwenden konnte. Für ihn machte Apollonia jedoch eine Ausnahme und blieb noch eine Weile in seinen Armen liegen, nachdem Roberts Lust gestillt war, so dass er die Nähe ihres warmen Körpers genießen konnte.

Er streichelte ihre Schulter und verlor sich in seinen Gedanken. Apollonia konnte wohl ahnen, was ihm im Kopf herumging, denn sie ließ einen Finger auf seinem Gesicht von einem Mundwinkel zum anderen wandern und zeichnete sein Lächeln nach.

»Erkenne ich da etwa Häme?«, wollte sie wissen.

Er lachte. »Ich stelle mir vor, dass Caspar schimpfend wie ein Rohrspatz in einem Badezuber hockt und sich so lange angewidert mit einem Tuch abreibt, bis seine Haut so rot ist, als hätte man sie mit Brennnesseln bestrichen.«

»In der nächsten Zeit solltest du ihm wohl besser aus dem Weg gehen.«

»Warum? Caspar ist nur mutig mit seiner bösen Zunge.« Robert ballte die Hand zur Faust. »Und sein nichtsnutziger Kumpan ist ebenfalls ein Idiot. Wenn es sein muss, nehme ich es mit beiden gleichzeitig auf.«

»Das habe ich gesehen, als du vorhin mit erhobener Faust auf sie losgehen wolltest.«

»Und wenn ich nicht zurückgedrängt worden wäre, hätte ich Caspar auch eine kräftige Abreibung verpasst. Eine Tracht Prügel, die er sich mit seinem Schandmaul redlich verdient hat.«

Apollonia richtete sich ein Stück auf. Ihre üppigen Brüste drückten sich dabei gegen seinen Oberkörper. »Du solltest lernen, deinen Jähzorn zu zügeln, Robert. Wenn du dich weiterhin so unbedacht verhältst, wirst du eines Tages in arge Schwierigkeiten geraten.«

»Ich dachte, du magst mein Temperament.« Er zog sie weiter zu sich heran und küsste ihren Mund.

»So meine ich das nicht«, sagte sie.

»Ich weiß, aber es wird immer Situationen geben, in denen die Wut über meinen gelassenen Kopf siegt. Vor allem dann, wenn jemand so beleidigend über meine Mutter spricht und mich einen Bastard schimpft.«

»Nimm es mir nicht übel, doch soviel ich weiß, war deine Mutter niemals verheiratet. Du ... du bist also tatsächlich ein Bankert.« Sie schien ihre Worte so vorsichtig zu wählen, als befürchte sie, dass auch sie ihn in Rage versetzen würde. Apollonia schwieg kurz, dann fragte sie. »Bist du deinem Vater jemals begegnet?«

Er schüttelte den Kopf. »Meine Mutter konnte mir nicht viel über ihn berichten. Er soll ein fahrender Händler gewesen sein, mit dem sie in Salzburg eine kurze Affäre gehabt hat. Sie sagt, sie kennt nicht einmal seinen vollständigen Namen, da er bereits nach wenigen Tagen weitergezogen ist, ohne zu wissen, dass sie von ihm schwanger geworden war.«

»Und Sybillas Familie? *Deine* Familie?«

»Sie ist ein Waisenkind. Vor zwanzig Jahren, als sie diesem Mann über den Weg lief, hat sie im Haushalt einer begüterten Familie als Dienstmagd gearbeitet. Nachdem ihre Schwangerschaft bekannt wurde, hat man sie auf die Straße gesetzt. Sie wollte nicht in Salzburg bleiben und ist hier nach Rosenheim gekommen, wo sie mich dann zur Welt gebracht hat.«

»Glaubst du, sie könnte dir etwas verschweigen?«

Er zuckte unschlüssig mit den Schultern. Es gab tatsächlich einen Vorfall, der ihn stutzig gemacht hatte, doch diese Erinnerung aus seiner Kindheit lag bereits an die fünfzehn Jahre zurück. Seine Mutter und er hatten damals noch nicht im Haus des Gerbers, sondern außerhalb des Marktes Rosenheim bei einem Bauern in der Gemeinde Roßacker gelebt. An einem Tag im Herbst war dort auf dem Hof ein Fremder eingetroffen, der Sybilla in eine tiefe Verwirrung gestürzt hatte. Auch nach all den Jahren tauchten diese Bilder recht klar in seinem Kopf auf. Er glaubte sich an einen großgewachsenen Mann zu erinnern, der mit einem schmutzigen Mantel bekleidet gewesen war. Wahrscheinlich hatte er einen tagelangen Ritt hinter sich gebracht. Als Sybilla das Gesicht des Mannes erblickt hatte, war sie zusammengezuckt, und sie hatte ein seltsames Geräusch von sich gegeben. Bis heute war Robert nicht klar, ob es sich dabei um überraschte Freude oder um einen Ausdruck des Erschreckens gehandelt hatte.

Der Mann war von seinem Pferd gestiegen und wortlos auf ihn zugetreten. Er hatte auf Robert so furchteinflößend gewirkt, dass ihm das Bild dieses Besuchers und die Reaktion seiner Mutter bis heute im Gedächtnis geblieben waren. Trotz der schmutzigen Kleidung hatte Robert damals sofort begriffen, dass dies nur ein Herr von hohem Stand sein konnte. Der Herr hatte ihn mit so strengem Blick gemustert, als hätte Robert sich eines schlimmen Vergehens schuldig gemacht. Dann hatte seine Mutter die Hand des Mannes geküsst. Sie hatte geweint, daran erinnerte er sich genau. Robert war von ihr zum Rosenheimer Markt geschickt und eindringlich angewiesen worden, nicht vor dem Abend zurückzukehren.

Obwohl der Fremde seine Neugier geweckt hatte, hatte Robert die Bitte seiner Mutter befolgt und war erst in der Dämmerung heimgekommen. Der fremde Herr war da bereits fortgewesen. Sybilla hatte mit verweinten Augen, nur mit ihrem Hemd bekleidet, auf einer Bank gehockt und so verzweifelt geschluchzt, dass Robert Angst bekommen hatte. Er hatte sie vorsichtig gefragt, wer der Herr gewesen sei, und daraufhin hatte Sybilla nur noch heftiger angefangen zu weinen, und in diesem Zustand war sie die nächsten fünf Tage verblieben. Sie hatte geheult und geschrien, sich auf ihrem Lager zusammengekrampft und Gott um Vergebung angefleht. Auf seine Frage hatte sie ihm aber nie eine Antwort gegeben – auch nicht, als sie sich wieder beruhigt hatte. Der Fremde kehrte niemals zurück, doch bis zum heutigen Tag glaubte Robert, dass er damals seinem Vater begegnet war.

»Wie auch immer«, sagte Apollonia und drehte eine schwarze Locke um ihren Finger. »Du solltest lernen, dein Temperament zu beherrschen. Vor allem, wenn du um größere Summen spielst.«

Er winkte ab. »Erspare mir die Vorwürfe. Du klingst wie Helene.«

»Helene Holt? Die mir vorhin in der Taverne wohl gerne Feuerbälle aus ihren Augen entgegengeschleudert hätte, als wir uns hier in die Kammer zurückgezogen haben?«

Robert stutzte. »Das ist mir nicht aufgefallen.«

»Stell dich nicht dumm, Robert. Die Frau giert nach dir wie eine rollige Katze, die über den Boden kriecht und jaulend ihr Hinterteil in die Luft streckt.«

Er schmunzelte über diesen Vergleich und musste sich eingestehen, dass Apollonia wohl recht hatte. Das musste der Grund dafür sein, dass Helene ihn so oft verstohlen im Blick behielt. Und sie konnte es auch nur schlecht vor ihm verbergen, wie sehr es ihr die Laune verdarb, wenn er seine Aufmerksamkeit anderen Frauen schenkte. Er hatte ihr niemals Hoffnung gemacht, dennoch suchte sie seine Nähe und folgte ihm oft in die Taverne oder gesellte sich zu ihm, wenn er Aufgaben auf dem Hof des Gerberhauses erledigte. So manches Mal schon hatte er sich heimlich davongestohlen, um Helene einfach loszuwerden.

Apollonia schaute ihn an und runzelte die Stirn. »Ihr wohnt seit Monaten zusammen in einem Haus, und sie würde dir mit Freude jeden Wunsch von den Lippen ablesen. Warum in Herrgotts Namen nimmst du also noch meine Dienste in Anspruch?«

Er zögerte kurz, dann sagte er: »Ich mag Helene. Aber sie sucht nach einem Ehemann und nach einem Vater für ihren Sohn. Daran habe ich kein Interesse. Ich bin noch nicht dazu bereit, eine Familie zu versorgen. Und wenn es mich zwischen den Beinen juckt, dann habe ich ja immer noch dich.« Er warf abrupt die Decke zurück, packte Apollonia und zog sie auf sich. Sie juchzte und kreischte, als er seine Finger in ihre Hinterbacken krallte, doch schon im nächsten Moment wurde ihr lustvolles Treiben von einem lauten Pochen an der Tür und einem Rufen unterbrochen.

»Robert! Öffne die Tür!« Es war Helenes Stimme.

»Wenn man vom Teufel spricht«, meinte Apollonia und seufzte vernehmlich.

Robert richtete sich auf. Wieder hämmerte Helenes Faust gegen die Tür. Er hatte angenommen, sie wäre längst zurück zum Gerberhaus gelaufen, doch anscheinend hatte sie die ganze Zeit unten in der Taverne gehockt und sich darüber geärgert, dass er ihr die Dirne vorgezogen hatte. Wenn es nur Eifersucht war, die sie so aufgebracht vor diese Tür getrieben hatte, dann würde er sie mit deutlichen Worten zurechtweisen müssen.

»Verschwinde!«, rief er laut.

»Um Himmels willen, lass mich ein!«

»Sie ist hartnäckig«, meinte Apollonia kichernd.

»Verdammt, was willst du von mir?«, brüllte er.

»Deine Mutter ... man hat sie blutend auf der Straße gefunden. Jemand hat sie niedergestochen.«

Sofort sprang Robert aus dem Bett. Nackt wie er war schloss er die Tür auf und ließ Helene eintreten. Sie kam näher, musterte seine Blöße mit skeptischem Auge und bedachte auch die nackte Apollonia auf dem Bett mit einem verächtlichen Blick.

»Was ist mit Sybilla passiert?«, wollte Robert wissen. Er langte nach seinen Beinkleidern.

»Die Nachbarsfrau hat sie auf der Straße gefunden«, brachte Helene hastig hervor. »Sybilla war bewusstlos, sie hat viel Blut verloren. Wahrscheinlich ist sie überfallen worden. Donata kümmert sich um sie, aber Sybilla ist kaum bei Besinnung.«

»Habt ihr nach einem Arzt gerufen?«

»Ludolf hat sich sofort auf den Weg zum Bader Ullrich Eckertz gemacht.«

Robert streifte sein Hemd und das Wams über, schlüpfte in seine Schuhe und zog Helene mit sich aus der Kammer, ohne Apollonia noch Beachtung zu schenken. Sie würde es verstehen.

Er rannte die Straße entlang und nahm keine Rücksicht darauf, ob Helene mit ihm Schritt halten konnte. Binnen weniger Minuten hatte er das Gerberhaus erreicht, wo zur selben Zeit auch Ludolf und der Bader eintrafen. Robert rang nach Atem, als er das Haus betrat und den Bader in die Schlafkammer der Gerberleute führte, wo Donata Sybilla auf der Bettstatt niedergelegt hatte. Dort sah Robert seine Mutter, die sich stöhnend auf einem blutbefleckten Laken zusammenkrümmte.

Er trat auf sie zu und nahm ihre Hand. Sybillas Augenlider flackerten, aber sie erkannte ihn wohl, denn ihr bleiches Gesicht entspannte sich ein wenig.

»Schafft einen Krug Wasser heran«, sagte Eckertz. Der Bader stellte seine Ledertasche ab, öffnete sie und holte einige medizinische Gerätschaften und Verbandsstoff hervor. »Verlass die Kammer, Robert. Ich muss sie in Ruhe behandeln können. In der nächsten Stunde wird mir nur Donata zur Hand gehen.«

Robert wollte nicht gehen, doch die Entschlossenheit in Ullrich Eckertz' Stimme brachte ihn dazu, sich von Sybillas Hand zu lösen und zurückzutreten.

»Wird sie es überleben?«, wollte er wissen.

»Das liegt wohl mehr in Gottes Hand als in meiner«, sagte der Bader. Er drängte Robert aus der Kammer und zog die Tür zu.

In der Küche schloss Helene Robert in den Arm. Er fühlte sich verzweifelt und hilflos, als er zur Tür starrte. Ullrich Eckertz übte sein Handwerk schon seit mehr als zwei Jahrzehnten im Markt Rosenheim aus, doch er war kein ausgebildeter Chirurg – nur ein Barbier, der Kenntnisse in der Heilkunde erworben hatte und sein Geld mit Zahnziehen und der Behandlung von Wunden und Frakturen verdiente. Sybillas Verletzung erforderte hingegen chirurgische Fähigkeiten, die Ullrich Eckertz wohl kaum besaß.

Hilf ihr, gütiger Vater, betete er in Gedanken und drückte Helene fester an sich. Nun, in der Stunde der Not, war er plötzlich froh, sie in seiner Nähe zu wissen.

Aus der Kammer erklangen Schreie und die hektische Stimme des Baders. Robert drängte es, nach seiner Mutter zu schauen, doch als er sich zur Tür wandte, legte Helene ihre Hände auf seine Brust und schüttelte nur den Kopf. Er seufzte und ließ sich auf der Bank am Küchentisch nieder. Das Brot und das Schmalz, das Helene vor ihm abstellte, verschmähte er. Alles, was er zu sich nehmen konnte, war ein Becher Dünnbier, den er mit zitternder Hand an den

Mund führte, während hinter der Tür zur Schlafkammer die Schreie in ein elendes Stöhnen übergingen.

»Wer hat das getan?«, fragte er Helene. Sie hatte ihre Hände zum Gebet gefaltet und antwortete mit geschlossenen Augen: »Ich kann es dir nicht sagen. Die Nachbarsfrau hat Sybilla in diesem Zustand auf der Straße gefunden und mit Ludolfs Hilfe zu uns geschafft.«

»Das ist also alles, was wir wissen«, brummte Robert. Helene nickte nur, und so blieb er weiterhin im Ungewissen, bis Donata nach einer scheinbaren Ewigkeit endlich aus der Kammer in die Küche trat.

Robert erhob sich. »Wie ist ihr Zustand?«

Donata langte nach einem Tuch und wischte ihre blutbefleckten Hände ab. Sie wirkte erschöpft. »Ullrich hat die Wunde gereinigt und einen Verband angelegt, um die Blutung zu stoppen. Wir haben ihr Laudanum verabreicht. Sie schläft nun.«

»Glaubt Ullrich, dass sie es überstehen wird?«, fragte Helene.

»Er weiß es nicht. Der Einstich an ihrer Seite hat die linke Niere verletzt. Ullrich musste sie nähen. Er hofft, dass er damit die innere Blutung verhindern kann, aber er ist sich dessen nicht gewiss. Zudem besteht die Gefahr, dass sich die Wunde entzündet. Ein solches Fieber würde sie in ihrem Zustand wohl kaum überstehen.«

»Gütiger Himmel«, stöhnte Robert, der gehofft hatte, dass es nicht so schlimm um seine Mutter stehen würde. Er atmete gespannt ein, dann schlug er mit der Faust so wütend auf die Tischplatte, dass ein Becher umfiel. »Ich will endlich erfahren, wer für diese Tat verantwortlich ist.«

Donata schwieg, doch Robert sah es ihrem Gesicht mit den zusammengekniffenen schmalen Lippen an, dass sie etwas vor ihm verbarg.

»Du weißt es«, rief er, doch sie schüttelte den Kopf.

»Verkauf mich nicht für dumm, Donata. Ich sehe dir an, dass du etwas vor mir verbirgst.«

»Weil es besser für dich ist, wenn du es nicht erfährst.«

»Es ist besser für mich?« Robert schnaufte aufgebracht und trat an Donata vorbei zur Kammertür.

Sie drängte ihn zurück. »Was hast du vor?«

»Ich werde meine Mutter danach fragen.«

»Sie braucht Ruhe.«

»Dann sag du es mir! Wer hat Sybilla das angetan?«

Donata zögerte kurz. Sie schnaufte unwirsch, dann fügte sie sich jedoch und sagte leise: »Als wir auf den Bader gewartet haben, brachte Sybilla einige Sätze hervor. Sie sprach davon, dass Rudwin sie bedrängt habe, als sie sich nach Erledigung der Wäsche auf den Heimweg machen wollte.«

»Rudwin? Der Schiffmeister?«

Donata nickte. »Der Hundsfott hat sie an die Wand gedrückt und unter ihre Röcke gegriffen. Sie hat sich gegen ihn zur Wehr gesetzt und ihm den Hals zerkratzt. Er stieß sie von sich, zog ein Messer aus seinem Gürtel und stach in seiner Wut auf sie ein. Dann schaffte man sie aus dem Haus. Ich nehme an, Rudwin hat sie im Schutz der Dunkelheit auf eine Seitenstraße geworfen, um sie dort verbluten zu lassen. Es sollte wohl so aussehen, als wäre sie von Diebesgesindel überfallen worden. Doch glücklicherweise wurde sie von der Nachbarsfrau gefunden, als die ihre Schweine zurück zur Färbergasse trieb.«

Robert ballte die Hand zur Faust. »Dafür wird Rudwin bezahlen.«

Helene berührte seine Schulter. Ihr Blick wirkte besorgt. Wahrscheinlich ahnte sie, welche Gedanken in seinem Kopf kreisten.

»Sei vernünftig! Du wirst den Fall dem Landrichter vortragen und ihn ein Urteil über Rudwin fällen lassen«, sagte sie.

Donata spuckte verächtlich zu Boden. »Jedermann in Rosenheim weiß, dass der Schiffmeister ein niederträchtiger Teufel ist, der sein böses Temperament nicht unter Kontrolle hat. Und doch besitzt er gewiss soviel Einfluss auf das Gericht, dass man ihn ohne einen Augenzeugen kaum verurteilen wird, wenn er alles abstreitet.«

Vernunft. Helene hatte von Vernunft gesprochen. In Roberts Kopf hatte selten ein klarerer Gedanke Platz gefunden. »Sorgt euch nicht«, sagte er deshalb. »Rudwins Geld und sein Einfluss werden ihn nicht vor der gerechten Strafe schützen.«

»Was meinst du damit?«, wollte Helene wissen.

Robert gab ihr keine Antwort.

Kapitel 4

Von der Nikolauskirche her erklang Orgelmusik. Sie wurde begleitet von den Gesängen der Gemeinde und immer wieder unterbrochen von der tiefen Stimme des Priesters. Robert konnte die Worte aus der Entfernung nicht verstehen, aber er wusste, dass der Gottesmann in seiner Schlussliturgie während der Frühmesse den Segen des Herrn für die Gemeinde erbat.

Den Segen auch für Rudwin Stollberg, der sich gewiss an diesem Morgen mit seiner Familie in der Nikolauskirche aufhielt und zusammen mit den begüterten Herren des hohen Standes die Messe feierte.

Robert fluchte leise, knetete seine Faust und zog sich weiter unter die Arkaden zurück. In der Woche hielten sich unter den wettergeschützten Laubengängen viele Händler auf, die ihre Waren feilboten, doch am heutigen Sonntag blieben die Arkaden menschenleer. Von hier aus behielt er das Rathausgebäude auf der gegenüberliegenden Straßenseite im Blick, neben dem ein Durchgang zu der abseitig gelegenen Kirche führte. Wenn die Messe beendet war, würden die hohen Herren diese Gasse durchqueren, und das war für ihn die beste Gelegenheit, Rudwin Stollberg zur Rede zu stellen.

Ein Mann mit einer Holzkarrette, auf der mehrere Hundekadaver lagen, passierte die Laubengänge und grüßte ihn. Robert erwiderte nur ein halbherziges Brummen. Seine Gedanken waren bei Sybilla. Ullrich Eckertz hatte ihnen nur wenig Hoffnung gemacht, er befürchtete daher das Schlimmste.

Nachdem der Bader Sybilla versorgt hatte und gegangen war, hatten sich Robert und Helene an Sybillas Lager gehockt. Die halbe Nacht hatte er mitangesehen, wie seine Mutter sich im Halbschlaf stöhnend zusammengekrümmt hatte. Er hatte ihre Hand gehalten, und mit jeder Minute war sein Zorn auf Rudwin schwerer zu ertragen gewesen.

Während Helene und Donata vor der Bettstatt gekniet und flüsternd gebetet hatten, hatte es Robert irgendwann nicht mehr in der Kammer ausgehalten. Er war eine Zeitlang in der Küche auf- und abgelaufen oder hatte sich auf den Hof zurückgezogen, um im kühlen Regen den Kopf frei zu bekommen. Das war ihm allerdings nicht gelungen. Immer wieder hatte er sich vorgestellt, wie Rudwin seine Mutter bedrängt und sie schließlich niedergestochen und auf die Straße geworfen hatte.

Rudwin war ein Schwein und ein Teufel. Das war Robert schon vor diesem verhängnisvollen Tag klargewesen. Auch er hatte für den Schiffmeister verschiedene Arbeiten verrichtet und für einen kargen Lohn am Innlände Fässer be- und entladen. Wann immer er Rudwin zu Gesicht bekommen hatte, war der wie ein Fürst herumstolziert, gekleidet in edle Brokatstoffe und in der Hand stets einen Stock aus geschliffenem dunklem Holz mit einem Perlmuttknauf. Mit diesem Stock zeigte er auf die Arbeiten, die er seinen Untergebenen zuwies, oder teilte damit auch Schläge aus, wenn er über einen der Arbeiter erzürnt war und der bullige Kontorvorsteher Arnulf, der für gewöhnlich die Arbeiter mit Prügeln abstrafte, gerade nicht zur Verfügung stand.

Rudwin galt unter den Rosenheimer Bürgern als gerissener und erfolgreicher Geschäftsmann, doch sein Ansehen war nicht unbefleckt. Seit Jahren hielten sich hartnäckige Gerüchte, dass der Schiffmeister Gewürze mit gedörrtem

Fleisch streckte, um seinen Profit zu vergrößern. Und man sprach auch davon, dass er seinen Trieb nicht unter Kontrolle halten konnte. Obwohl Rudwin ein verheirateter Mann war, hatte er in den vergangenen Jahren wohl ein halbes Dutzend Bankerte gezeugt. Es hieß, keine halbwegs ansehnliche Frau aus seinem Gesinde sei vor seinen Nachstellungen sicher.

Auch wenn Sybilla älter war als die jungen Mägde, die Rudwin zumeist in sein Bett holte, besaß sie doch noch immer eine jugendliche Frische und ein hübsches Gesicht, das Rudwin wohl zu reizen vermochte. Schon des Öfteren hatte der Schiffmeister sich an sie gedrängt oder sie mit derben Zoten geneckt, doch Sybilla war immer in der Lage gewesen, Rudwin zu ignorieren und sein unflätiges Gehabe als dümmliches Spiel abzutun.

Nun war aus diesem Spiel bitterer Ernst geworden. Rudwin hatte Sybilla in seiner Wut über ihre Verweigerung fast umgebracht, und Robert war nicht gewillt, den Schiffmeister ungestraft davonkommen zu lassen.

Er solle sich an den Landrichter wenden, hatte Helene vorgeschlagen. Zwar stand Rudwin gewiss nicht über dem Gesetz, doch Robert fand diesen Vorschlag lächerlich. Der Landrichter galt wie die meisten Mitglieder des Rates und auch der Bürgermeister als enger Vertrauter des wohlhabenden Schiffmeisters. Sollte es tatsächlich zu einer Verhandlung kommen, stand Sybillas Aussage gegen die von Rudwin. Und der Hundsfott würde keinen Augenblick zögern, auf die Heilige Schrift zu schwören und im nächsten Atemzug seine Lügen zu Protokoll geben.

Die Messe war mittlerweile beendet. Einige hochrangige Bürger verließen das Gotteshaus und traten durch die Gasse neben dem Rathaus auf den Inneren Markt. Robert machte auch Rudwin unter ihnen aus. Der etwa fünfzigjährige Schiffmeister, dessen Gesicht von einem penibel getrimmten pechschwarzen Bart umrahmt wurde, ging mit ernster Miene voran. Dicht dahinter folgten ihm seine Frau mit gesenktem Kopf sowie die beiden schüchtern wirkenden Töchter und der stämmige Vorarbeiter Arnulf Gruber, der Rudwin für gewöhnlich wie ein Schatten anhing.

Robert atmete beherzt ein und trat unter den Arkaden hervor auf Rudwin zu. Im Grunde war er sich nicht einmal klar darüber, was er nun eigentlich vorhatte und was geschehen würde. Einen Moment lang dachte er daran, Rudwin sofort und vor den Augen aller Umstehenden niederzuschlagen, doch als er dem Schiffmeister gegenüberstand, legte er ihm nur die Hand auf die Brust, so dass dieser stehenbleiben musste und ihn mit einem verächtlichen Blick strafte.

Rudwins Nasenflügel weiteten sich aufgebracht. Er verbarg nicht den Ärger in seiner Stimme, als er Robert zurechtwies: »Was fällt dir ein? Geh mir aus dem Weg, Bursche!«

Robert hatte nicht vor, seiner Aufforderung Folge zu leisten. »Wisst Ihr, wer ich bin?«

»Ein unverschämter Holzkopf bist du. Einer, den man wie einen Hund prügeln sollte, um ihm Benehmen einzubläuen.«

»Sybilla Bernau ist meine Mutter«, sagte Robert.

Einen Moment lang schaute Rudwin ihn nur abschätzend an. Dann drückte er Roberts Hand fort und erwiderte: »Was geht mich das an?«

»Ihr habt sie niedergestochen, als sie Euch nicht gefügig sein wollte. Und nun ringt sie mit dem Tod.«

Rudwin schnaufte abfällig. Seine Augen wanderten nervös von rechts nach links. »Rede keinen Unsinn. Ich habe deine Mutter nicht angefasst.«

Bislang hatte Robert in einem gemäßigten Ton gesprochen, so dass nur Rudwin und seine Angehörigen hören konnten, welche Anschuldigungen er gegen den Schiffmeister vorbrachte. Doch nun erhob Robert seine Stimme. »Ich kann all das noch lauter wiederholen.«

Genau das schien Rudwin unter allen Umständen vermeiden zu wollen. Er wies seine Frau und die Töchter mit einer hektischen Bewegung an, den Heimweg anzutreten, dann winkte er Robert mit sich. »Wir sprechen dort hinten in der Gasse.«

Zunächst blieb Robert stehen, denn Arnulf Gruber schickte sich an, Rudwin zu folgen. Er deutete auf den kräftigen Mann und verlangte: »Er bleibt hier.«

Rudwin zögerte, nickte dann aber Gruber zu. Robert und der Schiffmeister zogen sich in eine Seitengasse zurück, wo sie unbeobachtet waren. Hier verschränkte Rudwin die Arme vor der Brust und zog eine abfällige Grimasse.

»Ich weiß nicht, was sich deine Mutter für eine Geschichte ausgedacht hat, Bursche, aber ich habe sie nicht angerührt.« Er hob drohend einen Zeigefinger. »Und solltest du weiterhin versuchen, mich ...«

Ohne sich noch ein weiteres Wort anzuhören, packte Robert Rudwin, drängte ihn an die Wand und zerrte am Kragen des Schiffmeisters. Er riss am Stoff, bis er den Hals soweit entblößt hatte, dass er dort die roten Kratzspuren sah. Striemen, die die Finger seiner Mutter hinterlassen hatten.

»Ihr seid ein Lügner«, zischte Robert. »Und ein erbärmliches Schwein.«

Rudwin schrie um Hilfe. Robert ohrfeigte ihn und schlug ihm hart in den Magen. Der Schiffmeister stieß ein Keuchen aus und krümmte sich. Als Robert zu einem weiteren Schlag ausholte, wurde er jedoch von hinten gepackt und zurückgezerrt. Er erkannte Arnulf Gruber, der ihn nun hart gegen die Steinwand schleuderte und auf ihn losging.

Ein Hagel von Faustschlägen prasselte auf seinen Kopf

und seinen Bauch ein. Robert fiel auf die Knie. Blut tropfte in sein Auge, doch er nahm wahr, dass Rudwin sich wieder aufgerichtet hatte und auf ihn zukam. Der Schiffmeister hielt sich den Bauch und fauchte: »Du bist ebenso frech und störrisch wie deine Mutter. Sie hätte besser ihre Beine für mich geöffnet, dann wäre euch dieses Ungemach erspart geblieben.« Er holte mit dem Stock aus und schlug wuchtig auf Roberts Schulter ein. Robert würgte elendig, dann traf ihn ein Hieb gegen seinen Brustkorb, und er sackte zu Boden. Hilflos kauerte er sich zusammen und versuchte seinen Kopf mit den Händen zu schützen, während Rudwin Stollberg und Arnulf Gruber ihm harte Tritte versetzten, bis er vor Schmerz die Besinnung verlor.

Helene lief über die Schlammpfützen und schaute sich hektisch auf der Straße um. Sie hatte gehofft, Robert in der Nähe von Rudwins Haus am Äußeren Markt aufzuspüren, doch enttäuscht musste sie feststellen, dass er weder am Markt noch am nebenliegenden Inntor zu finden war.

Hatte Donata am Ende doch recht behalten? Als Helene am frühen Morgen aufgefallen war, dass Sybillas Sohn das Gerberhaus verlassen hatte, war ihre Tante davon überzeugt gewesen, dass Robert sich in eine Taverne begeben hatte, um seinen Kummer zu ersaufen, oder dass er sich vielleicht mit einem Krug Branntwein an das Innufer gesetzt hatte, um alleine zu sein.

Helene glaubte ihn besser einschätzen zu können. Robert war kein Mensch, der sich zurückzog und mit dem Schicksal haderte. Sie traute ihm zu, dass er in seiner Wut die Kontrolle über sich verlor und sich gewaltigen Ärger einhandelte. Hielt sich Robert womöglich schon im Haus des Schiffmeisters auf, um dort Gerechtigkeit zu erlangen, indem er auf Rudwin losging? Sie wollte an das Portal klopfen, doch bevor sie die Straße überquert hatte, fielen ihr eine

Frau und zwei junge Mädchen auf, die es sehr eilig zu haben schienen. Sie erkannte die beiden. Es handelte sich bei ihnen um das Weib und die beiden Töchter des Schiffmeisters. Sie wirkten aufgebracht, aber auch ein wenig erschrocken. Helene nahm an, dass die drei die Frühmesse besucht hatten. Befand sich Rudwin noch an der Nikolauskirche? Was mochte dort vorgefallen sein? Ohne noch lange zu zögern, schlug Helene den Weg zum Inneren Markt ein. Plötzlich war sie davon überzeugt, dass Robert den Schiffmeister dort zur Rede gestellt hatte. Welch bessere Möglichkeit gab es denn für ihn, Rudwin auf offener Straße entgegenzutreten?

Je weiter sie sich dem Markt näherte, desto schneller setzte sie ihre Schritte. Sie trat durch das Mittertor, das den Inneren und Äußeren Markt verband. Auf der Hauptstraße selbst hielten sich nur wenige Menschen auf. Robert war hier nicht zu sehen, aber sie bemerkte, dass sich in einer Seitengasse mehrere Männer und Frauen zusammendrängten, die aufgeregt schwatzten.

Sie lief darauf zu und erkannte die geprügelte Gestalt, die ein Mann an die Hauswand zog und in eine sitzende Position aufrichtete – wohl damit die bemitleidenswerte Person nicht an ihrem eigenen Blut erstickte.

Robert war kaum zu erkennen. Sein Gesicht war geschwollen und blutbefleckt. Er rührte sich nicht und kauerte in schiefer Haltung an der Wand.

»Armer Teufel«, stellte eine Frau aus der Menge lapidar fest.

Helene stolperte auf Robert zu und fiel vor ihm auf die Knie. Sie zögerte, ihn zu berühren. Alles an seinem Körper schien in Mitleidenschaft gezogen. Seine Kleidung war schmutzig und an vielen Stellen zerrissen. Überall waren Prellungen und Abschürfungen zu erkennen, und seine Nase saß ihm so schief im Gesicht, als wäre sie mehrmals gebrochen worden. Sein Mund war geöffnet. Er schnappte keuchend nach Luft.

»Zwei Kerle haben auf ihn eingetreten, als ich in die Gasse gekommen bin«, sagte der Mann, der Robert aufgerichtet hatte und nun seine Hände abwischte. »Bei Gott, die sind wie von Sinnen auf ihn losgegangen, so dass ich befürchtete, die würden auch mich angreifen, aber als sie mich bemerkten, haben sie von ihm abgelassen und sind davongelaufen.«

Robert öffnete gequält die Augen und schaute Helene an. Sie berührte seine Hand und küsste die Fingerkuppen. Sein Blut klebte an ihren Lippen, und die Angst, ihn zu verlieren, ließ sie in Tränen ausbrechen.

Kapitel 5

Als Helene zwölf Jahre alt gewesen war, hatte ihr der Typhus den Vater und die Mutter genommen. Sie erinnerte sich auch nach all der Zeit noch genau daran, wie unheimlich ihr der abgedunkelte Raum gewesen war, in dem ihre Eltern zwei Wochen lang fieberkrank in den Tod siechten. Mit ihren beiden Schwestern hatte sie versucht, den Eltern die Qualen zu erleichtern, indem sie ihnen kühle Tücher auf die Stirn gelegt und ab und an Wasser auf die ausgetrockneten Lippen geträufelt hatten. Auch Helenes jüngste Schwester hatte sich in der Kammer, in der es grässlich nach Exkrementen, Blut und Schweiß gestunken hatte, mit der Seuche infiziert, und sie wurde schon bald nach den Eltern zu Grabe getragen. Noch heute litt Helene unter der Angst, die sie damals geplagt hatte. Oft wachte sie nachts erschrocken auf, wenn sie im Traum in die düstere Kammer zurückgekehrt war, in der ihre Eltern stöhnend und mit rasselnden Atemzügen einen qualvollen Tod starben.

Nun hatte sie diese Vergangenheit eingeholt, denn wieder pflegte sie zwei Menschen, die dem Tod ins Auge schauten. Sie hatten Sybilla in die Dachkammer geschafft und sie auf ihr Lager gebettet. Der Einstich an ihrer Seite warf inzwischen braungelbe Blasen, die an jedem Tag zweimal aufgestochen werden mussten, um den Eiter zu entfernen. Zudem wurde Roberts Mutter, wie sie es befürchtet hatten, von einem schweren Fieber geschwächt. Sie schwitzte stark und war kaum mehr bei klarem Verstand.

Helene setzte sich zu ihr, löste den Verband und stach vorsichtig mit einer Nadel in eine der Eiterblasen. Sofort darauf eilte sie zu dem einzigen kleinen Fenster, das sich hier am Giebel des Dachstuhls befand, und klappte es auf. Der Eiter stank wie ein ganzer Korb fauliger Eier. Sie streckte den Kopf aus dem Fenster, würgte mehrmals und atmete beherzt die frische Morgenluft ein. Einen Moment lang betrachtete Helene versonnen, wie sich die Sonne über den Horizont zwängte, dann wandte sie sich um, nahm einen kleinen Zinklöffel zur Hand und hockte sich wieder zu Sybilla.

Roberts Mutter hielt die Augen geschlossen, atmete kaum merklich ein und aus und stöhnte ab und an leise. Sybilla Bernau war für sie immer eine rätselhafte Person geblieben. In all den Monaten, die sie hier zusammen in der Dachkammer gelebt hatten, war es trotz der Enge kaum zu Auseinandersetzungen oder Streitigkeiten zwischen ihnen gekommen. Doch sie hatten auch nie ein vertrautes Verhältnis zueinander entwickelt. Über ihre Vergangenheit hatte Sybilla niemals viele Worte verloren. Es hieß, sie hätte einst in Salzburg gelebt und wäre wohl aufgrund ihrer Schwangerschaft von dort fortgegangen. Hier in Rosenheim hatte Sybilla immer einen traurigen Eindruck auf sie gemacht. Sie lachte selten und blieb nicht nur ohne Mann, sondern regelrecht eine Einzelgängerin, die tagein tagaus geschuftet hatte, um sich und ihren Sohn zu ernähren.

»Gott sei dir barmherzig«, sagte Helene leise und strich Sybilla eine Haarsträhne aus der Stirn. Roberts Mutter hielt die Augen geschlossen. Selbst im fahlen, flackernden Schein des Talglichts war zu erkennen, wie blass und geschwächt sie noch immer war. Fünf Tage waren vergangen, seit Rudwin sie niedergestochen hatte. Fünf Tage, in denen sie nur abwarten konnten. Ullrich Eckertz zeigte sich ratlos und trug Helene und Donata nur auf, die Bläschen aufzustechen und den Eiter zu entfernen. Ansonsten waren sie hilflos und konnten Sybilla nur helfen, indem sie Gott um Gnade für sie anflehten.

Helene versuchte so lange wie möglich das Atmen zu vermeiden, als sie ihre Arbeit mit dem Zinklöffel erledigte. Sie hustete, und ihr wurde speiübel. Nachdem sie den Eiter beseitigt hatte, erneuerte sie den Verband mit einem sauberen Leinentuch und träufelte anschließend noch etwas Wasser auf Sybillas Lippen und in ihren Mund, bevor sie aufstand und hinter das aufgehängte Sacktuch trat.

Ihr Blick fiel auf Robert, den sie auf der Matratze niedergelegt hatten, auf der zuvor Adam und sie geschlafen hatten. Sie selbst verbrachte seitdem ihre seltenen Stunden Ruhe und Schlaf auf einer Schütte Stroh, ganz in Roberts Nähe.

Er gab noch immer ein bedauernswertes Bild ab, das ihr das Herz schwermachte. Sein Körper war von blauen Flecken und Abschürfungen gezeichnet. Ullrich Eckertz hatte seine Nase gerichtet und die Platzwunden behandelt. Robert waren zwei Rippen und drei Finger gebrochen worden, zudem hatte er zwei Zähne verloren. Die Schmerzen ertrug er wohl nur, weil der Bader ihnen ein Fläschchen Laudanum verkauft hatte, dessen Wirkung Robert die meiste Zeit des Tages schlafen ließ.

Trotz der heftigen Prügel, die Robert bezogen hatte, hatte ihnen der Bader versichert, dass ihn diese Wunden nicht umbringen würden. In ein paar Wochen würde ihm sein Nase wahrscheinlich noch immer etwas schief im Gesicht sitzen, und auch die beiden Zähne, die er verloren hatte, ließen sich nicht mehr ersetzen, aber er würde wieder auf die Beine kommen und keine bleibenden Schäden davontragen.

Robert stöhnte laut und verzog im Halbschlaf das lädierte Gesicht. Es war an der Zeit, ihm einen weiteren Schluck Laudanum zu verabreichen. Helene zog das Fläschchen hervor, verdünnte etwas von dem Mittel mit Wasser und setzte den Becher an Roberts Mund. Fügsam trank er alles und sackte wieder auf das Lager.

Mit stiller Genugtuung betrachtete Helene das Fläschchen, ihr kam der Gedanke, wie einfach es doch war, Robert ruhig zu halten, wenn man ihm nur oft genug dieses Mittel einflößte. Ullrich Eckertz hatte sie davor gewarnt, das Laudanum zu oft anzuwenden. Viele Patienten konnten auch nach dem Ende der Schmerzen nicht mehr davon ablassen, sich mit dem Opiat in einen dumpfen Rauschzustand zu versetzen. Vielleicht aber würde eine tägliche geringe Dosis Laudanum helfen, Roberts Temperament im Zaum zu halten und ihn für ihre Gefühle empfänglicher zu machen.

Konnte es wirklich so einfach sein? Vor einigen Wochen hatte sie die alte Agnes aufgesucht, eine bucklige Kräuterfrau, die ihr einen Trank verkauft hatte, den sie aus dem Sud einer getrockneten Alraune gewonnen hatte. Eine Woche lang hatte Helene an jedem Tag einige Tropfen davon heimlich auf Roberts Mahlzeiten geträufelt, ihre Hand hatte dabei stets gezittert, denn für die Anwendung dieses Zaubermittels konnte man sie der Hexerei bezichtigen.

Auf Robert hatte der Trank jedoch nicht die geringste Wirkung gezeigt. Er behandelte sie wie eh und je, und wenn das Mittel überhaupt etwas in ihm bewirkt hatte, so war er seitdem nur noch häufiger in die Arme der Hure Apollonia gesunken.

Helene zog einen Schemel herbei und hockte sich zu Robert. Mit dem nassen Tuch rieb sie vorsichtig den Schorf ab, der sich auf den Wunden an seiner Schulter gebildet hatte. Robert rührte sich nicht, hielt die Augen geschlossen und atmete rasselnd. Sie legte einen kühlenden Umschlag auf die Beule an seiner Stirn und strich mit einem Finger seine Wange entlang. Er sah schrecklich aus, doch zum Glück war zumindest sein Kiefer nicht gebrochen.

Ihre Hand wanderte von seinem Hals über die Brust bis zum Unterbauch. Das Laudanum hatte Robert inzwischen in einen tiefen Schlaf sinken lassen. Sie schob das Hemd nach oben und streichelte sanft über seine Haut bis zum Ansatz der Schamhaare. Ihr Blick fiel auf sein Geschlecht, und sie musste daran denken, wie sehr sie es der Dirne Apollonia neidete, sich mit Robert zu vergnügen. Als sie vor einigen Tagen in der Kammer der Hure gestanden und die beiden Nackten vor sich gesehen hatte, war die Sorge um Sybilla sofort der Eifersucht gewichen. Für dieses böses Gefühl schämte sie sich, und als sie jetzt rasch die Hände zum Gebet faltete, flehte sie den Herrn an, er möge sie von der Bürde dieser Lust befreien, die ihre Sinne so häufig verwirrte.

Ein plötzliches lautes Stöhnen störte Helenes Gebet. Sie eilte auf die andere Seite des Tuches und sah, dass Sybilla von ihrem Lager gestürzt war und auf dem Boden kauerte. Roberts Mutter streckte ihre Hand aus, als wolle sie etwas erreichen, und versuchte voranzukriechen, doch sie war zu schwach dazu.

»Himmel, Sybilla!«, rief Helene und fasste ihre Schultern. »Was tust du?«

Über Sybillas Stirn rann Schweiß. Ihre Augenlider flackerten, und sie deutete auf eine Holzkiste, die an der Wand stand.

»Dort«, brachte sie mit matter Stimme hervor. »Schieb die Kiste … zur Seite … im Boden …«

Helene hievte Roberts Mutter zurück auf das Lager. Sybillas Haare klebten zerzaust in ihrem verschwitzten Gesicht. Sie wirkte so verängstigt und aufgeregt, als würde sie von Dämonen verfolgt. Helene fragte sich, ob ihr Verstand klar war oder ob sie im Fieberwahn zu ihr sprach. Wieder streckte Sybilla die Hand zu der Kiste aus. Helene seufzte, hockte sich neben die Kiste und schob sie von der Wand, wie Sybilla es verlangt hatte. Roberts Mutter raunte: »Es … es gibt dort ein loses Brett.«

Helene tastete über den Boden und fand ein Brett, das sich herausnehmen ließ. Darunter stieß sie auf eine schmale Vertiefung.

»Greif hinein«, bat Sybilla. »Gib mir das Kreuz.«

Als Helene ihre Hand in die Bodenöffnung steckte, fand sie tatsächlich ein kleines silbernes Kreuz. Zudem ertastete sie noch mehrere Papiere, doch sie holte nur das Kreuz hervor und legte es in Sybillas ausgestreckte Hand.

Roberts Mutter brach sofort in Tränen aus. Sie küsste das Kreuz und presste es in ihre Faust. Ihre müden Augen richteten sich nach oben, und sie stöhnte: »Gott … warum diese Strafe? Warum war ich so schwach?« Sie tastete nach Helenes Fingern und gab ihr das Kreuz zurück: »Wirf es in den Fluss«, verlangte sie. »Und … und verbrenne alles, was du in diesem Loch findest.«

»Ich … ich verstehe nicht …«

Sybilla schloss die Augen. Diese Worte kosteten sie sichtlich Kraft, doch sie kämpfte gegen die Erschöpfung an und brachte hervor: »Tu es um Roberts Willen. Er … er darf diese Dinge niemals zu Gesicht bekommen. Versprich es mir.«

Helene krallte ihre Finger um Sybillas Hand und nickte. Sybilla begann leise zu weinen. Ihre Mundwinkel zitterten. Sie schloss die Augen und drehte den Kopf zur Seite. In ihr Wimmern mischte sich ein Name, den sie mehrere Male undeutlich hervorbrachte: »Sebastian.«

Helene konnte spüren, wie sehr Sybilla die Aufregung und dieses Aufbäumen erschöpft hatten. Es schien, als schwänden ihre Lebenskräfte nun plötzlich dahin. Sie legte das Kreuz zurück in das Versteck und schob die Kiste wieder über das Loch, dann stieg sie rasch die Leiter in die Küche hinab und ließ nach Ullrich Eckertz schicken, denn Sybillas Zustand besorgte sie.

Es dauerte über eine Stunde, bis der Bader eintraf. Er hockte sich zu Sybilla, fühlte ihren Puls und schaute in ihre Augen. Sofort ließ er nach einem Priester schicken. Ludolf machte sich auf, den Geistlichen herbeizuschaffen. Helene und Donata ließen sich an Sybillas Lager nieder, doch noch bevor der Priester das Haus betrat, fuhr Ullrich Eckertz mit der Hand über Sybillas Gesicht, schloss ihre Lider und schüttelte den Kopf.

Helene schluchzte auf, als sie begriff, dass Sybilla gestorben war. Sie wandte sich von der Toten ab und trat hinter das Tuch, dort, wo Robert, berauscht vom Laudanum, noch immer schlief.

Kapitel 6

Drei Tage lang bahrten sie Roberts Mutter in einer schmalen Kammer auf, die Ludolf für diesen traurigen Anlass frei geräumt hatte. Nachdem eine Frau aus der Nachbarschaft Sybilla gewaschen und ihr das Totenhemd angelegt hatte, bestrich sie das Gesicht mit Branntwein und formte die Züge der Toten so, dass es den Anschein hatte, als sei sie mit einem Ausdruck seliger Zufriedenheit aus dem Leben geschieden.

Helene übernahm die Aufgabe der Leichenbitterin. Sie ging im Färberviertel von Haus zu Haus, unterrichtete die Nachbarn von Sybillas Tod und lud zur Trauerfeier ein. Die meisten der Männer und Frauen, mit denen sie sprach, nahmen die traurige Nachricht recht unbeteiligt zur Kenntnis. Sybilla hatte kaum Kontakt mit diesen Leuten gepflegt. Es überraschte Helene darum auch nicht, dass sich die Besucher, die daraufhin die Totenkammer betraten, um Sybilla die letzte Ehre zu erweisen, nur kurz dort aufhielten und nach den obligatorischen Beileidsbekundungen rasch das Weite suchten.

Vielleicht war den Nachbarn aber auch Roberts Anwesenheit ein wenig unheimlich. Helene befiel selbst bisweilen ein Schaudern, wenn sie Robert betrachtete, der die gesamten drei Tage auf einem Schemel in der Leichenkammer hockte, zumeist schwieg und jeden Besucher finster musterte. Sein zerschlagenes Gesicht ließ ihn im flackernden Licht der Talgkerzen wie ein Ungeheuer ausschauen. Er weigerte sich beharrlich, das Laudanum zu trinken, das seine Schmerzen lindern würde, und schloss während dieser Wache nur selten die Augen zum Schlaf. Ab und an erhob er sich, streichelte über die gefalteten Hände seiner toten Mutter oder zupfte hin und wieder ihr Kleid zurecht, doch zumeist blieb er dort in der Ecke sitzen, versunken in seine trüben Gedanken.

Helene hatte versucht ihn zu trösten, doch kein Wort und keine Berührung schienen ihn zu erreichen. Sie hätte gerne gewusst, was in seinem Kopf vor sich ging – ob seine Gedanken einfach leer waren, ob er in Erinnerungen an Sybilla versunken war oder ob er gar finstere Pläne gegen Rudwin schmiedete, den Mörder seiner Mutter.

Nachdem die drei Tage der Totenwache vergangen waren, versammelten sich vier Männer aus den Nachbarhäusern, die die Leiche auf ein Brett legten und sie aus dem Haus trugen. Nach altem Brauch wurde die Tote dreimal auf der Türschwelle abgesetzt, dann schlossen Helene und Donata alle Türen und Fenster und schütteten den Leichenträgern Wasser nach. Das alles waren im Grunde abergläubische Rituale, doch die Angst vor der unheilvollen Rückkehr der Toten war allgegenwärtig.

Helene und Donata schlossen sich dem Leichenzug an, der sich im auffrischenden Wind den Weg zum am Kapuzinerkloster gelegenen Friedhof entlang bewegte.

Voran schritt der Priester, dann folgten die Leichenträger und dahinter Robert, der sich die schmerzenden Rippen hielt und von Ludolf gestützt wurde. Den Rest des Zuges bildeten Helene, Adam und Donata sowie einige Frauen, mit denen Sybilla zusammen verschiedene Arbeiten verrichtet hatte, und mehrere Nachbarn aus dem Färberviertel.

Vater Jacup, der untersetzte, füllige Priester, dem die spärlichen Haare über die Stirn wehten, hielt eine kurze

Grabrede. Während die Träger die aufgebahrte Tote an zwei Seilen in die flache Grube hinabließen, besprengte Vater Jacup die Leiche mit geweihtem Wasser, sprach die lateinischen Formeln und schlug das Kreuz über seiner Brust. Während der ganzen Zeremonie ließ Helene Robert nicht aus den Augen. Er stierte reglos auf seine mit dem Leichentuch bedeckte Mutter und schien die Worte des Priesters nicht in sich aufzunehmen. Wieder beschlich Helene ein sorgenvolles Gefühl.

Die Leichenträger nahmen die Rosmarinsträuße von ihren Hüten, warfen sie in das Grab und füllten es mit Erde, während sich die Trauernden in einem bedächtigen Marsch zurück zum Färberviertel begaben, um sich im Gerberhaus zum Totenmahl zu versammeln.

Donata und Helene hatten die Tafel reichlich gedeckt und reichten den Gästen, die sie nach der Beerdigung begleitet hatten, eine Brühsuppe mit Hühnerfleisch, gekochtes Rindfleisch mit einer Rosinenbrühe und dazu ein schmackhaftes Bier. Es wurde laut geschwatzt und zuweilen auch verhalten gelacht, doch Helene fiel auf, dass über die Verstorbene kaum gesprochen wurde. Eigentlich betrauerten sie eine Fremde. Niemand hätte viel über Sybilla sagen können.

Robert trank mehrere Becher Bier, aß nur wenig und beteiligte sich kaum an den Gesprächen. Helene nahm an, dass das Totenmahl nur eine Qual für ihn war.

Erst am frühen Abend verabschiedete sich der letzte Gast. Helene wollte Donata danach beim Aufräumen der Küche zur Hand gehen, doch die schüttelte den Kopf und deutete nach oben zur Dachkammer.

»Ist er dort?«, fragte Helene, als ihr auffiel, dass sich Robert nicht mehr in der Küche aufhielt.

»Er ist mit einer solch schwermütigen Miene hinaufgestiegen, als würde er jeden Moment in Tränen ausbrechen.«

Die Gerberfrau drängte sie zur Leiter. »Geh zu ihm! Er braucht dich. Nicht allein die Trauer macht ihm das Herz schwer, auch viele andere dunkle Grübeleien.«

Helene streichelte Adam über das Haar und sagte ihm, er solle Donata so lange helfen, bis sie wieder da sei. Murrend befolgte ihr Sohn diese Anweisung. Donata drückte ihm einen Besen in die Hand und wies ihn an, den Küchenboden zu fegen.

Mit einem flauen Gefühl im Magen stieg Helene die Leiter zur Dachkammer hinauf. Sie hoffte, dass Robert sie nicht sofort wegschicken würde. Es war nicht gut für ihn, wenn er allein war. Dann würde er nur noch tiefer in diesem dunklen See aus bösen Gedanken versinken.

Er hockte auf seinem Lager. In den Händen hielt er eines von Sybillas Leibhemden. Helene trat näher zu ihm, und obwohl sie sicher war, dass er sie bemerkt hatte, zeigte er keine Regung.

»Woran denkst du?«, fragte sie mit belegter Stimme.

Es dauerte einen Moment, bis Robert antwortete. »An nichts«, sagte er leise. »Mein Kopf ist leer.«

»Das glaube ich dir nicht.«

Nun erst schaute er zu ihr auf und rümpfte die geschwollene Nase. »Ist das so?«

»Ich befürchte, dass dich nicht nur die Trauer um deine Mutter bedrückt, sondern vor allem der Umstand, dass Rudwin Stollberg für seine Verbrechen noch immer unbestraft geblieben ist.«

Er hob nur die Schultern.

Helene kniete sich zu ihm, so dass sie ihm in die Augen schauen konnte und sagte eindringlich: »Schlag dir Rudwin aus dem Kopf. Er ist es nicht wert, dass du dir an ihm die Hände schmutzig machst und dich versündigst.«

Der ärgerliche Ausdruck, der sich nach ihrer Äußerung auf seinem Gesicht abzeichnete, bewies Helene, dass sie mit ihrer Vermutung, Robert plane bereits eine weitere Konfrontation mit Rudwin, ganz richtig gelegen hatte.

»Soll ich den Kopf senken, wenn ich ihm auf der Straße begegne, und ihm wie ein ängstliches Kind aus dem Weg gehen, während er mich verspottet?«

Er rückte von ihr ab und richtete drohend einen Finger auf sie. »Und erspare mir den Vorschlag, dass ich mich an das Landgericht wenden soll. Ich habe Rudwin auf offener Straße angegriffen, und wahrscheinlich würde der Rat mich eher in Ketten legen, als auch nur eine Geldstrafe gegen Rudwin zu verhängen.«

»Du hast am eigenen Leib zu spüren bekommen, wohin dich deine Gier nach Vergeltung führt. Ich will nicht, dass du dein Leben noch einmal aufs Spiel setzt.«

»Du hast mir nicht zu sagen, was ich zu tun und zu lassen habe«, empörte er sich.

Helene seufzte, erhob sich und trat zu der Anrichte, auf der sie einen Becher mit Wasser füllte und ein wenig Laudanum hinzugab. Robert musste einen klaren Kopf bekommen, darum brauchte er vor allem Ruhe.

»Trink das!«, sagte sie und streckte ihm den Becher entgegen. Im nächsten Moment erschrak sie, denn Robert schnellte so abrupt von seinem Lager auf, wie sie es ihm in seiner derzeitigen Verfassung nicht zugetraut hätte. Wütend schlug er ihr den Becher aus der Hand, so dass der gegen die Wand schepperte und sich das Wasser über den Boden ergoss.

»Laudanum?«, rief er hämisch aus. »Willst du mich so lange schlaftrunken machen, bis Rudwin eines natürlichen Todes gestorben ist? So wie du es auch geschafft hast, mich zu betäuben, während meine Mutter starb?«

Sie ohrfeigte ihn. Es war ein Reflex, der ihr sogleich leid tat, aber seine Wut verletzte sie. In den vergangenen Tagen hatte sie kaum zur Ruhe gefunden, weil sie sich nur um

Robert und Sybilla gekümmert hatte, ohne dafür bislang auch nur ein einziges Wort des Dankes zu erhalten.

Robert rieb seine Wange. In seinen Augen standen Tränen der Wut und der Verzweiflung. Helene konnte nicht anders, sie stürzte auf ihn zu, umschlang ihn und bedeckte sein Gesicht mit Küssen. Zunächst ließ er es einfach geschehen und blieb völlig regungslos. Dann ging er auf sie ein, zog sie enger an sich und küsste sie auf den Mund. Sein Keuchen verriet seine Erregung. Er drückte ihre Hinterbacken zusammen und presste seinen Schoß gegen ihren Unterleib. Helene genoss seine lustvollen Berührungen, und sie erhob auch keinen Einspruch, als er sie herumdrehte und ihren Oberkörper auf die Anrichte zwängte. Eilig raffte er ihren Rock und das Unterkleid nach oben und schob seine Finger zwischen ihre Beine.

Helene fühlte sich im gleichen Maße erniedrigt und doch auch glücklich. Sein plötzliches Begehren erregte sie so sehr, wie sie es in all den Jahren ihrer Ehe niemals verspürt hatte. Nach diesem Moment hatte sie sich seit Monaten in ihren lustvollen Träumen gesehnt, und doch machte ihr Roberts Ruppigkeit auch ein wenig Angst.

Schließlich drang er in sie ein und stöhnte bei seinen harten Stößen so laut, dass sie nicht wusste, ob es an seiner Lust oder an den gebrochenen Rippen lag. Im Gegensatz zu ihr erreichte er einen schnellen Höhepunkt und entzog sich ihr sofort. So rasch wie ihn die körperliche Lust übermannt hatte, entschwand sie auch wieder. Er taumelte ein paar Schritte zurück, sank beschämt auf das Lager und stammelte nur: »Es … es tut mir leid.«

»Ich wollte es so«, beruhigte sie ihn und rieb mit einem Tuch ihre feuchten Schenkel ab. Noch immer klopfte ihr Herz rasend, und sie atmete schnaufend ein und aus. Als sie sich wieder einigermaßen beruhigt hatte, legte sie sich zu Robert, küsste seine Stirn und fasste nach seiner Hand.

»Ich komme mir vor wie ein Tier«, raunte er.
»Du bist verwirrt.«
Sie merkte ihm an, dass er mit den Tränen kämpfte, als er erwiderte: »Nein, ich bin nicht verwirrt. Mir ist, als würde ich in den Wahnsinn gleiten. Als würde ich den Verstand verlieren.«
»Lass mich dir helfen.«
»Helfen? Helene, ich fühle mich, als wäre ich in ein tiefes, dunkles Loch gestürzt, in dem ich falle und falle, ohne jemals auf den Boden zu schlagen. Meine Mutter war meine ganze Familie. Ohne sie bin ich allein. Ich habe immer darauf gehofft, dass sie mir eines Tages die Wahrheit über meinen Vater verrät und mich nicht mit Lügen abspeist. Diese Hoffnung wurde nun mit ihr begraben.«
Helene kaute auf ihrer Unterlippe und überlegte, ob sie Sybillas Vertrauen missbrauchen sollte. Die hatte sie im Fieberwahn angefleht, dass Robert niemals von dem silbernen Kreuz und den Papieren erfahren sollte, die sie all die Jahre vor ihm verborgen hatte. Doch wahrscheinlich brauchte er diese möglichen Hinweise auf seinen Vater nun weitaus dringender, als Sybilla es jemals geahnt hatte. Wenn sie verhindern wollte, dass er sein Leben aufs Spiel setzte, musste sie ihm Hoffnung verschaffen und ihn von Rudwin Stollberg ablenken.
Sie verließ das Lager, kniete sich neben die Holzkiste und schob sie zur Seite. Mit zitternder Hand nahm sie das silberne Kreuz und die Papiere an sich. Es handelte sich um drei gefaltete Dokumente, die auf den Innenseiten mit verblichener Tinte beschrieben worden waren. Wahrscheinlich hatte Sybilla diese Briefe bereits vor vielen Jahren erhalten.
»Was ist das?«, wollte Robert wissen, als Helene alles vor ihm auf die Decke legte.
»Deine Mutter hat diese Sachen vor dir verborgen. Sie

wollte, dass ich diese Papiere verbrenne und das Kreuz in den Fluss werfe.«

Robert runzelte die Stirn und klappte einen der Briefe auf. Er blinzelte und wirkte angestrengt. Helene wusste, dass ihm das Lesen ebenso schwerfiel wie ihr. Zwar konnten sie die meisten Buchstaben des Alphabets auseinanderhalten, aber es war ihnen kaum möglich, aus dieser Handschrift schlau zu werden.

»Alles, was ich entziffern kann, ist das Datum hier oben in der Ecke.« Er deutete auf die Jahreszahl. »1663. Dieser Brief hat Sybilla vor fünfzehn Jahren erreicht.«

»Du könntest Vater Jacub aufsuchen und ihn dir vorlesen lassen.« Es freute Helene, dass der erhoffte Effekt eingetreten war. Roberts Trübsal war zumindest für den Moment verschwunden. Er wirkte energisch und tatendurstig.

»Was hat Sybilla zu dir gesagt?«, fragte er.

»Nicht viel. Sie wollte, dass ich diese Sachen verschwinden lasse. Vor ihrem Tod hat sie Gott um Vergebung angefleht und von einem Sebastian gesprochen.«

»Sebastian?«

Helene nickte. »Vielleicht ist er der Verfasser dieser Briefe.«

Robert schaute erstaunt auf das Papier in seiner Hand und dann wieder zu Helene. »Du meinst also, dieser Sebastian ist …«

»Genau das meine ich«, fiel sie ihm ins Wort. »Er könnte dein Vater sein.«

Kapitel 7

Dem Schiffzug, der in Rosenheim eintraf, waren an die vierzig Pferde vorgespannt worden, die die schweren Kähne flussaufwärts über die schmalen Treppelwege am Ufer schleppten. Die zahlreichen Treiber, die lärmend und unter Peitschenknallen die Tiere vorantrieben, saßen seitlich in ihren Sätteln und ließen die Beine lässig herabhängen. Ihnen voran trabte der Stangenreiter, der mit einem rotweiß gestrichenen Stecken die Wassertiefe des Flusses maß, damit Mensch und Tier keinen Schaden nahmen. Neben dem Reiter liefen die Aufleger, die dafür Sorge trugen, dass die Seile sich nicht um Hindernisse spannten.

Die Schiffleute lebten gefährlich. Der Inn war unberechenbar. An vielen Stellen bildeten sich Strudel, Untiefen und reißende Strömungen. Robert hatte davon gehört, dass unter den Schiffreitern der Aberglaube grassierte, dass der Fluss in jedem Jahr ein Opfer fordere. Wohl kaum einer dieser Männer konnte schwimmen, und es hieß, man käme dem ersten, der in einem Jahr ins Wasser stürzte, nicht zu Hilfe und ließe ihn in dem Glauben ertrinken, dies sei der Preis, den der Fluss für sich beanspruche. Beim Anblick der grimmigen Gesichter, die an Robert vorüberzogen, war er davon überzeugt, dass diese grausamen Erzählungen durchaus der Wahrheit entsprachen.

Eine Weile schaute er den Schiffen noch versonnen nach und fragte sich, welche Strecke dieser Zug in den vergangenen Wochen schon zurückgelegt haben mochte. Die Innschiffahrt der Rosenheimer erstreckte sich von Hall in Tirol bis Passau und setzte sich auf der Donau bis Wien und Budapest fort. Die Schiffe beförderten Seide, Edelobst, Wein und Erze aus Tirol und Italien, Fässer mit Kalk aus Bayern und viele andere Waren.

Robert beneidete die Schiffleute, die über die Flüsse reisten. Er selbst hatte sich in seinem ganzen Leben niemals weiter als zwei oder drei Meilen von Rosenheim entfernt und war eigentlich zufrieden damit gewesen, doch seit einigen Tagen drängte es ihn immer häufiger, seinen Geburtsort zu verlassen und wie diese Männer in die Welt hinauszufahren.

Gedankenverloren spielte er mit der Zunge an einem Zahnstumpf, den Rudwins Schläge hinterlassen hatten, und zuckte vor Schmerz zusammen. Vierzehn Tage waren seit der Prügelei vergangen, doch Robert wurde oft daran erinnert, dass er mit etwas mehr Pech zum Krüppel hätte werden können. Seine Rippen schmerzten bei den meisten Bewegungen, aber sie würden mit der Zeit verheilen. Die blauen Flecken und die verkrusteten Abschürfungen in seinem Gesicht waren auch noch zu erkennen, verblassten aber mit jedem Tag mehr. Er fühlte sich kräftig und ging Ludolf in der Gerberei bereits wieder zur Hand. Heute jedoch hatte er sich hier an die Innlände zurückgezogen und auf eine Mauer gehockt, um seine Gedanken zu ordnen.

Am Morgen hatte Robert Vater Jacub in der Sebastiankirche aufgesucht und ihn gebeten, ihm die Briefe vorzulesen, die Sybilla vor ihm verborgen hatte. Vater Jacub hatte nicht gezögert, ihm zu helfen, und hatte ihn in einen Raum neben der Kapelle geführt, wo er seine Augengläser aufgesetzt und die Briefe zur Hand genommen hatte. Die ersten Sätze hatte der Priester stammelnd gelesen, dann jedoch war er mit der Schrift besser zurechtgekommen und hatte Robert den ersten Brief vorgetragen: »*Meine einzige, liebste*

Sybilla! Wie leicht gehen mir diese Worte mit der Feder auf das Papier, doch wie schwer, wie betrübt und bekümmert schlägt mein Herz, seit Du Salzburg verlassen hast. Erst vor einigen Tagen erfuhr ich, wohin ich diesen Brief senden muss, um ihn in Deine Hände gelangen zu lassen. Nun sind schon an die fünf Jahre vergangen, seit man Dich fortgeschickt hat. Ich bereue es aufrichtig, Dir an diesem Tag nicht gegenübergetreten zu sein und Dich in meine Arme geschlossen zu haben. Es mag richtig sein, dass man uns voneinander getrennt hat, doch das alles betrübt mich so sehr, dass ich kaum weiß, wie mir zu Sinn und Mute ist. Du lieber und teurer Mensch, der mir genommen wurde, Dir möchte ich mein Leid gestehen, denn keinem anderen kann ich sagen, wie traurig mich die Welt macht. Ich weiß nicht, ob Gott uns ein Kind gegeben hat, und wahrscheinlich ist es besser, ich erfahre niemals davon. Mir schwindelt bei dieser Vorstellung. Mein Herz gehört Dir.

Dein Dir ergebener Sebastian Zillner.«

Der Text der anderen beiden Briefe ähnelte dem ersten. Dieser Sebastian Zillner aus Salzburg beschrieb Sybilla in schwülstigen Worten wieder und wieder seine Hingabe und die Schmerzen, die ihm ihre Trennung bedeutete. Im letzten Brief kündigte er zudem an, dass er immer noch das Verlangen spüre, sie aufzusuchen und mit ihr zu sprechen. Robert erinnerte sich an den Fremden, der vor so vielen Jahren in Rosenheim aufgetaucht war, und war nun davon überzeugt, dass Sebastian Zillner sein Vorhaben in die Tat umgesetzt hatte.

Den Datumszeilen, mit denen die Papiere gekennzeichnet worden waren, konnte Robert entnehmen, dass Zillner zwei der Briefe im Jahr 1662 und den dritten 1663 abgeschickt hatte. Aus dem letzten der Briefe erfuhr er, dass der Verfasser der Briefe zum damaligen Zeitpunkt die Universität verlassen und ein Referendariat in der Salzburger Verwaltung angenommen hatte.

Lebte dieser Mann – sein vermeintlicher Vater – auch heute noch in Salzburg? Robert betrachtete noch immer den Schiffzug und fragte sich, wie viele Tage eine Reise nach Salzburg dauern würde. Würde es schwierig sein, diesen Sebastian Zillner dort ausfindig zu machen?

Warum, so stellte er sich eine andere Frage, war er überhaupt so versessen darauf, mehr über diesen Mann in Erfahrung zu bringen, der sich nie um ihn gekümmert hatte und der in seinen Briefen auch Zweifel und eine gewisse Ablehnung für das Kind erkennen ließ, das er mit Sybilla gezeugt hatte?

Robert war sein ganzes Leben lang klar gewesen, dass seine Mutter ihm vieles aus ihrer Vergangenheit verschwiegen oder ihn auch belogen hatte. Doch nun, nach ihrem Tod und nachdem diese Briefe aufgetaucht waren, türmte sich vor ihm solch ein Berg dunkler Geheimnisse auf, dass er einfach wissen wollte, was damals in Salzburg zwischen Sybilla und diesem Sebastian Zillner vorgefallen war. Je länger er über das alles grübelte, desto seltsamer und unglaubwürdiger kam es ihm vor, dass seine Mutter nur wegen einer ungewollten Schwangerschaft für immer aus Salzburg fortgegangen war. Auch wenn dieser Zillner aus besseren Kreisen stammte und Sybilla dem niederen Stand angehört hatte, war dies ein Fehltritt, der in vielen herrschaftlichen Familien vorkam und mehr oder weniger offen geduldet wurde.

Seufzend erhob sich Robert von der Mauer, steckte die Briefe in sein Wams und begab sich zum Inneren Markt. Er versuchte sich abzulenken und diesen schweren Gedanken zu entkommen, doch das hatte zur Folge, dass ihm ein weiteres Problem in den Sinn kam.

Helene.

Seine Finger spielten mit dem silbernen Kreuz, das er nun an einem Lederband um den Hals trug, und er fragte sich, ob sie ihm das Kreuz und den Brief auch überlassen hätte, wenn es nicht zu dem spontanen Beischlaf auf dem Dachboden gekommen wäre.

Er bereute es inzwischen, sich zwischen ihre allzu bereitwillig geöffneten Beine gedrängt zu haben, denn damit hatte er Helene falsche Hoffnungen gemacht. Wenn er sich auf dem Gerberhof aufhielt, suchte sie nun ständig seine Nähe und ließ ihn nicht mehr aus den Augen. Was erwartete sie von ihm? Dass er sie zur Frau nahm? Natürlich war er ihr dankbar für all die Hingabe, mit der sie ihn und Sybilla gepflegt hatte, aber den Wunsch einer Heirat würde er ihr gewiss nicht erfüllen. Er wollte frei sein in seinen Entscheidungen, und wenn er vielleicht eines Tages tatsächlich aufbrach, um in Salzburg mehr über seinen Vater und über Sybillas Vergangenheit zu erfahren, dann würde er den Gerberhof wohl heimlich und ohne ein Wort des Abschieds verlassen, denn sonst folgte ihm Helene womöglich auf Schritt und Tritt.

Inzwischen hatte Robert den Inneren Markt erreicht. Er hielt sich kurz am Mittertor auf, dann ging er ein paar Schritte, ignorierte die Rufe der Händler und Handwerker, die unter den Arkaden ihre Waren verkauften, und hielt am Rathaus, wo er sich an eine Wand lehnte und mit verschränkten Armen die gegenüberliegende Fassade des Gasthauses Bruckladner betrachtete. Eine Weile hing sein Blick an dem Fenster zu Apollonias Kammer, doch wahrscheinlich hielt sie sich gar nicht dort auf. Um diese frühe Tageszeit verrichtete sie zumeist Arbeiten in der Küche oder putzte durch die Räume. Dennoch konnte Robert nicht die Augen von den Fenstern lösen.

Neben den Briefen seines angeblichen Vaters und den Sorgen um Helenes Anhänglichkeit gab es noch einen dritten Gedanken, der ihn mehr und mehr beschäftigte. Apollonia hatte davon gesprochen, dass Rudwin Stollberg sie an jedem Freitagabend aufsuchte, um sich von ihr waschen zu lassen. Der Schiffmeister würde sich allein und wehrlos in ihrer Kammer aufhalten. Und genau dann würde er ihm gegenübertreten.

Helene bedrängte Robert noch immer, den Landrichter aufzusuchen, um ihn über Rudwins Mordtat in Kenntnis zu setzen, doch Robert war nach wie vor davon überzeugt, dass ein solches Vorgehen nichts bewirken würde, wenn Rudwin jegliche Schuld abstritt.

Heute war Mittwoch. Zwei Tage noch – dann endlich würde er Vergeltung für Sybillas Tod einfordern.

Robert spuckte auf den Boden und ging zurück zum Gerberhaus.

Kapitel 8

Roberts Finger zitterten, während er das Messer in seiner Hand drehte. Er hatte es häufig benutzt, um damit Hühner und Gänse auszunehmen, Sehnen vom Fleisch zu trennen und Haut abzulösen, doch bei dem Gedanken, damit auf einen Menschen einzustechen, erfasste ihn Unsicherheit und Angst.

Er atmete tief ein und stellte sich vor, dass es kein Mensch, sondern ein Tier war, durch dessen Fleisch die Klinge des Messers fahren würde. Und war Rudwin nicht auch genau das? Eine bösartige, hinterhältige Kreatur, deren Verschlagenheit gezähmt werden musste.

Wenn es doch nur so einfach wäre! Vor zwei Tagen noch war er von dem Gedanken, Rudwin Schmerzen zuzufügen und ihm womöglich gar das Leben zu nehmen, wie beseelt gewesen, doch nun, als er hier auf der Bank im Gerberhof hockte und der Zeitpunkt näherrückte, zur Bruckladner-Taverne aufzubrechen, bereitete ihm diese Vorstellung mehr und mehr Unbehagen.

Robert hatte lange überlegt, ob Rudwin den Tod verdiente. Einerseits war ein Mord eine Todsünde, für die man ihn hinrichten würde, andererseits zweifelte er daran, dass er überhaupt dazu fähig war, einen anderen Menschen umzubringen, selbst wenn es sich um ein Schwein wie Rudwin Stollberg handelte.

Sein Vorhaben war es nun, Rudwin zu überraschen und ihm eine Wunde zuzufügen, die ihn lange daran erinnern würde, was er Sybilla angetan hatte. Vielleicht würde er ihm mit dem Messer durch das Gesicht schneiden, damit der Schiffmeister durch eine hässliche Narbe gebrandmarkt wurde. Oder er stieß ihm die Klinge in den Unterbauch. An einer solchen Verletzung würde Rudwin wohl nicht sterben, aber sie würde ihm über Monate, wenn nicht Jahre, schwere Schmerzen bereiten. Er würde Rudwin zurufen, dass dies die Vergeltung für dessen Mordtat sei und dass sie sich fortan aus dem Weg gehen sollten, doch insgeheim befürchtete er, dass der Schiffmeister diesen Akt der Rache nicht auf sich beruhen lassen würde.

Vielleicht war es also das Beste, nach dieser Tat Rosenheim den Rücken zu kehren und eine Zeitlang fortzugehen – wohin auch immer.

Seine Finger glitten über die scharfe Klinge. Er hielt das Messer vor seine Augen, und wohl zum hundertsten Mal tauchte das Bild in seinem Kopf auf, wie die Spitze in Rudwins Fleisch eindrang, es zerschnitt und Blut hervortropfte.

»Robert?«

Als er Helenes Stimme vernahm, verbarg er das Messer rasch in seinem Wams. Sie trat auf den Hof und setzte sich so nah neben ihn, dass ihre Arme und Schultern sich berührten.

»Hat Ludolf keine Arbeit für dich?«, wollte sie wissen.

Er schüttelte den Kopf. »Mir ist nicht wohl. Der Gestank aus den Fässern dreht mir den Magen um.«

Sie nickte nur und meinte: »Du könntest mir im Haus helfen. Die Asche muss aus dem Herd entfernt werden, bevor ich mich um die Abendmahlzeit kümmern kann.«

Robert antwortete nicht darauf. In seinem Bauch hatte sich ein so flaues Gefühl ausgebreitet, dass der Gedanke an eine Mahlzeit ihn herzlich wenig interessierte.

Helene rückte näher an ihn heran. Sie legte ihre Hand auf

sein Bein und raunte in sein Ohr: »Oder verspürst du gar einen anderen Appetit?«

Mit einem Brummen drängte er Helenes Finger fort und rückte von ihr ab. Seitdem er mit ihr auf dem Dachboden geschlafen hatte, war zwischen ihnen niemals geklärt worden, in was für einem Verhältnis sie nun zueinander standen. Helene schien diesem Vorfall viel Bedeutung beizumessen, doch er war keinesfalls gewillt, ihr weiter Hoffnung zu machen.

Robert erhob sich und trat einen Schritt zurück. Helene schaute ihn skeptisch an.

»Warum nicht?«, fragte sie leise. Aus ihrer Stimme war Enttäuschung herauszuhören.

Er hatte keine Lust, ihr eine Erklärung zu geben. Nicht heute.

»Ich kehre erst spät zurück.« Er drehte sich um und trat eilig über den Hof auf die Straße. Ein Blick über die Schulter verriet ihm, dass Helene ihm nicht folgte.

Ohne Umweg lief er zum Inneren Markt. Er wusste, dass er früh dran war. Die Kirchturmuhr hatte noch nicht zur fünften Stunde des Nachmittags geschlagen, und Rudwin würde Apollonia gewiss erst am Abend aufsuchen, um sich von ihr waschen zu lassen.

Unruhig lief er eine ganze Weile über die Straßen, bis die Sonne untergegangen war. Erst dann betrat er das Gasthaus Bruckladner, bestellte ein Bier und setzte sich mit seinem Krug an einen Tisch, von dem aus er die Treppe zum ersten Stock ebenso wie den Eingangsbereich im Auge behalten konnte. An einem der Nebentische erkannte er Caspar Stössel, der sich schon wieder dem Mühlespiel widmete. Robert lehnte sich zurück, so dass sein Gesicht vom Halbschatten eines Wandvorsprungs verdeckt wurde. Er wollte keine Aufmerksamkeit erregen und darum vor allem einen erneuten Streit mit Caspar vermeiden.

Wohl an die zwei Stunden lang wartete er. Er holte sein Kartenspiel hervor und betrachtete die Abbildungen darauf. Es hieß, die Farben Rot und Schwarz des französischen Blattes stünden für das Böse und das Gute – für die Nacht und den Tag. Alles schien so klar und simpel, doch dann verfiel er in trübe Gedanken, die ihn fast dazu brachten, einfach aufzustehen, die Taverne zu verlassen und sein gewagtes Vorhaben aufzugeben. Plötzlich fürchtete er sich vor den Folgen, die sein Angriff auf Rudwin haben könnte. Beim letzten Mal hatte er sich eine gehörige Tracht Prügel eingehandelt. Wenn er Rudwin tatsächlich mit dem Messer verletzte, dann würde sein Leben in Gefahr sein.

Robert betrachtete seine zitternden Hände. Der Mord an seiner Mutter durfte nicht ungesühnt bleiben, doch vielleicht war er an diesem Tag nicht in der richtigen Verfassung, um die erneute Konfrontation mit Rudwin zu suchen. Er konnte jetzt einfach aufstehen, zurück zum Gerberhaus gehen und auf eine bessere Gelegenheit warten.

Gerade als er begann, sich mit diesem Gedanken anzufreunden, betraten Rudwin Stollberg und Arnulf Gruber das Gasthaus. Robert lehnte sich zurück und verfolgte aus dem Schatten heraus jeden Schritt der beiden.

Rudwin sprach kurz mit Humbert und drückte ihm einige Münzen in die Hand. Dann stieg er die Treppe hinauf, während Arnulf Gruber sich an einen der Tische in der Schankstube setzte und sich einen Becher Wein bringen ließ.

Mit einem beherzten Schluck trank Robert sein Bier aus und versuchte sich zu beruhigen, was ihm aber kaum gelingen wollte. Er wartete einige Minuten ab, tastete dabei immer wieder zu seinem unter dem Wams verborgenen Messer, und als Arnulf mit der jungen Schankmagd sprach, nutzte er dessen Unaufmerksamkeit, um rasch die Treppe hinaufzulaufen und zur Tür der Badestube zu eilen.

Er nahm das Messer in die Hand, schloss die Finger fest um den Griff und versuchte sich zur Ruhe zu zwingen. Kurz schloss er die Augen, dann drückte er den Türgriff hinunter.

Die Tür war verschlossen. Damit hatte er gerechnet. Er hob die Faust, zögerte noch einmal kurz, dann klopfte er entschlossen gegen das Holz.

Nichts geschah. Wieder schlug er gegen die Tür.

»Was ist denn?«, erklang Apollonias aufgebrachte Stimme hinter der Tür. Robert antwortete nicht darauf, denn gerade ihn würde sie bestimmt nicht hereinlassen wollen, wenn sie sich mit Rudwin in der Kammer aufhielt.

Seine Faust hämmerte dreimal rasch hintereinander gegen das Holz. Schritte näherten sich, und endlich drehte sich der Schlüssel im Schloss. Die Tür wurde einen Spalt geöffnet. Apollonias Gesicht lugte hervor. Sie erschrak, als sie Robert erblickte, doch bevor sie die Tür zuziehen konnte, hatte er schon einen Fuß in den Spalt gestellt. Er war stärker als Apollonia, und so bereitete es ihm keine Mühe, die Tür aufzudrücken und in die Kammer zu treten.

Er schob Apollonia zur Seite und baute sich vor der Zuberwanne auf, aus der sich der nackte Rudwin erhob und mit einer Hand mehr schlecht als recht sein aufgerichtetes Glied verdeckte.

»Verschwinde!«, zischte Apollonia, doch für Robert gab es nun kein Zurück mehr. Er drückte die Tür zu und drehte den Schlüssel im Schloss herum. Dann richtete er das Messer auf Rudwin, der ihn einen Moment lang verdutzt anschaute, aber Robert sofort darauf schon wieder seine Verachtung spüren ließ.

»Scher dich zum Teufel, Bursche!«, rief Rudwin aufgebracht. Sein Blick ruhte auf dem Messer in Roberts Hand. »Kaum sind deine Blessuren verheilt, bereitest du mir also bereits neuen Ärger.« Die Worte sollten furchtlos klingen, doch Robert hörte eine gewisse Sorge aus Rudwins Tonfall heraus.

Ohne weiteres Zögern trat Robert auf Rudwin zu. Der Schiffmeister ballte die Fäuste. Nackt und wehrlos wie Rudwin hier vor ihm stand, würde es ein leichtes sein, ihm das Messer in den Unterleib zu stoßen und ihn für seine Sünden leiden zu lassen.

»Wenn du mich angreifst, bist du ein toter Mann«, warnte ihn Rudwin. »Man wird dich fassen und dich richten.«

»Robert!«, keuchte Apollonia. Ihre Stimme zitterte. Ein Zittern, das sich auf seine Hand übertrug, in der er das Messer hielt. Plötzlich war sich Robert seines Vorhabens nicht mehr sicher. Nun trat das ein, was er die ganze Zeit über befürchtet hatte. Seine Skrupel lähmten ihn. Jemanden zu verprügeln war eine Sache, einem Menschen ein Messer in den Leib zu stoßen etwas völlig anderes.

»Lass ab!«, flehte Apollonia. »Versündige dich nicht an ihm.«

Nur einen Schritt nach vorn, schoss es Robert durch den Kopf. Eine schnelle Bewegung, und die Klinge würde Rudwin in die Eingeweide fahren.

Rudwin, der noch immer die Fäuste hob, bleckte die Zähne. Seine Stirn glänzte, und die Unterlippe bebte. Er hat Angst, ging es Robert durch den Kopf. Der Schiffmeister fürchtete um sein Leben.

Plötzlich verließ Robert endgültig der Mut. Seine Hand verkrampfte, und er ließ das Messer zu Boden fallen. Taumelnd wich er einen Schritt zurück und stieß gegen die Tür.

Rudwins angespannte Miene wandelte sich zu einem höhnischen Grinsen. »Nur ein Feigling«, raunte er und setzte dann mit kräftiger Stimme hinzu: »Ein Feigling wie seine Mutter.«

»Schweigt doch!«, fuhr Apollonia dazwischen, doch Rudwin beachtete sie nicht. Trotz seiner Blöße schien er nun nicht mehr im Geringsten besorgt. Er richtete einen Finger auf Robert und lachte ihn aus.

»Du erinnerst mich an Sybilla. Deine Mutter hatte den gleichen erschrockenen Ausdruck auf ihrem Gesicht, nachdem sie mich blutig gekratzt hatte. Sie stand vor mir wie eine leblose Puppe. Es war nicht schwer, ihr mit meinem Dolch eine Lektion zu erteilen.« Er setzte einen Fuß aus der Wanne und bückte sich nach dem Messer. »Und genau das werde ich nun …«

Er kam nicht mehr dazu, seinen Satz zu beenden. Rudwins Schmähungen hatten Roberts Wut erneut entfacht und ihm eine grimmige Entschlossenheit verliehen. Er griff nach einem Tonkrug, der auf einer Anrichte neben der Tür stand, und schlug damit auf Rudwins Kopf. Das Gefäß zerbrach, und der Schiffmeister stöhnte auf. Der Schädel blutete. Rote Rinnsale liefen von der Stirn über Rudwins Gesicht, als Robert seine Schultern packte und den Kopf des benommenen Schiffmeisters in den Zuber drückte. Rudwin wehrte sich verzweifelt, seine Hände fuhren wild schlagend durch die Luft, doch Robert zwang ihn unerbittlich nach unten und drückte den Kopf in das Wasser. Ein dumpfes Gurgeln war zu hören. Rudwins Bewegungen wurden heftiger, doch dann erlahmte er. Trotzdem ließ Robert nicht nach, sondern presste das Gesicht bis auf den Boden des Zubers.

Inzwischen war Apollonia auf ihn zugeeilt und zerrte an seinen Armen.

»Lass ihn los!«, rief sie. »Du bringst ihn noch um.«

Robert kümmerte sich nicht um ihre Worte und drückte Rudwin nur noch fester nach unten. Erst als sie schrill aufschrie und mit ihren Fäusten wütend auf seinen Rücken einschlug, wurde er aus seinem Wahn gerissen, zog die Hände aus dem Wasser und ließ sich nach hinten fallen.

»Heiliger Jesus«, krächzte Apollonia. Sie fasste in das

Wasser, zog Rudwins Kopf an den Haaren nach oben und zerrte den Schiffmeister auf den Boden. Aus seinem Mund lief Wasser. Rudwins Augen waren weit aufgerissen, die Zunge hing ihm aus dem Mund; er rührte sich nicht mehr. Apollonia tastete nach seinem Herzschlag, dann schüttelte sie den Kopf.

»Er ist tot«, sagte sie. Sie fuhr sich mit der Hand zitternd über das Haar, dann schaute sie Robert zornig an und ohrfeigte ihn. »Du bist wahnsinnig, du Narr. Der Teufel soll dich holen.« Sie weinte. »Man wird dich jagen wie einen tollwütigen Hund und dich wie einen solchen erschlagen.«

Es beschämte Robert, Apollonias Tränen zu sehen, da er begriff, dass sie nicht um Rudwin, sondern um ihn weinte.

»Apollonia.« Er streckte die Hand nach ihr aus, doch sie wich zurück, langte nach Rudwins Mantel, den er über einem Schemel abgelegt hatte, und holte aus einer der Taschen einen kleinen Lederbeutel hervor, den sie ihm zuwarf. Robert konnte die Münzen darin fühlen.

»Du wirst das Geld brauchen können«, sagte sie verzweifelt. »Mach, dass du fortkommst. Ich werde nicht für dich lügen, aber einige Minuten warten, bis ich nach Humbert rufe. Nutze die Zeit, um aus Rosenheim zu verschwinden.«

Robert nickte. Er fühlte sich wie betäubt und glaubte sich übergeben zu müssen, als er noch einmal Rudwins verzerrtes Gesicht betrachtete. Der Tod des Schiffmeisters verschaffte ihm eine gewisse Genugtuung, doch der Gedanke, dass er nun ein Mörder und ein Gejagter war, ließ ihn taumeln, als er sich aufrichtete und aus der Badestube stolperte.

Er zwang sich dazu, die Treppe gemessenen Schrittes hinabzusteigen, obwohl es ihn danach drängte, die Bruckladner-Taverne so schnell wie möglich zu verlassen. Den Blick stur geradeaus gerichtet, versuchte er unauffällig den Schankraum zu durchqueren. Erst als er den Ausgang erreicht hatte, wandte er sich um und bemerkte, dass die Augen von Arnulf Gruber, der sich an seinem Tisch erhob, auf ihn gerichtet waren. Grubers Kopf drehte sich zur Tür der Badestube, dann schaute er wieder mit einem Stirnrunzeln zu Robert, der rasch das Gasthaus verließ und auf die Straße lief. Wieviel Zeit mochte ihm nun noch bleiben? Arnulf Gruber hatte ihn gesehen, und wahrscheinlich trat er nun bereits die Treppe hinauf, um in der Badestube nach dem Rechten zu schauen. Der Vorsprung, den Apollonia ihm verschaffen wollte, war bedeutungslos geworden.

Von diesem Moment an befand er sich auf der Flucht.

Kapitel 9

Kurz nachdem Helene eingenickt war, verfing sie sich in einem wirren Traumgebilde. Sie hielt sich darin wieder in der alten Kate auf dem Roßacker auf, wo die Leichen von Kilian, Sybilla und ihren Eltern aufgebahrt worden waren. In ihrem Traum verfolgten sie die Augen der Toten. Wohin sie auch auswich, stets beobachtete sie jemand. Helene wollte aus der Kate fliehen, doch es gab keinen Ausgang. Zum Glück wurde sie bald darauf von einem Geräusch und Schritten geweckt. Es dauerte einen Moment, bis sie begriff, dass sie nur geträumt hatte und sich auf ihrem Lager in der Dachkammer befand. Zunächst glaubte sie, dass Adam aufgestanden war, doch als sie ihre Hand ausstreckte, konnte sie die Schulter ihres Sohnes fühlen und hörte ihn atmen.

Sie blinzelte und hob ihren Kopf an. Jemand kam mit einem Talglicht eilig auf sie zu.

»Robert?«, murmelte sie schlaftrunken. »Bis du das?«

Er führte das Licht näher zu seinem Gesicht, und sie erkannte, dass es tatsächlich Robert war.

»Schlaf weiter«, sagte er leise.

Helene gähnte und vermutete, dass Robert sich auf seiner Seite der Kammer nun ebenfalls zur Ruhe legen würde, doch nachdem sie dort ein Klappern und weitere Schritte vernommen hatte, trat er schließlich wieder an ihr vorbei. Im matten Lichtschein konnte sie erkennen, dass er die Briefe aus dem Versteck seiner Mutter und eine Decke bei sich trug. Sie wollte ihn fragen, was er denn vorhabe, doch er lief ohne ein weiteres Wort an ihr vorbei und verließ so schnell die Dachkammer, als würde er von geifernden Hunden gehetzt.

Helene rieb sich über das Gesicht. Sie fragte sich, warum Robert so spät am Abend seine Decke zusammenrollte und nach unten trug. Neugierig geworden, stand sie schließlich auf und schlich auf nackten Füßen zur Treppe. Sie begab sich in die Küche und sah, dass Robert dort die Decke über den Tisch ausgebreitet hatte und mit einigen Würsten, einem Laib Brot und einer Handvoll Dörrfleisch aus der angrenzenden Speisekammer zurückkehrte und alles auf die Decke warf.

Er wirkte überrascht, als er sie bemerkte, dennoch sagte er: »Ich hatte gehofft, du würdest wieder einschlafen. Das wäre einfacher für uns gewesen.«

»Einfacher?« Ein unbeholfenes Gefühl überfiel sie. Roberts Verhalten kam ihr seltsam vor. Seine Stimme klang traurig, und seine Miene war so angespannt, als wolle er im nächsten Moment aufschreien. »Du gehst?«, raunte sie. »Du stiehlst dich davon wie ein Dieb?«

Er antwortete nicht darauf, öffnete hastig eine Kiste, holte einen Feuerstein und etwas Tabak hervor und legte alles zu dem Proviant auf die Decke.

»Was in Herrgotts Namen ist geschehen?«, wollte sie wissen. »Was hast du getan, Robert?«

Seine gehetzten Augen verrieten ihr, dass er keine Zeit durch ihre Fragen verlieren wollte. Zumindest rang er sich eine kurze Antwort ab. »Er ist tot.« Seine Stimme schwankte. Eine schreckliche Befürchtung überfiel sie, die sich auch sogleich bestätigte, als er ihr gestand: »Ich habe Rudwin in einem Zuber ertränkt.«

Helene schüttelte fassungslos den Kopf.

»Ich kann dir keine Einzelheiten berichten, Helene. Arnulf Gruber weiß, dass ich mich an Rudwin gerächt habe. Er hat gewiss schon einige Männer zusammengerufen, die mich ergreifen sollen.«

Helene klammerte sich an den Tisch. »Und nun läufst du davon«, brachte sie hervor. Ihre Kehle war so zugeschnürt, dass die Worte wie ein Krächzen klangen.

»Ich habe nicht mehr viel Zeit. Sie werden bald …«

»Sei still!«, fuhr sie ihn an. Wütend sprang sie auf und lief aus der Küche auf den Hof. Sie hatte das Gefühl, keine Luft mehr zu bekommen. Aufgebracht trat sie in die kühle Dunkelheit und haderte damit, dass Robert fortging, gerade wo sich ihre Hoffnung zu erfüllen schien, ihn an sich binden zu können. Oder war das alles nur eine Illusion gewesen? Wäre sie nicht aufgewacht, hätte er sich ohne ein Wort des Abschieds davongemacht.

Helene stapfte mit verschränkten Armen auf und ab und hätte am liebsten aufgeschrien. Im nächsten Moment schossen ihr die Tränen aus den Augen. Sie weinte um Robert, dessen Leben nun womöglich keinen Pfifferling mehr wert war, und sie weinte auch um sich selbst, weil ihre Gefühle für ihn keine Laune und keine Einbildung waren und sie nun wieder allein sein würde.

Ein Gedanke fuhr ihr durch den Kopf. Eine kühne, voreilige und vielleicht auch dumme Idee, aber dennoch nahm sie dieser Einfall gefangen.

Einen Augenblick lang blieb sie wie versteinert stehen und wog noch einmal ab, ob sie dieses Vorhaben wirklich in die Tat umsetzen sollte. Schließlich ballte sie die Faust, um sich selbst Mut zu machen, und trat mit ausgreifenden Schritten zurück ins Haus.

Robert hatte in der Küche inzwischen sein Bündel zusammengeschnürt und wandte sich ihr zu, um mit ihr zu sprechen, doch Helene winkte ab und kletterte eilig die Treppe zur Dachkammer hinauf.

Sie weckte Adam, der sich schläfrig aufsetzte, und befahl ihm, sich anzukleiden. Auch Helene streifte ein grobes Wollhemd über und zog ihren Rock an.

»Wo gehen wir hin?«, fragte Adam und gähnte. In seinen Augen konnte sie Unsicherheit erkennen. Er schien zu spüren, dass eine Veränderung bevorstand.

»Sei still«, sagte sie und rollte zwei Decken zusammen. Einen Moment lang zweifelte sie daran, ob sie die Decken nicht einfach wieder ausbreiten und sich mit Adam schlafen legen sollte. Was tat sie ihrem Jungen an? Sie hatte vor, ihn einem langen Fußmarsch auszusetzen, dessen Ziel sie nicht kannte. Womöglich würden sie hungern und betteln müssen, um zu überleben. Vielleicht gerieten sie sogar in die Hände üblen Gesindels, das ihnen Gewalt antat.

Doch die Furcht, dass Robert fortging und sie ihn für immer verlieren würde, war stärker als alle Bedenken. Helene nahm Adam an die Hand, stieg die Leiter hinab und kehrte zurück in die Küche, als Robert das Haus gerade verlassen wollte. Er hielt an der Tür inne, betrachtete die beiden mit einem Stirnrunzeln und meinte: »Was zum Himmel hat das zu bedeuten?«

»Wir bleiben an deiner Seite, wohin dein Weg dich auch führen mag.«

»Das ist Unsinn.« Robert verzog das Gesicht. »Ihr würdet mich nur aufhalten.«

»Dann lass uns jetzt keine Zeit verlieren.« Helene zog Adam mit sich zur Tür, wo Robert eine Hand ausstreckte, um sie von sich fernzuhalten.

»Ich werde das nicht zulassen.«

»Und wie willst du es verhindern? Indem du uns in die Speisekammer sperrst?«, gab sie trotzig zurück.

»Vielleicht sollte ich das tun«, sagte er. Sie sah ihm an, wie sehr er sich über ihre Sturheit ärgerte. Dann aber trat er nach draußen und rief ihr zu: »Ich werde keine Rücksicht auf euch nehmen. Wenn ihr mit mir nicht Schritt halten könnt, bleibt ihr zurück.«

Ohne ein weiteres Wort marschierte er über den Hof auf die Straße. Und obwohl Helene glaubte, dass die Drohung durchaus sein Ernst gewesen war, zog sie fest an Adams Arm und lief Robert hinterher.

Sie hatten noch keine zwanzig Schritte zurückgelegt, als Robert plötzlich stehenblieb, sich dann eilig hinter eine Mauer duckte und sie zu sich winkte.

»Was …?«, fragte Helene, als sie sich neben ihn hockte, doch Robert legte zwei Finger auf ihren Mund und deutete auf den Weg vor dem Gerberhof, wo sie im Mondschein die Umrisse von einem halben Dutzend Männern erkennen konnte, die auf das Haus zuliefen. Einige von ihnen trugen Knüppel in den Händen.

»Diese Kerle hat Arnulf Gruber ausgeschickt«, flüsterte Robert.

Helene verfolgte, wie die Meute sich über den Hof verteilte. Jemand schlug an die Tür. Es tat ihr leid, dass Donata und Ludolf ein solcher Schreck eingejagt wurde.

»Ich muss allein gehen«, sagte Robert. »Sieh das ein!« Er drückte Helenes Schulter und schlich davon. Sie zögerte jedoch nur kurz, dann fasste sie Adams Hand und folgte ihm.

Kapitel 10

Robert hatte angenommen, Helene und Adam würden nicht lange mithalten können und in der Nacht so weit zurückfallen, dass es nicht schwer sein würde, sie ganz abzuschütteln. Doch als der Morgen graute, waren die beiden noch immer so dicht hinter ihm, dass er ihr Schnaufen und Keuchen hören konnte. Adam hatte nach dem Aufbruch zunächst unablässig geplappert und Fragen gestellt, aber nach einer Weile hatte er nur noch geweint, so dass Helene ihn schließlich die meiste Zeit über getragen hatte.

Das Tageslicht ließ Robert innehalten. Helene schloss zu ihm auf und war spürbar erleichtert, als er eine Rast einlegte. Sie setzte Adam ab, der sich sofort an einen Baumstamm kauerte und gähnte. Auch Helene wirkte völlig erschöpft. Robert vermutete, dass sie sich kaum noch auf den Beinen halten konnte.

Sie hatten sich nahe des Weges, der am Inn entlangführte, voranbewegt, jedoch stets im Schutz des Waldes. Durch das Unterholz der Bäume waren sie nur mühsam vorangekommen. Robert hatte es vermieden, hier in der Nähe Rosenheims auf offener Straße zu laufen. Er befürchtete, dass Arnulf Gruber auch hier nach ihm suchen ließ und dass vielleicht auch der Rosenheimer Rat Männer ausgeschickt hatte, um ihn gefangen zu nehmen. Wahrscheinlich waren diese Häscher in alle Himmelsrichtungen entsandt worden und prüften jeden Mann, dem sie begegneten, auf seine Beschreibung hin.

In der Dunkelheit hatte er sich einigermaßen sicher gefühlt, doch nun, im Licht der Morgensonne, befiel ihn die Furcht, dass er selbst hier im Schutz der Bäume von den Verfolgern entdeckt werden konnte. Er winkte Helene und Adam weiter in das Unterholz des Waldes hinein, und als sie bald darauf eine verfallene Kate entdeckten, beschloss er, dass es das Beste sein würde, wenn sie hier den Tag über verweilen und sich erst in der Dämmerung wieder auf den Weg machen würden.

Er breitete die Decken auf dem feuchten Boden aus. Helene und Adam hockten sich hin und tranken dankbar von dem Wasser, das er in der Nacht in einem Lederschlauch aus dem Inn geschöpft hatte. In den Augen der beiden zeigte sich die Müdigkeit, und nachdem er mit ihnen von dem Dörrfleisch und dem Brot gegessen hatte, schlief Adam sofort ein.

Robert und Helene hatten seit ihrem Aufbruch kaum ein Wort miteinander gewechselt. Er verstand noch immer nicht, warum sie so beharrlich seine Nähe suchte und ihm wie ein Hund auf Schritt und Tritt folgte. Ihre Sturheit ärgerte ihn. Sah sie denn nicht ein, wie lächerlich ihr Vorhaben war?

»Kehrt um!«, verlangte er unmissverständlich.

»Ich denke nicht daran«, entgegnete Helene trotzig.

»Du bist störrischer als eine Ziege.« Er wies auf ihren schlafenden Sohn. »Sieh ihn dir an! Der Junge ist schon jetzt am Ende seiner Kräfte.«

»Er ist nur müde«, widersprach Helene. »Immerhin hat er in dieser Nacht kein Auge zugetan.«

»Er wird noch viele Nächte durchmarschieren müssen. Erst dann kann ich mich sicher fühlen Und ich glaube nicht, dass Adam das durchsteht.«

»Er ist nicht schwach, nur weil er ein Kind ist. Und wenn es sein muss, trage ich ihn.« Helenes Worte sollten wohl überzeugend und stark klingen, doch Robert bemerkte ihre Unsicherheit. Sie schaute ihn einen Moment lang nur an, dann fragte sie: »Was ist dein Ziel? Wohin willst du gehen? Oder weißt du das nicht?«

Er hob die Schultern. »Ich werde dem Fluss folgen. Vielleicht suche ich in Innsbruck Unterschlupf, oder ich verberge mich im Alpengebirge.«

»Innsbruck? Solch ein Marsch wird Wochen dauern.«

»Und genau darum musst du mit Adam umkehren.«

Sie verzog das Gesicht und verschränkte die Arme. »Es geht nicht um Adam, habe ich recht? Du willst mich loswerden. Ich bin nur eine Last in deinen Augen. Eine Klette.«

Fast hätte er gelacht. Mit ihrer Vermutung traf Helene den Nagel auf den Kopf.

»Das stimmt«, sagte er kühl. Warum sollte er lügen und sie beschwichtigen? Es wurde Zeit, dass sie sich von ihm löste, und wenn es dieser unbequemen Wahrheit bedurfte, sie dazu zu bringen, dann sollte es ihm recht sein.

Einen Augenblick lang schien es, als würde sie in Tränen ausbrechen. Sie rang um Fassung, und es hätte ihn nicht gewundert, wenn sie ihn geohrfeigt hätte. »Vielleicht wäre es besser gewesen, wenn Rudwin Stollberg dich totgeprügelt hätte«, brachte sie schließlich hervor. »Ich hätte um dich geweint, aber mir wäre viel Kummer erspart geblieben.«

»Niemand verlangt von dir …«, hob er an, doch er wurde von einem plötzlichen lauten Hufgetrappel unterbrochen.

Robert drückte Helenes Kopf nach unten und duckte sich mit ihr hinter die Mauer. Er wartete ab, bis der Hufschlag sich entfernte, dann lugte er über die Steine. Die Straße mochte dreißig Schritte von ihnen entfernt sein. Durch die Baumreihen konnte er dort fünf oder sechs Reiter ausmachen, die an ihnen vorbeipreschten und sich entfernten.

»Die haben es wohl auf dich abgesehen«, sagte Helene.

»Vermutlich.« Inzwischen waren die Reiter außer Sichtweite. Robert nahm die Hand von Helenes Schulter. »Sieh doch bitte endlich ein, dass uns diese Flucht das Leben kosten kann. Solange wir uns im Rosenheimer Umland aufhalten, kann ich mich nur im Schutz der Nacht fortbewegen. Wir könnten von Wölfen angefallen werden, und wahrscheinlich treiben sich Räuber und anderes Gesindel hier in den Wäldern herum. Ich will euch nicht diesen Gefahren aussetzen.«

Sie hob die Brauen. »Wolltest du mich vorhin nicht noch loswerden, weil ich wie eine Klette für dich bin?«

Robert seufzte. »Das waren deine Worte. Im Ernst, Helene, es ist belanglos, dass wir miteinander geschlafen haben.«

»Für mich ist es das nicht.«

»Ich bin ein Mörder – ein Geächteter, den man an den Galgen bringen will. Wenn man dich bei mir findet, wirst du in Rosenheim als meine Geliebte verschrien sein. Man wird verächtlich über dich reden und dich öffentlich schmähen.«

»Das nehme ich auf mich.« Sie kam näher und streichelte seine Wange. »Ich kann nicht mehr ohne dich sein. Und wenn das bedeutet, dass ich mit dir auf der Straße und in den Dörfern betteln muss, dann werde ich auch damit zurechtkommen. Bin ich dir denn wirklich solch eine Last?«

»Das bist du«, erwiderte Robert. Helene schaute ihn mit einer Mischung aus Enttäuschung und Trotz an. Sie beugte sich näher zu ihm. Robert befürchtete, dass sie ihn küssen wollte, drehte sich auf die Seite und wandte sich von ihr ab. Er fühlte sich schlecht dabei, die Frau, die sich in den vergangenen Wochen so selbstlos für ihn aufgeopfert hatte, derart rüde abzuweisen, doch gleichzeitig hoffte er, dass er Helenes Stolz nun so sehr verletzt hatte, dass sie endlich ihren Sohn bei der Hand nehmen und nach Rosenheim zurückkehren würde.

Sie verbrachten den gesamten Tag in der Ruine. Robert schlief einige Stunden, und als sie danach eine weitere Mahlzeit zu sich nahmen, machte sich Helenes verletzter Stolz nur dadurch bemerkbar, dass sie sich recht wortkarg verhielt. Sie schien trotz seiner rüden Ablehnung noch immer fest entschlossen, ihm zu folgen.

Als die Dämmerung einsetzte, brachen sie auf und folgten dem Weg, der am Fluss entlang führte. Robert setzte seine Schritte nun noch schneller als in der gestrigen Nacht. Bald schon konnte er einen solchen Abstand zwischen sich und Helene bringen, dass er guten Mutes war, sie und Adam bis zum Morgengrauen endgültig abgeschüttelt zu haben.

»Robert!«, rief sie hinter ihm aus. »Robert, warte auf uns!«

Er beachtete sie nicht und lief nur noch eiliger voran. Wieder rief sie seinen Namen, und nun stimmte auch Adams helle Kinderstimme mit ein. Der Junge schrie und heulte so laut, dass Robert wütend stehenblieb und auf den Boden stampfte. Selbst aus der Ferne würden seine Verfolger durch diese Rufe alarmiert werden, wenn die beiden nicht damit aufhörten.

Plötzlich empfand er Mitleid mit seinen Begleitern, und wieder plagte ihn das schlechte Gewissen. Sie verdienten es nicht, hier im Wald in der Dunkelheit alleingelassen zu werden. Er fluchte, dann lief er zurück und wies die beiden an, sich endlich ruhig zu verhalten.

»Ich hatte befürchtet, wir würden dich verlieren«, rechtfertigte sich Helene. Sie schnaufte und war ganz außer Atem.

»Unsinn!«, erwiderte er mürrisch, dann hob er Adam auf seine Arme und trat beherzt voran.

Am nächsten Tag versteckten sie sich in einer Talsenke und harrten dort bis zum Abend aus. Inzwischen waren ihre

Vorräte zur Neige gegangen, und nach einem weiteren Nachtmarsch knurrten bereits ihre leeren Mägen. Robert befand, dass sie nun weit genug von Rosenheim entfernt waren, um auch bei Tageslicht weiterzumarschieren. Sie setzten ihren Weg bei immer wieder einsetzenden Regengüssen über schlammige Pfade fort und waren bald so durchnässt, als wären sie durch den Inn geschwommen. Ihre Stimmung wurde immer gereizter. Helene, die am Morgen über eine Baumwurzel gestürzt war, humpelte und fluchte leise bei jedem Schritt. Adam jammerte ebenfalls und blieb immer wieder stehen, so dass Helene mehrmals mit ihm schimpfte und ihn mit einem Klaps auf dem Kopf vorantrieb. Das alles verdarb Robert die Laune, und ein ums andere Mal wünschte er sich, er hätte die beiden doch im Wald zurückgelassen.

Noch vor der Mittagsstunde erreichten sie die Ortschaft Kufstein, die aus mehreren kleinen Weilern bestand, die sich am Fuß einer Erhebung scharten, auf der ein massives Festungswerk errichtet worden war. Helene schlug vor, nach einer Herberge zu suchen, um in der Nacht ein Dach über dem Kopf zu haben, doch Robert lehnte das ab. Es war eine Sache, bei Tag im Unterholz des Waldes zu marschieren, aber ein weitaus größeres Risiko, mit den Menschen in Kufstein in Kontakt zu treten oder sich gar in eine Herberge einzuquartieren. Er dachte an die Reiter, die sie von ihrem Versteck aus beobachtet hatten. Die Gefahr, dass man hier bereits nach ihnen suchen würde, war zu groß.

»Wie du meinst«, sagte Helene auf seinen Einwand hin. »Ich werde trotzdem versuchen, etwas zu essen aufzutreiben. Eine Frau wird keinen Verdacht erregen.«

Robert gab ihr ein paar Münzen mit auf den Weg und versteckte sich mit Adam unter dem Vordach eines Heuspeichers, wo sie vor dem Regen geschützt waren. Sie legten einen Teil ihrer nassen Kleidung ab und ließen sich auf dem Boden nieder. Robert hoffte, dass es Helene gelang, etwas Essbares aufzutreiben, denn der Hunger trug nicht unbedingt dazu bei, seine Stimmung zu bessern. Bis sie zurückkehrte, versuchte er sich abzulenken, indem er seine Spielkarten hervorholte und Adam mit einem simplen Kunststück erstaunte. Der Junge wählte eine Karte aus und schob sie, ohne dass Robert sie gesehen hatte, wieder in den Stapel. Robert, der natürlich heimlich einen Blick auf die unterste Karte des geteilten Stapels geworfen hatte, zog wie von Zauberhand Adams Karte hervor. Der Junge war begeistert, und Robert musste alles noch mehrere Male wiederholen. Anschließend erklärte er Adam die Bedeutung der Symbole, die auf den Spielkarten abgebildet waren. Das Karo stand für Gold oder Geld, Herz für die Kirche, Kreuz für die politische Macht und das Pik für den Adel. Er versuchte dem Jungen die Regeln des Brandeln zu erläutern, eines recht simplen Stichspiels, doch als er zu seiner Erklärung ansetzte, sank Adams Kopf auf seine Beine, und der Junge schlief ein.

Robert strich über Adams Haar und betrachtete ihn. Vorhin hatte er kurz mit dem Gedanken gespielt, Adam hier zurückzulassen und alleine weiterzuziehen. Die Gelegenheit dazu war günstig. Er hatte es nicht fertiggebracht, Helene und ihren Sohn während der Nacht im Wald im Stich zu lassen, doch nun befanden sie sich unter Menschen, und es würde den beiden gewiss möglich sein, wohlbehalten nach Rosenheim zurückzukehren, während er seine Flucht ohne sie fortsetzte.

Trotz dieser Überlegungen brachte er es letztendlich nicht über das Herz, den Kopf des schlafenden Jungen von seinen Beinen zu heben und aufzubrechen. Er musste sich sogar eingestehen, dass ihm die Gesellschaft gut tat.

Auch wenn ihm Helenes Launen und Adams Weinerlichkeit häufig reizbar werden ließen, so lenkten die beiden ihn doch von den Vorwürfen ab, die er sich selbst machte, wann immer er zur Ruhe kam.

Er hatte einen Menschen getötet und damit eine Todsünde begangen, auch wenn sein Opfer ein Widerling gewesen war. Wenn er die Augen schloss, fühlte er sich zurückversetzt in die Badestube, und er durchlebte erneut den Augenblick, in dem er gespürt hatte, wie Rudwin unter seinen Händen starb, während er ihn unter das Wasser drückte. In diesem Moment hatte er dem Schiffmeister mit Absicht das Leben genommen, und für diese Tat würde er sich vor Gott verantworten müssen. Robert hatte in Rosenheim keinen großen Wert auf regelmäßige Kirchenbesuche gelegt, doch nun wünschte er sich einen Priester herbei, dem er diese Sünde beichten konnte in der Hoffnung auf Absolution.

Als Helene sich wieder zu ihnen gesellte, saß er noch immer mit dem schlafenden Adam neben dem Speicher. Sie kehrte mit leeren Händen zurück und schien recht aufgeregt zu sein. »Es gibt Neuigkeiten«, sagte sie und hockte sich zu ihnen. »Ich habe mit einer Frau in einem Gasthaus gesprochen. Sie hat mir berichtet, dass gestern zwei Männer im Ort aufgetaucht sind, die nach einem Mann aus Rosenheim gesucht haben. Das Kopfgeld, das auf dich ausgesetzt wurde, beträgt fünfzehn Silbergulden.«

»Mehr ist denen die Vergeltung für Rudwins Tod nicht wert?«, erwiderte er sarkastisch. »Er scheint kein sonderlich beliebter Mann gewesen zu sein.«

»Das ist keine geringe Summe«, meinte Helene. »Auf jeden Fall werden viele Menschen die Augen offenhalten, und die meisten würden dich wohl für weitaus weniger Geld ans Messer liefern. Als ich das erfahren habe, bin ich sofort zurückgelaufen.«

»Und wenn schon!« Er winkte ab. »Die suchen also nach jemandem, der sich allein auf der Flucht befindet. Nicht nach einem Mann, in dessen Begleitung sich eine Frau und ein Kind befinden.«

»Wir könnten behaupten, dass wir verheiratet sind und dass Adam dein Sohn ist«, schlug sie vor.

Robert zögerte. »Nein, das ist keine gute Idee.«

»Warum nicht? Eine Familie wäre eine gute Tarnung.«

Im Grunde hatte sie recht. Dennoch gefiel es ihm nicht, dass Helene so offensichtlich seine Situation ausnutzen wollte, um der Erfüllung ihrer Wünsche näherzukommen.

Er schüttelte den Kopf. »Es bleibt dabei: Wir werden uns nicht als Verheiratete ausgeben.«

»Dein Stolz macht dich dumm.« Helene schnaufte enttäuscht.

Er tat ihren launigen Kommentar mit einer wegwerfenden Handbewegung ab und sagte: »Wichtig ist, dass wir falsche Familiennamen angeben, wenn jemand uns danach fragt. Ab heute werde ich den Namen Bernau niemals mehr erwähnen.«

»Aber wie heißt du dann?«

Er überlegte und schaute sich um. Sein Fuß scharte über die Erde, und er nannte den ersten Namen, der ihm dabei einfiel: »Erdmann. Meine Name ist nun Richard Erdmann.«

Helene rümpfte die Nase. »Warum Richard Erdmann?«

»Warum nicht?« Er hob die Schultern. »Was ist daran auszusetzen?«

»Nichts«, meinte Helene, die aber noch immer ein wenig beleidigt schien, dass er sie nicht einmal als eine vorgetäuschte Ehefrau akzeptierte.

»Ich möchte, dass du dir ebenfalls neue Namen überlegst. Für dich und für Adam.«

»Zeit dazu haben wir ja mehr als genug«, erwiderte sie und weckte Adam, der den Tränen nahe war, als er erfuhr, dass es vorerst nichts zu essen gab. Eine Weile ruhten sie sich noch aus, dann brachen sie auf und folgten wieder dem Pfad, der am Innufer entlangführte.

Am frühen Abend machten sie in der Ferne einen Wanderer aus, der ihnen auf ihrem Weg entgegenkam. Robert zog Helene und Adam mit sich hinter ein Gebüsch, wo er sie anwies, sich ruhig zu verhalten, bis der Fremde an ihnen vorübergezogen war.

Zu Roberts Verdruss waren sie wohl dem Reisenden nicht unbemerkt geblieben, denn als der untersetzte, ältere Mann sich auf Höhe ihres Verstecks befand, baute er sich vor dem Buschwerk auf und rief ihnen in einem seltsamen Dialekt zu: »Glaubt ihr, ich hätte euch nicht gesehen? Gott steh mir bei, wenn ihr Räuber seid, denn ich werde euch nicht viel zu geben haben. Doch wenn es sich bei euch um gute Leut handelt, dann kommt heraus und schwatzt ein wenig mit mir.«

Durch die Zweige konnte Robert erkennen, wie der Kerl mehrere getrocknete Fische, Zwiebeln und einen Laib Brot hervorholte.

»Seid meine Gäste«, sagte der Mann.

Robert rührte sich nicht, doch Adam wurde ungeduldig, als er das Essen sah und flüsterte: »Ich habe solchen Hunger.«

»Still!«, zischte Robert.

»Er bietet uns sein Brot an«, raunte Helene ihm zu. »Wir müssen essen, sonst setzen wir bald keinen Fuß mehr vor den anderen. Wovor hast du Angst? Er ist allein.«

»Was hast du vor?«, fragte Robert, doch da hatte sich Helene schon erhoben und rief dem Fremden zu: »Gott zum Gruße.«

»Ich grüße euch«, entgegnete der Mann und winkte sie zu sich. »Ihr seid die ersten Menschen, denen ich seit zwei Tagen über den Weg gelaufen bin, und mir steht der Sinn nach ein wenig Unterhaltung. Also kommt, breiten wir die Decken dort unter den Bäumen aus.«

Helene nahm Adam bei der Hand und trat aus dem Gebüsch. Robert knurrte ungehalten. Es wäre ihm lieber gewesen, jede Begegnung zu vermeiden. Der Kerl würde noch heute in Kufstein eintreffen und dort freimütig darüber Auskunft geben, dass er seine Rationen mit einem Mann, einer Frau und einem Kind geteilt hatte, die ohne bestimmtes Ziel nach Süden zogen. Auch wenn Helene erfahren hatte, dass bislang nur nach ihm allein gesucht wurde, musste das keineswegs bedeuten, dass seine Verfolger nicht wussten, dass auch Helene Holt und ihr Sohn den Gerberhof verlassen hatten und sich wohl in seiner Begleitung befanden.

Da sich Helene bereits zu erkennen gegeben hatte, trat auch Robert aus dem Gebüsch hervor und begrüßte den Fremden. Der stellte sich ihnen als Avram Broder vor, ein Schnurrjude, der über das Land zog und einen Sack voll Haare mit sich führte, die er in den vergangenen Wochen auf seinem Weg von Dorf zu Dorf erworben hatte.

Sie entzündeten ein Feuer, und der schmächtige Mann teilte sein Brot, die Zwiebeln und die Fische mit ihnen.

Avram Broder musterte interessiert Helenes Haare, die unter ihrer Haube hervorlugten, und bot ihr mehrere bunte Bänder und einige Kupfermünzen an, um diese zu erwerben. Helene lehnte jedoch höflich ab.

Er war ein freundlicher und recht redseliger Kerl. Während sie aßen, erzählte er ihnen von dem Weg, den er von Wien über das Salzburger Land bis in das südliche Bayern zurückgelegt hatte. Er beschrieb ihnen seine beschwerliche Wanderung und wusste vor allem aus der südlich im Erzstift Salzburg gelegenen Region Lungau schauerliche Dinge zu berichten.

»Man befürchtet, dass dort hinter jedem Baum ein Halsabschneider lauert«, meinte Avram und nickte, als wolle er sich das selbst bestätigen. »In den vergangenen Jahren hat sich das Diebesgesindel im Salzburger Umland wie eine

Pest ausgebreitet. Die geben sich nicht mehr mit Almosen zufrieden, die man ihnen zusteckt, sondern nehmen sich, was sie wollen. Es gibt zahlreiche Banden, die Gutshöfe und Kirchen ausrauben. Man sagt, der Gefährlichste unter ihnen ist ein Zauberer namens Jackl, der mit dem Teufel im Bunde steht. Er soll dem Satan schon viele Kinder zugeführt und sie verdorben haben. Einige dieser Hexenkinder wurden von den Landpflegern aufgegriffen, und sie gestanden schreckliche Verbrechen.«

»Robert kann auch zaubern«, plapperte Adam hervor.

Robert stieß ihn an, ärgerte sich kurz über die unbedachte Äußerung des Jungen und auch darüber, dass er ihn bei dem Namen nannte, den doch niemand erfahren sollte. Dann aber holte er rasch sein Kartenspiel hervor und erklärte: »Sagen wir lieber, ich bin einfach geschickt mit den Karten. Mit dunklen Kräften habe ich nichts im Sinn.«

»Das beruhigt mich«, meinte Avram. »Wie dem auch sei, es heißt jedenfalls, dieser Jackl hätte Hostien geschändet und euren christlichen Glauben verspottet. Außerdem will man gesehen haben, wie er Mäuse hervorgezaubert und sich unsichtbar gemacht hat.«

»Glaubst du daran?«, wollte Helene wissen.

Avram zögerte. »Ich bin vorsichtig. Wer möchte schon mit einem Schadenszauber belegt werden? Zumindest hat die Obrigkeit Schritte eingeleitet, um dieser Plage Herr zu werden. Der Salzburger Erzbischof Max Gandolph von Kuenburg hat bereits Dutzende Teufelsdiener gefangengesetzt und ihnen Geständnisse abtrotzen lassen. Es ist wohl nur eine Frage der Zeit, bis ihm auch der Jackl in die Finger gerät und sein Kopf über die Richtstätte rollt.«

Robert hatte Avrams Schilderungen aufmerksam verfolgt. Er musste daran denken, dass er selbst vor kurzem noch mit dem Gedanken gespielt hatte, nach Salzburg zu reisen, um mehr über seinen Vater zu erfahren. Nach der überstürzten Flucht waren sie jedoch dem Lauf des Inn ziellos nach Süden gefolgt und entfernten sich mit jedem Tag weiter vom Salzburger Land. Nun aber kam Robert das einstige Vorhaben erneut in den Sinn.

Er wartete ab, bis Helene sich in die Büsche zurückzog, um sich zu erleichtern, dann bat er Avram: »Beschreib mir bitte, wie ich von hier aus in das Lungau gelange.«

Avram runzelte die Stirn, nahm einen Stock zur Hand und zeichnete damit mehrere Linien in die Erde, die wohl Flüsse darstellen sollten, denn er deutete auf einen bestimmten Punkt und erklärte Robert, dass dies die Stelle sei, an der sie sich im Moment befanden, und dass er nach Süden über die Berge ziehen müsse, bis er an den Salzach-Fluss gelange. Wenn er von dort dem Wasserlauf nach Osten folge, werde er zunächst die Salzburger Region Pinzgau erreichen, dann das Pongau und nach einigen weiteren Tagesmärschen auch das Lungau.

»Der Weg durch das Gebirge ist beschwerlich. Ihr werdet gewiss an die zwei Wochen für diese Strecke brauchen.« Während Avram sich nun eine Pfeife stopfte, wirkte er besorgt. »Ich hoffe nicht, dass du mit dem Gedanken spielst, dich diesem Zauberer anzuschließen.«

»Der Zauberer?« Robert lachte. »Nein, von dem halte ich mich besser fern. Aber es gibt jemanden, der sich schon vor langer Zeit unsichtbar gemacht hat, und den werde ich wahrscheinlich in Salzburg finden.«

»So?«, fragte der Händler skeptisch.

Robert hörte Schritte. Helene kehrte zurück. Er legte einen Finger vor den Mund und bat Avram mit dieser Geste, über ihr Gespräch zu schweigen. Mit dem Fuß verwischte er die Skizze auf der Erde. Helene würde früh genug bemerken, dass er ein neues Ziel ins Auge gefasst hatte.

Kapitel 11

Natürlich blieb Helene nicht verborgen, dass Robert die vorgesehene Richtung geändert hatte. Kaum eine Stunde nachdem sie sich unter seiner Führung vom Ufer des Inn entfernt hatten und tiefer in das Gebirge nach Süden gezogen waren, sprach sie ihn darauf an.

»Das ist nicht der Weg nach Innsbruck.« Sie stoppte und stemmte die Hände in die Hüfte.

Er wandte sich zu ihr um. »Du hast recht. Wir folgen dem Weg, den dieser Schnurrjude zurückgelegt hat.«

»Aus welchem Grund?«

»Weil ich glaube, dass man mich im Salzburger Land nicht aufspüren wird.«

»Das Salzburger Land?« Helene runzelte die Stirn. »Du hast doch gehört, was Avram Broder über diese Gegend berichtet hat. Es soll dort eine wahre Plage an Landstreichern geben. Und zwischen diesem Gesindel glaubst du sicher zu sein?«

»Genau aus dem Grund. Die Obrigkeit dort wird genug mit den Dieben und Zauberern zu tun haben. Wen kümmert es da noch, ob sich ein flüchtiger Mann aus Rosenheim in ihrer Gegend aufhält.«

Helene winkte trotzig ab. »Das stimmt vielleicht, aber ich fürchte die Gefahr, die uns durch diese Rechtlosen droht, wenn wir durch die Wälder streifen. Und wenn sich tatsächlich ein gefährlicher Zauberer unter ihnen befindet …«

»... dann kann er mich unsichtbar machen, und man wird mich niemals finden«, sagte Robert und lachte laut über seinen Scherz.

Helenes Gesicht blieb jedoch verkniffen. »Mir ist nicht wohl dabei. Die schwarzen Künste scheinen in der Gegend weit verbreitet zu sein. Ich fürchte mich vor schwarzer Magie, und ich lege keinen Wert darauf, einem Zauberer oder einer Hexe zu begegnen.«

Robert brummte nur abfällig. Helenes Sorge schien ihm überzogen. Zwar fürchteten viele Leute die Teufelsdiener, die angeblich die schwarze Taufe empfangen hatten und die Menschen mit Schadenszaubern und dunklen Verlockungen heimsuchten; begegnet war er einem Zauberer aber noch nie und irgendwie schien es ihm, als hauche vor allem die Angst und die Geschwätzigkeit der Leute dem Tun der Zauberer und Hexen das Leben ein.

»Hast du Avram von deinen Plänen erzählt?«, wollte Helene wissen.

»Nicht direkt, aber ich habe mir von ihm den Weg beschreiben lassen.«

»Vielleicht treffen deine Häscher auf ihn, und auf ihre Fragen hin wird er ihnen bereitwillig Auskunft geben. Dann wirst du ihren Atem schon bald im Nacken spüren.«

»Mein Entschluss steht fest«, war alles, was er erwiderte.

Helene verzog das Gesicht, lief nun aber endlich weiter und zog Adam mit sich. »Ich fürchte, du verfolgst ein ganz anderes Ziel«, meinte sie.

»Und was soll das sein?«

»Du willst deinem Vater gegenübertreten.«

»Ich wäre dumm, wenn ich in diesen Tagen die Stadt Salzburg aufsuchen würde«, meinte Robert. »Meine Verfolger werden in Rosenheim Erkundigungen über mich einholen. Wahrscheinlich haben sie von Vater Jacub bereits erfahren, dass er mir Briefe von einem Mann aus Salzburg vorgelesen hat. Dort werden sie also besonders gründlich nach mir suchen.« Es war nur eine Annahme. Robert hatte Vater Jacub gebeten, über den Inhalt der Briefe zu schweigen. Er schätzte den Priester als vertrauenswürdig ein, doch wenn Vater Jacub von dem Mord an Rudwin Stollberg erfuhr, würde er Arnulf Gruber und dem Rosenheimer Rat diese Auskunft nicht verweigern. Es handelte sich schließlich nicht um ein Beichtgeheimnis, das Robert ihm anvertraut hatte.

»Wir werden uns zunächst in die Region Lungau begeben, die mehrere Tagesreisen südlich der Stadt Salzburg liegt«, sagte er. »Dort bleiben wir einige Monate, bis man hoffentlich das Interesse daran verloren hat, nach mir zu suchen. Danach sehen wir weiter.«

»Verkauf mich nicht für dumm, Robert. Es drängt dich, mehr über deinen Vater zu erfahren, und ich verstehe nicht, warum du so erpicht darauf bist, ihm irgendwann gegenüberzustehen. Für ihn wirst du nur ein Bastard sein.«

»Du hast dafür gesorgt, dass ich seinen Namen erfahren habe«, gab er schroff zurück. »Wenn es dir nicht passt, dass ich irgendwann mehr über diesen Mann wissen möchte, dann kehre um. Lass mich allein und erspare mir dein mürrisches Geplapper.«

»Du wirst enttäuscht werden«, sagte sie und stapfte voran. Robert blieb noch einen Moment lang stehen und wusste nicht, ob er sich über ihre Worte aufregen oder sie sich zu Herzen nehmen sollte, dann folgte er Helene mit raschen Schritten, während sie über den schmalen Pfad lief, vor dem sich die Ausläufer der Alpen erhoben.

Die folgenden fünf Tage ihres Marsches über die Berge zehrten stark an ihren Kräften. Zwar bewegten sie sich zumeist in den Gebirgsschluchten voran, doch die Wege hier waren mit Steinen übersät, zudem erschwerten Büsche und tiefhängende Zweige ihr Vorankommen. Immer wieder hatten sie steile Höhen zu überwinden, um ihren Marsch fortsetzen zu können, und mehr als einmal machten ihnen dabei plötzlich einsetzende Regengüsse oder schier undurchdringlicher Nebel das Leben schwer. Obwohl sie alle bald so erschöpft waren, dass sie kaum noch einen Fuß vor den anderen setzen konnten, merkte Robert, dass sein Kopf freier wurde, je weiter sie in das zerklüftete Gebirge zogen, in dessen Tälern sie kaum einer Menschenseele begegneten.

Die Einsamkeit nahm ihm in dieser Zeit die Furcht, aufgespürt zu werden. In den Tagen zuvor hatte er stets schlecht geschlafen. Der Mord an Rudwin quälte ihn in seinen Träumen. Zudem war er bei jedem Geräusch aufgeschreckt und hatte befürchtet, dass im nächsten Moment eine Hand nach ihm griff – dass man ihn festsetzen und zurück nach Rosenheim schaffen würde.

Doch dieses Gefühl der Freiheit bezahlten sie damit, dass sie Hunger litten. Ihre Vorräte waren aufgebraucht. Sie aßen von den Gräsern am Wegesrand und tranken aus den schmalen Gebirgsbächen. Robert und Helene versuchten mehrmals, mit gezielten Steinwürfen Hasen oder Füchse zu erlegen, doch die flinken Tiere wichen ihnen stets aus, so dass ihre Mägen weiterhin knurrten.

Der beschwerliche Marsch sorgte für Unmut. Helene und Adam konnten sich häufig nicht mehr auf den Beinen halten. Sie stolperten oder sackten entkräftet zusammen und zogen sich schmerzhafte Schürfwunden zu. Adam weinte ständig und weigerte sich immer öfter weiterzulaufen. Am vierten Tag wimmerte er nur noch, und am fünften befiel ihn ein Fieber, so dass sie einsahen, dass er geschont werden musste.

Glücklicherweise stießen sie in einer Talsenke auf einen Weiler, der aus rund einem Dutzend schäbiger Hütten und einem schlichten Kirchturm bestand. Die knorrigen Menschen, die hier lebten, sprachen einen Dialekt, der für Robert und Helene kaum zu verstehen war, aber man nahm sie zumindest freundlich auf, versorgte die ausgelaugten Wanderer mit einer kräftigen Mahlzeit und behandelte Adams Fieber mit feuchten Wickeln und Kräuteraufgüssen.

Zwei Nächte verbrachten sie in einem Kuhstall, in dem es so unangenehm wie in einer Kloake roch. Sie waren trotzdem froh, die Zeit nicht unter freiem Himmel verbringen zu müssen. Adam stöhnte in seinem Fieber. Helene hielt seine Hand, und Robert blieb nicht verborgen, dass sie weinte.

»Er ist stark«, machte er Helene Mut, doch als sie ihm ihr Gesicht zuwandte, ahnte er, dass sie nicht nur aus Sorge um Adam ihre Tränen vergoss.

»Sind wir denn wirklich solch eine große Last?«, fragte sie.

Er setzte sich zu ihnen, schwieg kurz und erwiderte dann: »Ich kann bis heute noch nicht verstehen, warum du diese Mühe auf dich nimmst. Und ja, es ist nicht immer leicht mit dir. Aber ihr seid die letzte Verbindung zu meinem alten Leben in Rosenheim. Ich habe mich damit abgefunden, dass ihr mich begleitet, und wahrscheinlich würde mir sogar dein Gemecker fehlen.«

»Mein Gemecker?« Helene zog ein enttäuschtes Gesicht. »Warum sagst du so was? Gibt es denn nichts an mir, das dir gefällt?«

»Immerhin habe ich mit dir geschlafen. Ist es das, was du mir sagen willst?«

»Es sollte kein Vorwurf sein.«

»So klang es aber.« Robert tupfte mit dem Saum seines Ärmels ihre Tränen von der Wange. »Lass uns unsere Kraft nicht mit diesen sinnlosen Vorhaltungen vergeuden«, sagte er leise. »Wir haben noch eine lange Reise vor uns, und ich kenne noch nicht einmal das Ziel, an dem wir zur Ruhe kommen werden. Wahrscheinlich kann ich nicht die Erwartungen erfüllen, die du in mich setzt, aber du bist mir trotzdem wichtig. Wenn dir das reicht, begleite mich, wenn nicht, dann kehre um.«

Helene schniefte, bemühte sich aber, keine allzu große Schwäche zu zeigen. »Wir bleiben bei dir«, war ihre knappe Antwort, dann wandte sie sich um und strich über Adams schweißnasse Stirn. Robert nickte nur, erhob sich und trat nach draußen, um dem Gestank der Kuhpisse und den schwierigen Gesprächen zu entfliehen.

Nach den zwei Tagen der Ruhe war Adam wieder soweit bei Kräften, um den Weg fortzusetzen. Sie brachen ohne weitere Verzögerung auf. Robert hatte einem Bauern genügend Brot, Dörrfleisch und Eier abgekauft, damit sie mehrere Tage davon satt werden konnte. Doch auch wenn der Hunger sie nicht plagte, sorgte gerade in den Nächten jedes Geräusch dafür – sei es ein Knacken im Unterholz, das entfernte Heulen eines Wolfes oder der Flügelschlag eines Vogels –, dass sie erschrocken zusammenzuckten und schweigend lauschten, ob sich ihnen womöglich Diebesgesindel näherte. Zu ihrer Erleichterung waren es aber wohl doch immer nur harmlose Tiere, die sie aufschrecken ließen.

Ihr Marsch führte sie vier weitere anstrengende Tage über das Gebirge, dann endlich erreichten sie das Ufer des Salzach-Flusses. Von hier aus wandten sie sich in östliche Richtung und folgten dem Flusslauf, so wie Avram Broder es ihnen angeraten hatte. Die Strecke erwies sich als schwierig, denn oftmals gab es keine Wege mehr, und sie verbrachten Stunden damit, zerklüftete Felserhebungen zu überwinden. Diese Passagen zerrten an ihren Kräften, nicht zuletzt, weil inzwischen erneut die Vorräte aufgebraucht waren. Einmal stießen sie in einem Astgeflecht auf ein Vogelnest mit vier kleinen Eiern, ansonsten versuchten sie den

Hunger damit zu vertreiben, indem sie auf Blätter kauten oder dann und wann noch Schnecken und Würmer suchten und diese angewidert verspeisten.

Obwohl sie das Gebirge hinter sich bringen wollten, bevor der Hunger sie lähmte, legten sie mit jedem Tag früher die Abendrast ein. Adam hing dann zumeist kraftlos in Helenes Armen und ließ seinen Unmut über die Strapazen durch ein leises Wimmern erkennen. An jedem dieser Abende ließ Robert seinen Blick über die nebelverhangenen Bergmassive streifen und machte sich Vorwürfe, dass er die beiden in diese verlassene Gegend geführt hatte und sie diesen Anstrengungen aussetzte. Sie waren für einen Marsch durch solch unwegsames Gelände kaum vorbereitet gewesen. Wie viele Männer und Frauen mochten auf dieser Strecke gestorben sein, weil sie die Strapazen falsch eingeschätzt hatten? Würden auch sie bald zu diesen Unglücklichen zählen? Robert sorgte sich nicht so sehr um sein eigenes Schicksal, aber ihn quälte die Vorstellung, dass Adam oder Helene hier sterben könnten. Solch eine Schuld würde schwer auf seinen Schultern lasten.

Zu seiner Erleichterung hatten sie den schwierigsten Teil ihrer Reise bald hinter sich gebracht. Nach vier Tagen stießen sie auf eine Ortschaft, in der sie sich mit dem nötigsten Proviant versorgen konnten. Fortan kamen sie über den ebenen Weg der Talsenke so gut voran, dass sie nach drei weiteren Tagesmärschen ein Dorf mit dem Namen Schwarzach erreichten, wo sie erfuhren, dass sie in der Region Pongau im Erzstift Salzburg angekommen waren.

Seit ihrem überstürzten Aufbruch aus Rosenheim war mittlerweile fast ein ganzer Monat vergangen. Robert hatte das Gefühl, als neige sich ihre Flucht nun vorerst tatsächlich dem Ende zu. In Schwarzach wollte er aber nicht bleiben. Zwar nahm er nicht an, dass man in diesem Ort nach ihm suchen würde, aber dennoch wollte er zunächst größere

Siedlungen meiden und sich in der ländlichen Umgebung bis in das Lungau durchschlagen. Irgendwo hier in der Nähe würde es sicherlich ein Gehöft oder einen kleinen Weiler geben, wo sie Arbeit finden konnten, die man ihnen mit einem Platz zum Schlafen und den nötigen Mahlzeiten vergüten würde.

Also brachen sie noch am Tag ihrer Ankunft in Schwarzach schon wieder auf. Sie waren etwa eine Stunde an der Salzach entlanggezogen, als sie auf eine in Not geratene Kutsche trafen. Das Gefährt war wohl in den Spurrillen der Straße ins Schlingern geraten und auf die Seite gestürzt. Zwei Männer standen aufgeregt gestikulierend und zankend neben der havarierten Kutsche und konnten sich offenbar nicht darüber einig werden, was nun unternommen werden sollte.

Neben ihnen hockte am Waldrand ein zierliches, hübsches Mädchen, dessen Gesicht unter seiner Haube recht blass ausschaute. Wahrscheinlich war ihr der Schreck in alle Glieder gefahren.

Einer der Männer trug schlichte, abgewetzte Kleidung und einen Schlapphut. Robert nahm an, dass es sich um den Kutscher handelte. Der andere, ein Mann von vielleicht sechzig Jahren, der mit seinem Gehstock auf das Gefährt deutete und lautstark schimpfte, schien ein Herr von hohem Stand zu sein. Er trug eine bestickte Weste, und unter den Ärmeln seines Mantels lugte ein Rüschenhemd hervor. Die Perücke auf seinem Kopf war zur Seite verrutscht und ließ ihn lächerlich aussehen.

Das Mädchen verfolgte missmutig das wütende Gebaren des Herrn und hielt sich während seines Gekeifes demonstrativ die Ohren zu. Die Szenerie erinnerte Robert an ein Spottbild. Er verkniff sich ein Grinsen und trat auf das Gefährt zu, bei dem es sich wohl nicht um eine Postkutsche handelte. Die wäre mit weitaus mehr Gepäck beladen gewesen und hätte gewiss auch nicht nur zwei Fahrgäste befördert. Er vermutete, dass hier ein äußerst wohlhabender Mann mit seiner Tochter in arge Schwierigkeiten geraten war.

Dieser schimpfende Herr bemerkte nun die Wanderer, die sich ihnen näherten, und richtete seinen Gehstock auf Robert, während er weiterhin mit dem Kutscher stritt. »Diese Vaganten dort können dir zur Hand gehen, wenn du schon daran zweifelst, dass du es allein fertig bringst, den Wagen wieder aufzurichten.« Sein Tonfall klang so näselnd und überheblich, wie es Robert nicht anders erwartet hätte.

Inzwischen waren sie bis auf wenige Schritte herangetreten. Robert fragte: »Was ist Euch geschehen?«

Der Mann verzog das Gesicht, als hätte Robert ihn angespuckt. »Hast du denn keine Augen im Kopf? Was soll diese überflüssige Frage? Geh meinem Kutscher zur Hand! Ich will nicht den ganzen Tag von diesem Malheur aufgehalten werden.«

Der Kutscher tippte sich an den Hut und wies auf das umgestürzte Gefährt. »Wärest du so freundlich, mir zu helfen?«

Auch das Mädchen hatte sich erhoben und trat auf sie zu. Robert schätzte sie auf vielleicht sechzehn oder siebzehn Jahre. Sie hatte bislang kein Wort gesprochen, aber ihre hübschen braunen Augen verfolgten aufmerksam das Geschehen.

»Nun rühr dich endlich!«, drängte der Herr. Sein Befehlston missfiel Robert, doch Helene stieß ihn an und forderte ihn auf, dem Kutscher seine Hilfe anzubieten. Sie stemmten sich gegen das Gefährt, doch hoben sie es kaum eine Elle vom Boden an. Auch als Helene sich mit ihnen mühte, gelang es nicht, den schweren Wagen aufzurichten.

»Was ist mit dem Bengel?«, keifte der Herr und richtete seinen Stock auf Adam, der alles bislang nur stumm verfolgt hatte. »Warum steht der Junge dort herum wie eine Säule? Er soll sich nützlich machen.«

»Und warum lauft Ihr nicht zurück nach Schwarzach und schafft ein paar kräftige Männer heran?«, rief Robert ihm zu. »Oder besser noch, warum helft Ihr uns nicht?«

Für diese Anmaßung traf ihn ein zorniger Blick des Herrn. Der hob seinen Stock an, als wolle er damit auf Robert einprügeln, und schalt ihn: »Du frecher Kerl, dir werde ich beibringen, was es heißt ...«

Bevor er den Schlag ausführen konnte, trat das Mädchen zwischen sie und schnitt dem Herrn das Wort ab.

»Nicht, Vater, willst du diese guten Menschen davonjagen? Womöglich sitzen wir ohne ihre Hilfe den ganzen Tag hier fest.«

Einen Moment lang hielt ihr Vater noch den Stock über seinen Kopf erhoben, dann ließ er ihn sinken und beruhigte sich.

»Du bist ein barmherziger Engel, meine Liebe«, sagte er zu dem Mädchen. »Vielleicht wärest du wirklich besser in einem Kloster aufgehoben.«

»Zumindest heißt es, dass die Nonnen sich nicht scheuen, anstrengende Arbeiten zu verrichten.« Als wolle sie diese Behauptung unterstreichen, zog sie Robert mit sich und stemmte sich gegen das Dach der Kutsche. Robert, Helene, der Kutscher und auch Adam zögerten nicht und taten es ihr nach, nur der Vater des Mädchens weigerte sich nach wie vor, sie in ihrem Bemühen zu unterstützen, und verfolgte mit verächtlichem Blick, wie seine Tochter sich zu dieser niederen Anstrengung herabließ.

Robert gab ein Kommando, und mit vereinten Kräften gelang es ihnen nun tatsächlich, den Wagen aufzurichten.

Der Kutscher machte sich sofort daran, die Pferde anzuspannen. Eine Belohnung für ihre Mühe erhielten sie nicht.

Immerhin brummte der Herr so etwas wie ein Lob und nickte in Roberts Richtung. Robert indes wandte sich zu dem Mädchen um.

»Eine Nonne wollt Ihr also werden.«

Sie zuckte mit den Schultern. »Das muss sich noch herausstellen.« Sie schürzte die Lippen, überlegte kurz und zog dann ein kleines Ziertuch aus Batist hervor. »Mein Vater scheint euch die Gefälligkeit nicht vergelten zu wollen, und ich selbst besitze leider kein Geld. Vielleicht gefällt dir dieses Tuch.«

Mit einem Lächeln drückte sie es ihm in die Hand. Robert faltete es auseinander und erkannte die Initialen *»CS«*, die in den Rand gestickt worden waren. Er wusste eigentlich nicht so recht, was er mit solchem Zierat anfangen sollte, bedankte sich aber höflich.

»Es duftet nach Rosen«, sagte sie und lächelte. Einen Moment lang konnte er den Blick nicht von ihr abwenden. Sie gefiel ihm – ganz im Gegensatz zu ihrem herrischen Vater, der sie mit verkniffenem Gesicht zu sich in die Kutsche zog und ohne ein weiteres Wort die Tür schloss.

»Gute Fahrt, mein Fräulein«, rief Robert, doch die Kutsche fuhr bereits ab, und wahrscheinlich konnte sie ihn schon nicht mehr hören. Das Gefährt schwankte bedrohlich. Robert hoffte, dass dieses Missgeschick das einzige auf der Reise des Mädchens bleiben würde, wohin ihr Weg sie auch immer führen mochte.

»Gute Fahrt, mein Fräulein«, äffte Helene ihn nach. Sie verbeugte sich übertrieben tief. »Und meine Empfehlungen an den Herrn Vater.«

Robert kümmerte sich nicht um Helenes Spott. Er roch an dem Batisttüchlein, und tatsächlich nahm er einen schwachen Rosenduft wahr.

»Vielleicht leihst du mir das Tuch, wenn ich meinen Darm entleere«, raunte Helene missmutig. »Ich wische mir den

Hintern damit ab, und vielleicht duftet der dann auch nach Rosen.«

»Den Teufel wirst du tun.« Robert faltete das Tuch zusammen und steckte es in seine Wamstasche. Das hübsche Mädchen aber ging ihm den ganzen Tag nicht aus dem Kopf.

Kapitel 12

Nach dem Zwischenfall mit der Kutsche legten sie nur noch eine knappe halbe Meile zurück. Helene und Adam war es an der Tür eines Bauernhauses gelungen, etwas gepökeltes Fleisch zu erbetteln, so dass zumindest ihr dringendster Hunger gestillt wurde. Sie zogen sich in den Wald zurück und entzündeten in der Nähe eines Bachlaufs ein Feuer.

Schweigend teilten sie das Fleisch unter sich auf. Adam stopfte sich alles schnell in den Mund, sprang dann auf und verzog sich an den Bach, um mit einem Stock auf Fischjagd zu gehen, was wohl ein hoffnungsloses Unterfangen bleiben würde.

Helene kaute lange auf dem Pökelfleisch herum und schaute dabei zu Boden. Aus dem Augenwinkel nahm sie wahr, dass Robert wieder das Tuch des Mädchens hervorgeholt hatte und es versonnen betrachtete. Sie ballte eine Faust, langte nach einem Ast und stocherte damit so aufgebracht im Feuer herum, dass die Glut Funken springen ließ. Wie gerne hätte sie ihm dieses Tuch aus der Hand gerissen und es ins Feuer geworfen, doch damit würde sie alles nur noch schlimmer machen.

Sie wusste, wie lächerlich ihre Eifersucht im Grunde war, denn er würde diesem Mädchen wohl niemals wieder über den Weg laufen. Doch allein zu beobachten, wie er sich in Gedanken an sie verlor, während er das Tuch in seiner Hand hielt, verdarb Helene die Laune und machte ihr auch ein wenig Angst. Robert hatte inzwischen zwar akzeptiert, dass

Adam und sie ihn begleiteten – aber trotzdem wollte er keine engere Bindung mit ihr eingehen. Mit jedem Tag wuchs ihre Sorge, dass ihm irgendwann eine Frau über den Weg laufen würde, die ihn ihr wegnahm. Jemand wie dieses Mädchen aus der Kutsche, das ihn offensichtlich vom ersten Moment an fasziniert hatte.

»Ist etwas nicht in Ordnung?«, fragte Robert plötzlich.

Helene bemerkte erst jetzt, dass sie noch immer im Feuer herumstocherte. Selbst einem Blinden wäre ihre schlechte Laune nicht verborgen geblieben.

»Es ist nichts«, erwiderte sie, warf den Stock fort und stand auf. »Ich gehe pinkeln.«

Er nickte nur, und sie trat davon. Nach ein paar Schritten hockte sie sich hinter ein Gebüsch und erleichterte sich. Noch immer waren ihre Gedanken nur bei Robert. Es musste einen Weg geben, ihn stärker an sich zu binden. Das konnte nur geschehen, wenn er häufiger mit ihr schlief und vielleicht sogar ein Kind mit ihr zeugen würde. Robert liebte seine Freiheit, doch er war pflichtbewusst genug, dass er sie und ein gemeinsames Kind nicht im Stich lassen würde. Helene war klar, dass er nicht in dem Maße in Liebe für sie entbrannt war wie sie für ihn, aber damals auf dem Dachboden des Gerberhauses war er regelrecht über sie hergefallen. Auch in den vergangenen Wochen hatte sie nicht selten den Eindruck gehabt, dass er zumindest ihren Körper begehrte. Robert war ein Mann, und er hatte Bedürfnisse. Vielleicht war seine Lust die Lösung für all ihre Probleme.

Helene erhob sich, lockerte die Bänder ihres Hemdes, so dass der Ansatz ihrer Brüste zu sehen war, und ging zurück zum Feuer, wo sie sich nun direkt neben Robert niederließ; so nah, dass sich ihre Schultern und ihre Beine berührten. Adam spielte noch immer am Bach, und Helene hoffte, dass er dort bleiben und sie nicht stören würde.

»Ich möchte mich bei dir entschuldigen«, sagte sie.

»Wofür?«

»Dafür, dass ich so unleidlich bin. Dieses Mädchen … Ich war ganz einfach eifersüchtig.«

»Es gibt keinen Grund … »

»Nein, nein«, fiel sie ihm ins Wort. Er wandte sich ihr zu, und sie bemerkte, dass sein Blick kurz auf ihre Brüste fiel. Gut so. »Warum sollte man es dir verübeln, dass dir lustvolle Gedanken in den Kopf steigen. Du hast seit Wochen bei keiner Frau mehr gelegen, und beim Anblick eines solch zarten Pflänzchens kann sich wohl kaum ein Mann dagegen verwehren, sich vorzustellen, wie es wäre, ihren nackten Körper zu streicheln und die Hände auf ihre Brüste oder zwischen ihre Beine zu legen.«

Robert verzog keine Miene, atmete aber schnaufend ein und aus und verriet ihr damit, dass ihre Worte genau die Empfindungen in ihm auslösten, die sie ihrem Ziel näherbringen würden.

Er räusperte sich. »Es wäre wohl besser, wenn du …«

»… nicht weitersprichst?« Helene legte ihre Hand auf sein Bein. »Gefällt es dir nicht, wenn ich so rede?«

Natürlich gefiel es ihm, das sah sie deutlich in seinen Augen. Jeder Mann, der seit Wochen bei keiner Frau mehr gelegen hatte, genoss es, auf diese Weise gereizt zu werden.

»Hör auf damit«, meinte er halbherzig, doch sie reagierte darauf, indem sie ihre Hand in seinen Schritt schob. Sie konnte unter dem Wollstoff sein Glied fühlen, das sich bereits versteifte.

»Warum denn? Du magst das doch«, sagte sie, während sie fester an seinem Gemächt rieb. Sie beugte sich zu ihm, so dass sich ihre Brüste gegen ihn drückten, und leckte mit ihrer Zungenspitze über seine Lippen. Er stöhnte auf, und sie stoppte die Bewegung ihrer Hand, damit seine Lust nicht zu schnell gestillt wurde.

Robert griff nach ihrer Brust. Dass er nun die Initiative

übernahm, war für Helene das Zeichen, dass ihre Verführung von Erfolg gekrönt war. Sie stand auf und reckte ihr Kinn in die Richtung, in die sie sich vorhin zurückgezogen hatte, um ihr Wasser abzuschlagen. »Dort ist das Unterholz so dicht, dass Adam uns nicht sehen kann«, meinte sie und trat entschlossen voran. Einen Augenblick lang befürchtete sie, dass er ihr nicht folgen würde, doch dann hörte sie Schritte hinter sich. Sie drehte sich um, lehnte sich mit dem Rücken an einen Baumstamm und schaute ihn im Dämmerlicht herausfordernd an. In seinen Augen erkannte sie noch immer einen gewissen Zweifel, doch als sie ihre Röcke hob und ihre Scham vor ihm entblößte, schnürte auch er endlich seine Hose auf.

Lüstern schob sie ihr Becken vor und spreizte die Beine. *Ich biete mich an wie eine Dirne,* ging es ihr durch den Kopf. Eigentlich war sie sogar selbst ein wenig erschrocken über ihre Skrupellosigkeit, doch im nächsten Moment drang er auch schon in sie ein, und ihre Lenden durchlief ein wohliger Schauer.

»Ich … muss verrückt sein«, keuchte er. Helene küsste ihn und legte eine Hand auf seinen Hintern, um ihn daran zu hindern, sich ihr zu entziehen. Endlich hatte sie ihn da, wo sie ihn haben wollte, und wenn ihr das Schicksal gewogen war, würde er sie vielleicht sogar schwängern.

»Lass dich einfach gehen«, stieß sie hervor. Er bäumte sich in ihr noch einmal auf, und wahrscheinlich hätte er im nächsten Augenblick seinen Samen in sie ergossen, wenn nicht ein heller Kinderschrei ihren Akt unterbrochen hätte.

»Adam!«, japste Helene. Wieder kreischte ihr Sohn.

»Verdammt!« Robert entzog sich ihr, schnürte hektisch seine Hose zu und rannte zum Feuer. Helene wollte ihm folgen, doch sie stolperte über eine Wurzel, strauchelte und fiel auf die Knie. Stöhnend kam sie wieder auf die Beine und lief auf das Lager zu. Dort erblickte sie drei in Lumpen gekleidete Kerle. Einer von ihnen hielt Adam fest, der verzweifelt zappelte und weinte. Die anderen beiden Spießgesellen hatten sich vor Robert aufgebaut, der auf dem Boden kauerte und sich den Kopf hielt. Aus seiner Nase lief Blut, und als sich ihre Blicke trafen, erkannte sie in seinen Augen Todesangst.

Helene stand da wie erstarrt. Einer der Kerle bemerkte sie, und sie wich zurück. Doch es war zu spät, um die Flucht zu ergreifen. Der Mann, dessen Gesicht von einer hässlichen Narbe entstellt wurde, kam auf sie zu, legte eine schwielige Hand um ihren Hals und drängte sie an einen Baum. Er zog einen kleinen Dolch hervor und drückte die Spitze an ihre Kehle.

Helene schloss die Augen und betete stumm.

Zweiter Teil

Kapitel 13

Der Malefikant, der von dem Gerichtsdiener zum Verhör in die Examinierstube des Salzburger Rathauses geführt wurde, hatte behauptet, siebzehn Jahre alt zu sein. Wie er da gebeugt durch das Portal trat, die Hände von den schweren Ketten nach unten gezogen, schaute er nicht wie ein junger Mann aus, sondern mehr wie ein Kind. Auch nach vierzig Tagen Kerkerhaft zeigte sich auf seinen Wangen kein Bart, sondern nur heller Flaum. Der schlaksige Knabe fand kaum den Mut aufzublicken, und seine Beine zitterten bei jedem Schritt. Wem wäre bei diesem Anblick in den Sinn gekommen, dass dieser Bursche der schändlichsten Verbrechen angeklagt war, die ein Mensch verüben konnte – und wer hätte vermutet, dass dieser Malefikant die Peinkommissare mit seiner beharrlichen Weigerung, ein Geständnis abzulegen, bereits zu schierer Verzweiflung getrieben hatte?

Sein Name war Hans Huefnagel. Ihm wurde der Raubüberfall auf einen Einsiedler bei St. Wolfgang angelastet. Zudem hatten mehrere Burschen, die bereits ihre eigene Teufelsbuhlschaft vor den Peinkommissaren eingestanden hatten, Hans beschuldigt, den christlichen Glauben verleugnet und dessen heilige Symbole geschändet und verspottet zu haben.

Am heutigen Tag wurde Hans Huefnagel bereits zum sechsten Mal vor das Constitutum geführt. Während der vorherigen Verhöre hatten die Kommissare ihn trotz zahlreicher Rutenstreiche und des Aufziehens am Seil, mit einem mehr als einhundert Pfund schweren Stein an den Füßen, kein Geständnis abringen können.

Es konnte nur eine Erklärung dafür geben, dass dieser Knabe, dessen dürrer Körper inzwischen von zahlreichen Quetschungen und roten Striemen gezeichnet war, jeglichen Schmerz zu ignorieren vermochte. Die Peinkommissare hatten die Vermutung ausgesprochen, dass der Teufel Hans zur Seite stand und ihn immun gegen den Schmerz machte. Man hatte versucht, die Macht des Satans zu brechen, indem man die Folterkammer mit Weihwasser besprengen ließ und dem Malefikanten eine Suppe aus heiligem Dreikönigswasser mit Johanniskraut schlucken ließ. Doch Hans blieb verstockt und leugnete weiterhin jedes Verbrechen, das man gegen ihn vorbrachte.

Viktor von Calbach rieb seine schmerzende Schläfe und verfolgte jede Bewegung des Malefikanten im flackernden Licht der Laternen und Fackeln. Für die Dauer des Verhörs waren die Fensterläden der Examinierstube geschlossen worden, als wolle man dem Angeklagten keinen Blick auf die Welt außerhalb dieses Raumes gestatten, sondern sein Augenmerk ganz auf die Befragung richten. Wenngleich der geschundene, in Ketten gelegte Knabe auch einen jämmerlichen Eindruck machte, beneidete Viktor ihn um die Fähigkeit, selbst ärgste Schmerzen klaglos zu ertragen, ganz gleich, ob Huefnagel dies nur durch die Hilfe des Teufels oder einen eigenen starken Willen gelungen war. Viktor hingegen kam sich in den letzten Wochen wie ein wehleidiges Kind vor, und er befürchtete, dass jede Person hier im Raum ihm diese Schwäche aus dem Gesicht ablesen konnte. In den bisherigen sechsundzwanzig Jahren seines Lebens hatte ihn kaum eine Krankheit geplagt, doch seit nunmehr zwei Wochen fühlte er sich miserabel. Zumeist übergab er sich sofort, wenn er sich morgens aus dem Bett erhob; sein Schädel schmerzte mal mehr, mal weniger, und auch in seinem

Magen verspürte er häufig einen unangenehmen Druck. Einen Arzt hatte er bislang nicht aufgesucht. Der würde ihm wahrscheinlich für teures Geld nur ein wirkungsloses Pulver verkaufen, und womöglich würde sein Leiden, worum es sich auch immer handeln mochte, ohnehin früher oder später von selbst abklingen.

Doch nicht nur diese seltsame und beunruhigende Krankheit bereitete Viktor Unbehagen, während er an dem Gerichtsdiener vorbeitrat. Er nahm auf der Bank neben den beiden Peinkommissaren Platz – natürlich mit einem angemessenen Abstand, denn schließlich hielt er sich nur als Beobachter bei diesem Prozess auf, und es war weder vorgesehen noch erwünscht, dass er das Wort ergriff.

Noch eine andere Sorge machte seinen Kopf schwer. Seitdem er vor achtzehn Monaten nach Salzburg gekommen war, um als Leutnant in der Garnison des Fürsterzbischofs Max Gandolph von Kuenburg zu dienen, führte er ein recht ausschweifendes Leben. Seine freie Zeit verbrachte er bei den Huren, oder er verprasste in den Tavernen seinen Sold beim Würfeln oder mit dem Sholderspiel, bei dem auf einer mit Ziffern bemalten Scheibe ein beweglicher Zeiger gedreht wurde, der über den Gewinn oder Verlust von hohen Geldeinsätzen entschied.

Nach all den Monaten dieser kostspieligen Zerstreuungen musste sich Viktor eingestehen, dass er die Kontrolle über seine Geldmittel verloren hatte. Wenn er durch die Stadt lief, stellte er fest, dass es kaum noch eine Taverne oder ein Hurenhaus gab, in dem er nicht beträchtliche Schulden angehäuft hatte. Wohl ein halbes Dutzend Wirte hatte ihm bereits mit Prügeln oder weit unangenehmeren Konsequenzen gedroht, wenn er nicht in Kürze ihre Forderungen beglich, doch Viktors Sold reichte gerade einmal für die dringendsten Ausgaben. Mehrere Male hatte er Depeschen an seinen Vater in die Pfalz abgeschickt und ihn um eine

Apanage gebeten, aber nachdem ihm der Vater zunächst zumindest noch zwei Wechsel über lächerlich geringe Summen ausgestellt hatte, war dann nur noch als Antwort erfolgt: »Dir rinnt das Geld wie Wasser aus den Händen.« Damit waren die Zahlungen eingestellt worden, und Viktors Sorgen verschlimmerten sich nur noch.

Er schloss kurz die Augen und grämte sich weiter über den Schmerz, der zwischen seinen Schläfen pulsierte. Natürlich bemühte er sich, die Fassung zu wahren und sich die schweren Gedanken nicht anmerken zu lassen. Nachdem der Gerichtsdiener den Raum verlassen hatte, befanden sich hier außer ihm und dem Malefikanten nur noch zwei Assessoren, ein Protokollschreiber und die beiden Kommissare, die der Salzburger Hofrat aus seinen Reihen abstellte und die für die Durchführung dieses Prozesses verantwortlich waren.

Nur einer der Kommissare stellte dem Angeklagten die Fragen, die auf einer Liste – der Interrogatia – zusammengefasst worden waren. Diese Interrogatia wurde bereits einige Tage vor dem Verhör ausgearbeitet, und nur der Kommissar, der die Liste verfasst hatte, führte anschließend die Befragung durch. Wie bei den meisten Vernehmungen der vergangenen Monate übernahm auch heute Doktor Sebastian Zillner diese Aufgabe. Alle Anwesenden mit Ausnahme des Angeklagten hatten an einem langen Tisch Platz genommen. Zillner saß in der Mitte. Während er sich räusperte und mehrere Papiere ordnete, blieb Viktor nicht der kurze abfällige Blick verborgen, den Zillner auf ihn richtete. Er wusste, dass dem Kommissar seine Anwesenheit missfiel. Es gab keinen offensichtlichen Grund dafür, dass Viktor, der keinerlei juristische Qualifikation besaß, an diesem Verhör teilnahm – einzig die Anordnung des Salzburger Fürsterzbischofs Max Gandolph von Kuenburg verschaffte ihm die Möglichkeit, diese Befragung zu verfolgen.

Dies war das dritte Verhör, an dem Viktor teilnahm, und er musste sich eingestehen, dass er durchaus Gefallen daran fand. Vor einem Monat war er Zeuge geworden, wie Zillner einen fünfjährigen Buben namens Maxl durch wütende Drohungen dazu gebracht hatte, seine Eltern und Geschwister der Teufelsbuhlschaft zu bezichtigen und die eigene Teilnahme am Hexensabbat und an sündhaften Orgien zu gestehen. Auf Viktor hatte das stotternde und heulende Kind den Eindruck gemacht, dass es überhaupt nicht verstand, worüber hier gesprochen wurde, aber nachdem Zillner ihm Rutenschläge angedroht hatte, gestand Maxl all das ein, was man von ihm zu hören verlangte.

Die Rute kam dann jedoch bei dem zweiten Verhör zum Einsatz, dem Viktor beiwohnte. Eine junge Frau, in deren Habseligkeiten man mehrere Salben gefunden hatte, war beschuldigt worden, ihr eigenes Kind getötet zu haben. Zunächst stritt sie alles ab, doch nachdem der Freimann sie ein Dutzend Mal mit der Rute gestrichen hatte, legte sie ein umfassendes Geständnis ab.

Jeder Schlag, jeder Schrei der gefesselten Frau hatte Viktor in Erregung versetzt. Es hatte ihm gefallen, mitanzusehen, wie die vermeintliche Hexe hilflos dem Freimann ausgeliefert war. Er ergötzte sich an ihren Tränen und an ihrem verzerrten Gesicht, an ihrer Nacktheit und an den blutigen Spuren, die die Gerte auf ihrem Fleisch hinterlassen hatte. Obwohl er versucht hatte, sich dieses Entzücken nicht anmerken zu lassen, war es ihm offenbar nicht gelungen, seine lustvolle Erregung vor Sebastian Zillner zu verbergen. Das mochte der Grund sein, warum der Peinkommissar ihn stets etwas abfällig behandelte, und auch wenn Zillner es nie ausgesprochen hatte, wusste Viktor, dass seine Anwesenheit bei diesen Befragungen auf Ablehnung stieß.

Viktor hatte rasch begriffen, dass Zillner und die anderen Kommissare keine Willkür walten ließen, um den Malefikanten Geständnisse abzuringen. Sie nahmen mit ihren ausgefeilten Fragen und mit der Folter den unbarmherzigen Kampf gegen den Teufel und die schwarzen Künste auf, aber sie hielten sich dabei stets an das herrschende Recht. Zillner war anzumerken, dass es ihm kein Vergnügen bereitete, diese Menschen zu brechen. Es war eine Pflicht, die er gewissenhaft erledigte, um die Bürger des Erzstiftes Salzburg vor dem sich ausbreitenden Einfluss der bösen Mächte zu schützen. Vor allem ging es ihm darum, Hinweise über den gefährlichsten Zauberer zu erhalten, der sich im Erzstift aufhielt und offenbar unablässig einen Menschen nach dem anderen dazu verführte, Gott zu verspotten, die christlichen Symbole zu beschmutzen und die Seele dem Teufel zu verkaufen. Viktor hatte erfahren, dass der Name dieses Zauberers Jakob Koller lautete. Koller war mit seiner Mutter lange Zeit von Ort zu Ort gezogen. Vor etwa drei Jahren hatte man die Mutter verhaftet, weil sie einen Opferstock geplündert hatte. Auf der Folter hatte sie gestanden, Hexerei angewandt zu haben, und sie hatte auch ihren Sohn Jakob der Zauberei bezichtigt. Die Frau wurde bald darauf hingerichtet, es war aber nie gelungen, Jakob Koller aufzuspüren. Und doch legte jeder Malefikant, der den Untersuchungsrichtern vorgeführt wurde, früher oder später das Geständnis ab, dem Zauberer-Jackl – wie er nun genannt wurde – begegnet und von ihm in den schwarzen Künsten unterrichtet worden zu sein. Er hatte sie gelehrt, sich in Tiere zu verwandeln, Mäuse hervorzuzaubern, sich unsichtbar zu machen und Unwetter hervorzurufen.

Wenn Sebastian Zillner auf den Zauberer-Jackl zu sprechen kam, verfinsterte sich seine Miene, und sein Tonfall verschärfte sich. Wahrscheinlich glaubte er, das Werk des Satans erst dann wirksam unterbinden zu können, wenn es gelang, Jakob Koller den Kopf von den Schultern zu schlagen.

Viktor faszinierte es, welch panische Furcht die Obrigkeit vor dem Zauberer-Jackl ergriffen hatte. Er selbst konnte die Angst vor dem Teufel nicht recht nachvollziehen, denn er hatte sich schon vor vielen Jahren eine eigene These zu eigen gemacht, über die er stets Schweigen bewahrte, denn die meisten Menschen hätten seine Überzeugung als Häresie bezeichnet.

Er glaubte daran, dass Gott und der Teufel eine Einheit waren. Dieser allmächtige Weltenlenker beurteilte die Menschen nicht nach ihrer Sündhaftigkeit und auch nicht nach der ängstlichen Unterwerfung, die sie ihm entgegenbrachten, sondern einzig nach der Entschlossenheit, den angeborenen Trieben zu folgen und sich gegen die Schwachen und Furchtsamen mit welchen Mitteln auch immer durchzusetzen. Und seine Triebe waren Viktor schon im Knabenalter bewusst geworden, als er Katzen und Hunde mit Steinen beworfen und sich an ihrem Schmerz ergötzt hatte. Als Halbwüchsiger hatte er entdeckt, wie sehr es ihn erregte, jungen Frauen und Kindern mit der Androhung von Gewalt Angst einzujagen. Reue hatte er nie empfunden, denn nicht Moral, sondern Tatkraft und Mut galten für Viktor als Weg zu himmlischen Freuden.

Seinem Vater war dieses zweifelhafte Wesen nicht verborgen geblieben. Er hatte ihn auf eine Militärschule geschickt, wo ihm mit Härte und Disziplin diese unheilvollen Anwandlungen ausgetrieben werden sollten. Viktor konnte über dieses Vorhaben nur lachen, denn mit jedem Jahr waren dort seine Gier nach lustvollen Ausschweifungen und die Verachtung für alles Schwache noch stärker in ihm gewachsen.

Wahrscheinlich gab es nicht viele Menschen, die diese Überzeugungen teilten. Ein Sebastian Zillner gewiss nicht. Der suchte sein Heil und seine Gottgefälligkeit allein darin, das Böse von der Welt zu tilgen. Und für den Kommissar schien es keinen Zweifel daran zu geben, dass der Malefikant Hans Huefnagel diesem Bösen anheimgefallen war.

Das Verhör begann. Zillner las die Fragen von seiner Liste ab, Huefnagel antwortete leise. Nur die beiden sprachen, ihre Stimmen wurden begleitet von einem vereinzelten Husten des Angeklagten und dem Kratzen der Feder auf dem Papier des Protokollschreibers. Zunächst wiederholte Zillner die Angaben, die der Malefikant schon während der vergangenen Verhöre über seinen Namen, sein Alter, seine Herkunft und seine Eltern zu Protokoll gegeben hatte. Huefnagel bestätigte die vorherigen Antworten.

»Wo hast du dich in der Zeit vor deiner Verhaftung aufgehalten?«, wollte Zillner wissen. Er richtete den Blick auf den Angeklagten, der seinen Kopf noch immer gesenkt hielt.

»Ich bin von Ort zu Ort gezogen«, erwiderte der. »In den Wochen vor meiner Festnahme hielt ich mich zumeist im Lungau und im Pongau auf und verrichtete dort verschiedene Arbeiten auf den Höfen.«

»Hat dich dein Weg auch nach Hallein geführt? Hast du dort ein Pfannhaus aufgesucht, um nach Arbeit zu fragen?«

»Das habe ich, aber es sind mehr als vier Monate vergangen, seit ich das Pfannhaus in Hallein betreten habe.«

»Bist du dort einem Burschen namens Jakob Koller begegnet?«

»Einen Jakob Koller kenne ich nicht.«

»Wie erklärst du dir dann, dass dem Gericht Aussagen der Malefikanten Veitl Lindtner und Georg Eder vorliegen, die unter Eid zu Protokoll gegeben haben, dass du des Öfteren dort mit Jakob Koller zusammengetroffen bist, um dich von ihm in den schwarzen Künsten unterrichten zu lassen?«

»Das ist eine Lüge. Veitl und Georg bringen diese Lügen hervor, um sich dem Gericht anzubiedern und damit ihre eigene Hinrichtung hinauszuzögern.«

»Hat Jakob Koller das Zeichen Luzifers in dein Fleisch geschnitten und das Blut aufgefangen, um damit deinen Namen in das Buch des Satans einzutragen?«, fragte Zillner unbeirrt und folgte damit stur seiner Liste.

»Ich kenne diesen Jakob Koller nicht«, antwortete Huefnagel erneut.

»Hast du Gott, unsere Liebe Frau und die Heiligen verleugnet und dich der Macht des Teufels ergeben?«

»Nein, das habe ich nicht.«

»Hast du die heilige Hostie verunehrt?«

»Nein.«

»Bist du zu den Versammlungen der Zauberer und Hexen ausgefahren?«

»Nein.«

Es folgten noch weitere Fragen zu Zaubereiverbrechen, derer Huefnagel von anderen Malefikanten beschuldigt worden war, darunter Hostiendiebstahl, das Wettermachen, Sodomie, die Verunehrung von Heiligenbildnissen sowie die Verzauberung von Mensch und Tier. Jeden dieser Vorwürfe stritt Hans Huefnagel ab und leugnete auch weiterhin, Jakob Koller jemals begegnet zu sein. Daraufhin ließ Zillner den Freimann Moritz Ehegartner herbeirufen, dessen Aufgabe es war, die körperliche Züchtigung anzuwenden, mit der die Willenskraft des Angeklagten gebrochen werden sollte.

Zwanzig harte Schläge mit der Rute hinterließen zahlreiche blutige Striemen auf Hans' Rücken und Schultern, doch er weigerte sich weiterhin beharrlich, ein Geständnis abzulegen.

Sebastian Zillner unterbrach nun die Vernehmung und ordnete angesichts der erneuten Verstocktheit des Malefikanten an, Huefnagel zur Torquirierung in die Folterkammer zu schaffen. Während der Malefikant vom Freimann aus dem Raum geführt wurde, verfolgte Viktor, wie sich

Zillner kopfschüttelnd mit Doktor Marold, dem zweiten anwesenden Peinkommissar, besprach. Dieser Hans Huefnagel schien sie ratlos zu machen, denn Viktor vermutete, dass die meisten Malefikanten schon während des ersten Verhörs unter der bloßen Androhung der Tortur ein Geständnis ablegten. Huefnagel hingegen hatte zuvor bereits drei Mal den Gang in die Folterkammer angetreten und war auch unter den schrecklichsten Schmerzen nicht bereit gewesen, das Verbrechen der Zauberei zu gestehen. Für die beiden Peinkommissare stand fest, dass der Teufel diesen Burschen schützte und ihn gegen die Schmerzen unempfindlich machte. Es musste gelingen, den Einfluss des Satans zu brechen. Erst dann würde Huefnagel frei über seine Schuld sprechen können.

Viktor folgte den Peinkommissaren und den Assessoren einige Treppenstufen hinab in die Folterkammer – einen kalten, finsteren Raum, dessen Boden mit Stroh bedeckt war. Schon das Betreten dieser Kammer löste in Viktor ein Kribbeln aus. Sein Blick fiel auf die Daumen- und Beinschrauben, die auf einer Bank bereitlagen, und auf die *Leiter*, das Marterinstrument, auf das die Malefikanten gebunden wurden, um ihre Körper so stark zu strecken, bis sie auseinanderzureißen drohten. An der Decke befand sich ein eingemauerter Eisenring. Durch diesen Ring war ein Seil gezogen worden, dass der Freimann nun mit den Fesseln der Hände verknotete, die er Hans Huefnagel hinter den Rücken gebunden hatte. Viktor musterte kurz den Malefikanten, der noch immer nicht gewillt schien, ein Geständnis abzulegen. Inzwischen hatte man aus dem Falkenturm auch die beiden Zeugen Veitl Lindtner und Georg Eder, zwei junge, in Lumpen gekleidete Burschen, herbeischaffen lassen, die sich neben Huefnagel aufstellten. Die Justizpersonen und auch Viktor nahmen ihre Plätze ein, und Zillner forderte die Zeugen auf, ihre Beschuldigungen in Anwesenheit des Malefikanten zu wiederholen. Veitl und Georg, die behaupteten, eine Weile mit Hans über die Straße gezogen zu sein, beschuldigten ihn all der Verbrechen, die auch Zillner zuvor gegen den Malefikanten vorgebracht hatte.

»Lügen«, krächzte Huefnagel. »All diese Worte sind Lügen.«

»Gesteh es doch ein«, versuchte Veitl ihn zu überzeugen. »Warum willst du noch einmal die Pein ertragen?«

»Ich habe nichts mit alldem zu schaffen«, klagte der Malefikant. Zum ersten Mal an diesem Tag erkannte Viktor Tränen auf Huefnagels Gesicht. »Ich bin dem Zauberer-Jackl niemals begegnet, und ich habe meine Seele weder dem Satan verschrieben, noch habe ich den christlichen Glauben verspottet.«

»Der Teufel lässt dich so sprechen«, meinte Veitl. »Schwöre ihm ab und hilf dem Gericht, deine Seele zu reinigen. Das wird dir die Tortur ersparen.«

»Ihr seid Feiglinge! Lügner! Ihr schickt Unschuldige ins Verderben, um euer jämmerliches Leben zu verlängern.«

»Genug!«, mischte sich Zillner ein. Er gab Veitl und Georg mit einem Handzeichen zu verstehen, zur Seite zu treten, und wies den Freimann an, mit der Tortur zu beginnen. Eine halbe Stunde lang wurde Hans mit einem schweren Stein an den Füßen aufgezogen. Die auf den Rücken gebundenen Arme sprangen durch die Verrenkung aus den Schultergelenken, und Hans' verzerrtem Gesicht waren die Qualen anzusehen. Trotzdem weigerte er sich, ein Geständnis abzulegen, und stritt sämtliche Verbrechen ab, die Sebastian Zillner ein weiteres Mal gegen ihn vorbrachte. Auch Veitl und Georg beschworen Hans erneut, sich nicht martern zu lassen und seine Halsstarrigkeit aufzugeben, da er doch von so vielen Buben beschuldigt worden sei, dass man ihm die Beteuerung seiner Unschuld niemals glauben würde.

Schließlich erlöste der Freimann Hans von seinem Leiden, indem er ihn auf den Boden herabließ. Der Malefikant kauerte wie ein gepeinigtes Häuflein Elend auf der Strohschütte und wimmerte kläglich. Erst als Moritz Ehegartner einen Fuß in Hans' Armbeuge stemmte und ihm die Gelenke einrenkte, schrie er laut auf.

Zillner gönnte dem Malefikanten nur eine kurze Pause. Er wies den Freimann an, Hans' Leib mit geweihtem Wasser zu waschen, um die Macht des Teufels zu schwächen, dann ließ er ihn an die Leiter spannen. Zillner hielt sich nicht damit auf, den Malefikanten strecken zu lassen, sondern verlangte von Ehegartner, sofort den härtesten Grad der Folter anzuwenden und Huefnagels Körper mit der Fackel zu torquirieren.

Bald darauf war die Kammer erfüllt vom Geruch verbrannten Fleisches. Der Freimann folterte Hans, indem er ihn unter beiden Achseln brannte, auf der Brust und auf dem Bauch, und schließlich führte er die Fackel an die Hoden des kreischenden und sich windenden Burschen.

»Hört auf!«, schrie Hans so laut er konnte, als Ehegartner die Fackel zum zweiten Mal an seinen Unterleib richtete. »Bei Gott, ich will gestehen!«

Auf ein Zeichen Zillners trat der Freimann zurück.

»Ist es wahr, dass du mit dem Zauberer Jakob Koller zusammengetroffen bist?«, wollte Zillner wissen.

Hans schnappte nach Luft und brachte würgend hervor: »Hallein ... ich bin ihm in Hallein begegnet.«

»Was hast du dort mit ihm zu schaffen gehabt?«

»Nichts«, würgte Hans hervor. »Er ... er hat dort nur seine Arbeit verrichtet.«

Zillner winkte Ehegartner mit zwei Fingern heran, doch Hans schüttelte nur den Kopf und stieß hastig hervor: »Der Jackl hat mich in seinen schwarzen Künsten unterrichtet und mich dem Teufel zugeführt.« Nun konnte er die Tränen nicht mehr aufhalten, die auf seinen geschundenen Leib tropften. »Bindet mich los. Bitte.«

Zillner stellte eine weitere Frage: »Ist es ebenso wahr, dass du auf das Werben des Teufels eingegangen bist und einen Pakt mit ihm geschlossen hast?«

»All das will ich gestehen«, japste Hans. »Lasst mich herunter, und in Gottes Namen, Ihr sollt hören, was Ihr hören wollt.«

Nachdem der Freimann den Malefikanten losgebunden und eine kühlende Salbe auf seine Brandwunden geschmiert hatte, zeigte sich Huefnagel tatsächlich dazu bereit, jeden Verdacht gegen ihn zu bestätigen. Er legte mit brüchiger Stimme ein umfassendes Geständnis ab, gab die Bekanntschaft mit Jakob Koller zu, die Verunehrung der christlichen Symbole, die Anwendung der Zauberei und auch den Pakt mit dem Teufel, der mit seinem eigenen Blut unterzeichnet worden war.

Alles wurde zu Protokoll genommen, und der Freimann schaffte Hans zurück in die Keuche. Zillner wirkte erschöpft, aber auch zufrieden. Es hatte eine große Anstrengung bedeutet, die Verstocktheit dieses Burschen zu brechen, doch wenn der Malefikant nicht widerrief, würden die Verbrechen, die er gestanden hatte, ausreichen, um ihn hinrichten zu lassen.

Auch die Kommissare verließen die Folterkammer. Viktor folgte ihnen in gebotenem Abstand und zog an seinem Wams, um die Erektion zu verdecken, die sich unter dem Stoff seiner Hose abzeichnete, seit der Freimann Hans Huefnagel mit der Fackel torqueriert hatte. Niemand sollte bemerken, wie sehr ihn die Leiden des Malefikanten erregt hatten.

Die Kommissare wie auch die Assessoren nahmen ein solches Verhör unter Anwendung der Folter als eine Notwendigkeit zur Wahrheitsfindung hin, doch er hatte aus ihren

Gesichtern gelesen, wie sehr sie die Qualen des Malefikanten angewidert hatten.

»Auf ein Wort, Leutnant von Calbach«, wandte sich Sebastian Zillner an ihn, als sie einen kleinen Saal betraten und Viktor schon auf den Ausgang zusteuerte. Er ging auf Zillner zu, und sie warteten, bis die anderen Personen den Saal verlassen hatten. Dann sagte der Kommissar: »Ich würde gerne erfahren, ob Ihr auch dem *Constitutum ad bancum iuris* beiwohnen werdet?«

»Ihr kennt die Anweisung des Fürsterzbischofs«, erwiderte Viktor. Dieses *Constitutum* bildete in ein paar Tagen den Abschluss der Verhandlungen gegen den Malefikanten. Während dieser letzten Vernehmung musste der Angeklagte sein Geständnis frei von jeglicher Gewaltanwendung bestätigen. Erst dann konnte das Urteil über ihn gesprochen werden. Auch dort, so hatte Fürsterzbischof Max Gandolph es dem Hofrat mitgeteilt, würde Viktor wieder als stiller Beobachter anwesend sein.

»Die Anweisung ist eindeutig«, meinte Sebastian Zillner. »Wenngleich mir noch immer nicht einleuchten will, warum Seine Gnaden derart erpicht darauf ist, dass Ihr an diesen Verhören teilnehmt.«

»Ihr zweifelt an den Entscheidungen des Fürsterzbischofs?«

»Natürlich nicht. Mir ist nur nicht klar, welchem Zweck Eure Anwesenheit dient. Vielleicht könnt Ihr mich darüber aufklären.«

Im Grunde hatte auch Viktor keine Erklärung dafür. Dem Landesfürsten hatte er bislang noch nicht persönlich gegenübergestanden und dessen Anordnungen nur schriftlich erhalten. Über das Warum konnte er nur spekulieren, und er ahnte, wie sehr es Sebastian Zillner missfiel, dass ein unbedeutender Leutnant der Salzburger Garnison das Privileg erhielt, die Verhöre der Zauberer zu verfolgen.

Viktor räusperte sich. »Wendet Euch für eine Erklärung an den Fürsterzbischof, wenn Euch seine Anweisungen missfallen.«

Nach einem Moment des Schweigens versuchte Zillner von seiner leisen Kritik am Landesfürsten abzulenken, indem er sagte: »Ich erstatte nun dem Hofrat meinen Bericht. Wir werden Euch Nachricht geben, an welchem Tag sich das Gericht zum *Constitutum ad bancum iuris* zusammenfindet.«

Viktor nickte. »Ich danke Euch.«

Zillner wollte schon davontreten, doch dann wandte er sich noch einmal um und meinte: »Oh, ich vergaß. Meinen Glückwunsch.«

»Wozu?«, fragte Viktor.

»Man spricht davon, dass Ihr heiraten werdet.«

»Woher wisst Ihr davon?«

»Ich gehöre einem juristischen Zirkel an, den auch Euer zukünftiger Schwager Maximilian Gartner aufsucht. Er verriet mir, dass es Eure Absicht sei, die Schwester seiner Frau zu ehelichen.«

»Vor allem ist das die Absicht ihres Vaters.«

In Zillners Augen erkannte Viktor die unausgesprochene Frage, was ein Kerl wie er einer angesehenen Salzburger Familie und auch dem Fürsterzbischof zu bieten haben mochte, dass ihm diese Gunst erwiesen wurde.

»Wann soll die Ehe geschlossen werden?«, wollte Zillner wissen.

Viktor hob die Schulter. »Zunächst muss ich meine Braut kennenlernen. Sie wird heute oder morgen in Salzburg erwartet.«

»Dann wünsche ich Eurer Werbung ein gutes Gelingen.« Zillner trat nun tatsächlich davon, und Viktor verließ das Rathaus. Die Mittagszeit war angebrochen, und die Straßen Salzburgs wirkten verlassen, weil sich die meisten Bürger in ihre Häuser zurückgezogen hatten. Viktor schlug den Weg zur Kaserne Türnitz ein und erschnupperte aus vielen Fenstern den Geruch von gekochtem Kohl, Rübensuppe oder Gebratenem. Er selbst verspürte keinen Appetit, sondern rief sich in Gedanken noch einmal die Bilder der Folterung zurück. Die Hilflosigkeit, mit der dieser vermeintliche Teufelsbuhle den Marterungen des Freimanns ausgeliefert gewesen war, versetzte ihn auch jetzt noch in eine prickelnde Erregung. Vor allem das Brennen mit der Fackel hatte ihm gefallen, wenngleich der Geruch des angesengten Fleisches ekelhaft gewesen war.

Plötzlich blieb er stehen. Er hatte das Gefühl, dass ihm jemand folgte. Unruhig schaute Viktor sich um, dann trat er beherzt voran, um schnell die sicheren Mauern der Kaserne zu erreichen.

Im nächsten Moment stellte ihm jedoch jemand ein Bein. Viktor stolperte, wurde von zwei Männern gepackt und durch ein Tor in einen Hof gezerrt. Hier erkannte er, wer ihm aufgelauert hatte, denn Roloff, der Hurenwirt aus der Gstättengasse, baute sich mit verschränkten Armen vor ihm auf.

»Viktor von Calbach«, sagte der bärtige, stämmige Mann, der mit der Hand über sein Lederwams rieb. »Bestimmt wart Ihr auf dem Weg zu mir, um Eure Schulden zu begleichen.«

Roloffs Kumpane, die Viktor durch das Tor geschleift hatten, ließen ihn los, blieben allerdings direkt neben ihm stehen, so dass an eine Flucht nicht zu denken war.

»Ich grüße dich, Roloff«, brachte Viktor hervor.

»Spart Euch die Formalitäten. Wo ist mein Geld?«

Viktor schluckte. »Ich habe es nicht.«

Roloff machte einen Schritt auf ihn zu – so nah, dass Viktor seinen fauligen Atem riechen konnte, als er sagte: »Eure Antwort gefällt mir nicht. Ihr seid Euch nicht zu fein, meinen Wein zu saufen und meine Huren zu vögeln, aber wenn Ihr für diese Dienste zahlen sollt, werdet Ihr flink wie ein Hase.«

»Gebt mir einen Monat Zeit …«

Ohne zu zögern, schlug Roloff ihm die Faust in den Magen. Viktor blieb die Luft weg, und ein saurer Schwall stieß ihm auf. Keuchend brach er zusammen.

»Zwei Wochen.« Roloff spuckte neben Viktors Kopf aus. »Ihr werdet in zwei Wochen Eure Verbindlichkeiten beglichen haben, ansonsten werde ich nicht meine Faust, sondern eine Klinge in Euren Leib rammen.«

Genauso rasch wie diese Männer aufgetaucht waren, verschwanden sie auch wieder. Viktor kroch würgend auf allen vieren bis an die Hauswand und erbrach sich dort. Erschöpft hielt er sich den schmerzenden Bauch und kniff die Augen zu. Er zweifelte nicht daran, dass Roloff seiner finsteren Drohung früher oder später Taten folgen lassen würde.

Und der Hurenwirt aus der Gstättengasse war nur einer von rund einem Dutzend Männern, die ihn wegen seiner offenen Rechnungen im Auge behielten. Roloff hatte das erste Ultimatum an ihn gerichtet, andere Gläubiger würden bald folgen. Sein Leben war zweifelsohne in Gefahr.

Immerhin gab es noch eine Hoffnung, die seine Geldprobleme mit einem Schlag lösen konnte.

Seine Braut.

Kapitel 14

Salzburg war ihr fremd geworden. Charlotte hatte die Stadt vor fast einem Jahr verlassen. Als die Kutsche nun über das holprige Pflaster schwankte und das Stadttor passierte, erschien ihr Salzburg wie ein Ort aus einer fernen, dunklen Erinnerung. Von ihrer Geburt an hatte sie sechzehn Jahre in dieser Stadt gelebt. Sie glaubte jeden Winkel und jede Gasse Salzburgs zu kennen, doch nun, nach all den Monaten, die sie auf dem Hof ihres Onkels in Wagrain verbracht hatte, erschien ihr dieser Ort als eng, schmutzig und laut. Auf den Straßen erblickte sie viele zerlumpte Gestalten und ebenso viele streunende Hunde. Hatte ihre Zahl in dem vergangenen Jahr zugenommen, oder bildete sie sich das nur ein?

Charlotte wandte sich vom Fenster ab und rieb ihre Schulter, die noch immer ein wenig schmerzte, seit die Kutsche gestern in voller Fahrt umgestürzt war. Sie dachte an die junge Familie, die ihnen zu Hilfe gekommen war und wie undankbar sich ihr Vater diesen Menschen gegenüber gezeigt hatte, ohne deren Tatkraft sie ihre Reise wohl nicht hätten fortsetzen können.

Auch jetzt noch schaute ihr Vater recht sauertöpfisch drein. Er hatte kurz erwähnt, dass er sich beim Sturz den Schädel angestoßen hatte, und wahrscheinlich plagten ihn nun Kopfschmerzen. Aber eigentlich wirkte er immer griesgrämig. Vielleicht hatte das mit seinem Gewerbe zu tun. Charlotte hatte eigentlich nie recht verstanden, womit ihr

Vater sein Geld machte, sie wusste nur, dass er einflussreichen Männern des Adels Kredite vermittelte und damit einen Profit erwirtschaftete. Doch obwohl er es mit diesem Gewerbe zu Wohlstand und Ansehen gebracht hatte, erwies sich seine Laune häufig als verdrießlich; sie hatte ihn oft über misslungene Geschäfte und juristische Spitzfindigkeiten klagen gehört.

Charlotte war davon überzeugt, dass ihr Vater sein gesamtes Leben als ein einziges großes Wechselspiel zwischen Kapitaleinsatz und Profit ansah. Er machte kein Geheimnis daraus, dass er seine Frau geheiratet hatte, um von dem Einfluss seines Schwiegervaters, der über Jahrzehnte dem Salzburger Rat angehört hatte, Vorteile zu erlangen. Und auch Charlottes ältere Schwester Elisabeth war einem Mann zur Frau gegeben worden, der Vaters Liebe für die Alchemie der Finanzen teilte und der zudem ausgezeichnete juristische Kenntnisse besaß.

Nun würde sie selbst die nächste Investition sein, die ihr Vater ins Spiel brachte, um einen Profit zu erlangen. Vor vier Tagen war er völlig überraschend in Wagrain aufgetaucht und hatte ihr eröffnet, dass sie mit ihm nach Salzburg zurückkehren würde, da er ihre Verheiratung ins Auge gefasst habe. Er hatte Charlotte mit diesem Vorhaben völlig überrumpelt, und als sie sich Bedenkzeit ausgebeten hatte, hatte der Vater verlangt, dass sie ihn auf jeden Fall nach Salzburg begleiten musste. Sollte sie sich dann weigern, mit dem Kandidaten, den er für sie ausgewählt hatte, die Ehe einzugehen, würde er sie der Obhut der Benediktinerinnen des Salzburger Klosters auf dem Nonnberg übergeben, um sie dort auf das Noviziat vorbereiten zu lassen.

Charlotte wurde es übel, wenn sie an die beiden Richtungen dachte, die ihr Leben nun noch nehmen konnte. Sie verspürte weder Interesse daran, einen Mann zu heiraten, der ihr völlig fremd war, noch fühlte sie sich Gott nah genug, um den Schleier zu nehmen. Es widerte sie an, dass ihr Vater sie wie ein Wechselpapier verschacherte, um einen Gewinn für sich zu erzielen.

Wäre das alles nicht so tragisch, hätte sie der Situation fast etwas Komisches abgewinnen können. Ihr Vater hatte sie wegen eines Mannes aus Salzburg fortgeschafft, nun holte er sie wegen eines anderen Mannes zurück.

Und diesem Mann, den ihr Vater für eine Heirat auserkoren hatte, würde sie in ein paar Tagen zum ersten Mal gegenüberstehen.

Am Fenster tauchte ein vertrauter Straßenzug auf. Sie hatten ihr Ziel erreicht. Der Kutscher zügelte die Pferde, und sie stiegen aus. Während der Vater den Kutscher anwies, die Pferde zu versorgen und das Gefährt auf mögliche Schäden zu prüfen, betrachtete Charlotte die Fassade ihres Elternhauses. Sie war in Tränen ausgebrochen, als sie es verlassen hatte, um für unbestimmte Zeit in Wagrain zu leben. Nun jedoch wusste sie nicht, ob sie Freude oder Furcht empfand. Denn ihre Zukunft lag wie in einem dichten Nebel vor ihr verborgen.

»Halt keine Maulaffen feil«, murrte ihr Vater und stieß sie unsanft in den Rücken, damit sie auf die Tür zuging. Es ärgerte Charlotte, dass er sie wie ein Kind behandelte, wo er doch von ihr erwartete, die Pflichten einer Frau zu übernehmen.

Eine Dienstmagd empfing sie und nahm dem Vater den Mantel ab. Im Haus hatte sich in den vergangenen Monaten nichts verändert. Wie gehabt kündeten schon der breite Flur und der Aufgang zu den Wohnräumen von dem Verlangen ihres Vaters, seinen Wohlstand offen zur Schau zu stellen. Neben der Treppe standen mehrere polierte Schränke, die Türen waren mit geschwungenen Beschlägen verziert und die Wände mit mehreren bunten Wappen versehen worden. Noch weitaus prächtiger war der Salon ausgestattet, in den sie nun eintraten. Kostbare Wandteppiche schmückten den gesamten Raum. Den Mittelpunkt bildete eine lange Tafel aus Edelholz, an der die Mahlzeiten der Familie eingenommen wurden. Eine große Standuhr tickte so laut, dass man sie schon auf dem Vorflur hören konnte, und durch das Weißglas drei mannshoher Fenster fiel ein helles Licht in den Raum.

Charlotte ließ sich auf einem Stuhl neben dem Fenster nieder und zog ihre Schuhe aus, während ihr Vater kurz verschwand und bald darauf mit ihrer Mutter Magdalena am Arm zurückkehrte. Ihre Mutter war noch keine fünfundvierzig Jahre alt, doch sie kam ihr wie eine Greisin vor. So lange sich Charlotte erinnern konnte, war Magdalena kränklich gewesen, und sie hatte schon vor Charlottes Abreise nach Wagrain an der Gicht, an asthmatischen Beschwerden und an einem hartnäckigen Bronchialhusten gelitten. Ihr Gesicht wirkte fahl, und ihr Atem ging rasselnd. Trotz ihrer Schwäche leuchteten die Augen ihrer Mutter erfreut, als sie Charlotte erblickte.

»Komm zu mir, mein Kind«, bat sie und streckte die Arme aus. Charlotte erhob sich, ging leicht in die Knie und nahm ihre Hand.

»Ich bin zurück, Mutter«, sagte sie.

Magdalena hustete, dann lächelte sie gequält. »Und ich hoffe, du wirst nun hier bei uns bleiben. Du hast mir gefehlt.«

»In ein paar Wochen wird sie hoffentlich verheiratet sein«, meinte der Vater und schaute die beiden streng an. Magdalena nickte und senkte den Kopf. Charlotte bedauerte sie. In all den Jahren hatte sie den Eindruck gewonnen, als stehle der dominante Vater seiner Frau die Lebenskraft. Je erfolgreicher er sich seinen Geschäften zugewandt hatte, desto stärker schien Magdalena an ihren Krankheiten zu leiden. Wenn es eine Sache gab, die sich Charlotte in einer möglichen eigenen Ehe bewahren wollte, dann war das der Umstand, sich nicht völlig den Belangen ihres Mannes unterzuordnen.

»Wie war eure Fahrt?«, fragte Magdalena. Charlotte wollte antworten, doch ihr Vater kam ihr zuvor.

»Grässlich«, schimpfte er. »Mir kommt es so vor, als wären die Straßen von Jahr zu Jahr in einem schlechteren Zustand. Und diesem tölpelhaften Kutscher ist es gar gelungen, den Wagen umstürzen zu lassen.«

»Ach du lieber Himmel. Ihr habt euch hoffentlich nicht verletzt.«

Charlotte schüttelte den Kopf. »Es sind nur ein paar Schrammen. Und gute Leute sind uns zu Hilfe gekommen und haben geholfen, den Wagen aufzurichten.«

»Vaganten«, fügte ihr Vater an. »Ich danke dem Herrn, dass uns dieses Gesindel nicht ausgeraubt hat.«

Es gefiel Charlotte nicht, wie hartherzig ihr Vater über die Menschen sprach, die ihnen aus freien Stücken zur Hand gegangen waren und dafür fast noch von ihm geprügelt worden wären. Sie musste allerdings schmunzeln, als sie an den verkniffenen Gesichtsausdruck dachte, den ihr Vater gezeigt hatte, als sie dem Burschen ihr Taschentuch geschenkt hatte. Es amüsierte sie, ihren Vater ein wenig zu provozieren, und sie hatte nicht vor, damit in der nächsten Zeit aufzuhören.

»Ruh dich aus, mein Kind«, schlug ihre Mutter vor. »Heute Abend musst du frisch wirken und einen guten Eindruck machen.«

»Heute Abend?« fragte Charlotte ein wenig erschrocken. »Ihr habt diesen Herrn von Calbach schon heute Abend hierher bestellt?«

Magdalena nahm ihre Hand. »Sei nicht aufgeregt. Er wird dir gefallen.«

»Und wenn nicht? Was, wenn ich ihn grässlich finde?«

»Dann solltest du dich bemühen, deine Meinung über ihn zu ändern«, bemerkte der Vater. »Deine Mutter hat recht. Geh hinauf in die Schlafkammer und entspanne dich. Ich will meinem zukünftigen Schwiegersohn kein übellauniges Balg vorstellen müssen. Womöglich überlegt er sich diese Hochzeit sonst noch.«

Vielleicht überlege ja auch ich mir diese Hochzeit, dachte Charlotte, doch sie sprach es nicht aus. Sie wollte ihren Vater nicht völlig gegen sich aufbringen. Letztendlich war es an ihr, jeden Kandidaten abzulehnen, den ihr Vater vorschlug, doch die Konsequenzen waren nicht zu unterschätzen. Sie traute es ihrem Vater durchaus zu, dass er sie tatsächlich in das Kloster steckte.

Charlotte küsste ihre Mutter auf die Wange, dann begab sie sich ohne ein weiteres Wort in den ersten Stock und betrat die kleine Schlafkammer, die sie lange Zeit mit ihrer Schwester geteilt hatte. Inzwischen aber war Elisabeth verheiratet und hatte mit ihrem Mann Maximilian eine größere Kammer auf der anderen Seite des Hauses bezogen.

Sie legte ihren Überwurf ab. Das Dienstmädchen stellte indes eine Schale mit Wasser und einen Krug verdünnten Wein auf die Anrichte. Als Charlotte endlich allein war, trank sie von dem Wein, wusch ihr Gesicht, an dem noch der Staub der Straße klebte, und legte sich dann auf das harte Bett. Da sie in der vergangenen Nacht kaum geschlafen hatte, döste sie rasch ein und verfing sich in einem wirren Traumgebilde, an dass sie sich aber schon nicht mehr erinnern konnte, als eine Hand sanft ihre Schulter drückte. Sie schlug die Augen auf und erkannte über sich das Gesicht ihrer Schwester Elisabeth.

»Wach auf, du Schlafmütze«, sagte die. »Es ist noch helllichter Tag, und du ruhst bereits seit drei Stunden.«

Charlotte rieb ihre Augen und richtete sich auf, um ihre Schwester in den Arm zu nehmen. »Wie habe ich dich vermisst«, rief sie aus. »Mutter und du, ihr habt mir so gefehlt, dass ich dort in Wagrain in den ersten Nächten vor Tränen kaum in den Schlaf gefunden habe.«

Elisabeth runzelte die Stirn. »Und hast du auch um deinen galanten Verehrer geweint?«

»Um Dietrich?« Charlotte schüttelte den Kopf, und das war die Wahrheit. Sie hatte im vergangenen Jahr nur selten an Dietrich gedacht, obwohl er der Grund dafür gewesen war, dass ihr Vater sie nach Wagrain geschickt hatte. Dietrich Vierthaler, der Sohn eines Böttchers aus der Neustadt, hatte sich damals nach einer zufälligen Begegnung heftig in sie verliebt. Charlotte hatte sich von der Aufmerksamkeit dieses wohlgestalteten Jünglings geschmeichelt gefühlt, darum war sie nicht abgeneigt gewesen, sich einige Male mit Dietrich heimlich in einem verlassenen Lagerschuppen zu treffen. Sie hatte gehofft, die Verbindung zu dem Handwerksburschen geheimhalten zu können, doch schon nach kurzer Zeit war ihrem Vater zugetragen worden, mit wem sie so häufig ihre Zeit verbrachte. Es hatte ihn entsetzt, dass ein Bursche aus dem niederen Stand seiner Tochter den Hof machte und er hatte Charlottes Verhalten als eine *krankhafte Affinität zu Menschen der unteren Schichten* bezeichnet. Zudem hatte er einen strengen Verweis ausgesprochen, indem er ihr verbot, sich auch nur in die Sichtnähe des Böttchersohnes zu begeben.

Charlotte scherte sich nicht um die Worte ihres Vaters, doch nachdem ein Bediensteter ihrer Familie sie Hand in Hand mit Dietrich Vierthaler beobachtet und diesen Vorfall ihrem Vater verraten hatte, entschied der, dass Charlotte für unbestimmte Zeit der Obhut seiner Schwester im zwei Tagesreisen entfernten Wagrain übergeben werden sollte, um sie dem Einfluss des Böttchersohnes zu entziehen.

Charlotte hatte vermutet, dass es einen oder zwei Monate

dauern würde, bis man sie zurückholen würde, doch letztendlich hatte ihr Exil fast ein ganzes Jahr angedauert.

»Wie ist es Dietrich ergangen?«, wollte sie von Elisabeth wissen. Seltsam – in Wagrain hatte sie zu keiner Zeit einen Gedanken an diese Frage verschwendet.

»Unsere Köchin Anna hat davon gehört, dass er vor drei Monaten geheiratet hat. Angeblich soll er die schnippische Tochter eines Metzgers geschwängert haben.« Elisabeth strich Charlotte über das Haar und runzelte die Stirn. »Ich hoffe, das verletzt dich nicht allzusehr.«

Charlotte zuckte die Schulter. »Er bedeutet mir nichts mehr.«

»Und zudem wirst du ja selbst bald verheiratet sein.«

»Werde ich das?«

»Nun ja … du solltest das Angebot zumindest in Betracht ziehen. Vater hat dich für die harmlose Liaison mit Dietrich für ein ganzes Jahr fortgeschickt. Ich glaube, seine Drohung, dich zu den Benediktinerinnen abzuschieben, wenn du seinen Kandidaten ablehnst, ist durchaus ernst zu nehmen.«

Charlotte seufzte, denn sie wusste, dass Elisabeth die Situation äußerst nüchtern einschätzte.

»Bist du ihm jemals begegnet?«, fragte sie.

»Wem?«

»Viktor von Calbach.«

»Nein. Aber Maximilian hat mir erzählt, was Vater ihm über diesen Herrn berichtet hat oder auch andere Männer, die mit ihm zu tun haben. Er ist der jüngste Sohn eines Freigrafen aus der Pfalz und gehört im Rang eines Leutnants der Salzburger Garnison an. Es heißt, er sei ein Günstling des Erzbischofs. Seiner steilen Karriere steht also nichts im Wege. Er ist neun Jahre älter als du und soll recht ansehnlich sein. Damit wäre er nicht die schlechteste Wahl. Andererseits …«

Charlotte horchte auf. »Was?«

Ihre Schwester kaute kurz auf der Unterlippe und war sich wohl unschlüssig, ob sie weitersprechen sollte. Doch dann sagte sie: »Maximilian hat im Gegensatz zu unserem Vater keine gute Meinung über deinen Verehrer. Er hat Viktor von Calbach als Leichtfuß und Schmeichler bezeichnet, der dem Wein und dem Glücksspiel nicht abgeneigt ist, und er vermutet, dass von Calbach in Salzburg inzwischen ein nicht zu unterschätzender Schuldenberg plagt.«

»Also kommt diesem Mann die Mitgift, die Vater ihm in Aussicht gestellt hat, gerade recht.«

Elisabeth winkte ab. »Und wenn schon! Vielleicht ist das alles übertrieben. Er scheint zumindest kein Langweiler zu sein. Auch das ist eine Qualität.«

Mit einem Schnaufen sprang Charlotte aus dem Bett und lief unruhig einige Schritte in der Kammer auf und ab. »Selbst wenn Maximilian sich geirrt hätte, und auch wenn mir dieser Herr von Calbach gefallen würde … Ich kann nicht seine Frau werden.«

»Aber warum denn nicht?«

Charlotte seufzte. Sie verschränkte die Arme vor der Brust und sagte leise: »Weil das mit Dietrich keine harmlose Liaison war.«

»Du bist noch in ihn verliebt?«

»Nein – du verstehst nicht.«

Elisabeth hob erstaunt eine Hand vor den Mund. »Du hast bei ihm gelegen.«

Charlotte nickte und schämte sich so sehr. Es war nur ein einziges Mal geschehen. Dietrich hatte sie bedrängt, und sie hatte ihm nachgegeben. Alles in allem hatte ihr das lustvolle Spiel sogar gefallen. Gesprochen hatte sie bislang mit niemandem darüber. Mehrere Wochen lang hatte sie in Wagrain jede Nacht gebetet, das Schicksal möge sie vor einer

Schwangerschaft behüten, denn schon damals war ihr klar gewesen, dass Dietrich nicht der Mann war, mit dem sie ihr ganzes Leben teilen wollte.

»Das würde unserer Mutter das Herz brechen«, meinte Elisabeth. »Sie darf nie davon erfahren.«

»Wenn ich diesen Herrn von Calbach wirklich heirate, wird ihm dieser Makel nicht verborgen bleiben. Es wird ihm auffallen, dass ich nicht blute, wenn er bei mir liegt.«

»Unsinn«, widersprach die Schwester. »Du musst nur dafür Sorge tragen, dass während der Hochzeitsfeier sein Glas oft genug gefüllt wird. Betrunkene Männer lassen sich leicht täuschen.«

»Glaubst du wirklich?«

»Natürlich.« Elisabeth erhob sich, zog aus ihrem Haar eine Nadel hervor und hielt sie Charlotte hin. »Wenn sein Verstand am Abend vom Wein getrübt ist, wird er nicht merken, dass du dir in den Finger gestochen hast, um etwas Blut auf dem Laken zu hinterlassen.«

»Elisabeth!«, rief Charlotte in gespielter Empörung aus. »Nie hätte ich vermutet, dass meine Schwester zu solch niederträchtigen Betrügereien imstande ist.«

Elisabeth griente verschwörerisch und deutete auf ein zusammengelegtes grünes Kleid, das auf einem Stuhl lag. »Zieh dich nun um. Herr von Calbach wird gewiss bald eintreffen, und du willst doch einen guten Eindruck auf ihn machen.«

Ihre Schwester verließ kurz die Kammer. Während Charlotte sich umkleidete, dachte sie über Elisabeths List nach. Konnte es wirklich gelingen, einen Mann auf diese Art zu täuschen? Sie befand, dass es müßig war, über diese Möglichkeit zu grübeln, solange sie sich überhaupt noch nicht entschieden hatte, ob sie sich dem Wunsch ihres Vaters beugen würde.

Die Tür öffnete sich. Elisabeth steckte ihren Kopf in die

Kammer und raunte: »Er ist eingetroffen. Vater empfängt ihn im Salon. Komm jetzt!«

Plötzlich ergriff Charlotte eine solche Angespanntheit, dass sie sich kaum rühren konnte. Elisabeth nahm sie bei der Hand, drückte aufmunternd ihre Finger und führte sie die Treppe hinab in den Salon. Hier hatten sich bereits Charlottes Vater, ihre Mutter sowie ihr Schwager Maximilian versammelt – und natürlich der Gast, der sofort seinen Blick auf sie richtete und sie fast ein wenig anzüglich musterte.

Ihr Vater wies mit der Hand auf seine Tochter und sagte: »Leutnant von Calbach, ich möchte Ihnen meine Tochter Charlotte vorstellen.«

Viktor von Calbach verbeugte sich schwungvoll. Er gab in seinem hellblauen Seidenrock eine elegante Erscheinung ab. Wie die meisten Männer aus den besseren Kreisen trug er eine lockige Perücke. Der Ausdruck auf seinem Gesicht wirkte etwas kühl und angespannt, aber es fiel Charlotte schwer, sich seinen Augen zu entziehen, die sie noch immer forsch und ein wenig frech im Blick behielten. In ihnen lag eine gewisse Dominanz und Stärke verborgen, die sie auf eine seltsame Art vom ersten Moment an zu reizen vermochte.

Charlotte vollführte einen höflichen Knicks, und nach kurzer, belangloser Konversation begab man sich an die Tafel, wo in Ingwer gesottene Rehkeule, Pasteten sowie frisches Obst aufgetragen wurden. Die Gespräche bei Tisch blieben recht trocken. Ihr Vater und Maximilian redeten über den Handel mit Krediten und wurden es nicht müde zu betonen, dass Männer ihres Gewerbes an der Seite des Adels eine unentbehrliche Rolle einnahmen. Maximilian prahlte anschließend mit seinen juristischen Kenntnissen, die vonnöten waren, um sich mit der zu Geldgeschäften geltenden Gesetzgebung auseinandersetzen zu können. Charlotte empfand dieses Thema als ermüdend. Sie hörte kaum zu und schaute stattdessen immer wieder verstohlen zu Viktor von Calbach, der zwar vortäuschen musste, der Konversation mit Interesse zu folgen, aber dessen Blick sich auch immer wieder mit ihrem kreuzte. Nach einer Weile wurde er dann in das Tischgespräch eingebunden. Er berichtete von seinem Militärdienst, den er als wenig aufregend empfand, und sprach darüber, dass ihm der Erzbischof persönlich weitere Aufgaben aufgetragen habe, auf die er hier aber nicht näher eingehen könne. Die Erwähnung des Landesfürsten ließ Charlottes Vater sichtlich aufhorchen, und erst jetzt wurde ihr wieder bewusst, dass sie nur ein Kapital war, das ihr Vater einsetzte, um von der Gunst zu profitieren, die der Erzbischof diesem Mann entgegenbrachte.

Nach dem Essen widmeten sich die Frauen dem Genuss einer neuartigen Süßspeise, die aus der neuen Welt jenseits des Ozeans nach Europa eingeführt worden war. Sie tunkten fingerdicke Stäbchen, die als Kakao bezeichnet wurden, in eine Tasse mit heißem Wasser und genossen den süßen Geschmack.

»Dieser Kakao ist eine große Versuchung«, meinte Elisabeth und leckte an dem Stäbchen. »Ich frage mich, ob diese Köstlichkeit nicht ein sündhaftes Laster darstellt.« Ihre Augen, die auf Charlotte gerichtet waren, stellten jedoch eine andere Frage: *Wie gefällt er dir?*

Charlotte lächelte milde. Schon bald darauf trat ihr Vater an sie heran und drückte ihr eine Laterne in die Hand. »Warum führst du unseren Gast nicht durch den Garten?«

Es war ein durchschaubarer Versuch, dem Paar, das hier verkuppelt werden sollte, einige Momente ohne neugierige Ohren zu verschaffen. Charlotte nickte nur, ging zur Flügeltür, die nach draußen führte, und schritt mit Viktor von Calbach über einen schmalen Weg durch die kleine Gartenanlage, die in der Dunkelheit kaum zu erkennen war, zu einem Pavillon, durch dessen offenes Dach der Himmel zu sehen war.

Hier im Pavillon ließen sie sich auf einer Bank nieder. Charlotte fiel im Schein der Laterne auf, dass Viktor eine Hand auf seinen Bauch legte und kurz das Gesicht verzog als er sich setzte, doch sie wagte es nicht, ihn zu fragen, ob ihn Schmerzen plagten. Jetzt, wo sie unter sich waren, kehrte die Angespanntheit zurück, und sie flüchtete sich in eine belanglose Plauderei.

»Es sind fast keine Wolken am Himmel«, sagte sie und schaute nach oben. »Sind die Sterne nicht wunderschön?«

Viktor lachte verhalten. »Ich glaube nicht, dass Euch an diesem Abend wirklich die Sterne interessieren.«

»So?«, fragte sie.

»Euer Vater hat mich in sein Haus bestellt, weil wir uns kennenlernen sollen. Es ist sein Wunsch, Euch zu verheiraten, und wie mir scheint, hat er mich als seinen Kandidaten auserkoren. Es ist also anzunehmen, dass Ihr mehr über mich als über den Sternenhimmel erfahren möchtet.«

Charlotte kicherte nervös. »Aber es gehört sich nicht, einem Gast Löcher in den Bauch zu fragen.«

»Ist es beizeiten nicht durchaus eine Versuchung, sich über die strenge Etikette hinwegzusetzen?«

Für einen Moment war Charlotte sprachlos, aber auch beeindruckt. Solch offene und direkte Worte hatte sie nicht erwartet. Nach all dem läppischen Geplänkel bei Tisch empfand sie seinen Vorstoß durchaus als erfrischend. Warum also sollte nicht auch sie mit offenen Karten spielen?

»Ihr habt während des Essens einiges über Euer Leben berichtet«, sagte sie. »Aber mir ist auch zu Ohren gekommen, dass Ihr gewissen fragwürdigen Vergnügungen nicht abgeneigt seid.«

Er runzelte die Stirn. »Auf welche Art von Vergnügungen bezieht Ihr Euch?«

»Nun«, brachte sie ein wenig verlegen hervor, »es heißt, Ihr wäret dem Glücksspiel ebenso zugetan wie dem Genuss des Weines.«

»Ich bin ein unverheirateter Mann, der das Leben genossen hat. Zu manchen Zeiten wurde ich von meinen Leidenschaften getrieben. Doch was wäre das Leben ohne die Leidenschaften? Nur ein tristes Unterfangen.«

»Jetzt weiß ich nicht, ob ich mich vor Euch fürchten soll«, entgegnete Charlotte.

»Würdet Ihr Euch davor fürchten, einen Ausflug mit mir zu unternehmen? Es würde mich glücklich machen, wenn Ihr mich bei einem Ausritt vor die Tore der Stadt begleiten würdet.«

Sie zögerte nur kurz. »Den Mut würde ich aufbringen«, sagte sie mit einem koketten Schmunzeln.

Vom Eingang zum Haus erklang ein vernehmbares Räuspern. Wohl das unmissverständliche Zeichen ihres Vaters, dass es unschicklich für die beiden wäre, noch länger allein im Garten zu verweilen.

»Ich werde Euren Vater um diese Gunst bitten und mich am Sonntag nach dem Besuch der Frühmesse hier einfinden.« Viktor erhob sich und bot ihr seinen Arm an. Sie hakte sich ein, und gemessenen Schrittes schlenderten sie zurück zum Haus. Charlottes Herz pochte aufgeregt. Der Abend hatte einen unerwarteten Verlauf genommen. Sie hatte einen schüchternen, verkniffenen Burschen erwartet, doch dieser Viktor von Calbach schien ein rechter Draufgänger zu sein, der das offene Wort pflegte.

Bis zum Sonntag würden noch drei Tage vergehen. Drei lange Tage. Sie spürte schon jetzt ihre Ungeduld und musste sich eingestehen, dass Elisabeth recht behalten hatte.

Viktor von Calbach gefiel ihr.

Kapitel 15

Während im Dom die sonntägliche Frühmesse gefeiert wurde, fiel es Charlotte sehr schwer, sich auf die Predigt zu konzentrieren. Ihre Gedanken waren die ganze Zeit über bei Viktor von Calbach und ihrem bevorstehenden zweiten Zusammentreffen. Zwar hatte ihr Vater verlangt, dass Elisabeth sie begleiten würde, da es nicht schicklich war, dass ein junges Mädchen einen fast fremden Mann allein auf einen Ausflug begleitete, doch Charlottes Schwester hatte ihr kurz darauf mit einem Zwinkern zugeflüstert, dass sie ihnen gewiss die Gelegenheit verschaffen würde, sich unter vier Augen zu unterhalten, damit Charlotte ihren Verehrer besser einschätzen konnte.

Die erste Begegnung mit Viktor von Calbach hatte Charlotte durchaus beeindruckt. Sie hatte erwartet, dass ihr Vater einen spröden, ergrauten Kaufmann für sie auswählen würde, doch Viktor entsprach dem genauen Gegenteil. Die Offenheit, die er an den Tag gelegt hatte, wusste sie zu beeindrucken. Er schien von sich überzeugt zu sein, gab sich vielleicht sogar ein wenig überheblich, aber das tat der Begeisterung, die sie für ihn entwickelt hatte, keinen Abbruch. Ihrer Schwester Elisabeth hatte sie nach dem ersten Treffen berichtet, dass Viktor etwas Geheimnisvolles in sich barg, das sie durchaus zu reizen vermochte. Dass er sie schon jetzt auch körperlich anzog, behielt sie jedoch für sich.

Ihr Vater hatte nach der Vorstellung seines Kandidaten Zufriedenheit erkennen lassen, denn er hatte wohl festgestellt, dass seine Tochter ihre anfängliche Ablehnung gegen eine Ehe mit einem Fremden rasch abgelegt hatte und sich nun durchaus interessiert zeigte, mehr Zeit mit Viktor von Calbach zu verbringen.

Als die Messe endlich beendet war und die Familie heimkehrte, wartete Viktor bereits vor dem Haus auf Charlotte. Er führte einen kräftigen Falben am Zügel und trug eine eng geschnittene rote Uniform, in der er einen äußerst stattlichen Eindruck machte. Man begrüßte sich, und Charlottes Vater lud Viktor betont schmeichlerisch nach dem Ausritt zu einem Umtrunk in seinen Salon ein – ein Angebot, das dieser ohne Zögern annahm. Charlotte hatte ihren Vater selten so gelöst und freundlich erlebt. Auch ihre Mutter und Elisabeth schienen an Viktor bereits einen Narren gefressen zu haben. Einzig ihr Schwager Maximilian gab sich eher reserviert und beäugte Viktor skeptisch.

Charlotte und Elisabeth ließen die beiden Stuten satteln, die sich im Besitz ihrer Familie befanden, und begaben sich mit Viktor in gemächlichem Schritt durch die Straßen der Stadt bis zum Ufer der Salzach, wo Viktor auf die langgestreckte Kaserne Türnitz deutete und erklärte, dass er dort eine Kammer bewohne, aber natürlich die Möglichkeit habe, ein größeres Quartier zu beziehen, wenn er verheiratet sei. Charlotte wusste nicht, ob das eine Anspielung sein sollte, und hielt sich mit einem Kommentar zurück.

Sie überquerten die Salzach-Brücke, passierten die Umgebung des Schlosses Mirabell, ließen die Wallanlagen hinter sich und führten die Pferde in einem gemächlichen Trab den Hang des Kapuzinerberges entlang.

Hier klagte Elisabeth über ein plötzliches Unwohlsein und schlug vor, dass sie zum nahen Anwesen ihrer Tante reiten würde, um dort ihren Cousinen einen Besuch abzustatten. Viktor bot an, sie zu begleiten, um die Form zu wahren, doch zu Charlottes Erleichterung lehnte Elisabeth diese Offerte ab. Wahrscheinlich hatte sie ohnehin vor Beginn dieses Ausfluges geplant, eine Unpässlichkeit vorzutäuschen, um die beiden allein zu lassen.

Charlotte und Viktor setzten den Weg fort. Der Wind war inzwischen aufgefrischt, und am Himmel zogen dunkle Wolken auf, doch Charlotte ließ sich von dem zu erwartenden Gewitter nicht beirren, denn sie wollte jetzt endlich die Gelegenheit nutzen, mehr über diesen Mann zu erfahren, der ihr im Auftrag ihres Vaters den Hof machte.

»Wann seid Ihr nach Salzburg gezogen?«, fragte sie ihn also.

»Vor achtzehn Monaten«, erwiderte er. »Auf Wunsch meines Vaters hatte ich eine Offiziersschule in der Pfalz besucht, doch nach meinem Abschluss zog es mich in die Ferne, und ich schloss mich der Salzburger Garnison an.«

»Warum gerade Salzburg?«

»Eine einflussreiche Freundin hatte ein Empfehlungsschreiben an den Salzburger Landesfürsten gerichtet, und so erhielt ich bald darauf die Gelegenheit, unter seiner Fahne zu dienen.«

»Eine einflussreiche Freundin? Das klingt geheimnisvoll.«

»Nun ja, als Knabe verbrachte ich viel Zeit am Hof des Kurfürsten Philipp Wilhelm von Pfalz-Neuburg und wurde zum Vertrauten seiner Tochter Eleonore, die vor zwei Jahren Kaiser Leopold geheiratet hat. Wie mir scheint, ist sie mir noch immer in Freundschaft verbunden, denn sie setzt sich sehr für mein Wohl ein.«

»Die Frau des Kaisers?«, fragte Charlotte erstaunt. Wenn das wirklich der Wahrheit entsprach, dann wurde Charlotte klar, warum ihr Vater so vehement darauf gedrängt hatte, dass Viktor von Calbach in seine Familie einheiratete. Schon die geringste Möglichkeit einer Verbindung zum Kaiserhaus musste einem Geschäftsmann wie ihm Grund genug sein, seine Tochter einem Fremden zur Frau zu geben.

»Ich verstehe«, murmelte sie nur.

»Nun habe ich Euch einiges über mich verraten«, meinte Viktor. »Darum solltet Ihr mir gestatten, *Euch* ein wenig besser kennenzulernen.«

»Was wollt Ihr wissen?«

»Es würde mich interessieren, aus welchem Grund Ihr Salzburg für ein ganzes Jahr verlassen habt. Warum habt Ihr so lange bei Euren Verwandten in Wagrain gelebt?«

»Hat mein Vater Euch das nicht erläutert?«

»Nein. Leider nicht.«

Charlotte zögerte mit einer Antwort und dachte darüber nach, wie ehrlich sie sich in dieser Angelegenheit verhalten sollte. Viktor sollte nicht erfahren, dass sie wegen einer Liaison mit einem Mann aus dem niederen Stand fortgeschickt worden war. Das würde ihn nur misstrauisch machen und ihn an ihrer Jungfräulichkeit zweifeln lassen.

»Mein Vater ... er wollte ... dass ich mich mit den häuslichen Pflichten vertraut mache«, schwindelte sie darum.

Viktor runzelte die Stirn. »In Wagrain? Warum konntet Ihr diese Fähigkeiten nicht in Salzburg erlernen?«

Charlotte fühlte sich bei einer Lüge ertappt. Sie hatte keine Antwort auf seine Frage. Zu ihrer Erleichterung prasselte in diesem Augenblick ein Regenschauer hernieder, so dass ihr Gespräch unterbrochen wurde und sie hastig einen trockenen Unterschlupf zwischen den Bäumen suchen mussten.

Sie saßen ab und fanden zunächst unter einem Eichenhain Schutz vor der Nässe. Dann machte Charlotte in der Nähe einen hölzernen Schuppen aus. Sie huschten durch Regen, Blitz und Donner darauf zu und zogen auch die Pferde unter das Dach.

Sie waren nicht die ersten, die hier vor dem Regen untergekommen waren. Drei mit Lumpen bekleidete Kinder, zwei Burschen und ein Mädchen, drängten sich furchtsam in einer Ecke zusammen und blickten die Eindringlinge mit großen Augen an.

Viktor richtete sogleich einen Finger auf die Tür und rief ihnen grimmig zu: »Verschwindet hier! Raus mit euch, ihr Lumpenpack!«

Sein schneidender Tonfall schüchterte die Kinder nur noch mehr ein. Charlotte versuchte ihn zu besänftigen. »Die Kinder können doch hierbleiben, bis der Regen aufhört.«

»Trollt euch!«, schimpfte Viktor laut und ballte die Hand zur Faust. Die Kinder zuckten zusammen und rannten flink an den Pferden vorbei nach draußen in das Gewitter.

»Das war nicht nötig«, meinte Charlotte. Viktors Drohgebärde gegen die Kinder hatte auch sie ein wenig erschrocken.

Viktor brummte ungehalten. »Diese Vagabunden sind Ungeziefer. Eine rechte Plage.«

»Es waren Kinder.«

»Und wenn schon!« Er schloss die Tür und rieb seine Oberarme. Der Regen hatte ihre Kleidung klamm werden lassen, aber sie waren noch rechtzeitig unter dieses Dach geflüchtet, bevor der Schauer sie völlig durchnässt hatte. »Wir haben etwas zu besprechen und können keine Störenfriede gebrauchen.«

»So?« Sie lehnte sich lässig an die Wand und wartete ab, was er ihr zu sagen hatte.

Einen Moment lang wirkte er fast verlegen. Charlotte amüsierte dieser abrupte Wechsel seines Gemüts, denn sie ahnte, worüber er mit ihr sprechen wollte.

»Ich weiß«, begann Viktor, »Ihr und ich, wir sind uns noch fast fremd. Und es ist uns auch klar, dass Euer Vater unsere Zusammenkunft arrangiert hat, weil er hofft, durch mich seine Kontakte zum Salzburger Landesfürsten und vielleicht sogar zum Wiener Hof zu forcieren. Als er mir den Vorschlag unterbreitete, seiner Tochter den Hof zu machen, stimmte ich zunächst nur halbherzig zu. Ich fühlte mich geehrt, war aber auch skeptisch, ob ich in einer solch konstruierten Verbindung jemals Erfüllung finden könnte.«

Seine Offenheit beeindruckte sie ein weiteres Mal. »Mir ging es genauso«, erwiderte sie.

»Jetzt treffen wir heute erst zum zweiten Mal zusammen«, fuhr er fort, »und doch bin ich nach dieser kurzen Zeit von Euch fasziniert. Ihr habt meine Erwartungen übertroffen.«

»Ich fühle mich geehrt.«

»Darf ich hoffen, dass auch ich einen guten Eindruck auf Euch hinterlassen habe? Dass Ihr mir wohlgesinnt seid?«

Charlotte überlegte kurz, ob es angeraten sei, sich zurückhaltend zu äußern, um nicht anbiedernd zu wirken, doch sie wollte ihn nicht beschwindeln.

»Auf der Reise von Wagrain nach Salzburg habe ich in der Kutsche lange gegrübelt, mit welchen Worten ich den Kandidaten meines Vaters abweisen würde, doch nun glaube ich, dass das Zeitverschwendung war.« Sie lächelte. »Ihr gefallt mir.«

»Dann werdet Ihr auch weiterhin Zeit mit mir verbringen?«

»Gerne.«

»Und könntet Ihr Euch gar vorstellen, die Ehe mit mir einzugehen?«

Gott, es ging alles so schnell, dass es Charlotte fast schwindelte. Sie schwieg zunächst und ließ sich die Alternativen durch den Kopf gehen. Wenn sie Viktor abwies oder mehr Zeit von ihm forderte, würde er sich womöglich von ihr abwenden. Sie traute ihrem Vater durchaus zu, dass er sie in diesem Fall tatsächlich den Benediktinerinnen für ein

Noviziat überlassen würde – ein Gedanke, der sie grausen ließ. Vielleicht suchte er auch einen anderen Kandidaten für sie, der sich als betagter Langweiler herausstellen würde. Viktor gefiel ihr, warum also sollte sie diese Gelegenheit nicht beim Schopfe packen?

»Das könnte ich durchaus«, sagte sie leise.

Viktor zog aus seiner Manteltasche einen silbernen Armreif hervor und reichte ihn ihr. »So nehmt dieses Pfand als mein Hochzeitsversprechen an.«

Es irritierte sie, dass er diesen Antrag wohl von vornherein geplant hatte, doch sie konnte ihn nun nicht ablehnen. Sie nahm den Reif entgegen und streifte ihn über ihre Hand.

»Ich habe nichts bei mir, was ich Euch geben könnte«, meinte sie. Einem plötzlichen Impuls folgend trat sie auf ihn zu, legte ihre Hände an seinen Kopf und zog ihn zu sich heran. »Nichts außer meiner Zuneigung«, raunte Charlotte und küsste ihn, während draußen der Regen noch stärker niederprasselte und ein lautes Donnern zu hören war.

Kapitel 16

Obwohl die Kopfschmerzen und die Übelkeit Viktor an diesem Morgen äußerst heftig zusetzten, trat er doch mit einem Gefühl der Euphorie durch das Hauptportal der fürstbischöflichen Residenz. Er gelangte von hier auf den Ehrenhof, dessen Fassaden mit hohen toskanischen Pilastern verziert worden waren. Sein Blick fiel auf einen Brunnen am Ende des Hofes, wo unter einem dreibogigen Portikus eine überlebensgroße Herkulesfigur einen wasserspeienden Drachen erschlug.

Viktor betrachtete kurz den antiken Heroen und ballte die Faust. Bei dem Gedanken an die nächste Stunde durchströmte ihn eine aufgeregte Gespanntheit und zudem die Genugtuung, ein besonderes Privileg erhalten zu haben. Am gestrigen Morgen hatte ihm ein Bote die Anweisung überbracht, er solle sich heute hier in der Residenz einfinden, um dem Salzburger Fürsterzbischof Max Gandolph von Kuenburg vorstellig zu werden. Zwar hatte der Fürsterzbischof ihm bereits eine Gunst erwiesen, indem er es ihm ermöglicht hatte, zu mehreren Gelegenheiten die Verhöre der Malefikanten zu verfolgen, doch heute würde der Landesfürst ihn zum ersten Mal persönlich empfangen und ein Gespräch mit ihm führen.

Nicht nur das erwartete Zusammentreffen mit dem Erzbischof stimmte Viktor euphorisch, sondern auch der Umstand, dass vor zwei Tagen der Zeitpunkt seiner Hochzeit festgelegt worden war. Nach dem Heiratsversprechen, das

Viktor und Charlotte sich während ihres Ausrittes am Kapuzinerberg gegeben hatten, hatte sein künftiger Schwiegervater Karl Friedrich Schwartz den Termin für die Eheschließung bereits für den ersten Samstag im Juni, also in knapp drei Wochen, bekanntgegeben. Und ab diesem Tag würden seine Geldsorgen der Vergangenheit angehören, denn die Mitgift und die monatliche Apanage, die Schwartz ihm in Aussicht gestellt hatte, reichten aus, um nahezu seine gesamten Verbindlichkeiten auszugleichen. Dafür nahm er gerne in Kauf, ein naives Frauenzimmer an seiner Seite ertragen zu müssen. Vielleicht würde sich Charlotte sogar als nützlich erweisen. Sie konnte seinen Haushalt führen, und auch wenn sie viel zu brav war, um seine Lust zu entfachen, würde sie zumindest sein Bett warmhalten und ihm zur Verfügung stehen, wenn er Befriedigung suchte.

Viktor betrat die Residenz und stieg die breite Treppe in den zweiten Stock hinauf, wo er in den Carabinierisaal gelangte, eine weitgestreckte Halle, in der sich zahlreiche Bedienstete sowie rund ein Dutzend mit Radschlosskarabinern bewaffnete Soldaten der fürstlichen Leibgarde aufhielten. Er wandte sich am Fuß der zweiflügeligen Treppe, die in die Prachträume führte, an einen der Wachhabenden und teilte diesem mit, dass er zu einer Audienz des Landesfürsten bestellt worden sei. Der Gardist verschwand kurz hinter der Tür, kehrte aber bald zurück und bat Viktor um einen Moment Geduld.

Während sich Viktor auf dem Marmorboden ungeduldig die Beine vertrat, wurde aus dem Moment eine halbe Stunde, bis ein kahlköpfiger Mann aus der Tür trat, der sich als Sekretär des Fürsterzbischofs vorstellte und ihn aufforderte, ihm zu folgen.

Der Mann führte Viktor durch einen weiteren langgestreckten Saal und durch ein Zimmer, in dem mehrere Tische und gepolsterte Stühle bereitstanden, in einen kleinen

Raum, wo er ihn allein zurückließ. Hier gab es keine Sitzgelegenheit, so dass Viktor schon nach wenigen Minuten unruhig auf- und abging, während ihm die eintönige Wartezeit den bohrenden Kopfschmerz wieder stärker bewusst werden ließ. Er versuchte sich abzulenken, indem seine Gedanken zu der bevorstehenden Hochzeit und zu Charlotte Schwartz zurückkehrten. Er konnte es noch immer nicht fassen, wie schnell alles vonstatten gegangen war. Es war gerade mal eine Woche vergangen, seit er seiner Braut zum ersten Mal gegenübergestanden hatte, und er hätte niemals zu hoffen gewagt, dass es so einfach sein würde, ihr schon wenige Tage darauf das Hochzeitsversprechen abzutrotzen, denn er war nicht geübt darin, eine Frau galant zu umschmeicheln. Dennoch glaubte er zu wissen, womit er Frauen imponieren konnte. Charlotte Schwartz hatte er vom ersten Augenblick an so eingeschätzt, dass sie unter dem Deckmantel der Etikette einen Mann zu schätzen wusste, der ein offenes Wort sprach, sich entschlossen und durchsetzungsfähig zeigte und sich dennoch nicht schämte, zu seinen Gefühlen zu stehen.

All das hatte er in ihrer Gegenwart erkennen lassen, und sie war dumm genug gewesen, jedem seiner Worte Glauben zu schenken. Als sie ihn sogar geküsst hatte, war er völlig überrascht gewesen. Ihr Blut war in Wallung geraten, und vielleicht wäre sie dort in der Hütte mit ihm sogar einen Schritt weitergegangen, doch da er das Bild eines Edelmanns aufrechterhalten musste, hatte er ihre so verlangend um ihn geschlungenen Hände mit einem Lächeln von sich gestreift, ihre Finger geküsst und sie gebeten, ihn nicht in Versuchung zu führen, seinen lüsternen Empfindungen nachzugeben.

Welch eine Lüge! Charlotte ließ ihn so kalt, dass er den Akt mit ihr wahrscheinlich nicht hätte vollziehen können, selbst wenn er auf sie eingegangen wäre. Mit Wonne erinnerte er sich dagegen an die Erregung, die er verspürt hatte, als während der Verhöre im Rathaus die junge Frau mit der Rute gestrichen oder der verstockte Hans Huefnagel mit der Fackel malträtiert worden war. Manch einer würde seine Vorlieben krank nennen, aber ein solcher Mensch hatte wohl nie die Stimulation solcher Überreizung genossen, die man nur als göttliche Ekstase bezeichnen konnte.

Es gab nur eine einzige Person, von der er glaubte, dass sie diese Erfahrung teilen konnte – auch wenn er niemals mit ihr über seine obskuren Neigungen gesprochen hatte. In seiner Jugend hatte er viel Zeit mit Eleonore Magdalene Teresa von Pfalz-Neuburg verbracht, die vor zwei Jahren die Ehe mit dem deutschen Kaiser eingegangen war. Damals war sie ihm mehr wie ein Kind als eine Frau vorgekommen. Ein ernstes, verschlossenes Mädchen, das in ständiger Angst vor jeglicher Sündhaftigkeit lebte und häufig in eine fromme und düstere Melancholie versank. Sie hatte ihm anvertraut, dass sie sich selbst geißelte und darin Erfüllung fand. Es hatte ihm Vergnügen bereitet, sie darin zu bestärken, sich Schmerzen zuzufügen. Sie hingegen war ihm immer sehr zugetan gewesen, weil sie glaubte, er könne als Einziger verstehen, wie sehr sie unter der Last der Sünde litt.

Auch als Gemahlin des Kaisers hatte Eleonore nicht von diesem Gebaren abgelassen. Viktor war zu Ohren gekommen, dass sie Armbänder mit nach innen gerichteten Spitzen trug, die ihr das Fleisch blutig stachen, oder dass sie sich so lange der Sonne aussetzte, bis sie auf ihrem Gesicht an einem schweren Brand litt. Viktor hatte nie großen Wert darauf gelegt, Freundschaften zu schließen, und war immer ein Einzelgänger geblieben, doch an manchen Tagen vermisste er Eleonores Gesellschaft, denn im Grunde war sie der einzige Mensch, der seine Leidenschaft für den Schmerz teilte, wenngleich aus einem unterschiedlichen Blickwinkel.

Inzwischen ertönte zum wiederholten Mal der Glockenschlag des Domes. Wenn er richtig gezählt hatte, waren inzwischen fast eineinhalb Stunden vergangen, seit man ihn in diesen Raum geführt hatte. Ihm schmerzten bereits die Füße. Obwohl es allgemein bekannt war, dass der Erzbischof jeden Gast lange warten ließ, stieß er in Gedanken bittere Flüche auf Max Gandolph aus.

Einige Minuten später öffnete sich endlich die Tür zum angrenzenden Raum, und der Sekretär winkte ihn herein. Sie durchquerten einen prächtigen Saal, dessen Boden aus einer kunstvollen Einlegearbeit verschiedener Holzsorten bestand und dessen Wände mit riesigen Teppichen geschmückt waren. Die Decken hingegen hatte man mit aufwändigem goldenem Stuck verziert. Dies war zweifelsohne der Audienzsaal, in dem der Fürsterzbischof für gewöhnlich seine Besucher empfing, um mit einem Ausdruck von Macht und Größe den notwendigen Eindruck zu erzielen. Der Sekretär winkte Viktor allerdings weiter mit sich, und sie traten in den nächsten Raum, der weit kleiner und schlichter wirkte und wohl schon zum Privatbereich des Erzbischofs zählte. Hier nun traf Viktor auf den Salzburger Landesfürsten, der sich über einen massiven Tisch beugte, auf dem mehrere Papiere ausgebreitet worden waren. Sein Blick richtete sich auf Viktor.

»Leutnant Viktor von Calbach«, kündigte der Sekretär an.

Viktor machte einen Schritt in den Raum hinein, zog seinen Hut vom Kopf und verbeugte sich tief.

»Euer Gnaden«, sagte er.

Max Gandolph schickte den Sekretär mit einem Zeichen hinaus und musterte Viktor. »Endlich kann ich mir ein Bild von dem Mann machen, den mir unsere werte Freundin in höchsten Tönen beschrieben hat.«

Viktor nahm an, dass sich der Fürsterzbischof auf das

Empfehlungsschreiben bezog, das Eleonore vor einiger Zeit an ihn gerichtet hatte. »Ich fühle mich geehrt«, erwiderte er.

»Keine falsche Bescheidenheit«, meinte Max Gandolph und spielte mit den Fingern an seinem schmalen Kinnbart. Der Fürsterzbischof war ein stattlicher Mann in den Fünfzigern, der auf Viktor trotz des freundlichen Empfangs den Eindruck starker Willenskraft und gebieterischer Strenge vermittelte. Es war bekannt, dass Max Gandolph ein Freund strikter Reglementierungen war. Allein in den vergangenen beiden Jahren waren von ihm eine Feuerlöschordnung, eine Ruhe- und Sicherheitsordnung, eine Almosenordnung sowie eine Sauberkeitsordnung erlassen worden, die allesamt einen stark polizeilichen Charakter trugen.

»Tretet näher, Herr Leutnant«, sagte der Fürsterzbischof und winkte ihn näher zu sich an den Tisch. »Schaut Euch bitte mit mir diese Zeichnungen an.«

Viktor zögerte nicht, trat auf den Erzbischof zu und betrachtete die ausgebreiteten Papiere. Eine seltsame Gerätschaft war dort skizziert, deren Zweck ihm aber sofort einleuchtete.

»Wisst Ihr, was das ist?«, fragte Max Gandolph.

»Ich nehme an, es handelt sich um ein Fallbeil.«

»Eine Erfindung aus Italien. Dort nennt man es *Mannaia*.« Der Fürsterzbischof wies mit der Hand auf die Konstruktionszeichnung. »Ich habe kürzlich eines dieser Fallbeile erworben und bin überzeugt davon, dass es sich um eine nützliche Anschaffung handelt.«

»Gewiss, Euer Gnaden.« Viktor leuchtete ein, warum Max Gandolph an diesem Fallbeil interessiert war. Vor einigen Monaten war er bei einer Hinrichtung zugegen gewesen, in deren Verlauf es dem Scharfrichter nicht gelungen war, dem verurteilten Zauberer den Kopf mit einem Schlag vom Hals zu trennen. Stattdessen war der Bursche mit einer klaffenden Halswunde zu Boden gesunken, während das Blut wie

Fontänen hervorgespritzt war. Es hatte drei weiterer Schläge bedurft, bevor das Opfer von seinem Leiden erlöst worden war. Die um die Richtstätte versammelte Bürgerschaft hatte sich lautstark über die Unfähigkeit des Scharfrichters ereifert und ihn verspottet. Als Folge dieses Missgeschicks wurden die Malefikanten fortan in den meisten Fällen vom Scharfrichter erdrosselt, um eine weitere Schlächterei zu vermeiden.

Viktor war zu Ohren gekommen, dass dieser Vorfall nicht die erste misslungene Hinrichtung gewesen war, und nun schien Max Gandolph also eine Lösung für dieses Problem gefunden zu haben.

»Schnell und sauber«, meinte der Landesfürst. »Dieses Fallbeil ist eine milde Art der Hinrichtung, die wir vor allem für die jüngsten der verirrten Seelen anwenden können, deren Schicksal ohnehin allzu häufig das Mitleid der Bürger hervorruft.«

»Gilt nicht auch schon die Erdrosselung als gnadenvolle Hinrichtung?«, wandte Viktor ein.

Max Gandolph schüttelte den Kopf. »Unser Scharfrichter beweist selbst darin seine Unfähigkeit. Vor einigen Wochen erdrosselte er auf dem Richtplatz dreizehn Malefikanten. Die Leiber wurden zur Seite getragen und mit Laken bedeckt. Doch noch bevor der Scharfrichter die Hälfte der Urteile vollstreckt hatte, hörte man einen der gerichteten Zauberer unter seinem Laken röcheln, und er richtete sich sogar auf, so dass dieser Bursche ein zweites Mal erdrosselt werden musste. Einmal mehr machte sich der Scharfrichter damit zum Gespött der Bürger.«

Max Gandolph ging nun dazu über, Viktor einige technische Details des Fallbeils zu erklären. Dann aber hielt er inne, schaute ihm ernst ins Gesicht und wollte wissen: »Ihr habt also meine Anweisungen befolgt und wart bei den Verhören der Malefikanten anwesend.«

Es war keine Frage, sondern eine Feststellung. Trotzdem antwortete Viktor: »Ich habe an drei Verhören teilgenommen, Euer Gnaden. Wenngleich ich annehme, dass der Hofrat Zillner über meine Anwesenheit nicht erfreut war.«

»Das interessiert nicht«, erwiderte Max Gandolph. »Wie war Euer Eindruck von den Malefikanten?«

»Sie waren verstockt, aber geständig.«

»Haben sie die Namen anderer Personen genannt, die sich ebenfalls des Zaubereivergehens schuldig gemacht haben?«

Viktor nickte. »Jeder von ihnen.«

»Ihre Zahl wächst«, raunte der Fürsterzbischof. In seinen Augen war aufrichtige Besorgnis zu erkennen. »Sie kommen wie eine Plage über uns – all die Bedürftigen und Vagabunden, die sich von dem Bettlerfürsten Jakob Koller zum Bösen verführen lassen. Mit jedem Tag, der vergeht, flüstert er den Landstreichern seine Verlockungen ein. Vor allem die jungen Knaben und Mädchen zieht er mit den absonderlichsten Verlockungen in seinen Bann und lässt sie mit ihrem Blut einen Pakt mit dem Teufel unterzeichnen.« Max Gandolph ballte die Faust und verzog das Gesicht. »Dieser Bund der Hexenkinder wird zu einer Bedrohung. Einer unsichtbaren Armee gleich werden sie wie eine Pest über dieses Land hereinbrechen.« Der Landesfürst kam um den Tisch herum und fasste Viktors Schulter. »Ich habe Euch zu den Verhören geschickt, damit Euch der Einfluss bewusst wird, den der Leibhaftige über diese verirrten Seelen ausübt. Ihr sollt unsere Feinde kennen, bevor ich Euch zu meinem Auge mache. Eure Fürsprecherin teilte mir mit, dass Ihr Euch stets um Gottes Wort verdient gemacht habt, also glaube ich, dass Ihr nun für mich eine brauchbare Waffe im Kampf gegen die Rotte des Satans sein könnt.«

Das waren die Worte, die Viktor hören wollte. Er ging in die Knie, hoffte, dass diese Geste nicht zu theatralisch wirkte, und entgegnete mit fester Stimme: »Ich werde mit meiner ganzen Kraft die Heilige Kirche schützen. Das verspreche ich Euch.«

»Erhebt Euch, mein Freund«, forderte Max Gandolph ihn auf. »Es wird die Zeit kommen, da Ihr nicht nur Eure Augen und Ohren, sondern auch Euren Degen für die Bewahrung von Gottes Wort einsetzen werdet. Doch zunächst schicke ich Euch aus unter die Bürgerschaft. Geht in die Wirtshäuser, zu den Spiel- und Tanzabenden, belauscht die Gespräche, die im Flüsterton geführt werden, und beobachtet das niedere Volk. Erstattet mir Bericht über jede Auffälligkeit. Um diese Aufgabe umzusetzen, entbinde ich Euch weitgehend von Euren Pflichten innerhalb der Garnison.«

Viktor senkte den Kopf und bedankte sich. Der Fürsterzbischof lächelte milde. »Bevor ich Euch nun fortschicke, möchte ich Euch noch zur Wahl Eurer Braut gratulieren. Mir kam zu Ohren, dass Ihr schon bald die Tochter des hochgeschätzten Finanziers Karl Friedrich Schwartz heiraten werdet.«

»Die Trauung findet in drei Wochen statt, Euer Gnaden.«

Der Fürsterzbischof klatschte in die Hände, woraufhin ein Kammerdiener mit einer kleinen Schatulle in den Raum trat. Max Gandolph öffnete den Kasten und holte ein Ledersäckchen hervor, das er Viktor übergab. »Nehmt dies als mein Geschenk an. Und dazu meine besten Wünsche und Gottes Segen zu Eurer Vermählung.«

Viktor schloss die Finger um das Säckchen und fühlte die Münzen, die sich darin befanden. Er bedankte sich ein weiteres Mal und wurde dann vom Fürsterzbischof verabschiedet mit der Aufforderung, ihm in regelmäßigen Abständen Berichte über die Verbreitung der dunklen Mächte zukommen zu lassen.

Nachdem Viktor die Residenz verlassen hatte und auf den Domplatz getreten war, suchte er rasch eine verwinkelte, menschenleere Gasse auf und schüttete den Inhalt des Ledersäckchens auf seine Hand. Er zählte fünfundzwanzig Goldgulden. Genug, um zumindest die Schulden beim Hurenwirt Roloff zu begleichen. Bester Laune schlug er den Weg in Richtung Gstättengasse ein, um Roloffs Zorn zu beschwichtigen. Ihm klangen noch immer die Worte des Fürsterzbischofs im Kopf. Der Auftrag, den er ihm erteilt hatte, würde leicht zu erledigen sein. Viktor war im Grunde skeptisch, ob die dunklen Mächte wirklich so sehr verbreitet waren, wie der Fürsterzbischof und viele andere es befürchteten. Doch es würde nicht schwierig sein, Max Gandolphs Ängsten Bestätigung zu verschaffen und die Erwartungen, die an ihn gestellt wurden, zu erfüllen, indem er die Berichte seiner Spitzeleien ein wenig manipulierte. In den Wirtshäusern konnte jede weinselige abfällige Bemerkung über kirchliche Angelegenheiten zu einer Anbiederung an teuflische Verlockungen stilisiert werden, und so manch ausgelassener Tanz auf einem Fest würde sich als heidnische Verrenkung unter dem Einfluss des Satans erweisen.

Inzwischen hatte Viktor die Gstättengasse erreicht. Er klopfte an Roloffs Tür, und als der Wirt ihm öffnete, zeigte der ein erstauntes Gesicht.

»Schau an, der werte Leutnant von Calbach. Da Ihr freiwillig zu mir gekommen seid, nehme ich an, Ihr wollt Eure Schulden begleichen.« Der Hurenwirt zog seine Hand zur Seite und ließ das Messer erkennen, das an seinem Gürtel befestigt war. »Ansonsten könnte es Euch schlecht ergehen.«

»Ich hänge durchaus an meinem Leben«, meinte Viktor und trat ein. Roloffs Behausung bestand aus einem engen, düsteren Zimmer. Er setzte sich mit dem Hurenwirt an einen Tisch und schüttete auf diesen die achtzehn Gulden, die er zuvor abgezählt hatte. Roloff griff schnell nach den Münzen und verstaute sie in seinen Taschen. »Es freut mich, dass Ihr zu Geld gekommen seid«, sagte er und entblößte mit einem schiefen Grinsen seine fauligen Zähne.

Viktor holte einen weiteren Gulden hervor und warf diesen Roloff zu. »Ich will Christindl.«

Roloff rief ihren Namen. Einen Moment darauf öffnete sich die Tür zu einem Nebenraum, und das Mädchen Christindl, das er schon oft in den vergangenen Monaten aufgesucht hatte, schaute scheu hervor. Viktor wusste, dass sie in seinem Alter war, doch ihr Körper war so schmal und zierlich wie der eines jungen Mädchens. Er erhob sich und wollte zu ihr in die Kammer gehen, doch Roloff hielt ihn noch zurück, indem er seinen Arm fasste und sagte: »Ich kenne Eure Neigungen. Wenn Ihr sie grob behandelt, dann achtet darauf, dass ihr Gesicht unversehrt bleibt. Sie muss ansehnlich sein.«

Viktor brummte eine Zustimmung und trat in das Zimmer, dessen einzige Einrichtung aus einem Bett bestand und in dem zwei Talglichter einen matten Schein warfen. Er schloss die Tür hinter sich, dann packte er Christindl bei der Kehle und drängte sie auf das Bett. Schnaufend schob er ihr Hemd nach oben und drang mit zwei Fingern rüde in sie ein. Das Mädchen wimmerte und verzog das Gesicht. Mit der anderen Hand griff er nach ihrer Brust und drückte sie fest, was ihr endlich einen gepressten Schrei entlockte. Er schnürte seine Hose auf, holte sein Geschlecht hervor und zog Christindls Kopf an den Haaren zu sich heran. Ihre Erniedrigung löste einen Schauer der Erregung in ihm aus.

»Leck ihn ab!«, verlangte er.

Christindl schaute ihn angewidert an. Ihr Blick fiel auf seinen entblößten Unterleib, und plötzlich zuckte sie zurück.

»Diese Flecken!« Ihre Finger deuteten auf seine Leiste. Viktor schaute an sich herunter und konnte dort selbst im trüben Licht breite Pappeln erkennen, die an manchen Stellen bereits nässten, ohne jedoch zu jucken. Wahrscheinlich waren sie ihm nur deshalb noch nicht zuvor aufgefallen.

»Das ist die Franzosenkrankheit«, raunte die Hure.

»Halt dein Maul!«, knurrte er. »Sei still!«

»Ihr leidet an der Syphilis. Daran werdet Ihr krepieren«, sagte sie, und er konnte eine gewisse Genugtuung aus ihrer Stimme heraushören. Er wollte, dass sie schwieg, und darum hob er die Faust, bereit auf sie einzuschlagen, doch sie sprang an ihm vorbei aus dem Bett und stürmte aus der Kammer. Viktor raffte seine Hose hoch und drehte sich um. Roloff stand in der Tür und schaute Christindl nach, die in seine Stube geflohen war.

»Was ist passiert?«, wollte der Hurenwirt wissen.

Viktor gab ihm keine Antwort und trat mit schnellem Schritt nach draußen. Er wollte nur noch fort und Christindls unheilvolle Vermutung über die Franzosenkrankheit aus seinem Kopf verbannen.

Kapitel 17

In der Nacht vor ihrer Hochzeit fand Charlotte kaum in den Schlaf. Sie war aufgeregt, weil sie wusste, dass dies die letzte Nacht sein würde, die sie im Haus ihrer Eltern verbrachte. Vor allem aber hatte sie sich nun zum letzten Mal allein schlafen gelegt. Morgen schon würde sie mit Viktor das neue Quartier beziehen, das ihnen in der Kaserne zur Verfügung gestellt worden war. Vor einer Woche hatte sie mit ihm die Räumlichkeiten, die aus drei kleinen Zimmern und einer Waschküche bestanden, zum ersten Mal betreten. Das Mobiliar hatten sie zum Teil aus Viktors bisheriger Kammer herangeschafft; die breite Bettstatt sowie zwei schwere eisenbeschlagene Eichentruhen hatte ihr Vater ihnen zum Geschenk gemacht.

Der Gedanke, dass sie in dieser Wohnung als verheiratete Frau leben würde, erschien Charlotte noch immer seltsam unvertraut. Alles war so schnell geschehen. Seit Vaters überraschendem Auftauchen in Wagrain und seiner Ankündigung, dass er sie zu verheiraten gedenke, waren gerade einmal vier Wochen vergangen. Nur ein Monat, in dem sich soviel verändert hatte, dass es sie in manchen Momenten schwindlig machte.

Trotz dieser Eile glaubte sie daran, dass sie eine gute Entscheidung getroffen hatte. Viktor schien ihr beizeiten ein wenig unberechenbar, doch genau das reizte sie ja auch an ihm. Es würde aufregend sein, mit der Zeit mehr über seine geheimsten Gedanken herauszufinden und ihn vollständig zu begreifen. Sorge bereitete ihr einzig noch der Umstand, dass sie in der Hochzeitsnacht ihre verlorene Jungfernschaft vor ihm verbergen musste, doch so wie Elisabeth es ihr geraten hatte, würde sie ganz einfach dafür sorgen, dass er bei den Feierlichkeiten soviel Wein trank, dass sein Verstand getrübt sein würde und sie ihn täuschen könnte.

Mit diesem Gedanken schlief sie dann doch irgendwann ein, trotz der lauten Geräusche, die die ganze Nacht lang aus den unteren Räumen zu hören waren. Charlottes Vater hatte zwei zusätzliche Köchinnen für die Dauer der Festlichkeiten eingestellt, dazu noch ein halbes Dutzend Knechte und Laufburschen, die Berge von Fleisch in die Küche schleppten, unzählige Kisten mit Gemüse und Brot heranschafften, und im Keller an die zwanzig Fässer Wein verstauten. Das anstehende Fest musste ihrem Vater immense Kosten verursachen. Obwohl er stets mit spitzer Feder rechnete, schien ihm für diese Feierlichkeit, die seine Familie und vor allem ihn für einige Tage in den Fokus der Öffentlichkeit rückte, nichts zu teuer zu sein.

Am gestrigen Tag waren auch endlich die Gäste aus der Pfalz eingetroffen. Viktor hatte Charlotte seine Eltern, seine beiden Brüder und einige Onkel und Tanten vorgestellt und ihr viele Namen genannt, von denen sie die meisten schon wieder vergessen hatte. Zusammen mit ihrer eigenen Verwandtschaft und den zahlreichen Standespersonen der Salzburger Oberschicht, die von ihrem Vater geladen worden waren, nahmen an die einhundertzwanzig Gäste an den Feierlichkeiten teil.

Am Tag vor der Hochzeit waren die wichtigsten Formalitäten erledigt worden. Charlotte hatte Viktor ein Hemd geschenkt, das sie selbst genäht hatte. Er hingegen hatte ihr außer dem Reif, der ihr Verlöbnis besiegelt hatte, ein Hochzeitskleid in schillernden Farben und neue Schuhe überreicht. An diesem Morgen nun wurde Charlotte von ihrer

Schwester eingekleidet. Sie konnten aus dem Bankettsaal bereits das schnatternde Stimmengewirr der Gäste vernehmen, die sich eingefunden hatten, um mit einem ersten Mahl die Festlichkeiten zu beginnen.

Schon während des Ankleidens suchten zahlreiche Frauen Charlotte auf, überreichten ihr kleine Geschenke und wünschten ihr alles Gute für diesen besonderen Tag. Viktor hingegen hatte sie noch nicht zu Gesicht bekommen. Sie hoffte, dass sich seine Laune gebessert hatte. In den vergangenen Tagen hatte er zerknirscht gewirkt und sich recht wortkarg verhalten. Wahrscheinlich schlug ihm die allgemeine Hektik und Betriebsamkeit sosehr auf den Magen, dass er es vorzog, der Hochzeitsgesellschaft zunächst noch fernzubleiben.

»Du schaust wie eine Prinzessin aus«, meinte Elisabeth, als sie Charlotte einen Blumenkranz auf den Kopf setzte – das Zeichen der Jungfernschaft einer Braut.

»Ich komme mir aber vor wie eine Betrügerin«, sagte Charlotte. Da sie sich zum ersten Mal an diesem Morgen allein in der Kammer aufhielten, konnte sie frei sprechen.

Elisabeth strich aufmunternd über ihre Wange. »Eine kleine Schwindlerin bist du, die ihrem Ehemann eine peinliche Offenbarung erspart, die nur einen trüben Schatten auf diese Heirat werfen würde.«

»Ich weiß.« Charlotte betastete vorsichtig den Kranz. »Aber ich frage mich, ob es ein gutes Omen für diese Ehe ist, wenn sie mit einer Lüge ihren Anfang nimmt.«

»Gott wird schon nicht so hartherzig sein, dich ein Leben lang dafür zu strafen.« Die Schwester nahm ihre Hand und zog sie mit sich zur Tür. »Bist du bereit?«, fragte sie.

Charlotte nickte, und so verließen sie die Kammer und mischten sich unter die Gäste, die sich im Saal versammelt hatten, um dort die Morgensuppe einzunehmen und auch schon das erste Glas Wein zu leeren. Anschließend machte sich die Gesellschaft auf den Weg zur Kajetanerkirche, wo die Trauung vollzogen werden sollte. Erst dort würden sie auf Viktor treffen, der mit seinen Verwandten von der Kaserne Türnitz aus zur Kirche zog.

Am Arm ihres Vaters führte Charlotte den Brautzug an. In seinem Gesicht konnte sie die Genugtuung über den eindrucksvollen Hochzeitszug erkennen, dem mehr als hundert Menschen folgten, darunter auch Trommler und Flötenspieler, die inmitten der üppig geschmückten Straße zu einem schwungvollen Reigen aufspielten.

Als sie an der Kajetanerkirche eintrafen, hatten sich Viktor und sein Gefolge dort bereits versammelt. Ihr Bräutigam wirkte ein wenig fahrig und nervös, doch Charlotte erging es im Grunde nicht besser. Der Trauungsakt verlief rasch und wiederholte das offizielle Verlobungszeremoniell. Charlotte und Viktor versprachen sich Treue und Gehorsam, der Priester erklärte sie für ewig verbunden und segnete das Paar anschließend im Namen der Dreifaltigkeit.

Nach Beendigung der Trauung machte sich die Hochzeitsgesellschaft nunmehr geschlossen auf den Weg zum Haus des Brautvaters. Viktor führte Charlotte am Arm, und sie spürte noch immer seine Anspannung. Auch die scherzhaften Zurufe vermochten ihn nicht aufzuheitern. Wann immer die Prozession auf ihrem Weg durch die Straßen von Schnüren und Girlanden aufgehalten wurde, die von feixenden Burschen gespannt worden waren, damit die Brautleute sich mittels einer Gabe den Weg freikauften, erledigte Viktor diese Aufgaben nur widerwillig.

Nach etwa einer Stunde kamen sie endlich an ihrem Ziel an, und die eigentlichen Festlichkeiten konnten beginnen. Die zahlreichen Gäste ließen sich an der langen Tafel nieder, wo von der Dienerschaft Rind- und Kalbsfleisch, Karpfen, Fasanen, Truthähne, Rebhühner, Kuchen, Backwerk und allerlei Käsesorten aufgetragen wurde. Musikanten spielten auf, und es wurde reichlich Bier, Rheinwein und Malvasier ausgeschenkt, so dass die Unterhaltung am Tisch rasch laut und lebhaft anschwoll. Zufrieden verfolgte Charlotte, wie Viktor sich bereits jetzt mehrere Male den Wein nachschenken ließ. Wenn er bis zum Abend den Malvasier so rasch in sich hineinschüttete, würde es ein leichtes sein, ihn in der Hochzeitsnacht zu täuschen.

Der Alkohol ließ ihn lockerer werden, so dass sie bald der Aufforderung nachkamen, den Tanzreigen zu eröffnen. Nachdem sich mehrere Paare zu ihnen gesellt hatten, bat Viktor allerdings darum, an die Tafel zurückzukehren. Nun störte es Charlotte bereits, dass er sofort einen Diener mit dem Weinkrug herbeiwinkte und gierig den Rebensaft hinunterstürzte. Sollte sie einschreiten, damit er sich nicht womöglich bis zur Besinnungslosigkeit betrank? Er musste zumindest so sehr bei Kräften bleiben, um in dieser Nacht die Ehe zu vollziehen.

Sie wollte Elisabeth um ihren Rat bitten, doch ihre Schwester war nicht zu finden. Vielleicht hielt sie sich in einem der oberen Räume auf. Charlotte erhob sich und stieg die Treppe in den ersten Stock hinauf. Sie schaute in Elisabeths Schlafkammer und auch in ihre eigene, doch beide Räume waren verlassen. Als sie wieder auf den Korridor trat, stoppte sie an der Tür, denn nur wenige Schritte von ihr entfernt standen zwei Männer, die ihr den Rücken zuwandten und sich unterhielten. Sie sprachen zwar leise, aber Charlotte konnte dennoch jedes Wort verstehen. An der Stimme und an der Kleidung erkannte sie, dass es sich bei dem einen von ihnen um Elisabeths Ehemann Maximilian handelte.

»Ich habe meinen Schwiegervater vor diesem Mann gewarnt, aber er hat meine Worte in den Wind geschlagen«, sagte Maximilian. »Für ihn zählt allein die Verbindung zum Wiener Hof, die dieser Herr von Calbach ihm angeblich verschaffen wird.«

»Nicht zu vergessen die Gunst des Fürsterzbischofs, der seine schützende Hand über Euren Schwager hält.«

Charlotte runzelte die Stirn. Nun wusste sie auch, wer der zweite Mann war. Sie war dem Hofrat Sebastian Zillner bislang nur selten begegnet, doch immerhin oft genug, um ihn an seiner Stimme und seiner Statur zu erkennen.

»Habt ein Auge auf ihn!«, sprach Zillner weiter. »Er hat etwas Gefährliches an sich. Ich habe es in seinen Augen gesehen, wann immer die Malefikanten während der Vernehmungen körperlichen Züchtigungen ausgesetzt waren oder der Tortur unterzogen wurden. Dieses Vorgehen ist oftmals die einzig wirksame Möglichkeit, ein Geständnis zu erlangen, doch niemand findet Gefallen an den Folterungen. Viktor von Calbach hingegen schienen die Schmerzen der Malefikanten auf eine abartige Weise in Erregung zu versetzen.«

»Ich danke Euch für diese offenen Worte«, sagte Maximilian. Sein Kopf zuckte zur Seite, und er räusperte sich verlegen, als er Charlotte bemerkte und ihm klar wurde, dass sie all das mitangehört hatte. Auch Zillner wandte sich um. Einen Moment lang schaute Charlotte die beiden Männer nur an, denen die peinliche Situation sicherlich bewusst war, denn sie wirkten wie zwei bei einer verbotenen Handlung ertappte Knaben. Dann zog Maximilian Zillner mit sich, und sie traten ohne ein weiteres Wort die Treppe hinab.

Charlotte blieb ernüchtert zurück, verfolgt von der bangen Frage, ob Sebastian Zillner mit der Einschätzung von Viktors Wesen auch nur ansatzweise richtig lag. Er musste sich irren, redete sie sich ein, denn auch wenn sie ihren Ehemann erst seit einem Monat kannte, war sie doch davon überzeugt, dass er in keiner Weise dem Menschen ähnlich war, den der Hofrat Zillner soeben beschrieben hatte.

Viktor nahm kaum etwas von den Köstlichkeiten zu sich, die auf der großen Tafel bereitgestellt worden waren. Sein

Appetit wurde ihm noch immer von den Worten des Medikus verdorben, der vor drei Tagen die Pappeln untersucht hatte, die sich an seiner Leiste ausgebreitet hatten. Die Diagnose bestätigte die Vermutung der Hure Christindl. Viktor litt an der Syphilis, und der Arzt machte ihm wenig Hoffnung, jemals wieder von dieser Krankheit befreit zu werden. Es gab die Möglichkeit einer Quecksilberkur, bei der Ärzte eine graue Salbe aus Quecksilber auf die Haut der Betroffenen schmierten oder es in einem Zuber verdampfen ließen, in dem der Patient Schwitzbäder nahm. Geheilt wurde mit diesen Kuren jedoch kaum jemand. Bei den meisten Patienten, so warnte ihn der Arzt, verschlimmerte sich das Befinden sogar noch, weil das Quecksilber Vergiftungen hervorrief und schmerzhafte Koliken zur Folge hatte.

Bei einem normalem Verlauf der Krankheit konnte Viktor zunächst mehr oder weniger unbelastet leben. Auch die Unpässlichkeiten würden wohl bald abklingen. In einigen Jahren jedoch würden sich auf seiner Haut offene Geschwüre bilden, und es würde ihm mit der Zeit immer schwerer fallen, sich zu bewegen. Irgendwann würde sich das Übel dann auch in seinen Kopf schleichen und ihn in den Wahnsinn treiben.

Viktor rieb seine schmerzende Stirn und trank rasch ein weiteres Glas Wein, um die trüben Gedanken aus seinem Kopf zu verjagen. Seine Braut neben ihm beachtete er kaum. Wenn sie mit ihm sprach, antwortete er kurz und knapp oder nickte nur. Der anschwellende Lärm der Feierlichkeit, die aufgeregten Stimmen, die schrille Musik und das Klappern der Teller und Schüsseln brachten seinen Schädel fast zum Platzen. Er wünschte sich, er könne einfach aufstehen und sich in die Stille seines Schlafgemachs zurückziehen. Stattdessen streckte er seinen Arm mit dem Glas aus und ließ sich nachschenken.

Nach einigen Stunden war er so berauscht, dass er beim

Gehen schwankte, und als er vom Abort zurückkehrte, fiel er sogar ein paar Stufen die Treppe hinunter. Man half ihm auf und setzte ihn zurück auf seinen Platz. In Viktors Kopf drehte sich ein Kreisel. Lallend verlangte er nach Wein. Charlotte legte ihm irgendwann eine Hand auf den Arm und schaute so besorgt drein, dass es ihn dazu animierte, das aufgefüllte Glas in einem Zug zu leeren. Der Wein troff dabei an seinem Kinn hinab, doch er lachte nur laut über dieses Missgeschick.

Bald darauf beugte sich sein Schwager zu ihm herunter und riet ihm, er solle sich zügeln, um nicht weiter aufzufallen. Viktor stieß den Narren von sich und hätte sich liebend gerne mit ihm geprügelt, wenn nicht zwei andere Männer ihn zurückgehalten hätten. Den Rest des Abends nahm er nicht mehr wahr, erst als man ihn zu später Stunde in eine Kutsche verfrachtete, wachte er kurz auf, dann aber sackte sein Kopf auf Charlottes Schoß, und er schlief sofort wieder ein.

Ein Hausknecht und der Kutscher halfen Charlotte, den betrunkenen Viktor die Treppe zu ihrem Quartier in der Kaserne hinaufzuschleppen. Er war in seinem Rausch nicht mehr in der Lage, einen Schritt vor den anderen zu setzen, zudem übergab er sich vor der Eingangstür und fluchte laut, als sie ihn in die Schlafkammer schafften und auf dem Bett ablegten. Charlotte schickte die beiden Bediensteten fort. Endlich war sie allein mit Viktor und konnte das Vorhaben in Angriff nehmen, ihn über ihre Jungfernschaft zu täuschen.

Sie betrachtete die zusammengekauerte Gestalt auf dem Bett und zweifelte daran, dass Viktor überhaupt noch imstande war, den Beischlaf auszuüben. Charlotte zog ihm den Mantel aus, wusch sein Gesicht, was er murrend geschehen ließ, und setzte sich neben ihn auf das Bett. Mit einem raschen Handgriff streifte sie ihm die Hose und seine

Unterkleider ab. An Viktors Leiste waren seltsame Flecken zu erkennen. Charlotte hatte noch nie zuvor einen nackten Mann so eingehend betrachtet. Dietrich Vierthaler hatte damals im Halbdunkel, mit der Hose auf den Knien, bei ihr gelegen und sich nach dem Akt rasch wieder bedeckt. Sie fragte sich, ob diese breiten Pappeln am Unterleib normal für einen Mann waren. Viktors schlaffes Glied machte ihr jedenfalls wenig Hoffnung, dass in dieser Nacht die Ehe tatsächlich vollzogen werden konnte. Sei's drum! Morgen würde sie ihm freudestrahlend von einem erfolgreichen Beischlaf berichten, an den er sich wegen seiner Trunkenheit nicht mehr erinnern konnte. Im Grunde war sie sogar erleichtert. Sein Zustand widerte sie an. Viktors Atem stank nach Wein, er schwitzte stark und lallte unverständliche Wortfetzen.

Aus einer Tasche, die sie bei sich führte, holte sie ein kleines Messer hervor und betrachtete die Fingerkuppen ihrer linken Hand. In eine davon würde sie sich stechen müssen, wenn sie ihm morgen einen Blutfleck auf dem Laken präsentieren wollte. Ein paar Tropfen würden schon genügen, um dieses Problem aus der Welt zu schaffen.

Plötzlich bemerkte sie, dass Viktor sie aus halbgeöffneten Augen anstarrte, während er mit der Hand sein Glied rieb. Sie wollte etwas sagen, doch erstaunlich behände richtete er sich auf, griff nach ihr und zog sie zu sich heran.

»Komm her!«, rief Viktor mit schwankender Stimme und griff mit einer Hand grob zwischen ihre Beine. Grunzend schob er ihr Kleid und die Unterröcke nach oben und presste sein Gesicht gegen ihre entblößte Scham. Charlotte spürte seine Zunge und fühlte sich so schrecklich dabei, dass ihr übel wurde. Dennoch wehrte sie sich nicht. Auch als er sich auf sie wälzte, blieb sie völlig reglos. Dies war ihre Hochzeitsnacht, also blieb ihr keine Wahl, als ihn gewähren zu lassen, auch wenn er noch so betrunken war.

Viktor versuchte ihren Mund zu küssen, doch sie drehte angewidert den Kopf zur Seite. An ihrem Schenkel spürte sie sein Glied, das noch immer erschlafft war.

Er fluchte gepresst, rieb mit schnellen Bewegungen an seinem Geschlecht und versuchte in sie einzudringen, doch es gelang ihm nicht, und er gab nur ein enttäuschtes Keuchen von sich.

»Es ist in Ordnung ...«, wollte sie ihn beschwichtigen, doch sie kam nicht mehr dazu, ihren Satz zu beenden, denn in diesem Moment traf sie eine schmerzhafte Ohrfeige. Als er in ihre Haare griff und ihren Kopf rüde nach oben riss, schrie sie auf. Ein weiterer Schlag traf ihre Wange. Charlotte öffnete die Augen und schaute in sein verzerrtes Gesicht, das mehr einem wilden Tier als einem Menschen ähnelte.

»Schlag mich nicht«, brachte sie rasch hervor. »Halt ein, Viktor. Ich werde dir doch zu Willen sein.«

Sie hoffte, dass er sich beruhigen würde, doch ihre Worte schienen ihn nur noch mehr in Rage zu versetzen. Er ließ zwar ihr Haar los, versenkte nun aber seinen Kopf an ihrem Hals und biss in ihre Schulter, bis sie kreischte. Charlotte versuchte ihn von sich zu stoßen, strampelte wild mit den Beinen und trommelte mit den Fäusten auf seinen Rücken. Sie spürte, dass ihn dieser Kampf erregte, denn sein Glied hatte sich inzwischen versteift. Er ließ einen Moment von ihr ab, spuckte sich auf die Hand und rieb sein Geschlecht damit ein, dann presste er sich gegen sie.

Das ist seine wahre Natur, schoss es Charlotte angewidert durch den Kopf. Erst ihre Schmerzen und ihre Furcht hatten ihn so sehr erregt, dass er den Beischlaf vollziehen konnte.

Charlotte verkrampfte sich, als er in sie eindrang. Zunächst wollte es ihm nicht gelingen, doch dann drückte er seinen Schoß fest gegen ihren Unterleib und zwängte sich schmerzhaft in sie. Stöhnend stieß er einige Male in sie hinein, dann erreichte er auch schon seinen Höhepunkt. Viktor ergoss sich und sackte mit einem Grunzen wie ein Toter auf ihr zusammen.

Einen Moment lang war Charlotte wie betäubt. Schließlich entzog sie sich ihm, drängte seinen stinkenden Leib zur Seite und setzte sich auf. Voller Verachtung starrte sie diesen betrunkenen Mann an, der sie wie eine Hure behandelt hatte. Ihre Schulter, in die er sie gebissen hatte, schmerzte, und ihr Unterleib fühlte sich an, als hätte man ihr eine Fackel zwischen die Beine gehalten. Sie langte nach dem Messer, das auf den Boden gefallen war und verspürte einen Moment lang das Verlangen, damit auf den schlafenden Viktor einzustechen. Dann aber warf sie es fort.

In ihrem Mund nahm sie einen süßlichen Geschmack wahr. Nach Viktors Ohrfeige hatte sie sich so kräftig auf die Zunge gebissen, dass sie blutete. Ernüchtert spuckte Charlotte in ihre Hand. Sie wischte ihre Finger auf dem Laken ab, betrachtete den roten Fleck, ohne Genugtuung zu empfinden, und erhob sich schwerfällig, um sich zu waschen und sich von Viktors Gestank zu befreien.

Kapitel 18

Auf dem Waagplatz hatte sich eine Menschenmenge versammelt, die sich in dem abgetrennten Bereich vor der Gerichtsschranne zusammendrängte. Nachdem vor einigen Monaten hier bei der Verlesung des Geständnisses eines Malefikanten ein Pferd zu Boden gestürzt war und unter den zahlreichen Schaulustigen einen Tumult ausgelöst hatte, war die Stadtbaumeisterei vom Landesfürsten angewiesen worden, die Schranne mit Ketten und Schranken so absperren zu lassen, dass während eines Massenauflaufes kein Pferd mehr dorthin gelangen konnte.

Charlotte und Elisabeth machten während ihres Spaziergangs durch die Stadt an der Schranne Halt und verfolgten aus der Ferne, wie vier Knaben und zwei Mädchen nacheinander auf das Podest geführt wurden. Der dem Bannrichter unterstellte Aktuar verlas mit kräftiger Stimme die Urgicht jedes Angeklagten, in der sämtliche Vergehen der Zauberei und Teufelsbuhlschaft verzeichnet waren, über die der Verurteilte ein Geständnis abgelegt hatte.

Danach wurden sie dem Scharfrichter mit den immer gleichen Worten übergeben: »So nimm diesen Malefikanten zu deinen Händen, verwahre ihn wohl, führe ihn auf die Richtstätte und vollziehe dort das allergnädigst geschöpfte Urteil.«

Nachdem der Bannrichter den Stab über die Delinquenten gebrochen und damit das Urteil besiegelt hatte, wurden die sechs Halbwüchsigen, von denen kein Knabe und kein

Mädchen älter als dreizehn Jahre sein mochte, auf einen Leiterwagen geführt, der sich rumpelnd in Bewegung setzte und die Verurteilten durch die Bürgerstadt und das Nonntal zum Ort des Hochgerichts brachte, wo sie auf einem hohen Steinbau vom Scharfrichter erdrosselt werden würden.

Zahlreiche Männer und Frauen flankierten den Wagen. Viele von ihnen beteten für die Seelen der Todgeweihten. Die Glocken der Allerseelenkirche läuteten, doch die Malefikanten schienen dies alles nicht so recht wahrzunehmen. Mit stumpfen, blassen Gesichtern schauten sie zu Boden, zwei von ihnen weinten und wischten sich die Tränen aus den Augen.

Charlotte bedauerte diese Hexenkinder und war erleichtert, dass sie nicht Zeuge der Hinrichtung werden musste. Auch so wurde sie schon in vielen Nächten von unheilvollen Träumen verfolgt. Es war nicht nötig, dass sie auch noch von diesen Bildern geplagt wurde.

Sie zog Elisabeth mit sich und verließ mit ihr die Schranne. Erst als sie die Menge hinter sich gelassen hatten und ihren Spaziergang am Ufer der Salzach fortsetzten, glaubte Charlotte die Gelegenheit gekommen, ihrer Schwester die Vorfälle der Hochzeitsnacht zu berichten. Charlotte selbst hatte um dieses Treffen unter vier Augen gebeten, weil sie ahnte, dass ihrer Schwester nicht verborgen geblieben war, wie bedrückt sie den Abschluss der Feierlichkeiten hinter sich gebracht hatte, und auch weil sie sich ihren Kummer ganz einfach von der Seele reden musste.

»Dein Mann hatte in allem recht«, begann Charlotte kleinlaut, während die beiden Schwestern mit eingehakten Armen über den schmalen Schotterweg dahintraten.

Elisabeth runzelte die Stirn. »Bezogen auf Viktor?«

Sie nickte. »Maximilian hatte als Einziger sein übles Wesen erkannt. Trotzdem war ich taub für seine Worte und habe einen großen Fehler gemacht.«

»Du hast eine Wahl getroffen, und dieser Entschluss kann nicht mehr rückgängig gemacht werden. Worin besteht das Problem? Ist dein Ehemann launisch?«

»Launisch?«, stöhnte Charlotte. »Sagen wir lieber, ich sorge mich um seinen Geisteszustand.«

»Was hat er getan?«

Charlotte blieb stehen und streifte ihren Kragen ein Stück zurück, so dass Elisabeth den Fleck an ihrem Hals sehen konnte. »Er hat mich gebissen«, sagte sie.

Es erstaunte sie, dass Elisabeth lächelte. Ihr war bei der Erinnerung an ihre Hochzeitsnacht, die erst eine Woche zurücklag, gewiss nicht zum Lachen zumute. Im Gegenteil – wenn ihr Viktors verzerrtes Gesicht vor Augen stieg, schüttelte sie die pure Angst.

»Er ist also leidenschaftlich«, meinte Elisabeth.

»Das war keine Leidenschaft«, sagte Charlotte erbost. »Ich glaube, es gefällt ihm, mir wehzutun.«

»Wenn ich mich recht erinnere, war er am Abend eurer Hochzeit so betrunken, dass er kaum mehr stehen konnte. Viktor war gewiss nicht mehr Herr seiner Sinne.«

»Und wenn schon. Er hat mich geschlagen und an den Haaren gezerrt.« Sie kaute auf ihrer Lippe und sprach im Flüsterton weiter, obwohl niemand in der Nähe war, der ihre Worte hören konnte. »Erst als ich vor Schmerz geschrien und geweint habe, besaß er genug Manneskraft, um mich zu besteigen. Ist das normal?«

»Männer können ruppig werden, wenn die Lust sie packt.« Auch Elisabeth sprach nun wie eine Verschwörerin.

»Hat Maximilian dich jemals geschlagen?«

»Nein. Und ich heiße es natürlich nicht gut, dass Viktor so wenig Achtung vor dir zeigt. Nur ...«

»Nur was ...?«

»Du wirst dich mit ihm arrangieren müssen. Wenn du ihm ein gutes Weib bist, wird er dich mit der Zeit zu achten wissen. Er scheint die Kontrolle über sich zu verlieren, wenn er betrunken ist. Versuche, ihn vom Wein fernzuhalten.«

Wenn es so einfach wäre, seufzte Charlotte innerlich. Sie versuchte sich einzureden, dass Elisabeth recht hatte und dass der Rausch des Weines Viktor verändert hatte. Doch eigentlich hatte sie auch Angst vor ihm, wenn er nüchtern war. Gestern hatte er zum ersten Mal seit der Hochzeitsnacht bei ihr gelegen, und so sehr sie sich auch bemüht hatte, ihm zu Willen zu sein, war es ihr trotzdem nicht gelungen, seine Manneskraft zu wecken. Sein Geschlecht war schlaff wie ein Stück Schweinedarm geblieben. Für einen kurzen Moment hatte sie einen gefährlichen Ausdruck in seinen Augen entdeckt, so als hätte er vor, sie erneut zu schlagen, um seine Lust zu entfachen. Und wieder hatte Charlotte überlegt, wie unbegreiflich es doch war, dass sie sich sosehr in Viktor hatte täuschen können. Wie war es ihm nur gelungen, diese dunkle Seite so überzeugend vor ihr zu verbergen? Oder war sie ganz einfach zu blind gewesen, ihn zu durchschauen?

»Ich fürchte mich vor ihm«, sagte Charlotte, und sie spürte, dass sie den Tränen nahe war. »Wenn er mir noch einmal Gewalt antut, egal, ob er betrunken ist oder nicht, werde ich davonlaufen.«

»Nun rede keinen Unsinn«, beschwichtigte sie Elisabeth. »Wohin würdest du denn gehen wollen? Vater würde dich gewiss nicht aufnehmen.«

»Was weiß denn ich? Einfach weit fort. Vielleicht zurück nach Wagrain oder irgendwohin, wo Viktor mich nicht finden wird.«

Elisabeth schloss sie tröstend in die Arme. »Na, na, so schlimm wird es schon nicht sein. Du bist kein Kind mehr, das sich einfach versteckt. Mit der Zeit werdet ihr schon miteinander zurechtkommen. Alles wird sich finden.«

Charlotte nickte traurig und versuchte sich einzureden, dass Elisabeth recht hatte. Doch schon der Gedanke daran, in Viktors Quartier zurückzukehren, bedrückte sie.

Viktors Quartier. Es gelang ihr nicht, diese Räume als ihr Zuhause anzusehen. Alles dort war ihr fremd.

In den Tagen nach ihrem Gespräch mit Elisabeth verhielt sich Viktor recht zurückhaltend.

Jeden Tag verließ er am Nachmittag das Haus, um einer Beschäftigung nachzugehen, von der Charlotte noch immer nicht begriffen hatte, worum es sich dabei handelte. Auf ihre vorsichtige Nachfrage hin hatte er nur mürrisch und wortkarg einen Auftrag des Fürsterzbischofs angedeutet. Zumeist kehrte er erst in der Dunkelheit heim, zog sich mit Feder und Tintenfass an seinen Schreibtisch zurück und verfasste einige Notizen. Die meiste Zeit über ignorierte er sie, was Charlottes Anspannung ein wenig milderte. Sie erledigte fleißig ihre Hausarbeiten, gab ihm keinen Grund, aufbrausend zu werden, und betete an jedem Abend vor dem Einschlafen stumm, er möge nicht auf den Gedanken kommen, ihr beizuliegen.

Bald schon wurde Charlottes Hoffnung auf Ruhe und Frieden jedoch wieder zerstört. Viktor kehrte an einem Sonntag erst gegen Mitternacht heim. Schon seine polternden Schritte verrieten ihr, dass er getrunken hatte. Als er mit einer Laterne in der Hand die Schlafkammer betrat, konnte sie an seinen Augen ablesen, worauf er aus war. Schweigend ertrug sie es, dass er ihr die Arme auf den Rücken zwängte, ihren Kopf an den Haaren nach hinten zog und sich rüde zwischen ihre Beine zwängte. Drei rasch aufeinanderfolgende Schläge auf ihren Hinterkopf brachten sie zum Weinen, und sie schloss die Augen, bis er sich ergossen hatte und zur Seite rollte.

Am nächsten Morgen fasste Charlotte einen Entschluss,

der ihr sehr schwerfiel. Sie suchte ihren Vater auf und berichtete ihm, was zwischen Viktor und ihr vorgefallen war. Wenn sie auch nur einen Funken Verständnis von ihrem Vater erwartet hatte, so wurde diese Hoffnung jedoch nun im Keim erstickt. Er ließ sie nicht einmal ausreden, bezeichnete sie als undankbares Kind, das ihrem Ehemann auf die Nerven fiel, und rief aus, er hätte sie wohl doch besser ins Kloster stecken sollen. Dann schickte er sie zurück zu Viktor.

Die Ablehnung ihres Vaters demütigte Charlotte. War es ihm denn völlig gleichgültig, dass seine Tochter von ihrem Ehemann geschlagen und gequält wurde? War es ihm nur wichtig, dass ihm diese Verbindung einträgliche geschäftliche Kontakte ermöglichte?

Noch einmal, das schwor sie sich, würde sie sich nicht an ihren Vater wenden. Auch Elisabeths Worte waren kaum mehr als ein schwacher Trost gewesen. Sie stand allein gegen Viktor.

Und es kam noch schlimmer. Schon als sie an diesem Abend zu Bett ging, befürchtete sie, dass Viktor wieder auf sie losgehen würde. Zwar hatte er sich seit dem Nachmittag im Haus aufgehalten und nur wenig Wein getrunken, aber sein gieriger Blick verriet ihr, dass es ihn abermals danach verlangte, sich Erregung zu verschaffen, indem er sie züchtigte.

Ein Zittern durchlief sie, als sie bemerkte, dass er ihr ins Schlafgemach folgte und seine Kleidung ablegte, während sie die Decke bis zu ihrem Kinn zog. Sie sah ein, dass es ein alberner Schutz war, und wünschte sich, in die Dunkelheit zu versinken. Vielleicht war es sogar besser, einfach zu sterben, als diese Tortur noch Jahre über sich ergehen zu lassen.

Sie schloss die Augen, doch im nächsten Moment zog er auch schon mit einem kräftigen Ruck die Bettdecke fort, setzte sich auf sie und packte nach ihren Brüsten.

»Bitte nicht!«, rief sie. »Lass mich in Ruhe!«

Er quittierte ihr Flehen mit einem Schlag gegen ihr Ohr. Charlotte jaulte auf. In diesem Moment ignorierte sie jeden Ratschlag ihrer Schwester, streckte ihre Hand aus und kratzte über Viktors Wange, bis das Blut hervorperlte.

Laut fluchend stieß er ihre Hand fort und sprang auf. »Du unverschämte Kröte!«, fauchte Viktor. Er griff nach ihr, zog sie auf die Beine und schleuderte sie gegen die Wand. Charlotte blieb vom Aufprall einen kurzen Moment lang benommen. Sie sackte auf den Boden. Viktor trat nach ihr. Sein Fuß traf ihren Oberschenkel und ihr Hinterteil. Wütend zog er sie wieder auf die Beine und starrte sie lüstern an. An seiner Wange klebte Blut, doch dieser Schmerz schien ihn nur noch geiler gemacht zu haben.

Charlotte würgte, als sich seine Hand um ihren Hals legte. Er presste sie gegen die Wand. Sie wollte sich aus seinem Griff befreien und trat nach ihm, doch er wich nicht zurück. Vor ihren Augen flimmerte es. Sie streckte ihren Arm aus. Ihre Finger ertasteten einen eisernen Kerzenhalter. In ihrer Panik schlug sie mit dem schweren Leuchter gegen Viktors Kopf. Es war ein ungelenker Angriff, der nur seine Schläfe streifte, ihn aber trotzdem taumeln ließ. Er machte einen Schritt zurück. Rasch hob sie den Kerzenhalter mit beiden Händen an und verpasste ihm einen harten Hieb gegen seine Stirn.

Viktor gab nur ein dumpfes Zischen von sich, stolperte nach hinten und fiel lang auf den Boden. Charlotte glaubte für einen Moment, ihn getötet zu haben, doch ihr fiel auf, dass er leise wimmerte, ohne recht bei Besinnung zu sein. Eine böse Stimme in ihr forderte sie auf, ihm mit einem weiteren Schlag den Schädel zu zertrümmern und ihn in die Hölle zu schicken. Doch das wäre Mord, und dafür würde man sie hinrichten. Charlotte wollte nicht sterben. Ihr erfolgreicher Widerstand gegen Viktor setzte neue Kräfte in ihr frei, und nachdem sie den ersten Schreck überwunden hatte, überlegte sie, was nun zu tun sei. Sie musste fort von hier, denn wenn Viktor wieder zu sich kam, würde ihr Leben in Gefahr sein. Wen sollte sie um Hilfe bitten? Würde ihr Vater ihr zur Seite stehen, wenn sie ihm berichtete, wie sehr die Situation zwischen ihr und ihrem Ehemann eskaliert war? Sie glaubte nicht daran. Und Elisabeth? Ihre Schwester würde Verständnis für sie aufbringen, aber helfen konnte sie ihr auch nicht recht. Früher oder später würde man sie zu Viktor zurückschicken, und die Qual würde von neuem beginnen.

Also war sie auf sich allein gestellt. Sie musste Salzburg verlassen und sich an dem Ort verbergen, an den sie in den vergangenen Tagen so oft gedacht hatte.

Wagrain. Natürlich würde man sie auch dort früher oder später aufspüren, aber vielleicht würde sich dann eine Lösung finden lassen, mit der sie alle leben konnten.

Hastig kleidete sie sich an, ohne Viktor aus den Augen zu lassen, und verließ die Wohnung. Das erste Sonnenlicht des Tages zwängte sich über den Horizont, was bedeutete, dass nun die Stadttore geöffnet wurden. Charlotte lief zur Stallung der Kaserne und traf dort glücklicherweise auf einen jungen Knecht, der ihr schon vor einigen Wochen begegnet war, als Viktor nach ihrem ersten Ausritt den Falben zur Kaserne zurückgebracht hatte. Da der Bursche wusste, dass sie mit Viktor von Calbach verheiratet war, sattelte und zäumte er auf ihre Bitte hin bereitwillig das Pferd. Sie dankte ihm und war erleichtert, dass er ihr die Aufregung nicht anmerkte. Erst als sie den Falben am Zügel ins Freie führte, kamen ihr Zweifel an ihrem Vorhaben. Sie war keine ungeübte Reiterin, aber eine Reise, die sich über mehrere Tage erstreckte, erschien ihr plötzlich sehr anstrengend und gefährlich.

»Und wenn schon«, raunte sie und zog das Pferd mit sich auf die Straße. Hier wandte sie sich noch einmal zur Kaserne um, blickte zu dem Fenster, hinter dem sie den bewusstlosen Viktor zurückgelassen hatte, und hoffte inständig, diese Räume niemals mehr betreten zu müssen.

Der Falbe folgte ihr bereitwillig zum Stadtrand. Hier saß Charlotte auf und verließ Salzburg durch das Klausentor. Es erwartete sie ein Ritt von zwei bis drei Tagen, bis sie das Gehöft ihres Onkels erreicht hatte. Charlotte hatte Angst – Angst vor der gefährlichen Reise, vor der ungewissen Zukunft und vor allem vor Viktor, dessen Zorn sie auf sich gezogen hatte. Doch nun wollte sie nur noch so schnell wie möglich die Stadt hinter sich lassen, und so gab sie dem Pferd die Sporen, um es voranzutreiben.

Kapitel 19

Charlotte bekam schon bald zu spüren, dass es ein Unterschied war, ob sie in gemächlichem Tempo eine Stunde ausritt oder ob sie ein Pferd in eiligem Trab einen halben Tag lang über die steinigen Wege vorantrieb. Als sie zur Mittagszeit eine Rast einlegte, schmerzte ihr Rücken, ihre Schenkel brannten von der Reibung an dem harten Sattelleder, und ihr Magen knurrte sosehr vor Hunger, als hätte sie seit drei Tagen nichts mehr gegessen. An einem Bach schöpfte sie mit den Händen Wasser und ließ das Pferd grasen, während sie sich ermattet an einen Baum hockte und erstmals seit ihrer Flucht den Tränen freien Lauf ließ. Sie schluchzte laut auf und haderte mit ihrem Schicksal. Mittlerweile ärgerte sie sich über sich selbst, weil sie in ihrer Angst so völlig überstürzt die Flucht ergriffen hatte. Es war ihr nicht in den Sinn gekommen, ein Bündel mit Essen zu schnüren. Nicht einmal an einen Wasserschlauch oder an eine Decke hatte sie gedacht, obwohl ihre Reise doch mehrere Tage dauern würde. Vielleicht kam sie auch niemals in Wagrain an, weil sie unterwegs von wilden Tieren angefallen wurde oder an streunende Banditen geriet. Führte die Straße sie überhaupt in die richtige Richtung? Sie glaubte, sich den Weg während der Heimkehr gemerkt zu haben, doch sicher war sie sich dessen nicht.

Trotz all dieser Unwägbarkeiten bereute sie es nicht, Viktor niedergeschlagen zu haben. Sie wünschte diesem Ungeheuer die schlimmsten Schmerzen an den Leib und fürchtete sich gleichzeitig sosehr davor, dass er ihr folgen und sie hier auf der Straße aufgreifen könnte, dass ihr ganzer Körper schlotterte.

Eine Weile blieb sie noch weinend am Bach, dann fasste sie sich ein Herz, wischte die letzten Tränen fort und stieg stöhnend in den Sattel. Während sie den Falben über die Straße führte, sehnte sie sich ein weiches Bett und eine der schmackhaften Fleischpasteten herbei, die ihre Tante in Wagrain oft für sie zubereitet hatte.

»In zwei Tagen«, sagte sie laut zu sich selbst. »In zwei Tagen wirst du das alles haben.« Sie ballte die Hand zur Faust und zwang sich, fest daran zu glauben, obwohl sich ein weiterer unangenehmer Gedanke in ihren Kopf stahl. Was würde Viktor unternehmen? Er würde nach ihr suchen und früher oder später auch herausfinden, dass sie sich in Wagrain versteckt hielt. Irgendwann würde er dort auftauchen, und als ihrem Ehemann konnte man es ihm nicht verweigern, sie zurück nach Salzburg zu schaffen.

Eher nehme ich mir das Leben, überlegte sie und sagte sich sogleich, dass es viel zu früh war, um zu resignieren. Vielleicht taten sich neue Möglichkeiten auf, wenn sie erst in Wagrain angekommen war. Wenn Viktor es vor allem auf die monatliche Apanage abgesehen hatte, konnten sie sich vielleicht darauf einigen, dass sie in Wagrain blieb, während er in Salzburg weiterhin von ihrem Vater unterstützt wurde. Dann hatte er alle Freiheiten und konnte seine unseligen Gelüste bei den Huren ausleben, während sie in Wagrain ihre Ruhe vor ihm hatte.

Am Nachmittag erreichte Charlotte einen kleinen Weiler, wo sie um Essen bat. Eine rundliche, freundliche Frau reichte ihr einen Kanten Brot und zwei Äpfel und wünschte Charlotte eine gute Reise. Zwar war nun der ärgste Hunger gestillt, doch Charlotte kam sich vor wie eine Bettlerin. So also fühlten sich Vagabunden, die von Dorf zu Dorf zogen und von der Mildtätigkeit ihrer Mitmenschen abhängig waren. Bislang hatte sie eigentlich nie einen Gedanken daran verschwendet, welch große Sorgen einem der Hunger bereiten konnte. Bis zu diesem Tag war immer jemand für sie dagewesen, der sie von dieser Last befreit hatte.

Als es schließlich dämmerte, wurde Charlotte immer müder, und sie konnte kaum noch ihre Augen offenhalten. Ihr Kopf sackte nach unten, und sie nickte mehrmals kurz ein. Dann aber zwang sie sich, wach zu bleiben. Sie wollte noch eine gute Stunde weiter reiten, bevor sie einen Platz für die Nachtruhe suchte.

Sie gähnte und vernahm plötzlich ein Grunzen aus dem Unterholz. Im nächsten Moment stürmte ein quiekender Eber über die Straße. Der Falbe bäumte sich erschrocken auf. Charlotte rutschte aus dem Sattel und stürzte auf den Schotterweg. Als sie auf den Boden prallte, blieb ihr für einen Moment die Luft weg. Hinter sich hörte sie, wie die Hufe des Pferdes auf den Weg schlugen.

»Nein«, keuchte Charlotte und drehte sich um. »Bleib hier!« Der Falbe galoppierte in der Dunkelheit davon und war schon nicht mehr zu sehen.

Stöhnend setzte sie sich auf. Sie tastete ihren Körper ab, und stellte erleichtert fest, dass nichts gebrochen war. Zwar schmerzte der Arm, auf den sie gefallen war, doch sie hatte sich anscheinend nicht ernsthaft verletzt.

»Verdammt!«, zischte sie, während sie sich im Dunkeln umwandte und sich zu orientieren versuchte. Dann blieb sie still stehen und zwang sich zur Ruhe. Ihr Schnaufen wurde leiser, doch nun hörte sie in der Ferne das Geheul von Wölfen. Charlottes Herz raste. Die Wölfe mochten weit entfernt sein, doch ihr wurde bewusst, wie gefährlich es war, sich hier im Wald ohne Schutz aufzuhalten. Sie überlegte, zum Weiler zurückzustapfen, doch verwarf diese Idee rasch, weil sie dann bis zum Morgengrauen marschieren musste und sie schon jetzt so erschöpft war, dass sie kaum noch einen Schritt vor den anderen setzen konnte.

Mit einem Seufzen lief sie in das Unterholz, kauerte sich an einen Baumstamm und zog ihren Mantel enger um sich. Sie wollte nur noch schlafen, und es kümmerte sie auch nicht, ob die Wölfe sie aufspürten. Wenn sie hier in dieser Nacht starb, dann war es Gottes Wille. Zumindest hätte ihr Leid dann ein Ende gefunden.

Ein Fußtritt weckte Charlotte. Sie zuckte zusammen und blinzelte schläfrig ins Tageslicht. Vor ihr hatten sich zwei junge Burschen aufgebaut. Ihre Wangen waren von flusigen Bärten bedeckt; bekleidet waren sie mit schmutzigen Bundhosen und löchrigen Leinenhemden. Der vordere, der sie wohl auch getreten hatte, griente dümmlich und beugte sich zu ihr hinunter.

»Was bist du?«, wollte er wissen. »Eine Waldfee?

»Das wäre aber eine dreckige Waldfee, Rutger«, meinte der andere und lachte.

»Du hast recht, es ist nur ein Mädchen.« Der Bursche namens Rutger griff nach Charlottes Mantelstoff. »Ein Mädchen in Kleidern, wie sie sich nur die reichen Pfeffersäcke leisten können.«

Sie stieß seine Hand fort und richtete sich auf. »Und was seid ihr für welche?«, fragte sie, bemüht, ihre Angst zu verbergen.

Rutger ging auf ihre Frage nicht ein. Stattdessen betastete der vorlaute Kerl ihr seidenes Hemd. »Wir haben uns umgesehen. Du bist allein. Warum schläfst du hier im Wald?«

»Das geht euch nichts an. Verschwindet!«

Er schürzte die Unterlippe und sagte: »Wir haben dich gefunden, also gehörst du uns.« Seine Hand griff nach ihrer Brust und drückte fest zu. Charlotte zögerte nicht und drängte ihn mit aller Kraft von sich, so dass er auf seinen

Hintern fiel. Sie sprang über ihn hinweg und rannte so schnell sie konnte weiter in das Unterholz. Hinter sich hörte sie die Schritte der Burschen und ihre schimpfenden Stimmen. Ihr Vorsprung war nicht groß. Sie brauchte ein Versteck, wenn sie die beiden loswerden wollte.

Im nächsten Moment stolperte sie über eine Baumwurzel und schlug lang auf den Waldboden. Sofort war Rutger über ihr, zog sie an den Haaren hoch und erhob die Faust gegen sie.

»Du Metze!«, rief er, bereit zuzuschlagen, doch sein Kumpan hielt ihn auf, indem er Rutgers Arm zurückdrängte.

»Verunstalte sie nicht«, meinte der. »Wir könnten sie an den Waidlinger verkaufen.«

Der andere nickte. »Die Idee ist mir auch schon gekommen. Aber sie ist so hübsch. Ich will sie haben.«

»Wenn der Waidlinger erfährt, dass du sie zuerst bestiegen hast, wird er womöglich keinen Gefallen mehr an ihr finden.«

Rutger grunzte, ließ ab und zog Charlotte auf die Beine. Sie fesselten ihr die Hände mit einer Lederschnur und trieben sie vor sich durch den Wald. Für den Moment war Charlotte zwar erleichtert, dass ihr die Vergewaltigung durch die Vagabunden erspart geblieben war, doch der Umstand, dass sie an einen anderen Mann verkauft werden sollte, ließ nichts Gutes erwarten.

Sie legten etwa eine halbe Meile zurück und erreichten schließlich eine Lichtung, von der aus Charlotte in der Ferne ein Dorf erkennen konnte. Aufgeregt überlegte sie, ob man ihr dort vielleicht zu Hilfe kommen würde. Die beiden Burschen trieben sie weiter voran, bis sie einen am Rand eines Ackers gelegenen Friedhof erreichten. Charlotte machte dort an die vierzig abgerissene Gestalten aus, die zwischen den Gräbern oder am Zaun herumlungerten. Sie alle waren schmutzig und trugen mehr oder weniger zerlumpte Kleidung. Es waren auch einige Frauen darunter und recht viele Kinder, die sich balgten, auf die Bäume kletterten oder herumstreunende Katzen jagten. Mehrere Augen richteten sich auf Charlotte, als die beiden Burschen sie weiterzogen und über den Friedhof zu einer windschiefen Hütte trieben. Mehrere der Kinder kicherten und zeigten mit dem Finger auf sie. Einen Augenblick lang hatte Charlotte gehofft, dass jemand die Burschen daran hindern würde, sie weiter zu schikanieren, doch wie es schien, störte sich niemand von diesem Bettelpack daran, dass sie mit gefesselten Händen herumgeschubst wurde.

Rutger öffnete eine quietschende Tür und stieß sie in die Hütte. Charlotte stolperte und fiel stöhnend auf die Knie. Sie schaute furchtsam auf und sah vor sich drei Gestalten auf dem Boden hocken, von denen sich nun eine aufrichtete und auf sie zukam. Sie erschrak, als sie das Gesicht erblickte, denn dort, wo die Nase des Mannes hätte sein sollen, prangten nur zwei von hässlichen Narben umrahmte Löcher. Wahrscheinlich war er schon vor Jahren entstellt worden, womöglich als Vergeltung für einen Diebstahl oder ein noch schwereres Verbrechen.

»Was soll das?«, blaffte der entstellte Kerl nun die beiden Burschen mit kratzender Stimme an.

»Wir haben das Mädchen im Wald aufgegriffen«, erklärte Rutger. »Sie war allein. Schau dir an, wie hübsch sie ist, Waidlinger. Etwas dreckig vielleicht, aber trotzdem wohl reizvoller als jede Hure, die du bislang bestiegen hast.«

Der Waidlinger brummte nur und fasste unter Charlottes Kinn. Sie zitterte vor Angst, während der grobschlächtige Mann an den Bändern ihres Hemdes zerrte und es soweit aufschnürte, dass er ihr Brüste begaffen konnte.

»Was ist sie dir wert?«, wollte Rutger wissen.

»Wer sagt denn, dass ich für sie bezahle?«, raunte der Waidlinger und zog ein langes Messer hervor, das er auf den

Burschen richtete. Der trat ängstlich zurück, doch dann lachte der Waidlinger kehlig, drehte sich um und rief seinen Kumpanen zu: »Frieder, gib ihm ein Stück Käse.«

Der Mann, der hinter dem Waidlinger hockte, kramte aus einem Tuch ein Stück Hartkäse hervor und warf es Rutger zu. Der verbeugte sich dankbar, blieb noch einen Moment lang stehen, als erwarte er eine weitere Belohnung, und zog dann erst mit seinem Begleiter aus der Hütte ab.

Charlotte schaute den beiden ernüchtert nach. Nach den Machenschaften ihres Vaters war sie nun schon zum zweiten Mal verkauft worden. Ein trockenes Stück Käse. Das also war der Preis, den sie noch wert war.

Der kräftige Mann trat auf sie zu, so nah, dass sie seinen Zwiebelatem riechen konnte, als er zu ihr sprach.

»Wie heißt du?«, wollte er wissen.

Charlotte schwieg und schaute zu Boden.

»Bist du hier aus der Gegend?«

Der Kerl namens Frieder, der hinter dem Waidlinger auf dem Boden hockte, kicherte und rief: »Die haben dir wohl eine ohne Zunge verkauft. Vielleicht ist sie ein Simpel.«

»Lasst mich gehen«, bat sie kleinlaut.

»Sie hat tatsächlich eine Zunge.« Der Waidlinger zog sie an sich, seine Hände grapschten nach ihren Hinterbacken.

Charlotte versuchte ihn von sich zu drängen. »Ich bitte euch. In Gottes Namen ...«

Er drückte sie stärker an sich. Sein Gesicht war kaum eine Fingerbreite von ihr entfernt. »Halt still und mach uns keinen Ärger. Wir möchten, dass du uns ein wenig Gesellschaft leistest.«

Ihr war klar, was das zu bedeuten hatte. Als er ihr über das Gesicht leckte, schrie sie auf und überlegte panisch, was sie tun sollte. Sie konnte versuchen, den Waidlinger zu beißen und ihm zu entkommen, doch wenn ihre Flucht misslang, würden die drei Männer sie mit roher Gewalt nehmen und ihre Wut an ihr auslassen. Vielleicht war es das Beste, sich einfach ruhig zu verhalten, wenngleich sie die Nähe dieser stinkenden Vagabunden schon jetzt anwiderte.

»Halt ein!« Jemand war in die Scheune getreten und wies den Waidlinger mit energischer Stimme zurecht. Der lockerte ein wenig den Griff und zischte in Richtung des Störenfrieds: »Was willst du hier? Verschwinde gefälligst!«

»Ich denke nicht daran.«

Charlotte gelang es, sich aus den Händen des Waidlingers zu winden. Sie fiel auf die Knie und wandte sich um, so dass sie erkennen konnte, wer da zu ihr getreten war. Es handelte sich um einen jungen Mann, dessen abgewetzte Kleidung ihn ebenfalls als einen Vaganten auswies. Sein Gesicht kam ihr bekannt vor. Sie überlegte, wo sie ihm schon einmal begegnet war. Auch seine Stimme war ihr vertraut.

Mit einer schnellen Bewegung zog der Waidlinger nun wieder das Messer hinter seinem Gürtel hervor. »Du solltest besser das Weite suchen«, warnte er sein Gegenüber.

»Und du solltest die Finger von diesem Mädchen lassen.« Der Bursche deutete auf Charlotte. »Sieh dir ihre Kleidung an! Sie ist die Tochter eines Patriziers. Wenn du ihr Gewalt antust, wird man Jagd auf dich machen und dir mehr als nur deine Nase abschneiden.«

»Und wenn schon«, gab der Waidlinger zurück, doch ihm war anzumerken, dass die Worte ihn verunsicherten.

Der junge Mann reichte Charlotte eine Hand und zog sie auf die Beine. Plötzlich fiel ihr ein, warum er ihr so bekannt vorkam. Sie war ihm vor einigen Wochen auf ihrer Fahrt nach Salzburg begegnet, als er, seine Frau und das Kind ihnen geholfen hatten, die umgestürzte Kutsche aufzurichten.

»Wie wäre es, wenn wir um sie spielen«, schlug er vor und holte aus seiner Manteltasche ein Leinensäckchen hervor. Er öffnete es und schüttete getrocknete weiße und braune Bohnen auf seine Hand.

Der Waidlinger wirkte skeptisch. »Ich habe für sie bezahlt. Also gehört sie mir bereits. Welchen Einsatz würdest du für sie bringen?«

Der junge Mann griff unter sein Hemd und zog ein kleines Kreuz hervor, das er an einer Schnur um den Hals trug. »Es ist aus Silber«, sagte er. »Der Wert ist gewiss höher als das, was du den beiden Streunern für das Mädchen gegeben hast.«

Die Augen des Waidlingers verrieten eine gewisse Gier, als er das silberne Kreuz betrachtete.

»Jag ihn fort und lass uns das Weib besteigen«, rief Frieder, doch der Waidlinger brüllte zurück: »Halt dein Maul!« Er zögerte noch kurz, dann hockte er sich auf den Boden und zeichnete mit einem Finger zwei Quadrate und zwei Verbindungslinien in den Sand. Der junge Mann setzte sich ihm gegenüber und teilte die verschiedenfarbigen Bohnen zwischen ihnen auf. Charlotte erkannte, dass die beiden das Mühlespiel vorbereiteten, und es schauderte sie, wenn sie daran dachte, dass dieses Spiel darüber entschied, ob die drei rohen Gesellen sie schänden würden oder nicht. Im Grunde zweifelte sie daran, dass diese Vagabunden sie überhaupt gehen lassen würden, selbst wenn der Waidlinger das Spiel verlor.

Schweigend setzten die Kontrahenten abwechselnd ihre Bohnen auf die Schnittpunkte. Charlotte hatte sich in ihrer Kindheit nie sonderlich für dieses Spiel begeistern können; sie wusste nur, dass es das Ziel war, möglichst viele Steine des Gegners zu erobern oder sie zu blockieren, so dass dieser am Ende keinen Zug mehr ausführen konnte.

»Du hast in den vergangenen Tagen zehn Partien gegen mich verloren«, meinte der Waidlinger mit einem dumpfen, amüsierten Brummen. »Was lässt dich hoffen, dass es dir heute besser ergeht?«

»Der Einsatz ist ein Ansporn«, erwiderte der Bursche und

führte schnell einen Zug aus, der dem Waidlinger Sorge zu bereiten schien, denn der runzelte die Stirn und überlegte eine ganze Weile, bevor er die nächste Bohne verschob. Der junge Mann dachte hingegen nur kurz nach, und sein nächster Zug entlockte dem Waidlinger einen zerknirschten Fluch. Er hatte die erste Bohne verloren, und auch in den nächsten Spielrunden wurden seine Spielsteine nach und nach reduziert, bis er schließlich wütend mit der Hand über das Feld fuhr und das Spiel als verloren akzeptierte.

»Der Teufel hat deine Hand geführt«, schimpfte der Waidlinger.

Sein Gegenüber richtete sich auf. »Vielleicht aber auch Gott. Auf jeden Fall habe ich dich besiegt. Das kannst du nicht abstreiten.«

Der Waidlinger stand ebenfalls auf, seine Augen funkelten den jungen Mann aufgebracht an. Charlotte spannte sich und befürchtete, der grobschlächtige Bandit würde mit seinem Messer auf den Kontrahenten losgehen, doch dann packte er sie und versetzte ihr einen so kräftigen Stoß, dass sie gegen den jungen Burschen prallte. »Da hast du sie, du Hundsfott«, fauchte der Waidlinger. »Vergnüg dich mit ihr, wenn du willst.«

Ihr Retter ergriff Charlottes Hand und zog sie aus der Hütte. »Lasst uns gehen, bevor er es sich anders überlegt«, meinte er. »Der Waidlinger ist ein launischer Kerl.« Eiligen Schrittes entfernten sie sich, ohne sich umzuschauen.

»Wie ist dein Name?«, wollte sie wissen.

»Robert.«

»Ich kenne dich. Wir sind uns schon einmal begegnet.«

Im Laufen holte er aus seiner Manteltasche ein besticktes Tuch hervor. Es war das Geschenk, das sie ihm an dem Tag überlassen hatte, als er ihr schon einmal zu Hilfe gekommen war. »Ich habe Euch nicht vergessen«, sagte er.

»Wohin bringst du mich?«

»An einen sicheren Ort.« Er zog fester an ihrer Hand. »Es ist nicht weit.«

Robert führte Charlotte auf die andere Seite des Friedhofs. Hier war mit einigen Stecken und einem breiten aber löchrigen Tuch ein schiefes Zeltdach errichtet worden, unter dem drei Frauen und zwei Kinder hockten, während in der Nähe zwei Männer einige Äste zusammentrugen und ein dritter damit beschäftigt war, an einem Reisighaufen ein Feuer zu entzünden. Die Frauen hatten zwei toten Hasen das Fell abgezogen und machten sich daran, die Tiere auszunehmen. Eine von ihnen richtete sich auf, als sie Robert und Charlotte erblickte, und kam auf sie zu. Ihr Blick verriet deutliches Missfallen.

Charlotte erinnerte sich an sie. Sie und der Junge, der dort unter dem Zeltdach hockte, hatten sich in Roberts Begleitung befunden, als sie am Tag des Kutschenunfalls plötzlich auf der Straße aufgetaucht waren.

»Helene, schau, erkennst du sie wieder?«, rief Robert aus.

Die Frau namens Helene stemmte die Hände in die Hüften und wirkte alles andere als erfreut über diesen Gast.

»Erinnerst du dich an die umgestürzte Kutsche?«, versuchte er ihr auf die Sprünge zu helfen, doch Charlotte zweifelte nicht daran, dass die Frau sofort gewusst hatte, wo sie sich schon einmal über den Weg gelaufen waren.

»Natürlich«, gab die Frau knapp von sich.

Robert hielt noch immer das Tuch in seiner Hand. Er deutete auf die eingestickten Buchstaben. »C und S. Ich habe mich immer gefragt, was das wohl bedeuten mag.«

»Es sind Initialen«, erklärte sie. »Charlotte Schwartz. Das ist mein Name.«

»Charlotte also.« Er verbeugte sich übertrieben galant. »Seid uns willkommen, wertes Fräulein Charlotte. Meinen Namen kennt Ihr bereits, und der Name meiner grantigen Begleiterin dort ist Helene.«

Charlotte nickte ihnen zu. Helene runzelte nur die Stirn und wollte wissen: »Was zum Himmel will sie hier?«

»Ich habe sie gewonnen.« Robert legte Charlotte eine Hand auf die Schulter. »Der Waidlinger hat sie zum Einsatz gemacht, ich habe ihn beim Mühlespiel geschlagen, und nun gehört sie mir. So einfach ist das.«

»Ich gehöre niemandem«, protestierte Charlotte und trat einen Schritt zurück. *Viktor wird da anderer Meinung sein*, ging es ihr sogleich durch den Kopf.

»Es war nur ein Scherz«, beschwichtigte er sie und lachte dabei, was Charlotte ein wenig beruhigte. Robert deutete auf den Rest der Gruppe und stellte seine Begleiter vor. Die beiden Frauen, die die Hasen zubereiteten, waren Columbina, eine kräftig gebaute Frau von vielleicht fünfzig Jahren, und deren hübsche Tochter Johanna, die im gleichen Alter wie Charlotte sein mochte. Daneben hockte Ida, die jüngere Tochter Columbinas, die wohl nicht älter als vielleicht sechs Jahre war. Der etwa 30jährige Kerl, der mit seinen Feuersteinen inzwischen den Reisighaufen entzündet hatte, hieß Sigmund. Sein Gesicht war von einer Narbe gezeichnet, die von der rechten Schläfe bis zum Kinn verlief und auch das Auge auf dieser Seite zerstört hatte, dessen schlaffes Lid ein milchiges Überbleibsel halb bedeckte. Robert verriet Charlotte, dass Sigmund Columbinas Galan war, was sie sehr verwunderte, da dieser Mann doch soviel jünger war als die kräftig gebaute Frau. Die beiden anderen Burschen hießen Melchior und Lorenz. Sie waren in Roberts Alter, und man sah ihnen auf den ersten Blick an ihren breiten Nasen und an den abstehenden Ohren an, dass es sich um Brüder handelte. Die gesamte Gruppe war in ausgebleichte Lumpen gekleidet, wobei die Sachen, die Robert und Helene trugen, nicht ganz so arg zerschlissen wirkten wie die Stoffe ihrer Begleiter. Charlotte vermutete darum, dass die beiden erst seit kurzer Zeit von Ort zu Ort zogen.

Robert lief unter das Zeltdach, holte dort etwas aus einem Bündel hervor und winkte Charlotte dann mit sich zu einem Baum, wo sie sich abseits der anderen niederließen.

»Ihr werdet hungrig sein«, meinte er und reichte ihr einen Kanten Brot und einen Wasserschlauch.

»Ich danke dir.« Sie nahm den harten Kanten gerne an, da sie doch seit dem gestrigen Morgen nichts mehr gegessen hatte. Nun, nachdem sie zum ersten Mal an diesem Tag zur Ruhe kam, spürte sie, wie hungrig sie war.

Während sie neben ihm saß und kaute, fiel ihr auf, dass Helene sie nicht aus den Augen ließ, während sie die Innereien aus dem Hasen schnitt.

»Deinem Weib scheint es nicht zu gefallen, dass du mir Gesellschaft leistest«, sagte Charlotte.

Er hob die Schultern. »Sie ist nicht mein Weib.«

Seine Antwort erstaunte sie. »Dann ist dieses Kind dort auch nicht dein Sohn?«

»Sein Vater ist im vergangenen Jahr gestorben.«

»Habt ihr euch damals schon auf der Wanderschaft befunden?«

Er schüttelte den Kopf. »Wir waren sesshaft.«

»Wo habt ihr gelebt?«

Er schwieg einen Moment, und Charlotte kam es vor, als gleite das Gespräch in eine Richtung ab, die ihm nicht gefiel. Sie erhielt auf ihre Frage auch keine Antwort, denn er wollte nun seinerseits von ihr wissen: »Ihr habt mir hoffentlich verziehen, dass ich um Euch gespielt habe.«

»Ich verzeihe dir nur, weil du gewonnen hast, und ich wage mir nicht vorzustellen, was dieser Waidlinger und seine Spießgesellen mir angetan hätten, wenn du mir nicht zu Hilfe gekommen wärest.«

»Der Waidlinger ist ein skrupelloser Mann. Es heißt, er habe schon zahlreiche Höfe überfallen und Männer, Frauen und Kinder gefoltert, um an das Geld der Bauern zu gelangen.« Robert verzog das Gesicht. »Er und seine Kumpane wären über Euch hergefallen und hätten Euch geschändet. Ihn herauszufordern war die einzige Möglichkeit, Euch aus den Händen dieser Banditen zu befreien.

»Und warum ziehst du mit solch einem Vogelfreien herum?«

»Das tue ich nicht. Dies ist ein Platz, an dem sich immer wieder Vaganten zusammenfinden. Wir bleiben zwei, drei Tage hier, betteln im Dorf um Almosen und ziehen dann weiter. Man kennt sich, aber man geht sich aus dem Weg.«

»Heute bist du ihm nicht aus dem Weg gegangen«, meinte sie anerkennend. »Und ich danke Fortuna, dass sie das Glück auf deine Seite lenkte. »

»Glück? Das war kein Glück. Ich habe in den vergangenen Tagen mehrere Male mit dem Waidlinger um kleinere Einsätze gespielt und ihn stets gewinnen lassen.«

»Warum?«

»Um ihn glauben zu machen, dass er mir beim Mühlespiel überlegen ist. Bevor wir weitergezogen wären, hätte ich ihm dann eine Partie um einen weit höheren Einsatz vorgeschlagen, und ich bin mir gewiss, dass er darauf eingegangen wäre.«

»Also war ich nun dieser Einsatz.«

Er griente. »Zufälligerweise ja.«

Charlotte trank aus dem Wasserschlauch und musterte Robert. Wahrscheinlich zog er den Menschen mit seinen Tricks und Betrügereien das Geld aus den Taschen, um zu überleben. Sie wusste nicht recht, was sie von ihm halten sollte. Verschlagen wirkte er nicht auf sie, und nach dem, was er heute für sie getan hatte, stand sie unzweifelhaft in seiner Schuld.

»Ich danke dir, Robert. Es wäre angebracht, deine Hilfe dieses Mal mit etwas Kostbarerem als einem Tuch zu vergelten, doch leider führe ich nichts von Wert mit mir.«

Er schaute sie skeptisch an. »Warum treibt sich ein Mädchen wir Ihr überhaupt allein in dieser Gegend herum?«

Sie hatte diese Frage befürchtet und zögerte mit einer Antwort. Die Wahrheit wollte sie ihm nicht verraten, denn er brauchte nicht zu wissen, dass sie vor einem brutalen Ehemann geflohen war, der sich gewiss schon aufgemacht hatte, um sie zu finden. Viktor besaß das Recht, sie zurück nach Salzburg zu schaffen, und er würde sie für ihre Auflehnung mit Prügeln strafen. Wenn unter den Vaganten bekannt wurde, dass sie die Frau eines Offiziers der Salzburger Garnison war, würden diese Leute sie, ohne zu zögern, an Viktor ausliefern, weil sie sich eine Belohnung erhofften. Um das zu verhindern, log sie Robert an und behauptete, dass ihr Vater sie in ein Kloster stecken wollte und dass sie Salzburg verlassen habe, um sich im Haus ihrer Tante in Wagrain zu verstecken, wo sie auch schon das gesamte letzte Jahr verbracht hatte.

Robert machte nicht den Eindruck, als würde er an ihrer Geschichte zweifeln, denn er sagte nur: »Was lässt Euch glauben, dass Ihr mit Eurer Flucht dem Klosterleben entkommt? Glaubt Ihr nicht, dass Euer Vater Euch schon bald zurückholen wird?«

»Meine Tante ist mir sehr zugetan. Ich hoffe, sie kann ihn überzeugen, dass ich mich nicht für das Klosterleben eigne und besser bei ihr bleibe.«

Robert lachte leise. »Euer Vater kam mir damals wie ein Mann vor, der recht stur seinen Willen verfolgt. Aber andererseits ... scheint auch Ihr erpicht darauf zu sein, Euren Kopf durchzusetzen. Doch Eure Flucht ... sie kommt mir sehr überstürzt und unüberlegt vor.«

Charlotte seufzte und berichtete ihm, was geschehen war, seit sie Salzburg verlassen hatte. Für diesen Teil ihrer Geschichte brauchte sie nicht auf Lügen zurückzugreifen. Sie erzählte ihm, dass ihr Pferd sie abgeworfen hatte und davongelaufen sei und dass die beiden jungen Bettelburschen sie im Wald aufgegriffen und an den Waidlinger verkauft hatten.

»Nun weißt du, wie es mir ergangen ist«, meinte sie. »Doch auch ich bin neugierig. Was ist mit euch geschehen, nachdem ihr uns damals geholfen habt, die Kutsche aufzurichten?«

»Wir sind noch am selben Tag während einer Rast mit diesen Leuten zusammengetroffen«, verriet ihr Robert. »Sie stießen zunächst auf Adam, den wir kurz allein zurückgelassen hatten. Als der Junge erschrak und kreischte, stürzte ich auf Sigmund zu. Er schlug mich jedoch nieder und bedrohte Helene mit einem Messer.«

»Und trotzdem befindet ihr euch in der Gesellschaft dieser Leute?«, fragte Charlotte erstaunt.

»Es stellte sich schnell heraus, dass wir genauso wenig besaßen wie sie und dass wir ebenso hungrig waren. Es sind keine bösen Menschen. Wir fassten recht schnell Vertrauen zueinander und beschlossen, gemeinsam den Weg fortzusetzen. So ziehen wir nun von Ort zu Ort und betteln vor den Kirchen um Almosen oder nehmen Arbeit an, um satt zu werden und einen Platz zum Schlafen zu finden. Ab und an versetze ich die Dörfler auch mit meinen Spielkarten in Erstaunen. Mit ein wenig Fingerfertigkeit kann ich einzelne Karten verschwinden lassen und natürlich auch den einen oder anderen Kreuzer, den die Leute mir überlassen. Es handelt sich um simple Täuschungen, doch oft bezeichnet man mich ehrfürchtig als Meister der Zauberei.«

»Sei vorsichtig«, warnte Charlotte ihn. »Du könntest rasch in den Verdacht geraten, mit den dunklen Mächten einen Pakt geschlossen zu haben.«

»Keine Sorge, ich bin wachsam.« Robert strich durch sein Haar, überlegte wohl einen Moment und fragte dann: »Was habt Ihr nun vor?«

Sie stutzte. »Was schon – ich werde meine Reise nach Wagrain fortsetzen. Oder hast du etwa vor, mich aufzuhalten?«

Er schüttelte den Kopf. »Ruht Euch zumindest eine Nacht aus und stärkt Euch, bevor Ihr weiterzieht.«

Ihre geschundenen Knochen und die Müdigkeit ließen dieses Angebot verlockend erscheinen. »Gut. Aber morgen früh werde ich euch verlassen.«

Er lächelte. »Ich muss zugeben, Ihr macht einen furchtlosen Eindruck auf mich. Habt Ihr denn überhaupt keine Angst, Euch könnte auf Eurem Weg weiteres Leid geschehen?«

»Angst? Ich habe keine Angst.« Das war im Grunde eine Lüge. Natürlich fühlte Charlotte sich nicht wohl bei dem Gedanken an Banditen und hungrige Wölfe, denen sie hilflos ausgeliefert war, doch es gab noch eine andere Gefahr, die sie auch in dieser Nacht nur schwer in den Schlaf finden lassen würde.

Viktor. Der Gedanke an ihren Ehemann ließ ihren Magen verkrampfen.

Kapitel 20

Robert erwachte bei Sonnenaufgang, erhob sich von der Decke, die er auf dem harten Boden ausgebreitet hatte, und lief zum nahen Bach, um sich das Gesicht zu waschen. Während er über dem Wasser kniete, musste er an das Mädchen Charlotte denken und an ihre Geschichte, von der er überzeugt war, dass es sich dabei größtenteils um Lügen handelte. Er glaubte ihr nicht, dass sie aus Salzburg geflohen war und diese gefährliche Reise unternommen hatte, weil ihr Vater sie in ein Kloster stecken wollte. Wenn er ihr in die Augen schaute, sah er dort eine andere Wahrheit verborgen, die seine Neugier weckte. Doch er nahm ihr die Lüge nicht übel, denn auch er hatte sie über vieles im Unklaren gelassen. Niemand sollte je erfahren, warum er Rosenheim verlassen hatte und zum Vagabunden geworden war. Einzig Helene wusste um das dunkle Geheimnis, das ihn umgab, und auf ihre Verschwiegenheit konnte er zählen. Zwar beunruhigte es ihn, dass Columbina und die anderen Gefährten ihre wahren Vornamen kannten, doch da Adam damals in der Aufregung ihrer plötzlichen Begegnung laut nach Helene und ihm gerufen hatte, war das nicht mehr zu verhindern gewesen. Alles in allem fühlte er sich aber hier im Erzstift Salzburg recht sicher vor seinen Verfolgern.

Charlotte hatte ihn gefragt, in welchem Verhältnis er und Helene zueinander standen, und es war ihm schwergefallen, ihr auf diese Frage eine eindeutige Antwort zu geben. Er wusste selbst nicht so recht, ob er Helene als seine Gefährtin bezeichnen sollte. Seitdem sie sich in der Gesellschaft der anderen Vaganten befanden, hatten sie regelmäßig das Lager miteinander geteilt. Zumeist hatte Helene ihn ermuntert, bei ihr zu liegen, doch in manchen Nächten hatte es ihn ohnehin so stark nach einer Frau verlangt, dass er sie ohne ihr Zutun an sich gezogen und mit ihr geschlafen hatte. Helene hatte sich nie dagegen gewehrt. Jeder in der Gruppe sah sie als Paar an, doch Robert hatte in all den Wochen zu keiner Zeit ein Gefühl der Liebe für Helene empfunden, und die geschlechtliche Vereinigung blieb für ihn nicht mehr als eine angenehme Gewohnheit.

Oft plagte ihn ein schlechtes Gewissen, wenn er mit Helene kopulierte, denn es war offensichtlich, welch tiefe Zuneigung sie ihm entgegenbrachte. Seit ihrem ersten Beischlaf in der Dachkammer in Rosenheim schien sie in ihm so etwas wie einen Ehemann zu sehen, und sie wachte mit Argusaugen darüber, dass er sich von anderen Weibern fernhielt. Vor allem gestern, als er Charlotte in ihr Lager geführt hatte, war ihm nicht verborgen geblieben, wie verkniffen Helene sich ihm und dem Mädchen gegenüber verhalten hatte.

Robert kehrte zu seinen Gefährten zurück und stärkte sich mit einem Getreidebrei und Ziegenmilch. Auch Charlotte war inzwischen aufgewacht und hatte sich zu ihnen gehockt. Gedankenverloren drehte sie eine Haarlocke zwischen ihren Fingern und trank die Milch aus einer Holzschale. Selbst in ihrer zerknitterten Müdigkeit sah sie hübsch aus, doch Robert vermied es, sie allzu auffällig anzustarren, da Helene ihn nicht aus den Augen ließ. Er wollte Helene nicht unnötig provozieren, denn das Vorhaben, das ihm schon gestern Abend in den Sinn gekommen war, würde ihr ganz und gar nicht schmecken.

»Wie habt Ihr geschlafen?«, wollte er von Charlotte wissen.

»Der Boden ist sehr hart.« Sie rieb ihre Schulter. »Aber die gestrige Nacht im Wald war weit unangenehmer.«

»Und Ihr wollt wirklich schon aufbrechen?«, fragte er.

»Natürlich will sie das«, mischte sich Helene ein. Ihre sauertöpfische Miene verriet, wie sehr sie hoffte, dass dieses Mädchen, dem er soviel Aufmerksamkeit schenkte, endlich ihres Weges zog.

Charlotte nickte nur.

Robert wusste, dass das, was er nun vorschlagen würde, Helenes Blut zum Kochen bringen würde, doch er hatte in dieser Nacht eine ganze Weile wach gelegen und an die Gefahren gedacht, denen ein Mädchen ausgesetzt war, das allein über die Straße zog.

»Lasst mich Euch begleiten«, bot er ihr an.

Charlotte schaute ihn erstaunt an. »Du willst mit mir nach Wagrain gehen? Aber warum?«

»Liegt das denn nicht auf der Hand? Ohne einen Begleiter könntet Ihr in weitere Schwierigkeiten geraten. Der Waidlinger ist nicht der einzige Bandit, der über das Land streicht.«

»Das muss deine Sorge nicht sein«, empörte sich Helene. Sie deutete mit einer abfälligen Handbewegung zu Charlotte. »Was hast du schon mit ihr zu schaffen?«

»Sei still, Helene!« wies er sie zurecht. Es missfiel ihm, dass sie sich wie ein eifersüchtiges Eheweib aufspielte. Aus Trotz wandte er sich an Columbina und fragte sie: »Wieviel Zeit wird der Fußmarsch von hier nach Wagrain in Anspruch nehmen?«

Die ältere Frau hob die Schultern. »Wenn ihr noch vor der Mittagszeit aufbrecht, könnt ihr dort morgen am frühen Abend ankommen.«

»Ich wäre also insgesamt drei Tage fort. Werdet ihr so lange auf mich warten?«, fragte er.

»Wir bleiben noch einen weiteren Tag hier. Dann ziehen

wir nach St. Johann. Dort werden wir wieder zusammentreffen«, sagte Columbina.

Helene ließ keinen Zweifel daran aufkommen, dass ihr die gesamte Unterhaltung sauer aufstieß. Sie warf ihre Holzschale auf den Boden, stand auf und stapfte mit einem vernehmbaren Schnauben zum Bach.

»Mir scheint, ich sorge für Ärger«, meinte Charlotte. »Und dabei hast du mich noch nicht einmal gefragt, ob ich damit einverstanden bin, dass du mich begleitest.«

Robert hob Helenes Schale auf und drehte sich zu Charlotte um. »Und ... seid Ihr damit einverstanden?«

Ihre Lippen wurden schmal. Für einen Moment glaubte er, sie würde seinen Vorschlag aus irgendeinem törichten Grund ablehnen, doch dann antwortete sie: »Ich nehme deine Hilfe an. Lass uns keine Zeit mehr verlieren.«

Sie folgten einem Viehweg in Richtung Süden und begegneten dort bis zum Abend nur zwei Bauern, die einen Ballen Stroh auf einem Handkarren transportierten, und einem Schafhirten, der seine Herde wortlos an ihnen vorübertrieb. Ansonsten waren sie allein, und Charlotte war dies auch recht so, denn sie plagte noch immer die Sorge, dass Viktor oder jemand, den er ausgeschickt hatte, ihr folgen und sie hier aufspüren konnte.

Zunächst sprachen sie nur wenig miteinander. Robert schien in Gedanken versunken. Wahrscheinlich grübelte er über seine Gefährtin Helene, der es ganz und gar nicht gefallen hatte, dass er zu diesem Marsch nach Wagrain aufgebrochen war. Nach der Morgenmahlzeit war Robert zu ihr an den Bach gegangen, und Charlotte hatte aus der Entfernung mitbekommen, dass Helene Robert kräftig gescholten hatte. Die Worte hatte Charlotte nicht verstanden, aber das Mienenspiel der beiden hatte ihr noch einmal klargemacht, wie sehr Roberts Vorhaben Helene in Rage versetzt hatte und wie entschlossen er darauf beharrte, seine Hilfe anzubieten.

Im Grunde hatte Charlotte nicht so recht begriffen, weshalb Robert soviel Wert darauf legte, sie zu begleiten. Er schien sich – warum auch immer – für sie verantwortlich zu fühlen. Wie dem auch sei, alles in allem war sie froh, ihn während des langen Marsches an ihrer Seite zu haben. Eigentlich war er ein Fremder für sie, aber dennoch vertraute sie ihm. Für einen Vagabunden besaß er recht gute Manieren. Er war höflich und zuvorkommend und hatte immerhin ein großes Risiko auf sich genommen, um sie aus den Händen des Waidlingers zu befreien. Zudem bot sich nun die Gelegenheit, mehr über seine Vergangenheit in Erfahrung zu bringen.

Neugierig begann sie ihm Fragen zu stellen. Sie wollte wissen, wie lange er schon über Land zog. Ob Helene und ihr Sohn ihn schon immer begleitet hatten. Wo er zuvor gelebt hatte und ob er mit dem Gedanken spielte, in absehbarer Zeit wieder sesshaft zu werden. Robert zog bei all diesen Fragen zumeist die Stirn kraus und vermied es, ihr die Antworten zu geben, nach denen sie suchte. Entweder tat er ihre Fragen mit einem mürrischen Brummen ab, oder er zögerte so lange mit einer Antwort, dass sie davon überzeugt war, er habe sich eine Lüge zurechtgelegt. Nach einer Weile ging er dazu über, Fragen über Charlottes Leben in Salzburg zu stellen, worauf sie sich ähnlich verstockt verhielt, denn natürlich wollte sie nicht, dass er erfuhr, dass sie vor einem tollwütigen Ehemann davongelaufen war. Im Grunde war die Situation fast schon komisch. Sie beide schienen so viele Geheimnisse voreinander zu verbergen, dass es kaum möglich war, eine vernünftige Unterhaltung zu führen. Also war es wohl das Beste, ganz darauf zu verzichten.

Erst als sie sich am Abend im Unterholz zur Nachtruhe niederlegten und ein Feuer entzündeten, wurde Robert wieder redseliger und erzählte von den Kniffen und Täuschungen, mit denen man das Mitleid der Menschen wecken und ihnen ein Almosen entlocken konnte.

»Sigmund versteht es meisterhaft, körperliche Gebrechen darzustellen«, verriet er ihr, während sie den Rest des Getreidebreis verspeisten, den sie mit sich führten. »Er bindet sich aus Lumpen einen verklumpten Fuß, täuscht mit viel Geschrei irrsinnige Anfälle vor oder gebärdet sich wie ein Krüppel, der keinen Fuß mehr vor den anderen setzen kann. Johanna hingegen hat sich ein Lumpenkissen angefertigt, das sie sich mit einem Ledergurt unter ihr Hemd bindet und so eine Schwangerschaft vortäuscht. Auch dann sind die Bürger eher bereit, den einen oder anderen Kreuzer springen zu lassen. Sogar die kleine Ida versteht es schon, das Mitleid dieser Leute zu wecken, indem sie sich schluchzend an ihre Beine klammert.«

»Aber leistet ihr auch ehrliche Arbeit?«, wollte Charlotte wissen.

»Wenn jemand unsere Dienste benötigt, dann verdienen wir uns das, was wir zum Leben brauchen. Wenn es keine Arbeit gibt, betteln wir, und wenn man uns keine Almosen überlässt, dann stehlen wir. Das ist natürlich mit Gefahren verbunden. Jeder Vagant, der bei einer Straftat gefasst wird, landet am Pranger, wird in Ketten gelegt oder steckt Prügel ein.«

Sie deutete auf seine Nase, der man ansah, dass sie vor nicht allzu langer Zeit schon einmal gebrochen worden war und fragte: »Hat man dich schon einmal bei einem Diebstahl gefasst? Wurdest du mit den Fäusten abgestraft?«

Er zögerte mit einer Antwort, erwiderte schließlich nur ein knappes »Ja« und wies darauf hin, dass es Zeit sei, endlich einzuschlafen.

Charlotte verzichtete darauf, ihn weiter auszufragen. Sie kauerten sich auf ihre Decken. Robert schlief rasch ein, doch Charlotte lag noch eine Weile wach, betrachtete die Sterne, die durch die Baumkronen schimmerten und grübelte über Roberts knappe Antwort, über seine gebrochene Nase und seine gesamte Vergangenheit.

Bevor sie in den Schlaf sank, war sie davon überzeugt, dass er sie wieder einmal belogen hatte.

Am nächsten Tag kamen sie gut voran. Zwar bewölkte sich der Himmel, doch der Regen blieb aus. Charlotte fühlte sich wohl – einerseits weil ihr Roberts Gesellschaft durchaus angenehm war, andererseits machten sie im Umland bereits die ersten Gehöfte, Weiden und Felder aus, die ihr wohlbekannt waren. Und am Nachmittag erreichten sie dann endlich den Ort Wagrain. Nun übernahm sie die Führung und lief mit Robert über einen schmalen Trampelpfad, der den Weg zu der Anhöhe abkürzte, auf der sich das Gehöft ihres Onkels befand. Ihre Verwandten galten als die wohlhabendsten Bauern im Ort, was auch an deren Hof zu erkennen war. Neben dem stattlichen Wohngebäude war ein Stall- und Futterhaus errichtet worden und dazu zahlreiche Nebengebäude wie der Schafstall, das Brechelbad, der Backofen, der Getreidekasten und mehrere Bienenstöcke. Rundherum war das Gehöft mit einem Zaun aus Girschten und Stecken begrenzt worden. Charlotte kletterte behände über diesen Zaun und lief auf das Wohnhaus zu. Hinter dem Schafstall kam nun ein Hund hervor. Pollux, die Dogge ihres Onkels, wachte aufmerksam über den Hof und kläffte laut, doch als sie Charlotte erkannte, beruhigte sie sich sofort und trottete auf sie zu. Charlotte ging in die Hocke und kraulte das Fell des Hundes.

Von Pollux' Bellen alarmiert, streckte die Dienstmagd Rosi nun den Kopf aus der Tür. Charlotte erhob sich und ging auf sie zu. Rosi stutzte zunächst, doch dann begriff sie, wer gerade eingetroffen war.

»Fräulein Charlotte«, rief sie und betrachtete die schmutzige Kleidung, mit der die Nichte ihres Herrn hier vor ihr stand. »Du lieber Himmel, seid Ihr den ganzen weiten Weg von Salzburg zu uns gelaufen?«

»Fast, Rosi, fast«, entgegnete Charlotte. Sie deutete zum Eingang. »Ich muss mit meinem Onkel und meiner Tante sprechen.«

»Sie sind im Haus.« Die junge Magd musterte Robert, und an Rosis Gesichtsausdruck erkannte Charlotte, dass ihr der Kerl trotz seines schmutzigen Äußeren gefiel. »Und wer ist das?«, wollte sie wissen.

Robert reagierte mit einem höflichen Nicken, und Charlotte erklärte: »Das ist Robert. Er hat mir geholfen, nach Wagrain zu gelangen. Bitte führe ihn in die Küche und entlohne ihn mit einer kräftigen Mahlzeit. Und pack ihm Brot, Käse und Rauchfleisch für den Heimweg ein.«

»Ich danke Euch«, meinte Robert. »Werden wir uns noch sehen, bevor ich den Rückweg antrete?«

»Bestimmt«, meinte Charlotte. Sie gingen zum Haupthaus, wo Rosi Roberts Hand nahm und ihn in die Küche zog. Charlotte hingegen stieg die Treppe zum oberen Stock hinauf. Sie fand ihre Tante in einer Kammer, wo sie an einer Stickerei arbeitete.

»Tante Ursula«, rief Charlotte aus und lief auf sie zu. Die Tante erhob sich, ließ ihre Handarbeit fallen und schloss Charlotte in die Arme.

»Mein liebes Kind«, keuchte Ursula. Deutliche Erleichterung war aus ihrer Stimme herauszuhören. Sie küsste ihre Stirn und brachte aufgeregt hervor: »Es ist also wahr, du hast diese gefährliche Reise allein auf dich genommen.«

»Ich brauche Eure Hilfe«, sagte Charlotte. Tränen der Erleichterung liefen ihr dabei über die Wange. Wie gut es doch tat, die Hände ihrer Tante zu spüren, die ihr aufmunternd den Rücken rieben.

»Wir wollten es nicht glauben, dass du dich auf dem Weg zu uns befindest«, meinte Ursula. »Und doch haben wir gebetet, dass du hier wohlbehalten eintreffen mögest.«

»Nun bin ich ja da«, erwiderte sie, doch im nächsten Moment stutzte sie. »Woher wusstet Ihr, dass ich auf dem Weg zu Euch war?«

Noch bevor Ursula ihr eine Antwort geben konnte, tauchte ihr Onkel mit ernster Miene unter dem Türbalken auf. Hinter ihm nahm Charlotte eine Bewegung wahr, und ihr stockte der Atem, als sie sah, dass Viktor in die Kammer trat.

Die Magd Rosi erwies sich als äußerst geschwätzig. Während sie Robert in der Küche Brot, Käse und einen Krug Bier auftischte, plapperte sie unablässig und schien über den Verlauf dieses Tages völlig aus dem Häuschen zu sein.

»Üblicherweise geschieht an diesem Ort nichts Aufregendes«, meinte sie und schob noch einen Tiegel mit Schmalz auf den Tisch, den Robert mit einem dankbaren Nicken entgegennahm. »Doch heute kommt einem das Treiben fast wie auf einem Jahrmarkt vor. Zunächst trifft dieser aufgebrachte Herr von Calbach ein, und kaum eine Stunde darauf führst du das Fräulein Charlotte hierher. Na, die beiden werden sich gewiss einiges zu erzählen haben. Doch wenn es wirklich stimmt, dass sie ihrem Mann einfach so davongelaufen ist, möchte ich nicht in Charlottes Haut stecken.«

Robert, der gerade von seinem Brot abbeißen wollte, hielt inne. »Sie ist ihrem Mann davongelaufen?«, fragte er nach.

»Das habe ich aufgeschnappt, als ich an der Tür zur Stube vorbeigelaufen bin, wo sich meine Herrschaften mit Herrn von Calbach unterhielten. Aber gelauscht habe ich nicht.«

»Natürlich nicht«, meinte er. »Und was hast du noch gehört?«

Rosi lehnte sich auf den Tisch und beugte sich zu ihm. »Du bist ein neugieriger Kerl.«

Er nahm ihre rechte Hand und küsste sie schmeichlerisch. »Sei nicht so verstockt, hübsches Kind.«

Die Magd lächelte und genoss sichtlich das Kompliment. »Er nannte Charlotte einen unflätigen Teufel, und sagte, dass er alles daransetzen würde, sie zu finden, um sie den Respekt zu lehren, den sie ihm als seine Ehefrau entgegenzubringen habe.« Rosi verzog das Gesicht. »Arme Charlotte! Dieser Mann ist ein Rüpel.«

»Herr von Calbach – ihr Ehemann – befindet sich also noch hier im Haus?«

Die Magd deutete nach oben. »Er hält sich im ersten Stock auf, dort, wo Charlotte hingegangen ist.«

Robert nahm einen beherzten Schluck Bier zu sich und grübelte über diese unerwartete Offenbarung. Er hatte längst vermutet, dass Charlotte ihm nicht die ganze Wahrheit über den Grund ihrer Reise berichtet hatte, aber dass sie verheiratet und ihrem Ehemann davongelaufen war, das hatte er nicht geahnt. Doch anscheinend war nicht alles nach Charlottes Plan verlaufen. Sie hatte nicht erwartet, hier auf ihren Mann zu treffen.

Plötzlich waren Schritte zu vernehmen, und zwei ältere Herrschaften tauchten in der Küche auf. Wahrscheinlich handelte es sich bei ihnen um Charlottes Onkel und Tante, denn der Mann richtete einen Finger auf Robert und fragte scharf: »Wer ist das? Was will er hier?«

»Er hat das Fräulein Charlotte begleitet«, erklärte die Magd. »Sie wollte, dass ich ihm die Tafel decke.«

»Ein Vagabund an unserer Tafel«, stöhnte der Herr. »Bleibt uns denn heute nichts erspart?« Er atmete laut ein und aus, dann sagte er zu Robert: »Nimm das Brot und zieh weiter!«

Robert erhob sich. In diesem Moment war ein Schrei zu hören. Alle Augen richteten sich zur Decke.

»Er wird doch nicht …«, raunte die Frau.

»Er ist ihr Ehemann«, erwiderte der Herr. »Bei Gott, er wird schon wissen, wie er sie behandelt.« Seine Augen richteten sich wieder auf Robert. Zornig schalt er ihn: »Bist du taub? Verschwinde!«

Robert gab keine Antwort, sondern steckte wortlos das Brot unter sein Wams, nahm rasch noch einen Schluck Bier und trat dann hinaus, während aus dem oberen Stock das laute Schimpfen einer Männerstimme zu hören war.

Er lief über den Hof und verließ das Gehöft. Hier am Zaun verharrte er kurz und schaute zum Haupthaus, wo er Charlotte zurückgelassen hatte. Er musste an den Schrei denken und an den besorgten Gesichtsausdruck ihrer Tante.

Nach einer Weile trat Robert davon. Er wandte sich nicht mehr um, aber jeder Schritt, mit dem er sich entfernte, fiel ihm so schwer, als wären seine Beine mit Ketten gefesselt.

Es reizte Viktor, Charlotte hier und jetzt zu prügeln für die Schmach und den Ärger, den sie ihm in Salzburg bereitet hatte. Die Beule an seinem Kopf war für jedermann zu erkennen, und sein Schädel brummte noch immer von dem Schlag mit dem Kerzenhalter, mit dem sie ihn vor ihrer Flucht zu Boden gestreckt hatte. Gerne hätte er ihr diesen Affront mit gleicher Münze heimgezahlt. Doch schon die Ohrfeige hatte sie so laut aufschreien lassen, dass er es vermied, weiteres Aufsehen zu erregen.

Gestern erst war er von Salzburg aus aufgebrochen und hatte sein Pferd im Eiltempo über die Wege getrieben. In der Nacht hatte er nur kurz geruht, um Wagrain so schnell wie möglich zu erreichen.

Als man nach Charlottes Flucht festgestellt hatte, dass sie Viktors Pferd aus dem Stall der Kaserne entwendet hatte, war Charlottes Vater davon überzeugt gewesen, dass seine Tochter den Hof ihrer Verwandten in Wagrain aufsuchen würde, und er hatte Viktor gedrängt, Charlotte umgehend zu folgen, um sie zurück nach Salzburg zu schaffen.

Es gefiel ihm, wie sie jetzt dort hilflos vor ihm auf dem Boden kniete. Er hatte die Kontrolle über sie, und doch zitterte ihr Körper vor Wut. Ohne Zweifel hasste sie ihn für seine Grobheit. Er musste überlegen, wie er in Zukunft mit ihr umgehen sollte. Natürlich würde er sie für ihren Ungehorsam züchtigen, aber er sah auch ein, dass er sie nicht völlig gegen sich aufbringen durfte. Nur wenn Charlotte ihre Rolle als seine Ehefrau akzeptierte und an seiner Seite blieb, konnte er davon ausgehen, dass Karl Friedrich Schwartz ihm auch weiterhin die großzügige Apanage zukommen ließ.

Eine Eskalation wie die, die zu dieser Situation geführt hatte, durfte sich also nicht wiederholen. Es musste ihm nur gelingen, sein Gemüt von den trüben Gedanken über die fortschreitende Syphilis nicht zu tief in einen Abgrund ziehen zu lassen. Wenn er zudem darauf achtete, sich nicht mehr hemmungslos zu betrinken und seine Lust nicht an Charlotte, sondern an den Salzburger Huren zu stillen, konnte es gelingen, dass sie einigermaßen gut miteinander zurechtkamen.

»Lass mich hier«, brachte Charlotte mit bebender Stimme hervor. »Du kannst nicht verlangen, dass ich mit dir komme. Reite zurück nach Salzburg und lebe dort ohne mich.«

»Du dummes Huhn«, schalt er sie. »Dein Vater würde es niemals akzeptieren, dass ich von ihm Geld erhalte, nachdem seine Tochter sich von mir abgewandt hat. Ich lasse das Pferd satteln. Wir machen uns umgehend auf den Weg.«

»Nein!«, rief Charlotte. Sofort griff er in ihr Haar und zog ihren Kopf nach hinten, so dass sie ihm in die Augen schauen musste.

»Es gab Streit zwischen uns, und gewiss verachtest du mich. Bring mir Respekt entgegen, dann werde ich dich nicht mehr anfassen. Weder jetzt noch später in Salzburg.

Bedenke, dass du mir vor Gott das Eheversprechen gegeben hast, und zwar aus freien Stücken.«

Sie schwieg nur.

»Deine Familie macht sich Sorgen. Darum sollten wir ohne Verzögerung aufbrechen und nach Salzburg zurückkehren.« Er drängte sie auf die Beine und zog ihre verrutschte Haube zurecht. Einen Moment lang flackerte in ihren Augen Widerstand auf, doch dann nickte sie nur matt und begleitete ihn nach unten in die Küche, wo Viktor Charlottes Onkel und Tante erklärte, dass sie sich mit einer Mahlzeit stärken und anschließend unverzüglich die Heimreise antreten würden.

Während der Mahlzeit wurde kaum gesprochen. Viktor beäugte Charlotte ab und an und fragte sich, was in ihrem Kopf vorgehen mochte. Hatte er ihren Stolz endgültig gebrochen, oder dachte sie bereits darüber nach, wie sie ihm weitere Schwierigkeiten bereiten konnte? Er hoffte, dass es ihm tatsächlich gelang, sein Temperament fortan zu zügeln. Im schlimmsten Fall würden seine Eskapaden sie womöglich noch in den Freitod treiben. Das durfte auf keinen Fall geschehen, denn dann würde die Geldbörse von Charlottes Vater für alle Zeiten verschlossen bleiben.

Nachdem sie das Mahl beendet hatten, ließ Viktor Charlotte einige Minuten Zeit, sich von ihren Verwandten zu verabschieden, dann führte er sie nach draußen zu seinem Pferd und ließ sie aufsitzen. Schweigend trabten sie über die Landstraße. Viktor hätte das Pferd gerne zu einem Galopp angetrieben, doch die schlechte Beschaffenheit des Weges ließ das nicht zu. Wenn sie die Rast auf eine kurze Ruhezeit beschränkten, würden sie dennoch wohl bereits in zwei Tagen in Salzburg eintreffen.

Charlotte, die hinter ihm im Sattel saß, krallte über seiner Hüfte ihre Hände in den Mantelstoff. Selbst jetzt konnte er ihre Ablehnung spüren und den Ekel, den sie wohl vor ihm empfand. Es würde ein hartes Stück Arbeit werden, ihr Vertrauen zurückzugewinnen, doch er war zuversichtlich, dass er sie zumindest soweit besänftigen konnte, damit sie jeden Gedanken an eine aussichtslose Flucht verwarf.

Während Viktor noch diesen Überlegungen nachhing, bemerkte er, dass etwa einen Steinwurf entfernt ein Mann aus dem Unterholz trat. Er zügelte das Pferd und fixierte den Burschen, während der sich ihnen näherte. Der Kerl hielt eine Hand hinter dem Rücken und streckte die andere aus, um ein Almosen zu erflehen.

»Geh aus dem Weg!«, rief Viktor und legte die Finger an den Griff seines Degens.

»Eine Gabe, mein Herr. Zeigt Erbarmen«, flehte der Vagabund und trat auf das Pferd zu.

»Verschwinde, oder ich lasse dich meine Klinge spüren.« Viktors Blick zuckte zur Seite. Er versuchte auszumachen, ob dieser Bursche allein war oder ob sich noch andere Vaganten im Unterholz verbargen.

Plötzlich zog der Kerl hinter seinem Rücken einen Knüppel hervor und schlug damit wuchtig gegen die Vorderbeine des Pferdes. Das Tier wieherte laut und stieg hoch. Viktor versuchte sich im Sattel zu halten, doch da war der Vagabund schon an seine Seite geeilt und zog ihn nach unten, so dass Viktor hart mit einer Schulter auf dem Schotter aufschlug, während sein rechter Fuß noch immer im Steigbügel steckte. Er stöhnte auf und wollte nach dem Degen greifen, der Bursche aber preschte den Knüppel so hart auf seinen Arm, dass er vor Schmerz aufschrie.

Auch Charlotte war aus dem Sattel gerutscht und kam neben ihm auf die Beine. Viktor gelang es, seinen Fuß aus dem Bügel zu ziehen. Er wollte sich aufrappeln, als ein schmerzhafter Tritt gegen seinen Bauch ihn erneut zu Boden zwang. Zorn wallte in ihm auf; er begriff, dass nicht der Vagabund, sondern Charlotte ihn getreten hatte.

»Du widerliches Schwein!«, zischte Charlotte. Sie griff in seine Haare, zwängte seinen Kopf zurück und spuckte in sein Gesicht. Schließlich nahm der Vagant sie bei der Hand, lief mit ihr davon und verschwand im Unterholz.

Stöhnend kam Viktor auf die Beine und bewegte die Finger seiner rechten Hand. Zum Glück war der Arm nicht gebrochen. Er wischte sich den Speichel aus dem Gesicht und starrte wütend auf die Stelle, wo Charlotte mit dem Wegelagerer in den Wald geflohen war. »Fahr zur Hölle, du Metze!« rief er so laut, dass ihm die Kehle dabei schmerzte. »Fahr zur Hölle! Der Teufel soll dich holen!«

Kapitel 21

Robert und Charlotte liefen nur wenige Schritte und kauerten sich in eine Senke, von der aus sie durch die Bäume einen Blick auf die Straße werfen konnten. Der kurze Kampf und die eilige Flucht ließen beide schnaufen. Robert drückte Charlotte enger an sich und hielt noch immer ihre Hand.

»Vor dem Kloster seid Ihr also davongerannt«, zischte er mit gedämpfter Stimme, während sein Atem stoßweise ging. Er deutete in die Richtung, aus der sie geflohen waren. »Und wer war dann dieser Kerl? Etwa der Bruder Cellarer?«

Sie schüttelte beschämt den Kopf. »Nein. Er … er …«

»Ihr seid mit ihm verheiratet«, half er ihr auf die Sprünge.

Einen Moment lang schien sie überrascht. »Du weißt es?«

»Die plappernde Magd hat es mir verraten. Sie sprach davon, dass er kurz vor uns im Haus Eurer Verwandten eingetroffen ist und wohl sehr wütend auf Euch war.«

Sie wollte etwas erwidern, doch Robert vernahm ein Geräusch und drückte rasch die Hand auf ihren Mund. Reglos behielten sie die Straße im Auge, wo Charlottes Ehemann auf seinem Pferd vorbeitrabte. Er hielt sich den Arm und drehte den Kopf von links nach rechts. Sein Blick verharrte kurz in ihrer Richtung, dann führte er das Pferd weiter. Bald darauf wendete er und ritt wohl wieder zurück zum Gehöft.

Sie entspannten sich. Charlotte rollte sich auf den Rücken, schaute in die Baumkronen und seufzte. »Du hast recht. Ich bin mit diesem Mann verheiratet.«

»Und Ihr seid ihm davongelaufen. Ihr habt mich belogen.«

»Willst du mir das übelnehmen? Ich war verzweifelt. Dieser Mann ist ein Unhold – ein Teufel. Er hat mich geprügelt und mir Dinge angetan, über die ich niemals sprechen möchte.«

Er sah ihr an, dass dies die Wahrheit war, und plötzlich tat ihm das Mädchen leid. Zugleich war er erleichtert, weil er sich nicht sicher gewesen war, ob er das Richtige getan hatte. Als er den Entschluss gefasst hatte, diesem Mann im Wald aufzulauern und Charlotte aus seiner Gewalt zu befreien, hatte er insgeheim gezweifelt, ob er damit nicht eine große Dummheit beging. Er konnte die Hintergründe dieses seltsamen Possenspiels nur erahnen, und der Überfall auf einen Mann von hohem Stand war eine schwerwiegende Straftat. Er befand sich noch immer auf der Flucht, weil er in Rosenheim zum Mörder geworden war, und eigentlich war es sein Bemühen, jegliche Auffälligkeit zu vermeiden. Dass Charlotte ihren Ehemann angespuckt und getreten hatte, bevor sie in den Wald geflohen waren, zeigte ihm jedoch, dass er sie aus einer äußerst misslichen Lage befreit hatte.

»Warum habt Ihr ihn geheiratet, wenn er solch ein Schurke ist?«, wollte er wissen.

»Weil mein Vater es so bestimmt hat.« Sie verschränkte trotzig die Arme vor der Brust. »Viktor hat mich getäuscht. Er hat mich galant umworben, und ich glaubte tatsächlich, mit dieser Heirat dem Klosterleben zu entkommen. Reicht dir das als Begründung?«

»Ich wollte nicht neugierig sein«, gab Robert zurück. Er richtete sich auf und nahm die Straße in Augenschein. Charlottes Ehemann befand sich außer Sichtweite. Wahrscheinlich kehrte er nach Wagrain zurück, um seine Wunden zu lecken.

»Was soll jetzt geschehen?«, fragte er.

»Ich habe keine Ahnung«, entgegnete Charlotte mutlos. »Eigentlich möchte ich tot sein.«

»Das würde ich bedauern.« Robert drückte dem traurigen Mädchen aufmunternd die Hand. Einen Augenblick lang saßen sie einfach nur so da, dann schlug sie vor: »Nimm mich mit zurück. Ich werde in eurer Gemeinschaft leben.«

»Das ist nicht möglich.«

»Warum nicht?«

Er schüttelte den Kopf. »Ihr seid eine junge Frau aus gutem Hause. Glaubt Ihr, Ihr würdet das Leben auf der Straße länger als eine Woche ertragen? Es gibt Zeiten, in denen wir Hunger leiden, Nächte, in denen wir kein Dach über dem Kopf haben. Man verachtet und beschimpft uns. Das ist kein Leben für jemanden wie Euch.«

Sie verzog das Gesicht. »Das kannst du nicht wissen. Eines verspreche ich dir: Ich gehe auf keinen Fall dorthin zurück, wo Viktor mich finden kann. Wenn es sein muss, ziehe ich alleine weiter.«

Er lachte bitter. »Über die Straße? Allein? Das wäre Euer Tod.«

»Den fürchte ich nicht.«

»Jeder Mensch fürchtet den Tod.« Robert überlegte kurz. Dieses törichte Mädchen war in seiner Verzweiflung offenbar tatsächlich bereit, sich auf eigene Faust durchzuschlagen. Es war nur eine Frage der Zeit, bis sie das Opfer wilder Tiere oder verschlagenen Gesindels wurde. Er hatte sie aus der Gewalt ihres Ehemanns befreit, also fühlte er sich nun auch in gewisser Weise für sie verantwortlich.

»Ich kann Euch nicht zwingen, nach Salzburg zurückzukehren«, meinte er kleinlaut.

»Auf keinen Fall.«

Robert nickte. »Also gut. Ich nehme Euch mit mir.«

Er konnte spüren, wie eine Last von ihr abfiel und wie

sehr sie sich davor gefürchtet hatte, allein weiterreisen zu müssen.

»Ich danke dir«, sagte sie.

Sie erhoben sich, und er wies in die Richtung, in die sie ziehen würden. »Ihr werdet eine von uns sein«, meinte er. »Das bedeutet, sobald wir in St. Johann auf unsere Gefährten treffen, werdet Ihr die gleichen Arbeiten wie alle anderen verrichten, und wir verzichten von nun an auf jegliche Förmlichkeiten.«

»Das wäre mir nur recht.«

Robert winkte sie mit sich. »Dann lass uns keine Zeit verlieren. Wir laufen bis heute Abend durch das Unterholz, falls dein Mann doch noch über die Straße reiten sollte.«

»Was immer du sagst.« Sie trat forsch voran und wirkte überaus zuversichtlich. Robert schüttelte nur den Kopf über dieses Mädchen, das anscheinend ohne jede Furcht einem beschwerlichen Leben als Vagabundin entgegensah.

Schon bald setzte Regen ein, und während ihres Marsches nach St. Johann mussten sie immer wieder Schutz unter dichten Baumkronen suchen, bevor sie ihren Weg fortsetzen konnten. Der Boden verwandelte sich in einen schlammigen Untergrund, der ihnen jeden Schritt schwermachte. Nass und verdreckt stapften sie voran. Charlotte empfand diesen Zustand als eine erste Andeutung dessen, was sie in den nächsten Wochen erwarten würde. Während einer Rast stellte Robert ihr die Frage, ob sie ihre Entscheidung nicht schon jetzt bereue, doch Charlotte ließ sich von den widrigen Umständen nicht beirren und beharrte auf ihrem Entschluss.

In der Nacht, die sie unter dem Schutz eines umgestürzten Baumes verbrachten, lag sie lange wach, lauschte Roberts gleichmäßigen Atemzügen und grübelte darüber, ob sie wirklich das Richtige tat. *Es muss nicht für immer sein,* sagte sie sich, als sie der Gedanke quälte, dauerhaft von ihrer Familie getrennt zu werden. Seltsam – als sie monatelang im Haus ihres Onkels gewohnt hatte, war ihr der Abstand zu den Angehörigen in Salzburg nicht schwergefallen, obwohl es außer zwei Briefen, die ihre Schwester an sie geschickt hatte, keinen Kontakt gegeben hatte. Nun aber kam ihr die Trennung endgültiger vor, und sie verspürte eine gewisse Unruhe bei dem Gedanken, dass sie ihr behütetes Leben gegen ein Dasein unter Vagabunden und Rechtlosen eintauschte. Schon jetzt vermisste sie Elisabeth und ihre Mutter, und selbst der süffisante Maximilian und ihr selbstgerechter Vater fehlten ihr.

Als sie am nächsten Tag St. Johann erreichten, lungerten dort außer ihren Gefährten noch an die zwanzig zerlumpte Kinder und Halbwüchsige am Kirchplatz herum. Einige schliefen, andere vertrieben sich die Zeit mit Spielen oder stapften rastlos umher. Die Frau namens Helene, von der Charlotte noch immer nicht wusste, ob sie Roberts Geliebte war, erblickte sie als Erste und kam eilig auf sie zugelaufen.

»Robert! Du bist also zurück.« Helene war die Erleichterung über Roberts Rückkehr anzusehen, aber auch ihre Enttäuschung, dass sich noch immer der ungebetene Gast in seiner Begleitung befand.

»Wie du siehst«, sagte Robert nur. Er wartete, bis der Rest ihrer Gefährten an sie herangetreten war, und erklärte dann: »Es hat sich herausgestellt, dass Charlotte nicht mehr bei ihren Verwandten bleiben kann. Sie wird sich uns anschließen.«

»Was soll sie hier?«, rief Helene aus. »Und warum kann sie nicht zurück?«

»Es ist eben so«, fertigte Robert sie unwirsch ab. Er wandte sich an die anderen. »Was meint ihr dazu?«

Zunächst schwiegen alle, dann trat Columbina vor, zwickte

Charlotte in die Wange und meinte: »Du bist zu hübsch, um Mitleid zu erwecken.« Sie zog ein Messer hervor. »Eine Narbe oder ein abgeschnittenes Ohr würden dir für die Laufbahn, die du einschlagen möchtest, gewiss dienlich sein.«

Charlotte zuckte zurück, doch das Grinsen der Frau, das einige faulige Zahnstümpfe entblößte, machte ihr klar, dass es nur ein Scherz gewesen war. Sie entspannte sich.

»Vielleicht reicht aber auch schon der Dreck in deinem Gesicht aus, Mädchen«, sagte Columbina und steckte das Messer weg. Sie nahm Charlotte bei der Hand, führte sie auf den Kirchhof und bot ihr eine Schale von dem Brei an, den sie gekocht hatte und den Charlotte nach dem anstrengenden Marsch gerne annahm. Columbina war trotz ihres ruppigen Wesens offenbar eine herzliche und freundliche Person. Auch ihre Töchter sowie Sigmund und die beiden Brüder Melchior und Lorenz schienen Menschen mit anständigem Charakter zu sein.

Einzig Helene, die sich ein paar Schritte mit Robert entfernt hatte und mit gedämpfter, aber aufgebrachter Stimme auf ihn einredete, mochte sie augenscheinlich nicht. Und diese Abneigung beruhte inzwischen auf Gegenseitigkeit. Wahrscheinlich würde es das Beste sein, in den nächsten Tagen so gut wie möglich Abstand von Helene zu halten.

Zwei Wochen lang reisten sie von Dorf zu Dorf und verweilten niemals länger als zwei Nächte am gleichen Ort. Dann und wann schlossen sie sich den Bettlerhorden an, die in Gruppen von sechzig und mehr Männern, Frauen und Kindern umherzogen und ob dieser beträchtlichen Anzahl von den Bauern und Dorfbewohnern misstrauisch beäugt und nicht selten mit Schimpfworten und Steinwürfen davongejagt wurden.

Es war ein anstrengender Marsch, der oft über schmale Feldwege führte, die mit Knüppelhölzern verstärkt worden waren, damit Kutschen und Karren sie passieren konnten. Wenn es regnete, sanken ihre Füße so tief ein, dass ein Vorankommen oftmals unmöglich wurde. Doch diese Wege waren die einzige Verbindung zwischen den Siedlungen, in denen sie nach Arbeit suchten oder sich Almosen erbettelten. Columbina bot dort Kräuter und Pulver feil, welche die Krankheitsdämonen vertreiben sollten oder auch die bösartigen Wetter- und Feldgeister. Zudem verkaufte sie Liebestränke und las den Menschen die Zukunft aus der Hand.

Da so viele Vaganten von Ort zu Ort zogen, gab es nur selten Arbeit für sie, so dass sie häufig auf die Mildtätigkeit der Leute angewiesen waren. Zunächst kostete es Charlotte Überwindung, an die Haustüren zu klopfen und um eine Gabe zu bitten, doch schon bald gewöhnte sie sich daran, mit finsteren Blicken abgewiesen zu werden, und natürlich machte sie jede Münze und jeder erbettelte Kanten Brot stolz, den sie zu der Verpflegung ihrer Gemeinschaft beitragen konnte.

Wenn sie sich dann am Ende des Tages zusammenhockten und die Almosen untereinander aufteilten, genoss es Charlotte vor allem, den Geschichten Columbinas zuzuhören. Die war als junges Mädchen mit ihren Eltern zur Zeit des großen Krieges im Tross der kaiserlichen Armee mehrere Jahre lang durch die verheerten deutschen Lande gezogen. Mit krächzender Stimme, rollenden Augen und fuchtelnden Handbewegungen beschrieb sie die riesigen Heere, die sich über das Land gewälzt und blutige Schlachten geschlagen hatten. Sie berichtete von schrecklichen Hungersnöten, von den Übergriffen auf die Landbevölkerung und dass ihr Tross mit der Zeit immer weiter angewachsen war, weil viele der Männer und Frauen, denen alles genommen worden war, ihre einzige Möglichkeit zum Überleben darin gesehen hatten, selbst zum Teil dieses gierigen Leviathans zu werden, der Tod und Verwüstung über die Menschen brachte.

Charlotte begriff, dass dreißig Jahre nach dem Ende des großen Krieges dessen Auswirkungen noch immer zu spüren waren. Zwar waren die Heere schon vor langer Zeit aufgelöst worden, doch die Entwurzelten zogen weiterhin bettelnd umher, und ihre Zahl reichte gewiss in die Abertausende. Wer sollte diese Armee der Vagabunden ernähren? Natürlich war es eine Christenpflicht, die Bedürftigen zu unterstützen, doch dieser natürliche Prozess funktionierte schon lange nicht mehr, und viele Vaganten forderten immer ungestümer diese Almosen ein, schlossen sich in Gruppen zusammen, bedrohten die Landbevölkerung und schreckten auch nicht vor Überfällen zurück. Charlotte spürte, dass jeder Fremde in den Dörfern und Städten misstrauisch beäugt, abgelehnt oder gar gefürchtet wurde. Vor allem die Scharen elternloser Kinder, die hungernd und verwahrlost über die Straße zogen, wussten sich oft nicht anders zu helfen, als die Bauern zu bestehlen, und zogen damit deren Hass auf sich.

All diese Gedanken gingen Charlotte häufig durch den Kopf, wenn sie am Abend zur Ruhe kam und ihre Gefährten einen Platz zum Schlafen suchten. Die Nachtlager bezogen sie zumeist in einer der zahlreichen Winkelwirtschaften – dies waren die Häuser, in denen Handwerksleute heimlich das Geschäft der Beherbergung betrieben und Landfahrern für eine geringe Entlohnung oder für die Erledigung von Arbeiten eine preiswerte Unterbringung in den Scheunen und Ställen anboten und für deren Verpflegung sorgten. In diesen Herbergen war die Gruppe um Columbina selten unter sich. Zumeist teilten sie ihr Dach mit Bettlern, Spielleuten, Handwerksburschen, Kindern und reisenden Krämern. Unter den Landfahrern ging es zumeist so übermütig zu, wie Charlotte es selten zuvor erlebt hatte.

Es wurden derbe Scherze gerissen, laut gelacht, und die Frauen kreischten oft so schrill, dass die Winkelwirte sie zur Ruhe mäßigten, denn natürlich sollte die Obrigkeit nicht von der ungesetzlichen Beherbergung erfahren.

In manchen Nächten wurde Charlotte von den Grunz- und Winselgeräuschen in ihrer Nähe geweckt. Oftmals drangen die verräterischen Töne der Lust sogar aus mehreren Richtungen an ihr Ohr. Sie konnte dann nicht ausmachen, ob Fremde miteinander kopulierten, ob Columbina und ihr Galan im Liebesspiel versunken waren oder vielleicht auch Robert und Helene. Und sie wollte das auch gar nicht wissen.

An einem heißen Tag Anfang Juli trafen sie in der Gnotschaft Schönau am Kunigsee ein. Der Ort bestand nur aus einigen versprengten Hütten, doch Charlotte betrachtete fasziniert das smaragdgrüne Wasser des langgestreckten Sees und ließ sich nicht lange bitten, als Columbinas Tochter Johanna vorschlug, mit ihr eine geschützte Stelle am Ufer zu suchen, wo sie sich waschen konnten, während sich der Rest der Gruppe nach einer Beherbergung umschaute.

Von Robert einmal abgesehen, war Johanna ihr von den Gefährten ganz eindeutig die vertrauteste – nicht zuletzt, weil sie im selben Alter war. Vor allem aber mochte Charlotte ihren ansteckenden Frohsinn. Johanna lachte oft und war selbst dann noch zu Scherzen aufgelegt, wenn ihr Magen vor Hunger knurrte oder ein plötzlicher Regenschauer sie bis auf die Knochen durchnässte. An ihrer Seite gab es immer etwas, worüber sie reden konnten, und vor zwei Tagen hatte Johanna ihr sogar das Geheimnis anvertraut, dass sie in Melchior, den älteren der beiden Brüder, verliebt war und dass sie sich in einer der Herbergen, in denen sie übernachtet hatten, geküsst und an den intimsten Stellen ihres Körpers berührt hatten.

»Glaubst du, ich kann ihn noch lange hinhalten?«, wollte

Johanna von ihr wissen, während sie mit den Füßen im Wasser stand und die Bänder ihres Hemdes löste.

»Willst du das denn?« Charlotte setzte sich an das Ufer und wusch mit einem Tuch, das sie in den See getaucht hatte, über ihr Gesicht und den Ansatz ihrer Brüste. Während des Marsches am Morgen hatte sie stark geschwitzt, und es tat nun einfach gut, den Schmutz loszuwerden und sich zu erfrischen.

»Natürlich will ich es«, sagte Johanna. »Er muss sich nur in meiner Nähe aufhalten, schon bin ich feucht wie dieser See. Aber ich lege keinen Wert darauf, die Kontrolle zu verlieren und von ihm geschwängert zu werden.«

»Dann brauchst du dein Kissen nicht mehr, und ich kann es mir umschnallen, wenn ich um Almosen bettele«, rief Charlotte, und beide lachten.

Johanna raffte ihre Röcke hoch und wusch so gründlich ihre Scham, dass Charlotte der Verdacht kam, Columbinas Tochter wollte ihren hehren Vorsatz noch heute Nacht brechen.

»Mach nur deinen Spaß mit mir«, meinte Johanna. »Aber dir wird es nicht besser ergehen.«

»Was meinst du?«

Johanna schmunzelte. »Mir sind die Blicke nicht verborgen geblieben, mit denen du nach Robert schmachtest.«

»So ein Unsinn«, protestierte Charlotte. »Robert ist Helenes Galan.«

»Das wünscht *sie* sich, aber nicht *er*.«

Charlotte hätte einwenden können, dass jeder Gedanke an eine Romanze mit Robert hinfällig war, da sie bereits die Ehe mit einem anderen Mann eingegangen war, doch Robert und sie hatten beschlossen, dass dieser Umstand vor den anderen verschwiegen werden sollte. Die Sorge, dass ein gehörnter Ehemann sich auf die Suche nach Charlotte begeben würde, konnte die gesamte Gruppe in Unruhe versetzen. Also erwiderte sie nur: »Robert hat zweimal sein Leben aufs Spiel gesetzt, um mir zu helfen. Dafür werde ich ihm immer dankbar sein. Aber ich begehre ihn nicht.«

»Lügnerin«, sagte Johanna in scherzhaftem Ton. »Ich gehe jede Wette ein, dass dir die Tränen in die Augen schießen, wenn du des Nachts Helene und ihn stöhnen und keuchen hörst.«

Charlotte wusste nicht, was sie darauf erwidern sollte. Johanna übertrieb, aber sie hatte auch nicht ganz Unrecht mit ihrer Vermutung. Tränen vergossen hatte sie nie, wenn sie die Töne des Liebesspiels vernommen hatte, aber sie hatte sich oft die Hände auf die Ohren gelegt oder die Decke über den Kopf gezogen und sich gefragt, wie es der übellaunigen Helene gelungen war, einen Mann wie Robert an sich zu binden.

Die Antwort blieb ihr erspart, denn Johanna deutete zu einer kleinen Insel, die nicht weit vom Ufer entfernt lag, und auf der plötzlich zwei Gestalten zu sehen waren, die ein Ruderboot ins Wasser schoben und sich daran machten, zum Festland überzusetzen. Rasch liefen Charlotte und Johanna aus dem Wasser und verbargen sich im Buschwerk. Von hier aus konnten sie verfolgen, wie zwei junge Männer ganz in ihrer Nähe das Boot an Land zogen und es unter einigen Zweigen versteckten. Die beiden trugen recht ärmliche, verschlissene Kleidung. Einer von ihnen, ein schlaksiger, rothaariger Jüngling, legte dem anderen eine Hand auf die Schulter und sprach so laut, dass Charlotte und Johanna, die kaum zwei Schritte von ihnen entfernt in den Büschen hockten, jedes der Worte verstehen konnten.

»Ich würde die Nachricht selbst überbringen, wenn es möglich wäre, Georg. Glaub mir, an manchen Tagen hasse ich es, mich zu verstecken und jedermann zu misstrauen.«

»Nimm die Gestalt einer Maus an, dann musst du niemanden mehr fürchten.« Der Bursche namens Georg lachte.

»Nur die Katzen und die Raubvögel«, erwiderte der Rothaarige. »Geh nun! An Neumond werde ich dich hier erwarten.«

Georg murmelte einen Abschiedsgruß, schloss seinen Begleiter kurz in die Arme und lief davon. Auch der Rothaarige trat weiter und war bald nicht mehr zu sehen.

»Diese beiden Männer«, flüsterte Charlotte. »Glaubst du, es waren Vogelfreie?«

»Zumindest einer von ihnen«, antwortete Johanna. »Auf den Kopf des Rothaarigen ist eine hohe Summe ausgesetzt worden.«

»Du kennst ihn?«

Johanna richtete sich ein Stück auf und vergewisserte sich, dass die beiden Kerle auch wirklich verschwunden waren. Dann sagte sie: »Ich weiß zumindest, dass sein Name Jakob Koller ist.«

»Der Zauberer?«, fragte Charlotte überrascht.

Johanna nickte. »Genau der.«

Charlotte erfuhr, dass sich Columbina mit ihren beiden Töchtern vor einigen Jahren für mehrere Wochen in der Gesellschaft des Jakob Koller und seiner Mutter Barbara befunden hatte, die wie sie inmitten einer größeren Schar Vaganten von Ort zu Ort gezogen waren. Columbina berichtete, dass sie nur selten ein Wort mit Barbara Koller und ihrem Sohn gewechselt hatte und sich ihre Wege auch schon bald darauf wieder getrennt hatten. Vor etwa drei Jahren hatte sie dann davon gehört, dass Barbara festgenommen worden war, nachdem sie einen Opferstock geplündert hatte. Das Gericht beschuldigte sie der Hexerei und setzte sie der Folter aus, unter der sie nicht nur ihre eigene Schuld eingestand, sondern auch ihren Sohn Jakob der Teufelsbuhlschaft bezichtigte.

Nach der Hinrichtung Barbara Kollers hatte die Obrigkeit die Jagd auf den Zauberer-Jackl, wie er nun genannt wurde, eröffnet. Man hatte ihn in all der Zeit nicht ergreifen können, doch inzwischen war es gelungen, mehrere Personen zu inhaftieren, die davon berichtet hatten, dass der Jackl im Auftrag des Teufels viele Kinder um sich scharte und diese mit unermüdlichem Eifer zum Bösen verführte. Er selbst, so hieß es, könne sich unsichtbar machen und Tiere erschaffen, die die Ernte vernichten. Und dieses Wissen gab er an sein Gefolge weiter, damit auch sie großen Schaden über die Menschen im Erzstift brächten.

Davon, dass der Zauberer-Jackl tatsächlich von einer ganzen Bande begleitet wurde, konnten sich Charlotte, Columbina, Robert und Johanna überzeugen, als sie vor der Toreinfahrt eines Gehöftes hockten, von wo aus sie auf einer Gasse etwa zehn feixende Burschen beobachten konnten, die Jakob Koller regelrecht umschwärmten. Der Jackl war mit seinen vielleicht zwanzig Jahren gewiss der älteste der Bande. Die anderen waren Kinder, von denen die jüngsten nicht viel älter als Adam oder Ida sein mochten. Sie alle benahmen sich recht flegelhaft. Manche schlugen ihr Wasser auf der Gasse ab, andere rauften sich oder schnitten alberne Grimassen, wenn ihnen jemand aus Schönau entgegenkam.

Robert ließ sich dazu verleiten, mit dem Jackl und ein paar anderen sein Glück beim Mühlespiel zu versuchen. Als er kurz darauf zurückkehrte, zeigte er stolz die Münzen, die er der Bande abgenommen hatte, doch Columbina rümpfte nur die Nase und schien alles andere als glücklich darüber, dass Robert sich in die Gesellschaft dieser Vogelfreien begeben hatte.

»Halt dich von denen besser fern«, riet sie ihm. »Man gerät schnell in den Verdacht, gut Freund mit dem Jackl zu sein, und bald schon könnte es heißen, er lehrt dich seine dunklen Kräfte.«

»Glaubst du denn, dass er diese Kräfte besitzt?«, fragte Charlotte. »Ist er wirklich mit dem Teufel im Bunde?«

Columbina zuckte die Achseln. »Was weiß denn ich? Als wir einst mit ihm und seiner Mutter über die Straße zogen, kam er mir wie ein ganz gewöhnlicher Jüngling vor, der allerdings eine gewisse Portion Frechheit und einen wachen Verstand an den Tag legte. Wahrscheinlich hat ihn das bislang davor bewahrt, in die Finger der Obrigkeit zu geraten.«

»Ein allzu mächtiger Zauberer kann er aber nicht sein.« Robert griente und öffnete seine Hand, in der er ein Dutzend Kupfermünzen hielt. »Schaut, die habe ich ihm heute abgenommen.«

»Und wenn schon«, murrte Columbina. »Du solltest ihn meiden. Nach allem was man hört, sind bereits Dutzende Burschen, die sich mit ihm abgegeben haben, in Salzburg hingerichtet worden. Und wenn man ihn nicht fasst, wird dort auch weiterhin das Blut dieser Hexenkinder den Boden tränken.«

»Wir alle ziehen ohnehin morgen des Weges«, sagte Robert. »Wahrscheinlich werden wir ihm so schnell nicht wieder begegnen.«

»Er wird nach Schönau zurückkehren«, meinte Charlotte. »Johanna und ich haben am Ufer ein Gespräch zwischen ihm und einem anderen Kerl belauscht. Sie hatten sich auf der Insel aufgehalten, die die Leute hier den Christlieger nennen. Die beiden sprachen darüber, dass sie an Neumond erneut zu der Insel rudern wollen. Was mögen die da vorhaben?«

Robert zuckte die Achseln. »Vielleicht beschwören sie dort Dämonen herauf, oder sie treffen mit dem Teufel zusammen.« Er lächelte. »Aber womöglich geben sich die beiden im Schutz der Dunkelheit auch nur an einem versteckten Ort sündigen Gelüsten hin.«

Columbina fluchte leise und erhob sich stöhnend. Mürrisch blickte sie zum Jackl und zu den Kindern, die nun lautstark zum nächsten Gehöft zogen. »Was auch immer die dort treiben – wir sollten uns zu Neumond an jedem anderen Ort aufhalten, aber nicht hier«, raunte sie, spuckte auf den Boden und trat davon.

Am Abend dieses Tages bemerkte Charlotte hinter einer Stallung ein Talglicht in der Dämmerung. Sie ging darauf zu und erkannte, dass Robert allein dort hockte und gedankenverloren das silberne Kreuz betrachtete, das er an einem Band um den Hals trug. Einen Moment lang überlegte sie, ob es besser war, sich zurückzuziehen. Wenn Helene entdeckte, dass sie hier bei Robert saß, würde es nur wieder zu Unstimmigkeiten kommen. Doch nach all der Rücksicht, die sie bislang an den Tag gelegt hatte, verlangte es sie danach, ein paar Worte mit Robert zu wechseln, und so trat sie zu ihm.

»Das Kreuz scheint dir viel zu bedeuten«, sagte sie, als sie vor ihm stand.

Sein Kopf zuckte zu ihr. Wahrscheinlich hatte er sie erst jetzt bemerkt und war überrascht.

»Ganz recht«, erwiderte er und winkte sie heran. »Setz dich zu mir.«

Sie folgte seinem Wunsch. Er lächelte und meinte: »Du hast dich etwas rar gemacht in den letzten Tagen.«

»Ich will Helene nicht provozieren.«

Robert seufzte. »Dazu bedarf es leider nicht viel. Von allen Gefahren, vor denen ich dich gewarnt habe, als du dich uns angeschlossen hast, habe ich Helenes Launen unerwähnt gelassen.«

»Nun ja«, meinte sie. »Der Hunger und die ausgedehnten Märsche sind auch nicht zu unterschätzen.«

»Bereust du deinen Entschluss?«, wollte er wissen. »Möchtest du zurück zu deiner Familie?«

»Es gibt Momente, da vermisse ich sie sehr. Aber trotz manchen Ungemachs habe ich noch nie in meinem Leben eine solche Freiheit verspürt wie in den vergangenen beiden Wochen. Und Viktor kann ich nun ohnehin nicht mehr unter die Augen treten, nachdem ich ihn bespuckt und getreten habe.«

»Willst du darüber reden, was dir widerfahren ist? Es scheint dich zu bedrücken, und ich höre dir gerne zu.«

Sie schüttelte den Kopf. »Das möchte ich nicht. Gib mir Zeit! Irgendwann werde ich dir erzählen, warum ich diesen Mann geheiratet habe und warum ich nur noch Hass für ihn empfinde.«

»Hoffen wir, dass er dich niemals aufspürt.«

Charlotte wollte sich mit diesem Gedanken gar nicht beschäftigen. In einigen Nächten fand sie kaum in den Schlaf, weil sie darüber grübelte, ob Viktor auch jetzt noch nach ihr suchte oder ob er und ihr Vater Männer ausgeschickt hatten, die sie womöglich irgendwann aufspüren und zu Viktor zurückschaffen würden. Sie wollte nicht zu oft daran denken, denn dann verfiel sie in so trübe Stimmung, dass sie Gefahr lief, in Tränen auszubrechen.

»Der Zauberer-Jackl versteckt sich seit drei Jahren«, bemerkte Charlotte. »Und ihn jagt die gesamte Obrigkeit. Wenn *ihm* das gelingt, werde auch ich es schaffen, unerkannt zu bleiben.«

»Eines Tages wird man ihn gefangen setzen«, seufzte Robert. »Der Jackl ist unvorsichtig. Er glaubt, wenn er sich an Orte wie diese Insel auf dem See zurückzieht, würde ihn das schützen, doch er hält sich trotzdem so oft in den Dörfern auf, dass ihn jemand früher oder später ans Messer liefern wird.«

Charlotte deutete auf das silberne Kreuz, mit dem Robert noch immer zwischen seinen Fingern spielte. »Dieses Schmuckstück scheint eine große Bedeutung für dich zu haben«, stellte sie erneut fest.

Robert nickte. »Ich würde es für kein Geld der Welt verkaufen.«

»Du hättest es verlieren können, als du mit dem Waidlinger um mich gespielt hast.«

»Damals stimmte der Einsatz.« Er lachte kurz auf, dann wurde er wieder ernst. »Ich hätte es dem Waidlinger nicht überlassen, denn dieses Kreuz ist die einzige Verbindung zu meinem Vater.«

»Ist dein Vater gestorben?«

»Das weiß ich nicht.«

»Jetzt machst du mich neugierig.«

Er zögerte kurz, dann sagte er: »Meine Mutter hat sich stets sehr bedeckt gehalten, was meinen Vater betraf. Sie war nie verheiratet und zog mich allein auf. Nach ihrem Tod fielen mir einige Briefe und das silberne Kreuz in die Hände. Aus den Briefen habe ich zumindest den Namen meines Vaters erfahren und auch, dass er vor einigen Jahren in Salzburg gelebt hat. Vielleicht heute noch.«

»Er lebt in Salzburg? Wie heißt dein Vater? Ich kenne viele Familien in der Stadt. Zumindest ihre Namen.«

»Sein Name ist Sebastian Zillner.«

Diese Offenbarung machte Charlotte kurz sprachlos. Sie betrachtete Robert genauer, und nun erst fielen ihr in seinem Gesicht gewisse Merkmale auf, die sie an den Hofrat erinnerten, dem sie zuletzt am Tag ihrer Hochzeit begegnet war. Die Form seines Mundes, das eckige Kinn, die klaren blauen Augen. All das war auch Sebastian Zillner zu eigen.

»Was ist mit dir?«, wollte Robert wissen. »Warum schaust du mich so entgeistert an? Sagt dir der Name etwas?«

»Ich kenne diesen Mann«, erklärte sie. »Ich bin nur selten mit ihm zusammengetroffen, aber ich weiß, dass er dem Salzburger Hofrat angehört und ein Doktor der Rechte ist.«

Robert fuhr sich nervös durch die Haare. »Du bist ihm

begegnet«, brachte er mit belegter Stimme hervor. »Ein Doktor und Hofrat. Mein Vater ist ein Herr von hohem Stand.«

»Und du hast deinen Vater noch niemals gesehen?«, fragte Charlotte.

»Ich glaube, er hat meine Mutter einmal aufgesucht, als ich noch ein Kind war. Doch meine Erinnerung daran ist ungenau.« Er kaute auf seiner Unterlippe, dann nahm er Charlottes Hand. »Du wirst mich zu ihm führen.«

»Nach Salzburg?« Sie hob abwehrend die Hand. »Das kann ich nicht, und du weißt warum.«

»Bedecke dein Gesicht mit einer Kapuze und führe mich an den Stadtrand.«

»Und wenn du ihn wirklich findest? Was wirst du tun, wenn du vor seiner Tür stehst?«

Er hob die Schultern. »Das weiß ich nicht.«

Kapitel 22

Helene hatte in der vergangenen Nacht nicht in den Schlaf gefunden, denn all die Stunden quälte sie ein unablässig schmerzender Backenzahn, der sie schier zur Verzweiflung brachte. Sie konnte sich kurzzeitig ein wenig Linderung verschaffen, indem sie den Plagegeist mit kaltem Brunnenwasser besänftigte, doch sobald sie das Wasser ausspuckte, musste sie sich zusammenreißen, um vor Schmerz nicht laut aufzuschreien.

Obwohl sich Helene ihr ganzes Leben lang vor den Zahnbrechern gefürchtet hatte, die mit ihren Zangen auf brutale Weise die Zähne aus dem Kiefer rissen, wünschte sie sich mittlerweile nichts sehnlicher, als dass sich einer dieser groben Gesellen ihrer annahm. Selbst wenn sie bei der Zangenbehandlung vor Schmerz in Ohnmacht fallen würde, hätte sich das Übel zumindest ein für allemal erledigt. Da aber in Schönau kein Zahnbrecher aufzufinden war, würde sie warten müssen, bis sie eine größere Ortschaft erreichten, in der sich ab und an ein herumziehender Medikus aufhielt. Im schlimmsten Fall konnte es noch zwei Wochen oder länger dauern, bis der Schmerz von selbst abklang, doch Helene befürchtete, dass sie dann bereits den Verstand verloren hatte.

Zumindest lenkte die Qual sie von ihren Sorgen um Robert ab. Seitdem er soviel Zeit mit Charlotte verbrachte, plagte Helene eine brennende Eifersucht. Schon bei ihrer ersten Begegnung, als sie nach ihrer Ankunft in Schwarzach auf die umgestürzte Kutsche gestoßen waren, hatte sie bemerkt, wie sehr Robert dieses Mädchen gefiel. Nachdem er angekündigt hatte, dass Charlotte sich ihnen anschließen würde, war Helene davon überzeugt gewesen, dass die junge Frau, die angeblich die Tochter eines Patriziers war und ein begütertes Leben in Salzburg genossen hatte, nach zwei oder drei Tagen in Gesellschaft der rauen Landfahrer reumütig zu ihren Eltern zurückkehren würde. Zu Helenes Verdruss fügte Charlotte sich jedoch recht gut in die Gemeinschaft ein und zeigte kein Interesse daran, dem beschwerlichen Leben auf der Straße den Rücken zu kehren.

Und Robert? Der konnte die Augen nicht von ihr lassen. Helene brauchte ihn nur kurz zu beobachten, um zu erkennen, wie angetan er von Charlotte war. Zudem fiel es Helene immer schwerer, ihn in den Nächten zum Beischlaf zu verführen. Noch immer war sie nicht von ihm schwanger geworden. Sie betete zu Gott, dass sie bald guter Hoffnung sein würde, denn erst dann konnte es gelingen, ihn weiter an sich zu binden.

Eine weitere Schmerzattacke ließ Helene zusammenzucken. Rasch nippte sie an dem kalten Wasser. Robert kam auf sie zu. Er wirkte ernst, hockte sich zu ihr und schaute sie besorgt an. »Noch immer der Zahn?«, wollte er wissen.

Sie nickte und brummte als Bestätigung.

Robert nahm ihren Holzbecher, ging damit zu dem Brunnen neben dem Stallgebäude und füllte ihn auf. Dann setzte er sich wieder zu ihr und sagte: »Ich muss dir etwas erzählen.«

»Was denn?« Ihre Worte waren kaum zu verstehen. Jede Bewegung ihres Kiefers schmerzte.

»Ich habe mit Charlotte über Sebastian Zillner gesprochen. Sie ist ihm des Öfteren in Salzburg begegnet.«

»Du … hast mit ihr …?«

»Sie kennt ihn, Helene. Und sie kann mich zu seinem

Haus führen.« Robert wirkte regelrecht euphorisch, doch Helene entsetzte seine Unvorsichtigkeit. Ihre Flucht aus Rosenheim lag erst zwei Monate zurück. Wie konnte er nur einen Gedanken daran verschwenden, sich nach Salzburg zu begeben, wo man vermutlich noch immer nach ihm suchen würde.

»Du … bringst dich … in Gefahr.« Sie wollte auf ihn einreden, ihn dazu bringen, dieses törichte Vorhaben fallenzulassen, doch es war ihr kaum möglich zu sprechen, und so fügte sie nur noch an: »Bleib!«

Er schüttelte den Kopf. »Vielleicht hat mir das Schicksal Charlotte geschickt, damit ich endlich meinen Vater finde. Hab keine Angst, Helene, ich werde mich ihm nicht zu erkennen geben. Ich will nur einen Blick auf ihn werfen. Danach stoße ich sofort wieder zu euch. Wir werden kaum drei Tage fort sein.«

»Geh nicht!«, flehte sie und griff nach seiner Hand, doch er entzog sich ihr und richtete sich auf.

»Ich habe bereits mit Columbina abgemacht, dass wir in drei Tagen in St. Veit zusammentreffen. Dann kann ich dir alles berichten, was ich über diesen Sebastian Zillner herausgefunden habe.«

Helene schossen Tränen in die Augen, teils weil die Schmerzen immer heftiger wurden, aber auch weil Robert nun davonstapfte. Adam lief ihm über den Weg. Robert strich dem Jungen kurz über das Haar, dann verschwand er hinter dem Stallgebäude.

Adam kam auf Helene zu und verfolgte stumm, wie sie weinend und winselnd auf dem Boden kauerte. »Steckt der Dämon noch in deinem Zahn?«, wollte er wissen. Schon zuvor hatte er sie wütend gemacht, weil er unentwegt über die bösen Teufel geplappert hatte, die in den Zähnen der Menschen steckten und die Qualen hervorriefen. Nun verlor sie die Kontrolle. Trotz der Schmerzen rutschte sie auf die

Knie und schlug Adam fest mit der flachen Hand auf den Kopf. Er jaulte kurz auf und schaute sie erschrocken an, dann lief er fort.

Im nächsten Moment bereute sie bereits, dass sie die Hand gegen ihn erhoben hatte. Ihre Wut zielte nicht auf Adam. Er diente nur einmal mehr als Sündenbock für die Enttäuschung über Robert und vor allem ihrer Abneigung gegen Charlotte.

Das schlechte Gewissen plagte Robert nur kurz. Ihm tat Helene leid, die von ihrem Zahn geplagt wurde und die noch mehr darunter zu leiden schien, dass er sich der Gefahr aussetzte, sich in eine Stadt wie Salzburg zu begeben, um mehr über seinen Vater zu erfahren.

Er würde vorsichtig sein, denn natürlich wusste er nicht, ob und mit welchem Aufwand der Rosenheimer Rat noch immer nach ihm suchen ließ. Doch letztendlich würde er sich nur kurz in Salzburg aufhalten, und zudem hatte er sich von Sigmund einen großen, ausgefransten Schlapphut geliehen, der sein Gesicht zum größten Teil verdeckte. Charlotte indes trug einen Überwurf mit weiter Kapuze, mit der sie sich in der Stadt vor neugierigen Blicken schützen wollte. Er konnte verstehen, wie groß ihre Sorge war, in Salzburg, wo sie fast ihr gesamtes Leben verbracht hatte, erkannt zu werden. Zunächst hatte sie ihn auch nicht bei seiner Suche unterstützen wollen, doch nach reiflicher Überlegung hatte sie dann zugestimmt. Wahrscheinlich hatte sie sich daran erinnert, dass er sich schon zweimal in große Gefahr begeben hatte, um ihr zu helfen, und dass sie ihm etwas schuldig war.

Während ihres Marsches fand Charlotte Gefallen daran, ihn zu necken. Sie bezeichnete ihn wegen des Hutes als Wegelagerer, stahl ihm übermütig die Kopfbedeckung und setzte sich den Hut selbst auf. Wenn er danach langte, lief sie schnell davon, und er musste sich eingestehen, dass es ihm einige Mühe bereitete, sie einzufangen.

»Ich würde dich liebend gerne in die Büsche werfen«, rief er scherzhaft, als er sich endlich den Filzhut erkämpft hatte.

»Untersteh dich«, entgegnete sie. »Meine Kleidung muss sauber bleiben.« Gestern hatte Charlotte ihre Hemden und Röcke im See gewaschen und sich die Haare von Johanna kämmen lassen, so dass ihr Äußeres nun wieder einem Mädchen von hohem Stand ähnelte. Auch das war ein Grund, dass sie ihn begleiten musste. Die Torwächter in Salzburg würden kein fremdes Lumpenpack in die Stadt eintreten lassen, wohl aber die Tochter eines Patriziers und ihren Begleiter.

Wie er sie so anschaute, fragte sich Robert wieder einmal, ob sie es inzwischen bereute, dass sie mit Vaganten von Ort zu Ort zog. Eines Tages, so glaubte er, würde sie das karge Leben auf der Straße leid sein und reumütig zu ihrer Familie zurückkehren. Vielleicht überkam sie schon morgen, wenn sie die Stadt erreichten, das Heimweh. Womöglich würde sie sich dann von ihm verabschieden und in Salzburg bleiben. Der Gedanke machte ihn traurig.

In den Stunden, die sie über die Straße marschierten, versuchte Charlotte erneut, mehr über Roberts Vergangenheit herauszufinden. Er speiste sie jedoch stets mit kleinen Notlügen ab. Im Grunde bedauerte er es, so viele Geheimnisse vor Charlotte zu haben, doch er musste an Helenes mahnende Worte denken. Auch wenn er Charlotte vertraute, glaubte er nicht, dass sie weiterhin so unbeschwert mit ihm umgehen konnte, wenn sie erfuhr, dass er einen Mord begangen hatte.

Zur Mittagszeit des nächsten Tages erreichten sie Salzburg. Robert war beeindruckt von der gewaltigen Festungsanlage und der stattlichen Anzahl herrschaftlicher Häuser und prächtigen Kirchen, deren Türme er schon von weitem ausmachen konnte.

Sie traten vor ein Tor, das neben einer massiven Felswand errichtet worden war. Zunächst beäugte sie der Torwächter skeptisch, doch als Charlotte ihn freundlich grüßte, winkte er sie und auch ihren ein wenig heruntergekommenen Begleiter ohne Verzögerung durch das Tor.

»Das wäre geschafft«, meinte Charlotte. »Ich glaube nicht, dass der Mann mich erkannt hat.« Sie stülpte sich die Kapuze über den Kopf und sagte: »Folge der Straße, bis du an einem großen freien Platz ankommst. Dort wendest du dich nach links und läufst weiter, bis du eine Kirche erreichst. Gegenüber dem Hauptportal dieser Kirche siehst du ein Haus, über dessen Tür drei kleine Glocken angebracht sind. Dort lebt der Hofrat Zillner mit seiner Familie.« Charlotte zog die Kapuze noch weiter über ihr Gesicht, so dass sie nicht mehr zu erkennen war, und setzte sich auf eine Mauer am Straßenrand.

Robert hatte Verständnis dafür, dass sie ihn nicht weiter begleitete. Er dankte ihr, bat sie, hier auf ihn zu warten, und hoffte inständig, sie würde noch da sein, wenn er zurückkehrte. Dann stapfte er über die Straße und folgte dem Weg, den Charlotte ihm beschrieben hatte. Schließlich gelangte er zu der Kirche und stieß auf ein dreistöckiges Haus, über dessen Tür die drei Glocken angebracht waren. Und nun? Erst jetzt wurde ihm bewusst, dass er sich keine Gedanken darüber gemacht hatte, was er tun sollte.

Eine Weile lehnte er sich auf der gegenüberliegenden Straßenseite an einen Baum und behielt das Haus im Auge. Er hörte vereinzelte Stimmen sowie das Keifen einer alten Frau, wahrscheinlich einer Bediensteten. Robert überlegte, ob er sich den Fenstern nähern sollte, um einen Blick in das Haus zu werfen, da fuhr plötzlich eine Kutsche vor und hielt auf der Straße. Ein stattlicher Herr stieg aus.

An die fünfzehn Jahre waren vergangen. Die Erinnerung an das Gesicht des geheimnisvollen Mannes, der Sybilla einst in Rosenheim aufgesucht hatte, war verblasst, dennoch glaubte Robert ihn an seiner Statur und an dem verkniffenen Blick wiederzuerkennen.

»Sebastian Zillner«, sagte er leise zu sich selbst.

Der Herr begab sich in das Haus. Robert wartete einige Minuten, dann kam er hinter dem Baum hervor und ging vorsichtig auf das Haus zu. Wenn er sich auf die Zehenspitzen stellte, konnte es gelingen, durch eines der unteren Fenster zu schauen, um vielleicht noch einen weiteren Blick auf den Mann zu erhaschen, von dem er glaubte, dass es sich um seinen Vater handelte.

»Du da!«, erklang plötzlich eine Stimme hinter ihm. Robert erschrak und wandte sich um. Eine alte Frau stand vor ihm, die mit ärgerlichem Gesicht einen Finger auf ihn richtete. »Was lungerst du hier herum, du Taugenichts?« Sie machte einen Schritt auf ihn zu, während er noch immer wie erstarrt am Fenster verharrte.

»Rede endlich! Oder bist du stumm?« Ihre Hand langte nach seinem Hut und zog ihn von seinem Kopf. Sofort änderte sich der Ausdruck auf dem Gesicht der Alten. Ärger wich Überraschung. Sie starrte Robert an, als wäre ihr eine schreckliche Erleuchtung gekommen, dann schlug sie schnell das Kreuz über ihrer Brust.

»Mach, dass du fortkommst!«, raunte sie.

»Der Hofrat Zillner … ist er …?«, begann er, doch die Alte packte seinen Arm, zerrte ihn vom Haus fort und stieß ihn so heftig auf die Straße, dass er ins Stolpern kam.

»Hat *sie* dich geschickt?«, fauchte sie. »Hol dich der Teufel! Halte dich von uns fern.«

Er lief davon, bevor die keifende Alte für noch mehr Aufsehen sorgte, und wusste nicht, wie ihm geschah. Womit hatte er die Frau so verärgert?

Nein, nicht Ärger, überlegte er. Zunächst war sie wütend gewesen, doch nachdem sie ihm den Hut vom Kopf gezogen und in sein Gesicht geschaut hatte, war ihr Zorn einer anderen Empfindung gewichen.

Angst – sie hatte Angst vor ihm gehabt.

Während Roberts Abwesenheit brach Charlotte über ihre Dummheit in Tränen aus. Sie weinte, weil sie damals auf Viktors schmeichlerischen Worte hereingefallen war und durch die Heirat ihr Leben zerstört hatte. Hier in Salzburg wünschte sie sich, zum Haus ihrer Familie zu gehen und ihre Schwester und ihre Mutter befreit in die Arme zu schließen. Stattdessen fürchtete sie sich, ihr Gesicht offen zu zeigen, aus Angst, Viktor oder jemand anderes, der nach ihr suchte, könnte sie entdecken.

Viktor war ein Teufel, und seit ihrer Flucht wünschte sie ihm an jedem Tag den Tod. Möge ihn der Blitz treffen oder ein Tier anfallen oder eine Kutsche streifen. Es war ihr gleich. Sie flehte Gott nur an, dass ihr Ehemann sterben möge, und hätte über diese naive Hoffnung erneut heulen können.

Sie nutzte die Zeit bis zu Roberts Rückkehr, um über ihre verfahrene Situation nachzudenken. Wollte sie wirklich eine lange Zeit bei den Vagabunden verbringen? Eigentlich fühlte sie sich in der Gemeinschaft recht wohl. Vor allem Robert und Johanna standen ihr nah, doch würde ihr das die Kraft geben, monatelang von Ort zu Ort ziehen? Wie würde sie im Winter darüber denken, wenn Kälte und Schnee das Leben beschwerlicher machten? Und konnte sie wirklich so lange von ihrer Familie getrennt sein?

Gab es denn überhaupt eine Möglichkeit, sich mit Viktor zu arrangieren? Ein vernünftiges Gespräch, mit dem sie die Wogen glätteten und versuchten, ein Leben ohne Schmerz und Erniedrigung zu führen?

Rasch verwarf sie diesen Gedanken. Wie sollte sie mit einem Teufel wie Viktor jemals zu einer solchen Lösung gelangen? Sie hatte in seinen Augen gesehen, welche Freude es ihm bereitete, sie leiden zu lassen, und sie würde ihm diese Genugtuung niemals wieder verschaffen, auch wenn das bedeutete, das karge Leben eines Bettlers zu führen.

Bevor sie ganz in diese trüben Gedanken versinken konnte, sah sie zu ihrer Erleichterung Robert mit schnellem Schritt auf sie zukommen. Er wirkte aufgeregt und drängte sie, mit ihm die Stadt zu verlassen. Ohne weitere Zeit mit Fragen zu verlieren, folgte sie ihm, bis sie Salzburg über die südliche Straße hinter sich gelassen hatten. Erst hier fragte sie ihn: »Was ist geschehen? Du kommst mir vor, als würde der Leibhaftige dich verfolgen.«

Er strich angespannt über sein Haar. »Ich habe ihn gesehen, Charlotte. Zillner stieg vor mir aus einer Kutsche. Ich konnte sein Gesicht erkennen. Es war ohne Zweifel der Mann, der vor Jahren meine Mutter aufgesucht hat.«

»Dein Vater«, sagte sie.

»Wahrscheinlich.« Er blickte fahrig umher, als beschäftige ihn noch etwas anderes.

»Was ist los mit dir?«, wollte sie wissen.

Er atmete gespannt aus. »Da war eine Frau. Eine alte Magd. Sie hat mich dabei ertappt, wie ich durch ein Fenster spähen wollte. Zunächst war sie wütend, doch dann starrte sie mich an, als wäre ich ein Dämon, und sie schien große Angst vor mir zu haben.«

»Vielleicht dachte sie, du wärest ein Dieb, der ihr Gewalt antun könnte.«

Er schüttelte den Kopf. »Nein, das war es nicht. Ihre Furcht war erst zu erkennen gewesen, als sie mir den Hut vom Kopf zog und mein Gesicht sah.«

»Aber du bist dieser Frau niemals zuvor begegnet.«

»So ist es.« Robert kaute nachdenklich auf seiner Unterlippe, dann schaute er Charlotte traurig an und meinte: »Sehe ich aus wie jemand, vor dem man Angst haben muss?«

Sie schmunzelte. »Ich fürchte mich jedenfalls nicht vor dir.«

Statt einer Antwort nahm er sie in den Arm. »Ich machte mir Sorgen, dass du davongelaufen sein könntest.«

»Wie du siehst, bin ich noch da«, sagte sie und dachte daran, wie sehr sie mit dem Entschluss gerungen hatte, zu ihrer Familie zurückzukehren. Ihre Hände rieben über Roberts Rücken. Als er ihre Stirn küsste und sie enger an sich drückte, fühlte sie sich jedoch plötzlich unbehaglich und entzog sich ihm.

»Entschuldige«, murmelte er. Charlotte sah ihm die Enttäuschung an, doch sie schwieg einfach nur, fasste seine Hand und machte sich mit ihm auf den Weg zurück.

Kapitel 23

Wie sie es vereinbart hatten, trafen Charlotte und Robert mit ihren Weggefährten in St. Veit zusammen. Nachdem sie in Salzburg kurzzeitig daran gezweifelt hatte, ob sie das Leben auf der Straße weiterführen wollte, war Charlotte nun doch erleichtert, in den Kreis der Gefährten zurückzukehren, die so etwas wie eine neue Familie für sie geworden waren. Jeder Einzelne begrüßte sie freudig, nur Helene hielt sich wie gewohnt zurück. Zumindest hatte sich deren Laune ein wenig gebessert, da sie nun keine Schmerzen mehr litt. Bei ihrer gestrigen Ankunft in St. Veit war Helene einem reisenden Medikus begegnet, der sich ihres Zahnes angenommen und den Plagegeist mit seiner Zange kurzerhand entfernt hatte. Idas Stimme überschlug sich fast, als sie ihnen in heller Aufregung davon berichtete, dass Helene bei dieser Prozedur in Ohnmacht gefallen, doch immerhin von dem Schmerz erlöst worden war. Charlotte erfuhr nicht, was Robert Helene von seiner Begegnung mit Sebastian Zillner in Salzburg berichtete. Im Grunde verhielt sich Robert wie immer. Er scherzte mit den Kindern, unterhielt die Menschen in St. Veit mit seinen Karten und lief vorneweg, als die Gruppe sich auf den Weg in das nächstgelegene Kirchspiel machte. Dennoch war Charlotte verwirrt. Etwas hatte sich verändert. Seit sie sich in Salzburg aufgehalten hatten, fühlte sie sich enger mit Robert verbunden. Ihre Gedanken kreisten nun häufiger um ihn, und auch er schenkte ihr mehr Aufmerksamkeit als zuvor. Ständig suchten und fanden sich ihre Blicke, und wie selbstverständlich hielt sie sich während des Marsches an seiner Seite auf, während Helene und Adam der Gruppe zumeist mit einem gewissen Abstand folgten.

In den Nächten fiel es Charlotte nun schwer, schnell in den Schlaf zu finden, denn sie lauschte, ob Robert und Helene noch den Beischlaf vollzogen, doch außer Roberts leichtem Schnarchen vernahm sie keine verdächtigen Geräusche. Stattdessen verfing sie sich selbst immer öfter in lustvollen Phantasien. Sie ertappte sich bei der Vorstellung, dass nicht Helene, sondern sie neben Robert lag und dass sie seine Hände auf ihrem Körper spürte. Sie schämte sich für diese frivolen Gedanken und spürte auch ein ständiges Unbehagen, denn immer wenn sie sich vorstellte, dass Robert sie berührte, stieg ihr nach kurzer Zeit das Bild von Viktors verzerrtem Gesicht vor Augen, und ihr Körper verkrampfte sich. Dennoch fragte sie sich oft, ob es Robert ähnlich wie ihr erging. Es war offensichtlich, dass er ihre Nähe suchte, auch wenn er dabei eine gewisse Zurückhaltung an den Tag legte. Wahrscheinlich aus Rücksicht auf Helene oder ganz einfach, weil sie eine verheiratete Frau war. Des Nachts schaute Charlotte dann zum Mond und redete sich ein, dass es das Beste war, Abstand zu bewahren. Auch wenn diese Einsicht sie traurig machte.

Nach drei Tagen auf der Straße erreichten sie ein Kirchspiel, wo sie in einer Winkelherberge unterkamen, in der auch schon drei herumziehende Handwerksburschen Quartier bezogen hatten. Robert und die anderen Männer verdienten sich die Unterkunft, indem sie dabei halfen, eine Abortgrube auszuheben. Columbina verkaufte im Ort mehrere obskure Heiltränke, während Charlotte, Johanna und Helene auf dem Hof anfallende Arbeiten erledigten. Charlotte, der man die Aufgabe zugeteilt hatte, im Garten das Unkraut zu jäten, ließ Robert nicht aus den Augen, der feixend mit den anderen Männern den Abort leerte und die schweren Eimer zum Fluss schleppte. Ein unangenehmer Geruch breitete sich aus, der auch am Abend noch in der Luft hing, als die Arbeit beendet war und sie alle sich in die Scheune zurückzogen.

Die Handwerksburschen führten einen Krug Branntwein mit sich, den man durch die Reihen kreisen ließ. Rasch breitete sich eine gelöste Stimmung unter ihnen aus. Sigmund sang mit kräftiger Stimme einige frivole Lieder, die sie alle zum Lachen brachten, und einer der Burschen trug anschließend spöttische Verse auf die Obrigkeit und den Klerus vor, die – unterstützt von allerlei Grimassen und übertriebenen Gesten – ebenfalls zur gelungenen Unterhaltung beitrugen.

Charlotte genoss diesen fröhlichen Abend. Sie hatte nicht viel von dem Branntwein getrunken, doch die wenigen Schlucke reichten aus, dass sie über jede vorgetragene Zote albern kichern musste. Als sich jedoch einer der fremden Burschen neben sie setzte und einen Arm um sie legte, endete das Vergnügen für sie abrupt.

»Hast du einen Gefährten, mein hübscher Vogel?«, brachte der stämmige Geselle lallend hervor. Er drängte sich an sie, der Dunst des Alkohols stieg in ihre Nase.

»Lass mich in Ruhe«, sagte sie und spannte sich, doch der Bursche grinste nur und fasste an ihr Kinn.

»Sei doch nicht so unleidlich.« Er zog sie noch näher zu sich heran. Seine Finger drückten sich fest in ihre Schulter. Charlotte fürchtete sich. In ihrer Not stieß sie ihn so vehement von sich, dass er nach hinten stürzte und von der Bank fiel. Die anderen lachten, als er auf dem Boden lag, doch Charlotte erhob sich rasch und lief aus der Scheune. Draußen rang sie nach Luft. Sie schwitzte, ihr Herz hämmerte wie rasend. Sie ging ein paar Schritte und betrat ein Speicherhaus, in dem das Saatgetreide des Hofes sowie Vorräte und Gerätschaften aufbewahrt wurden. Hier lehnte sie sich an ein Holzgatter und weinte.

Es dauerte nicht lang, da vernahm sie Schritte. Einen Moment lang befürchtete sie, der aufdringliche Bursche wäre ihr gefolgt, doch es handelte sich um Robert, der mit einem Talglicht in der Hand das Speicherhaus betrat.

»Ich habe gesehen, dass du fortgelaufen bist«, meinte er. »Was hat dieser Tölpel getan, dass du nun hier deine Tränen vergießt?«

Charlotte wischte über ihre Augen und schämte sich, dass Robert sie so sah. »Es ist alles in Ordnung«, raunte sie. »Lass mich bitte allein.«

Robert machte keine Anstalten, ihrer Aufforderung Folge zu leisten. »Du hast diesen Kerl zu Boden gestoßen, nur weil er seinen Arm um dich gelegt hat.«

»Er war betrunken«, hielt sie ihm wütend entgegen. »Ich will nicht, dass sich ein betrunkener Mann an mich drängt und mich anfasst, als wäre ich ein Stück Vieh, das sich willenlos prügeln und demütigen lässt.«

Robert zögerte kurz, dann meinte er: »So wie dein Ehemann dich behandelt hat.«

Sie nickte nur und schluchzte auf. Dieses Gespräch brach alte Wunden auf, die sie mühsam aus ihrem Kopf verdrängt hatte.

»Soll ich gehen?« Robert deutete zur Tür. »Fühlst du dich auch in meiner Nähe unwohl?«

»Du Dummkopf«, sagte sie. »Ich habe keine Angst vor dir. Du hast mich vor dem Waidlinger gerettet, und du hast dich gegen Viktor gestellt, um mich zu schützen. In deiner Nähe fühle ich mich sicher, und trotzdem verfolgt mich die Furcht vor Viktor sosehr, dass ich mich selbst von dir bedrängt fühle.«

»Wenn du also nicht willst, dass ich …«

»Ich will es ja«, fiel sie ihm ins Wort. »Ich hasse Viktor

dafür, dass er diese Furcht in mein Herz gepflanzt hat.« Sie breitete die Arme aus. »Hilf mir.«

Robert stellte das Licht ab und kam langsam auf sie zu. Vorsichtig legte er seine Hände an ihren Kopf und küsste sie auf den Mund. Charlottes Körper spannte sich. Eine seltsame Mischung aus Angst und Erregung durchflutete sie. Diesen Moment hatte sie herbeigesehnt, seitdem sie mit Robert aus Salzburg zurückgekehrt war.

Seine Finger glitten ihr Haar herab und strichen über ihre Schulter. Charlotte verkrampfte, doch gleichzeitig ermutigte sie Robert, indem sie ihre Arme um ihn legte und ihn an sich drückte.

Sie küssten sich verlangend. Schließlich führte Robert sie zu einem Strohhaufen, der in einer Ecke aufgeschüttet worden war, und legte sich dort mit ihr nieder. Keuchend schnürte er die Bänder ihres Hemdes auf. Er wollte seine Hand unter den Stoff schieben, doch Charlotte langte nach seinen Fingern und ließ ihn innehalten.

»Versprich mir eines.«

»Was?«

»Sei zärtlich«, sagte sie leise. »Sei einfach nur zärtlich.«

Nachdem Helene in St. Veit von ihrem schmerzhaften Zahn erlöst worden war, konnte sie endlich wieder einen klaren Gedanken fassen. Während die Gemeinschaft über die Straße zog, fiel ihr auf, wie reserviert sich Robert plötzlich verhielt. Er schien Abstand von ihr zu halten. Zwar hatte er nach seiner Rückkehr aus Salzburg mit ihr darüber gesprochen, dass er Sebastian Zillner zu Gesicht bekommen hatte und dass eine alte Magd aus dessen Haushalt bei seinem Anblick regelrecht erschrocken gewesen war, doch auch während sie sich darüber unterhalten hatten, war es ihr vorgekommen, als wäre er mit seinen Gedanken ganz woanders.

Am Abend erreichten sie die Stadt Hallein, die als einer

der wichtigsten Salzlieferanten des gesamten deutschen Reiches galt und wesentlich zur Blüte des Landes Salzburg beigetragen hatte. Die aus den nahen Bergen nach Hallein geförderte Sole wurde in Rinnen über die Dächer der Stadt zu den fünf ansässigen Pfannhäusern geleitet. Mittels riesiger, aus vielen Blechen vernieteter Sudpfannen, die an eisernen Stangen über einem Ofen hingen, wurde das Salz aus der Sole ausgebracht und mit langen Holzkrücken aus der Pfanne gezogen.

Die Landfahrer wussten, dass in den Halleiner Pfannhäusern fast immer Arbeit zu vergeben war. Columbina und ihre Begleiter boten ihre Hilfe in der Pfanne Niderhof an und bekamen dort auch prompt für mehrere Tage Aufgaben zugeteilt. Robert und Sigmund halfen dabei, das Holz heranzukarren, mit dem der Ofen unter der Pfanne befeuert wurde, Melchior und Lorenz schleppten getrocknete Salzfuder in die Lagerräume, Charlotte und Johanna zerschlugen einen Teil der Fuder zu Salzbrocken von Daumengröße für den Transport in kleinen Fässern, und Helene wurde mit Columbina in die Labstube ins Untergeschoss geschickt, wo sie mit vier anderen Frauen in einem gewaltigen Tretrad lief, mit dem das Schöpfrad der Pfanne betrieben wurde, das wiederum die Lauge der Pfanne zuführte.

Über die Woche wurde die Pfanne Tag und Nacht befeuert. Die Tagelöhner arbeiteten in Schichten zu je sechs Stunden. Diejenigen, die ruhten, fanden sich zumeist in dem großen Holzspeicher neben dem Niderhof-Pfannhaus ein, wo sie ihre Schlaflager aufschlugen.

An Ruhe war hier nicht zu denken, denn es wurde immer viel geschwatzt und gelacht. Der karge Lohn wurde umgehend für Brot und Rauchfleisch ausgegeben, und es flossen auch reichlich Branntwein und Bier. Ab und an spielten einige Kerle schwungvolle Melodien auf ihren Fideln, was den einen oder anderen Tagelöhner zu wilden Tänzen animierte. Helene hingegen war nicht nach solch ausgelassener Ablenkung zumute. Sie trank still und abseits der anderen ihr Bier, und wenn sich Robert und Charlotte mit ihr in der Schlafkammer aufhielten, verfolgte sie jede Bewegung und jede Geste. Seitdem die beiden aus Salzburg zurückgekehrt waren, wirkten sie seltsam vertraut, obwohl Helene aufgefallen war, dass Robert und Charlotte seit zwei oder drei Tagen fast schon krampfhaft Abstand voneinander suchten. Auch heute hielt sich Robert bei Lorenz und Melchior auf, während Charlotte in ein Gespräch mit Columbina und Johanna verwickelt war. Genau das weckte Helenes Misstrauen. Es machte sie unruhig, dass sich trotz der scheinbaren Distanz immer wieder die Blicke der beiden kreuzten.

Die sorgenvollen Gedanken wurden schon bald von der Erschöpfung verdrängt. Nach sechs Stunden anstrengenden Marschierens im Tretrad konnte Helene kaum noch die Augen offenhalten, und sie nickte kurz ein. Mehrere laute Stimmen weckten sie. Müde schaute sie sich um und stellte fest, dass sich Robert und Charlotte nicht mehr im Speicher aufhielten.

Helenes Blase zwickte. Sie richtete sich stöhnend auf, trat vor die Tür und suchte das Abtritthäuschen auf, um sich zu erleichtern. Auf dem Weg zurück vernahm sie ein Kichern. Sie blieb stehen und schaute zu der schmalen Gasse zwischen dem Pfannhaus und dem Speicher, aus dessen Richtung sie das Geräusch vernommen hatte. Nun erklang dort ein spitzer Schrei. Mit zitternden Beinen trat Helene auf die Gasse zu, denn schon bevor sie die Stimmen hörte, ahnte sie, wer sich dort aufhielt.

»Sei doch still«, sagte Robert. »Unterdrücke es.«

Helene näherte sich im Mondlicht dem Eingang der Gasse. Sie presste ihren Rücken an die Vorderwand des Speichers und lauschte nun Charlottes Stimme.

»Ich will es nicht unterdrücken.«

»Ich fürchte, ich habe einen Dämon zum Leben erweckt«, neckte Robert sie. »In dir steckt ein wollüstiger Teufel.«

Charlotte entgegnete: »Wenn du dich als solcher bezeichnen magst.«

Ein Lachen, schmatzende Küsse und ein dumpfes Stöhnen waren zu hören. Helene schloss die Augen und blieb so regungslos, dass sie nicht einmal mehr zu atmen wagte.

»Wie dumm muss dein Ehemann sein, dass er jemanden wie dich davongejagt hat«, meinte Robert.

»Er ist nicht dumm«, entgegnete Charlotte. »Aber Viktor von Calbach hat keine Kontrolle über sich. Das macht ihn gefährlich.«

»Er *ist* dumm«, wiederholte Robert, dann vernahm Helene wieder das Geräusch von Küssen, und Charlotte stieß ein geiles Wimmern aus. Erst jetzt konnte sich Helene aus ihrer Starre lösen. Sie taumelte davon. Ihr Körper war wie taub, während sie die Schritte setzte. An einer Mauer sackte sie zusammen. Vor ihren Augen tauchte ein grässliches Bild auf: Charlotte, die ihre Röcke hochraffte, und Robert, der sich zwischen ihre Beine zwängte und verlangende Küsse mit dieser Schlange austauschte.

Helene wollte schreien, doch sie brachte nur ein Winseln hervor. Sie kauerte sich verkrampft auf der Erde zusammen und schlug mit der Hand gegen ihren Kopf, als könne sie so die widerliche Vorstellung vertreiben. Das erwies sich hingegen als vergeblich, denn sie wurde von einem Gefühl übermannt, als rissen mächtige Kräfte ihr Fleisch und ihre Seele entzwei.

Kapitel 24

Helene war nicht in der Lage, die Morgensuppe zu sich zu nehmen. Sie fühlte sich so elend, als hätte sie Schweinepisse getrunken. Nach dem Schichtwechsel im Pfannhaus war der Raum im Speicher mit mehr als zwanzig Personen gefüllt, die lebhaft plapperten, ihre Suppe löffelten und Brot herumreichten. Robert und Charlotte saßen in Helenes Nähe, gähnten und verhielten sich recht still, dennoch spürte Helene die Vertrautheit zwischen den beiden, und wieder und wieder hörte sie in ihrem Kopf die geflüsterten lustvollen Worte, die die beiden gestern ausgetauscht hatten.

Irgendwann beugte sich Columbina zu ihr und wollte wissen, ob sie sich krank fühle. Helene verneinte, doch im gleichen Augenblick glaubte sie, sich übergeben zu müssen – und lief schnell nach draußen. Sie stemmte sich gegen einen Baum und würgte, aber erbrach sich nicht. Kraftlos schluchzte sie auf, sackte auf die Knie und wischte sich die Tränen aus den Augen.

Es zermürbte sie, dass sie Robert verloren hatte. Warum nur war Charlotte das gelungen, worum sie so lange aufopferungsvoll gekämpft hatte? Eigentlich hatte sie ihr Ziel doch längst erreicht gehabt. Robert hatte seit Wochen mehr oder weniger regelmäßig ihr Lager geteilt. Wenngleich ihr nicht verborgen geblieben war, dass er sie nicht so stark begehrte wie sie ihn, schien er doch zufrieden gewesen zu sein. Dann war Charlotte aufgetaucht, und vom ersten Tag an hatte Robert nur noch Augen für das fremde Mädchen gehabt.

War es möglich, dass Charlotte Zauberei angewandt hatte? Helene erinnerte sich daran, wie sie einst selbst versucht hatte, Robert mit einem Liebesrank für sich zu gewinnen. Auch wenn der Trank damals keine Wirkung gezeigt hatte, konnte Charlotte durchaus in den Besitz eines stärkeren Zaubermittels gelangt sein. Womöglich hatte ihr der Teufel diese Kräfte verliehen. Robert selbst hatte gestern, als Helene ihrem Liebesreigen gelauscht hatte, davon gesprochen, dass der Teufel in Charlotte stecke, und sie hatte die Bemerkung mit einem frivolen Scherz überspielt. Je länger Helene über diesen Gedanken grübelte, desto eindeutiger schien er eine Erklärung dafür abzugeben, dass Robert dem Mädchen so rasch verfallen war. Vor einigen Tagen hatte sich ihr Weg in Schönau mit der Bande des als Zauberer verrufenen Jakob Koller gekreuzt. Kurz darauf hatte Helenes Zahn zu schmerzen begonnen, und Charlotte war mit Robert nach Salzburg gezogen. Hatte der Zauberer-Jackl Charlotte womöglich dabei geholfen, die Schmerzen in den Zahn zu hexen, damit sie mit Robert allein sein konnte?

Während Helene noch diesem Gedanken nachhing, öffnete sich die Tür zum Holzspeicher. Robert hielt Adam an der Hand und trat auf sie zu. »Was ist mit dir?«, wollte Adam wissen, dessen piepsende Stimme Angst und Unsicherheit verriet. Sie musste einen verstörenden Anblick für ihn abgeben. Nachdem sie tagelang unter dem schmerzenden Zahn gelitten hatte, sah er sie hier nun weinend und völlig außer sich, aus einem Grund, den er nicht verstehen konnte.

Robert senkte den Kopf. »Helene … ich …«

»Sag nichts!«, fuhr sie dazwischen. »Sei einfach still!«

»Kann ich dir helfen?«, fragte Robert.

»So wie du gestern Nacht dieser Metze geholfen hast?«, spottete sie.

»Lass es mich erklären.« Er reichte ihr die Hand, um ihr aufzuhelfen. Sie richtete sich jedoch ohne seine Hilfe auf.

Einen Moment lang standen sie sich schweigend gegenüber. Wie gerne hätte sie ihn in ihre Arme geschlossen und sein Gesicht mit Küssen bedeckt, doch stattdessen erwiderte sie nur kalt: »Ich will nichts hören.« Sie fasste Adams Arm und zog ihn mit sich. Robert rief ihren Namen, doch sie lief nur noch schneller und wandte sich nicht um. Erst als sie mehrere Gassen hinter sich gebracht hatte und einen Brunnen erreichte, blieb Helene keuchend stehen und klammerte sich an den Holzaufbau.

»Was ist denn mit Robert?« Adams Stimme klang nun noch verunsicherter.

»Robert trifft keine Schuld«, brachte Helene mühsam hervor. »Er steht unter dem Einfluss dieser …«

Sie wagte es nicht, das Wort »Hexe« auszusprechen. Helene blickte zu dem Weg, der von hier aus nach Norden führte, und ihr kam ein Name in den Sinn, den Charlotte gestern erwähnt hatte.

Viktor von Calbach. Charlotte hatte davon gesprochen, dass sie verheiratet sei. Ohne jeden Zweifel hatte sie sich des Ehebruchs schuldig gemacht. Helene fasste einen Entschluss. Sie würde ihre Arbeit im Pfannhaus nicht mehr antreten, sondern Hallein verlassen. Rasch ließ sie den Eimer in den Brunnen hinab, zog ihn wieder nach oben und füllte das kühle Wasser in den Lederschlauch, den sie bei sich trug.

Sie streckte ihre Hand zu Adam aus. »Komm!«

Er runzelte die Stirn, legte aber die Finger in ihre Hand und trippelte mit kurzen Schritten neben ihr über den Weg. »Wohin gehen wir denn?«

»Zu einer Stadt«, antwortete Helene. »Zu einer großen Stadt.«

Entgegen Helenes Einschätzung erreichten sie ihr Ziel nicht bis zur Dämmerung. Adam trödelte oft lustlos hinter ihr, klagte häufig über schmerzende Füße und Hunger und ließ sich erst durch Helenes lautes Schimpfen dazu bewegen, den Marsch schneller wieder aufzunehmen.

In der Nacht schliefen sie auf dem Waldboden. Helene hatte ihren Mantel unter ihnen ausgebreitet und hielt ihr schlafendes Kind im Arm. Sie selbst zerbrach sich lange den Kopf darüber, ob sie ihr Vorhaben wirklich in die Tat umsetzen sollte. Würde Robert verstehen, dass sie ihn nur schützen wollte? Möglicherweise wandte er sich danach endgültig von ihr ab. Vielleicht aber riss ihn eine Trennung von Charlotte aus deren Bann und öffnete ihm die Augen dafür, welch bösem Zauber er aufgesessen war?

Irgendwann döste sie ein und wurde am Morgen von der Sonne und von Vogelstimmen geweckt. Sie tranken den Rest des Wassers und aßen einige Beeren, die sie im Wald fanden. Dann brachen sie auf. Schon bald fiel ihr Blick in der Ferne auf eine gewaltige Festung, die auf einer Anhöhe über der Stadt thronte, die sich wie ein Teppich unter ihr ausbreitete.

»Was ist das für eine Stadt?«, wollte Adam wissen.

»Salzburg«, erwiderte sie. »Die Stadt heißt Salzburg.«

Sie nahm Adam wieder bei der Hand und trat beherzt den Weg entlang, der sie zu einem der Stadttore führte. Zwei Torwächter prüften dort jede Person, die sich anschickte, Salzburg zu betreten. Dieses Hindernis ließ in Helene Unbehagen aufsteigen. Womöglich würde man ihr den Eintritt in die Stadt verweigern, weil sie wie eine Bettlerin aussah.

Einer der beiden, der wie ein Amtmann gekleidet war, aber einen Degen bei sich trug, trat auf sie zu und musterte sie. Er wollte wissen, ob sie einen Passierschein vorweisen könne. Helene verneinte. Daraufhin fragte er, ob sie ein Gewerbe betreibe und was sie in der Stadt zu schaffen habe.

»Ich überbringe eine wichtige Nachricht«, erklärte Helene.

»So?« Der Wächter runzelte die Stirn und verschränkte

die Arme, wohl als Zeichen, dass er ihr keinen Glauben schenkte. »Und wem überbringst du diese Nachricht?«

»Einem Herrn namens Viktor von Calbach.«

Er kratzte sein Kinn. »Von dem habe ich noch nie gehört.«

»Seid Ihr denn mit jedem Bürger in Salzburg bekannt?« Helene bereute bereits ihre forsche Erwiderung, doch der Wärter lachte nur leise und meinte: »Nicht mit allen, aber mit vielen.«

»Wie war der Name?«, fragte der andere Torwächter, der sich zu ihnen gesellte.

»Viktor von Calbach.«

»Den Namen habe ich vor kurzem aufgeschnappt. Vor einigen Wochen soll er hier in Salzburg geheiratet haben. Jedenfalls zog eine pompöse Hochzeitsgesellschaft durch die Stadt. Gehört er nicht der Salzburger Garnison an?«

»Das weiß ich nicht«, entgegnete Helene.

»Scheinst diesen Herrn ja nicht allzu gut zu kennen«, raunte der erste Torwächter.

»Viktor von Calbach besitzt viel Einfluss in dieser Stadt«, behauptete Helene. Sie hatte keine Ahnung, ob das der Wahrheit entsprach, aber sie hoffte, damit Eindruck zu schinden. Also fügte sie noch an: »Es würde ihn sehr verärgern, wenn er erfährt, dass mir der Einlass in die Stadt verweigert wurde.«

Den Wächter schien das nicht zu beeindrucken. Doch er betrachtete sie abschätzend und meinte schließlich: »Also gut, überbringe dem Mann deine Nachricht. Aber bis zum Abend wirst du die Stadt durch dieses Tor verlassen. Sollte ich dich und dein Kind morgen unter den Bettlern ausmachen, prügele ich euch hinaus wie tolle Hunde.«

Helene erwiderte darauf nichts, sondern zog rasch an Adams Arm und trat mit ihm durch das Tor. Sofort tauchten sie in die schmalen Gassen ein, die von hohen Steinhäusern gesäumt wurden. Helene fühlte sich regelrecht erdrückt von den Bauten, erst recht, als sie den riesigen Dom erreichten und einen weitläufigen Platz, auf dem ein Markt abgehalten wurde. Der Anblick der Stände, auf denen Brot, Würste, Gemüse und viele andere Waren feilgeboten wurden, ließ ihren Magen knurren, und ihr lief das Wasser im Mund zusammen. Sie wünschte sich, sie hätte Adam eine gute Mahlzeit kaufen können, doch angesichts ihrer leeren Taschen hätte sie stehlen müssen, um ihre Mägen zu füllen.

Bevor sie sich um ihre leeren Bäuche kümmern konnte, musste sie zunächst Viktor von Calbach finden. Sie erinnerte sich daran, dass einer der Torwächter davon gehört hatte, dass Charlottes Ehemann der Garnison angehörte. Also hatte er womöglich in einer Kaserne Quartier bezogen. Helene fragte einen Bierkutscher nach einem solchen Ort hier in Salzburg und wurde von ihm an das Salzach-Ufer geschickt, wo sie in der Nähe der Brücke, die zur Neustadt führte, auf die Kaserne Türnitz stoßen würde, in der große Teile der Salzburger Garnison untergebracht worden waren.

Helene folgte diesem Rat und gelangte tatsächlich schon bald zu einem langgestreckten Gebäudekomplex. Eine weitere Nachfrage bei einem Pferdeknecht im Hof der Kaserne bestätigte ihr, dass es sich tatsächlich um die Türnitz handelte, und der Bursche konnte ihr sogar den Weg zu den Wohnquartieren der Offiziere beschreiben. Sie dankte ihm und begab sich in das Treppenhaus des Quartiers, wo sie auf einen jungen Unteroffizier traf, den sie nach Viktor von Calbach fragte und wo sie denn diesen Herrn finden konnte.

»Geh zur zweiten Tür im ersten Stock. Wenn du laut genug klopfst, solltest du ihn antreffen.« Er lachte zischend. »In der letzten Zeit scheint der gute Leutnant von Calbach den ganzen Tag über zu schlafen – dafür höre ich ihn aber häufig in den Morgenstunden durch das Treppenhaus poltern, wenn er von seinen nächtlichen Zechereien zurückkehrt.«

Helene dankte dem Mann für die Auskunft und stieg mit Adam die Treppe zum ersten Stock hinauf. Hier an der Tür befand sich ein eiserner Ring, mit dem sie zweimal gegen die Tür klopfte. Nichts geschah. Sie hämmerte fester mit dem Eisen gegen das Holz. Viermal, fünfmal, dann lauschte sie wieder. Zunächst blieb es still, schließlich vernahm sie schlurfende Schritte. Im nächsten Augenblick wurde die Tür geöffnet. Vor ihr stand ein großer, unrasierter Mann, dem die Haare in die Stirn hingen und der sie aus halbgeschlossenen Augen müde betrachtete. Er trug ein fleckiges Seidenhemd und stank erbärmlich nach Wein. Seine Finger klammerten sich an den Türrahmen, trotzdem schwankte er.

Für einen Moment standen sie sich abschätzend gegenüber. Der Zustand dieses Mannes überraschte Helene. Sie schluckte, bevor sie hervorbrachte: »Seid Ihr Viktor von Calbach?«

Er rülpste leise. »Mag sein«, raunte er und rieb seine Stirn. Wahrscheinlich plagten ihn Kopfschmerzen.

»Ihr … Ihr seid der Ehemann von Charlotte Schwartz?«

Sein Kopf zuckte hoch. Plötzlich bemerkte sie ein gefährliches Funkeln in seinen Augen. Eine Reaktion auf Charlottes Namen.

»Sie heißt Charlotte von Calbach«, meinte er. Seine Hand griff Helenes Schulter und drückte sie so fest, dass es wehtat. »Was hast du mit meinem Weib zu schaffen?«

»Lasst mich eintreten«, erwiderte Helene und reckte ihr Kinn in die Wohnung. »Gebt mir und meinem Sohn zu essen, und ich werde mit Euch reden.«

Er fixierte sie, und wieder verspürte sie eine gewisse Angst vor diesem Mann. War das der Grund, warum Charlotte vor ihm davongelaufen war? Nach einem Moment öffnete er die Tür ganz und winkte sie hinein. Helene und Adam traten näher. Viktor von Calbach schloss die Tür hinter ihnen.

Mit einem raschen Blick musterte Helene die Stube. Auf dem Fußboden lagen Kleidungsstücke verstreut. Neben der Tür erblickte sie einige Porzellanscherben. Auf dem Tisch war ein Krug umgefallen, und eine Weinlache hatte sich über den Boden ergossen. Viktor von Calbach griff nach einer Schale mit verschrumpelten Äpfeln und Trauben und schüttete alles vor Helenes Füßen aus, so als wolle er das Obst an ein Schwein verfüttern.

»Iss!«, forderte er sie auf. »Und dann berichte mir endlich von meinem Weib.«

Es widerte sie an, sich vor ihm nach diesem vertrockneten Obst zu bücken, doch der anstrengende Marsch hatte sie und Adam so hungrig gemacht, dass sie in die Hocke ging und die Äpfel und Trauben zwischen sich und ihrem Sohn aufteilte.

»Rede!«, verlangte Viktor ungeduldig.

Helene biss noch rasch von einem Apfel ab und sagte mit vollem Mund: »Ich weiß, wo sich Euer Weib aufhält. Schon seit Wochen ziehe ich mit ihr über das Land.«

Er runzelte die Stirn. »Also treibt sie sich noch immer mit diesem Vagabunden herum, der mich überfallen hat, als ich Charlotte heimbringen wollte.«

Helene nahm an, dass Viktor von Calbach von Robert sprach. Von einem solchen Vorfall hatte Robert ihr nicht erzählt. »Eure Frau hält sich in Hallein auf«, sagte Helene. »Sie hat eine Arbeit im Pfannhaus Niderhof angenommen.«

Unverhofft machte er einen Schritt auf sie zu und baute sich vor ihr auf.

»Warum erzählst du mir das alles? Aus welchem Grund lieferst du sie mir aus?«

Helene zögerte. Robert wollte sie nicht erwähnen. Wenn

Viktor von Calbach erfuhr, dass sein Weib mit dem Mann, der ihn niedergeschlagen hatte, zur Ehebrecherin geworden war, würde er nicht nur sie bestrafen wollen, sondern auch seinen Nebenbuhler.

»Weil sie nicht zu uns passt«, brachte sie hervor. »Sie scheint mit den bösen Mächten im Bunde zu stehen.«

»Wie kommst du darauf?«

»Ich habe sie im Verdacht, mir mit einem Schadenszauber einen Zahn zum Schmerzen gebracht zu haben.«

Helene sah von Calbach an, dass ihn diese Anschuldigung nicht zu beeindrucken schien. Sie zögerte, dann fügte sie an: »Und ich habe sie an der Seite des Vogelfreien Jakob Koller gesehen, der ein Zauberer sein soll.« Ihr war klar, dass diese Behauptung eine heillose Übertreibung war, denn an dem Tag, als sie mit der Bande des Jackl in Schönau zusammengetroffen waren, hatte zwar Robert den Burschen beim Mühlespiel einige Münzen abgenommen, Charlotte hingegen hatte sich die ganze Zeit über bei Columbina und Johanna aufgehalten und kein einziges Wort mit Jakob Koller gewechselt.

Dennoch erzielte dieser Hinweis die gewünschte Wirkung, denn Viktor von Calbachs Augen durchbohrten sie plötzlich. »Koller?« Er stieß ein heiseres Lachen aus. »Kannst du mir womöglich auch sagen, wo ich Jakob Koller finden kann?«

»Man sprach davon, dass er heute in Hallein eintreffen wird.« Helene räusperte sich. Niemand hatte ihr gegenüber in Hallein ein Wort über den Zauberer-Jackl verloren, aber sie spürte, dass diese Lüge Viktor von Calbach dazu bringen würde, das Pfannhaus aufzusuchen und Charlotte von dort fortzuschaffen.

»Heute?«, entgegnete der Mann aufgeregt.

»Ja.«

»Wie lange wird er sich dort aufhalten?«

»Zwei, vielleicht drei Tage«, behauptete sie.

»Zwei Tage«, raunte von Calbach. Er lief in ein angrenzendes Zimmer und rief dabei: »Rühr dich nicht vom Fleck!« Kurz darauf kehrte er zurück und trug nun einen sauberen Rock und eine lockige Perücke. Er zog Helene mit sich zur Tür, und sie wiederum zerrte an Adams Hand. Als sie die Straße vor der Kaserne betraten und Viktor von Calbach sich eilig in eine Richtung aufmachte, wollte sie wissen: »Wohin bringt Ihr uns?«

»Zum Haus des Hofrats Sebastian Zillner. Vor ihm wirst du deine Worte wiederholen.«

»Zillner?« Dieser Mann wollte sie zu Roberts Vater schaffen. Überrascht und auch ein wenig ängstlich blieb sie stehen, doch Viktor von Calbach kam wütend auf sie zu und stieß sie grob voran. Helene stöhnte, als ihr klar wurde, dass es nun kein Zurück mehr gab.

Während die offene Kalesche, in der Viktor neben Sebastian Zillner Platz genommen hatte, von zwei stämmigen Pferden über die Salzach-Brücke gezogen wurde, musste er noch immer an die seltsame Frau denken, die er mit ihrem Sohn in Zillners Haus unter der Aufsicht eines Bediensteten zurückgelassen hatte.

Es verwunderte ihn nicht nur, dass sie so völlig unvermittelt vor seiner Tür aufgetaucht war und ihm Charlotte sowie den Zauberer-Jackl mitsamt seinen Gefolgsleuten ausliefern wollte, auch ihre Reaktion auf Sebastian Zillner gab ihm Rätsel auf. Als sie das Haus des Hofrats aufgesucht hatten und mit Zillner zusammengetroffen waren, hatte sie regelrecht verstört gewirkt. Es schien, als kostete sie jedes Wort in Zillners Nähe Mühe. Viktor hatte sie aufgefordert, vor Zillner zu wiederholen, was sie ihm über Jakob Koller anvertraut hatte, und auf dem Weg zu dessen Haus hatte er zudem von ihr verlangt, über Charlottes Aufenthalt bei den

Vagabunden zu schweigen. Zillner musste nichts davon erfahren.

Mit stockender, schwankender Stimme hatte diese Frau also Zillner von der erwarteten Ankunft des Jakob Koller in Hallein berichtet und ihm dabei kaum in die Augen schauen können. Auf Viktor hatte sie einen so verschreckten Eindruck gemacht, als wäre ihr der Heiland in einem gleißenden Licht entgegengetreten. Zillner hingegen war nichts anzumerken gewesen. Viktor war überzeugt davon, dass der Hofrat der Frau nie zuvor begegnet war.

Ihre Worte hatten bei Zillner den erwarteten Effekt hinterlassen. Auch er erkannte sofort, dass sich ihnen hier die Möglichkeit bot, den gesuchten Zauberer in Gewahrsam zu nehmen. Selbst die Abneigung, die Viktor und Zillner gegeneinander hegten, spielte in diesem Moment keine große Rolle mehr. Viktor befürchtete, dass es ohne die Hilfe des Hofrats womöglich Tage dauern würde, bis er Fürsterzbischof Max Gandolph von dieser einmaligen Gelegenheit in Kenntnis setzen konnte. Dann allerdings würde Jakob Koller Hallein wohl bereits wieder verlassen haben. Zillner hingegen hatte umgehend über den Hofkanzler eine dringende Audienz erwirkt, die sie in die Neustadt zum Schloss Mirabell führte, wo sich der Landesfürst in dieser Stunde aufhielt.

Sie erreichten das Schloss und wurden von einem Kammerdiener empfangen, der sie in eine Vorhalle führte und sich dann entfernte, um den Erzbischof in ihrem Namen um ein Treffen zu ersuchen. Wie Viktor es nicht anders erwartet hatte, ließ Max Gandolph sie über eine Stunde warten, dann erst tauchte der Kammerdiener wieder im Saal auf und winkte sie mit sich. Sie traten durch den prachtvollen Park des Schlosses zu einem Pavillon, wo Max Gandolph und einige seiner Gäste sich vergnügten, indem sie mit einem Karabiner auf eine hölzerne Scheibe schossen und sich für jeden Treffer gegenseitig überschwänglich beglückwünschten. Auch hier dauerte es noch eine Weile, bis der Landesfürst ihnen seine Aufmerksamkeit schenkte.

Als der Erzbischof dann endlich auf sie zukam, begrüßten sie ihn mit einer tiefen Verbeugung. Max Gandolph wedelte mit der Hand. »Ihr Anliegen erscheint mir dringlich.«

»Verzeiht die Störung, Euer Gnaden«, sagte Zillner. »Wir treten in der Angelegenheit des Zauberers Jakob Koller an Euch heran.«

»So sprecht.«

Zillner räusperte sich. »Leutnant von Calbach hat in Erfahrung gebracht, dass sich der Gesuchte heute und wahrscheinlich auch noch die nächsten beiden Tage in einem der Pfannhäuser von Hallein aufhalten wird.«

Viktor atmete auf. Seine Befürchtung, Sebastian Zillner würde diesen Ruhm für sich allein in Anspruch nehmen, war nicht eingetreten.

»Und woher stammt dieses Wissen?« Der Erzbischof richtete die Frage direkt an Viktor.

»Eine Frau hat mich aufgesucht«, erklärte er. »Sie hielt sich in Hallein auf und erfuhr von Kollers Absicht, die Stadt aufzusuchen. Wahrscheinlich erhofft sie sich für diese Auskunft eine Belohnung.«

»Ist sie vertrauenswürdig?«

»So scheint es mir.« Viktor war sich bewusst, dass er nun die volle Verantwortung auf sich nahm. Sollte sich die Information der Frau als Fehlschlag herausstellen, würde er als Versager dastehen.

Max Gandolph nickte. »Was schlagt Ihr vor?«, fragte er nun wieder Zillner.

»Entsendet Soldaten nach Hallein und lasst jeden Vagabunden festsetzen, der sich dort aufhält.«

Der Landesfürst dachte nur kurz darüber nach. »Ich stimme zu. Veranlasst alle weiteren Maßnahmen. Schafft Koller nach Salzburg! Bringt ihn mir lebend!«

Max Gandolph wandte sich bereits um, doch Viktor warf ein: »Eine Bitte, Euer Gnaden.«

Der Landesfürst nickte.

»Erweist mir die Ehre, die Befehlsgewalt für dieses Unternehmung zu übernehmen.«

»Im Grunde wäre das die Aufgabe eines Hauptmanns, nicht die eines Leutnants.« Max Gandolph lachte und klopfte auf Viktors Schulter. »Ungestüm und ehrgeizig. So wie es mir gefällt. Ich werde eine dementsprechende Anordnung aufsetzen lassen. Aber enttäuscht mich nicht.«

»Ich lasse Koller gefesselt nach Salzburg schleifen und Euch zu Füßen werfen, Euer Gnaden.«

»Wenn Euch das gelingen sollte, könnte ich Euch eine Beförderung Eures Dienstranges in Aussicht stellen.«

Viktor verbeugte sich noch einmal als Zeichen seiner Dankbarkeit. Das waren die Worte, die er hatte hören wollen.

»Nun denn«, meinte der Landesfürst und wandte sich wieder seinen Gästen zu. Viktor und Zillner entfernten sich. Als Viktor in die Kalesche stieg, raunte ihm Zillner zu: »Ihr habt Euch weit vorgewagt. Vertraut Ihr dieser Frau wirklich sosehr, dass Ihr Euer weiteres Schicksal an ihr Wort hängt?«

»Natürlich«, war seine knappe Antwort. Als die Frau über Charlotte gesprochen hatte, war ihm nicht verborgen geblieben, welch bitteren Hass sie seinem Weib entgegenbrachte. Solch starke Abneigungen waren nicht zu unterschätzen.

»Wenn rasch gehandelt wird, könnt Ihr schon am Abend aufbrechen und morgen mit den Soldaten in Hallein eintreffen«, sagte Zillner. »Ihr habt meinen Respekt, wenn es Euch tatsächlich gelingen sollte, diesen Zauberer gefangen zu nehmen.«

Viktor nahm dies ohne Erwiderung hin. In den vergangenen Wochen hatte ihn die Trübsal darüber, dass ihn die Syphilis in zehn oder fünfzehn Jahren zu einem Krüppel machen würde, jegliche Kraft genommen. Nun aber spürte er einen unbezähmbaren, euphorischen Tatendrang. Die Ergreifung von Jakob Koller, eine mögliche Beförderung und das Ansehen, das er dadurch erlangte – das alles waren verlockende Aussichten, und doch versetzte ihn ein ganz anderer Gedanke in gespannte Erregung.

Charlotte.

Kapitel 25

Als die Morgendämmerung das erste Licht durch die Bretterritzen des Speichers schickte, liebten sich Robert und Charlotte inmitten der schlafenden Leiber so leise und unauffällig, wie es ihnen möglich war. Nachdem sie beide Befriedigung gefunden hatten, blieben sie noch eine Weile liegen, schauten sich an und küssten sich.

»Haben die was mitbekommen?«, flüsterte Charlotte ihm zu, als ihr Blick über die zahlreichen Gefährten wanderte, von denen die meisten leise schnarchten.

»Und wenn schon«, erwiderte Robert. Wann immer er eine Nacht in einem Raum mit mehreren Menschen verbracht hatte, war ihm aufgefallen, wie viele Geheimnisse in der Dunkelheit verborgen lagen. Er hatte dem Kopulieren seiner Begleiter gelauscht oder vernommen, wie die Hände der Männer unter den Decken raschelten, bis sie mit einem erstickten Stöhnen innehielten. Anfänglich waren ihm diese Dinge befremdlich vorgekommen, dann wurden sie zur Normalität, nicht zuletzt, weil er sich selbst, zunächst mit Helene und nun mit Charlotte, an diesem Liebesreigen beteiligt hatte.

Er streichelte mit der Hand über Charlottes Haar und stellte fest, dass sie bereits wieder eingeschlafen war. Seine Blase zwickte. Mit nackten Füßen trat er durch die kühle Morgenluft zum Brunnen, stellte sich breitbeinig an einen Baum und erleichterte sich. Anschließend schöpfte er mit einem Eimer Wasser aus dem Brunnen und wusch sein Gesicht. Er hörte Schritte. Als er sich umwandte, sah er Sigmund auf sich zutreten, der schläfrig eine Begrüßung murmelte.

»Du bist früh auf den Beinen«, meinte Sigmund. »Hat Charlotte dich von ihrem Lager gestoßen?«

»Ich habe keine Ahnung, wovon du sprichst.«

»Auch wenn ich nur ein Auge habe, heißt das nicht, dass ich blind bin.« Sigmund tauchte die Hände in den Eimer und fuhr sich mit den nassen Fingern durch die Haare. »Ich gönne dir dein Glück. Aber ich frage mich, wo Helene so plötzlich abgeblieben ist. Warum ist sie fortgegangen? Und wann wird sie zurückkehren?«

Robert zuckte die Achseln. »Ich weiß es nicht.« Sigmunds Frage brachte das schlechte Gewissen zurück. Seit zwei Tagen hatten Helene und Adam sich nicht mehr blicken lassen. Womöglich kehrten sie nach Rosenheim zurück. Nahm Helene diese Gefahr auf sich, nur weil er Charlotte mehr Aufmerksamkeit geschenkt hatte als ihr?

»Ich gebe dir einen Rat«, meinte Sigmund. »Wenn Helene hier wieder auftauchen sollte, dann entscheide dich entweder für oder gegen sie. Frauen werden zu Bestien, wenn man mit ihnen spielt.«

»Und wie viele von diesen Bestien hast du schon gezähmt?«, spottete er, gestand Sigmund aber zu, dass er wohl recht hatte. Er bedauerte, dass er Helene soviel Kummer bereitet hatte, und nahm sich vor, ein Gespräch mit ihr zu führen, wenn sie denn wieder zu ihnen stieß und überhaupt noch mit ihm reden wollte.

»Das hatte ich nie nötig. Ich kann dir aber versichern, dass …«, erwiderte Sigmund, doch seine Worte wurden von einem Bellen unterbrochen. Einer der Streuner, die sich beim Pfannhaus aufhielten, kläffte plötzlich so laut, dass er jeden in der Scheune wecken würde.

Robert und Sigmund runzelten die Stirn und traten ein

paar Schritte auf die Gasse zu, von der aus das Bellen erklang.

»Was hat der Köter nur …?«, murmelte Sigmund. Sie liefen weiter, gelangten an das Ufer der Salzach und blickten über das Wasser zu der Holzbrücke, die Hallein mit dem anderen Ufer verband. Hier sahen sie auch den Hund, der sich auf die Brücke gestellt hatte und immer aufgeregter kläffte.

Eine nervöse Gespanntheit ergriff Robert, und dieses Gefühl sollte sich im nächsten Moment bestätigen, als er im Nebel am Ende der Brücke eine Bewegung ausmachte. Er vernahm Schritte, wie sie nur der Hall Dutzender Stiefel erklingen lassen konnte.

Sigmund richtete einen Finger zur Brücke: »Schau!«

Nun sah Robert sie. Soldaten in roten Uniformen, die im Laufschritt auf sie zukamen. Die meisten hielten Musketen vor die Brust gepresst, einige führten Hunde mit sich. Dahinter trabten mehrere Reiter. Die Abteilung mochte an die dreißig Mann zählen. Im ersten Moment befürchtete Robert, dass sie gekommen waren, um ihn wegen des Mordes an Rudwin Stollberg dingfest zu machen, doch dann wurde ihm klar, dass die Obrigkeit einen solchen Aufwand nur mobilisieren würde, um Jagd auf die Vaganten in Hallein zu machen. Auch wenn er nicht verstand, welchen Grund es gab, dass diese Soldaten hier einfielen, konnte es nur bedeuten, dass man sie alle gefangen setzen würde.

»Wir müssen hier weg«, keuchte Sigmund, der wohl diese Befürchtung mit ihm teilte, und rannte mit Robert zum Speicher, um die anderen zu warnen.

»Raus, raus! Soldaten! Verschwindet!«, rief Sigmund laut, als er die Tür zum Speicher aufriss. Die meisten Leute schliefen noch, einige richteten sich müde auf und schauten sie erschrocken an.

Robert hastete zu Charlotte und rüttelte sie wach. Von

draußen waren Rufe zu hören. Die Soldaten hatten das Pfannhaus schon fast erreicht.

»Was …?«, fragte Charlotte.

Robert zog sie auf die Beine. »Weg hier!«

Von einem Augenblick zum anderen waren die meisten Vaganten auf den Beinen und packten ihre Sachen zusammen. Robert ließ seine wenigen Habseligkeiten zurück, stürzte mit Charlotte an der Hand auf die Tür zu und lief nach draußen.

»Dort! Dort!«, erklang eine Stimme direkt hinter ihnen. Er kümmerte sich nicht darum und rannte weiter. Ein Schuss krachte. Robert wusste nicht, ob jemand eine Muskete auf sie gerichtet hatte. Der Lärm hinter ihnen schwoll an. Schreie, Bellen, wütende Rufe und vereinzelte Schüsse waren zu hören. Ein Gedanke raste durch seinen Kopf. Sollten sie versuchen, aus dem Ort zu entkommen und in den Wald zu gelangen, oder war es ratsamer, sich in einem der Häuser einen Unterschlupf zu suchen und abzuwarten, bis die Soldaten Hallein wieder verlassen hatten?

In den Wald – so weit fort wie möglich, gab er sich selbst die Antwort.

»Hier entlang!«, rief er Charlotte zu und lief über eine Stiege in eine weitere Gasse. Am Ende des Weges versperrte nur noch eine halbhohe Mauer den Weg in das Unterholz.

Robert erreichte die Mauer, stemmte sich hinauf und streckte die Hand nach Charlotte aus, um sie an sich zu ziehen. Am Eingang der Gasse tauchten nun zwei Soldaten auf.

»Schnell!«, trieb er sie an. Er zog Charlotte hoch, doch inzwischen war es einem der Soldaten schon gelungen, ihr Bein zu fassen und sie zurückzuzerren. Mit einem Schrei fiel Charlotte nach hinten, und der Soldat warf sie zu Boden.

»Lauf weiter!«, rief Charlotte. »Lauf!«

Der zweite Soldat richtete eine Muskete auf Robert. Ohne zu zögern, sprang Robert von der Mauer auf den Mann zu.

Der war so erschrocken, dass er, statt zu schießen, einfach nur zurückwich.

Robert stolperte gegen ihn und riss ihn mit sich zu Boden. Sie fielen auf die festgestampfte Erde. Er langte nach der Waffe des Soldaten, doch der klammerte sich fest an die Muskete und fletschte die Zähne.

»Robert!«, rief Charlotte. Sie wollte ihn wohl warnen, denn inzwischen ging auch der andere Soldat auf ihn los und schlug mit der Waffe gegen seinen Hinterkopf. Robert stöhnte. Vor seinen Augen tanzten farbige Flecken. Er sackte zusammen. Charlotte fiel neben ihm auf die Knie und hielt seinen Kopf, während Robert aus halbgeschlossenen Augen mitansehen musste, wie der andere Soldat sich aufrappelte, seine Muskete zur Hand nahm und sie drohend auf sie richtete.

Die beiden Soldaten fesselten Roberts und Charlottes Handgelenke mit Lederschnüren und trieben sie zum Vorplatz des Pfannhauses zurück. Dort kauerten an die fünfzig erschrockene Männer, Frauen und Kinder, die von den Soldaten in Schach gehalten wurden. Robert machte Columbina, Johanna und Ida unter den Gefangenen aus und auch Sigmund, der eine Platzwunde an der Stirn erlitten hatte, aus der ihm Blut über das Gesicht lief. Melchior und Lorenz hingegen schienen den Soldaten entkommen zu sein.

»Macht Platz!«, brüllte jemand, als ein Reiter herantrabte. Robert schaute in das ernste Gesicht des Offiziers. Es kam ihm bekannt vor. Er wandte sich zu Charlotte um, und ihm fiel auf, wie blass sie geworden war. Ihre Lippen formten tonlos einen Namen.

Viktor.

Robert stockte kurz der Atem, als er sich daran erinnerte, wie er Charlottes Ehemann auf der Landstraße angegriffen und sie aus seiner Gewalt befreit hatte. Nun jedoch waren sie ihm hilflos ausgeliefert.

»Befindet sich der Zauberer Jakob Koller unter den Gefangenen?«, fragte Viktor von Calbach. Seine Augen wanderten über die Menge und blieben bei Robert und Charlotte hängen. Er lächelte zufrieden.

»Das werden wir wohl erst wissen, wenn wir diese Vagabunden befragt haben«, erwiderte ein stämmiger Unteroffizier

Viktor nickte und deutete auf Robert. »Der da. Prügelt aus ihm heraus, was er weiß.« Zwei Soldaten zerrten Robert hoch und führten ihn über den Platz zu Viktor. Robert ahnte, dass auch Viktor ihn erkannt und mit Absicht ausgesucht hatte. Nun gut, wenn er an ihm seine Wut ausließ, schützte das vielleicht Charlotte.

»Welch unverhofftes Wiedersehen«, sagte Viktor. Robert antwortete nicht darauf.

Viktor betrachtete ihn mit abfälliger Genugtuung, schaute dann zu Charlotte, die mit gesenktem Kopf zusammen mit den anderen Vaganten auf dem Vorplatz hockte, und rief schließlich die vier Hundetreiber zu sich. Es handelte sich um recht grobschlächtige Kerle, die Robert zuvor unangenehm aufgefallen waren, als sie einige der gefangenen Frauen feixend mit derben Gebärden belästigt und verhöhnt hatten. Einer von ihnen hatte sogar versucht, Johanna das Hemd aufzureißen, war aber sofort von einem Unteroffizier in schroffem Ton dazu angehalten worden, seine Finger von ihr zu lassen. Nun jedoch versammelten sich diese Holzköpfe vor Viktor, grienten erwartungsvoll und zeigten einige schiefe Zahnstümpfe. Robert vermutete, dass diese Männer den Auftrag erhalten würden, ihn zu verprügeln, doch Viktor von Calbach deutete auf die Gefangenen und befahl den Kerlen: »Sucht Euch zwei der Weiber heraus, schafft sie in den Speicher und verhört sie.«

»Wir, Herr?«, fragte einer der Männer überrascht.

Viktor nickte. »Wenn es sein muss, erniedrigt sie, um sie

zum Reden zu bringen. Ich will wissen, ob sich Jakob Koller unter den Gefangenen befindet – und wenn nicht, sollen sie euch sagen, wo wir ihn finden.«

Die Männer schnauften begierig, und ihr Wortführer wollte wissen: »Würde es Euch stören, wenn wir uns mit den Frauen vergnügen?«

Viktor schüttelte den Kopf. »Ich überlasse sie euch. Aber holt euch keine Läuse von diesem Bettelpack.«

Robert wandte sich erschrocken um. Es gab nur zwei Frauen unter den gefangenen Weibern, die durch ihre Jugend und ihre Anmut hervorstachen. Columbinas Tochter Johanna und … Charlotte.

»Das könnt Ihr nicht tun«, brachte Robert hervor und starrte Viktor eindringlich an, als die johlenden Soldaten Johanna und Charlotte auf die Beine zerrten. »Bei Gott, schreitet ein, sie ist Eure …«

Viktor löste einen Fuß aus dem Steigbügel und trat hart mit seinem Stiefel gegen Roberts Kopf. Er fiel auf die Knie und schmeckte Blut in seinem Mund.

»Wage es nicht noch einmal, das Wort an mich zu richten«, fauchte Viktor und wedelte mit der Hand. »Schafft ihn fort und verhört ihn.«

Zwei Soldaten schleiften Robert über den Boden davon. Hinter sich hörte er Charlottes Schreie, die seinen und auch Viktors Namen ausrief und verzweifelt darum flehte, sie loszulassen.

Robert trat um sich und jaulte wie ein Tier. Als er einen Blick zum Speicher erhaschte, sah er, wie Charlotte und Johanna in das Gebäude geschleift wurden. Er versuchte, einen der Soldaten in das Handgelenk zu beißen, doch der zuckte zurück und schlug mit der Faust so fest gegen Roberts Brust, dass ihm die Luft wegblieb.

»Charlotte«, krächzte er. Das Kreischen der beiden Frauen schmerzte in seinen Ohren.

Dritter Teil

Kapitel 26

Die Soldaten trieben die Gefangenen mit Stockhieben und wütenden Befehlen über die krummen Viehwege nach Norden. Allen, auch den Kindern, waren die Hände mit Lederschnüren gefesselt worden. Immer wieder kam es zu Stürzen, durch die der Zug ins Stocken geriet. Inzwischen zweifelte Viktor daran, dass sie die Salzburger Stadtgrenze noch vor Sonnenuntergang erreichen würden.

Sie waren zur Mittagszeit aufgebrochen. Zuvor hatte Viktor dem Sudmeister des Pfannhauses aufgetragen, unter den zusammengetriebenen Arbeitern alle ansässigen Bürger von Hallein von den auswärtigen Tagelöhnern zu trennen. Nachdem die Halleiner zurück in ihre Häuser geschickt worden waren, hatten noch neunzehn Männer, Frauen und Kinder auf dem Platz vor dem Sudhaus gekauert, die allesamt im Verdacht standen, sich mit dem Zauberer Jakob Koller abgegeben zu haben. Sie wurden in Gewahrsam genommen, um sich in Salzburg einem Verhör unterziehen zu lassen. Den Jackl selbst oder seine Gefolgsleute hatten sie zu Viktors Verdruss nicht ausfindig machen können. Der Sudmeister hatte ihm gegenüber seine Zweifel geäußert, dass sich der Jackl in der Nähe des Pfannhauses aufgehalten hatte. Einige der Soldaten hingegen raunten, der Zauberer hätte sie wohl genarrt, indem er sich unsichtbar gemacht hatte oder ihnen in der Gestalt eines Wolfes entkommen war. Viktor rümpfte nur die Nase über diese Vermutungen und ließ fünf Männer in Hallein zurück, die in den nächsten

Tagen weiterhin die Augen und Ohren im Umland offenhalten sollten, um etwas über den Verbleib des Zauberer-Jackls in Erfahrung zu bringen. Auch wenn er inzwischen daran zweifelte, dass Jakob Koller sich kürzlich tatsächlich in der Nähe Halleins aufgehalten hatte, durfte er nichts unversucht lassen, denn ohne die Ergreifung Kollers würde diese Unternehmung als Fehlschlag betrachtet werden und ihm einen Tadel des Fürsterzbischofs einbringen.

Der Verdruss über diese Enttäuschung ließ Viktors Kopf schmerzen, und doch empfand er eine bittere Euphorie, wenn sein Blick auf Charlotte fiel, die eine Pferdelänge von ihm entfernt gekrümmt und stöhnend am Ende der Gefangenenreihe voranstolperte.

Während sich die Hundetreiber am Vormittag im Speichergebäude des Pfannhauses an Charlotte und der anderen Frau vergangen hatten, war Viktor von seinem Pferd gestiegen, hatte sich mit einem Weinschlauch in den Schatten gehockt und dem verzweifelten Kreischen der beiden Frauen gelauscht. Ihm war nicht entgangen, dass einige der Soldaten betroffen und verschämt zum Speicher oder zu Boden geschaut hatten und wohl entsetzt darüber gewesen waren, dass niemand diese Vergewaltigung verhinderte. Natürlich bestand die Gefahr, dass es innerhalb der Salzburger Garnison zu Gerede und Empörung über diesen Vorfall kommen würde, doch sollte er seinen Vorgesetzten darüber Rede und Antwort stehen müssen, würde er behaupten, es habe sich schlicht und einfach um ein Verhör gehandelt, das in seiner Abwesenheit außer Kontrolle geraten war. Niemand würde erfahren, dass seine eigene Ehefrau zum Opfer dieser Erniedrigung geworden war und dass er die Schändung als gerechte Strafe für ihre Auflehnung empfand.

Irgendwann waren das Kreischen und die Schreie kraftloser geworden und schließlich verstummt. Doch es hatte eine ganz Weile gedauert, bis die Männer die beiden Frauen zurück auf den Hof geführt hatten. Viktor hatte Charlotte, die gebückt, mit vor den Unterleib gepressten Armen zu den anderen Gefangenen getaumelt war, herausfordernd angestarrt, aber sie war seinem Blick ausgewichen und hatte die verweinten Augen trotzig auf die Erde gerichtet. Sie gab eine jämmerliche Gestalt ab, ebenso wie ihr Liebhaber, der nun humpelnd und gezeichnet von mehreren Prellungen den Zug der Gefesselten anführte. Die Soldaten hatten ihm einen Strick um den Hals gelegt und zerrten ihn wie einen störrischen Hund vorwärts.

Wie Viktor es erwartet hatte, erreichten sie erst am Abend die Stadtgrenze. In der Dämmerung zogen sie über die Steingasse durch das unmittelbar am steilen Felsabhang des Kapuzinerberges errichtete Johannestor und von dort zum Viertel der Färber, Gerber und Hafner, wo bereits mehrere der Handwerker und ihre Familien auf die Straße traten und den Zug der Gefangenen betrachteten. Einige Kinder liefen neben den Gefesselten her, stupsten sie an und lachten, bis sie von den Soldaten davongejagt wurden.

Dann endlich kam der Zug bei den Befestigungsanlagen der Neustadt an, wo sie vor einem breiten Rundturm Halt machten, der vom Hofrat als Gefängnis für die Vaganten aus Hallein vorgesehen worden war. In diesem eigentlichen Wehrturm hatte der Rat erst in diesem Jahr vierzehn Zellen, einen Verhörraum sowie eine Wohnung für den Gerichtsdiener Dillberg und dessen Familie einrichten lassen, da die Keuchen in der Salzburger Altstadt aufgrund der zahlreichen Festnahmen verdächtiger Hexen und Zauberer schon seit Wochen und Monaten überfüllt waren.

Aus dem Eingang zum Turm trat der Gerichtsdiener Dillberg auf sie zu und musterte abschätzig die zahlreichen zerlumpten Gefangenen, von denen sich nicht wenige nach dem anstrengenden Marsch auf die Knie fallen ließen.

»Gott zum Gruße«, rief Dillberg aus. »Wie mir scheint, war Eure Jagd erfolgreich.«

»Nicht so erfolgreich, wie sie sein sollte«, brummte Viktor. »Wir sind auf keine Spur des Zauberers Jakob Koller gestoßen. Doch vielleicht helfen uns die Verhöre weiter.«

Der Gerichtsdiener nickte. »Ich habe nach dem Eisenmeister schicken lassen. Er wird in Kürze eintreffen und die Verdächtigen in Ketten legen. Auch der Hofrat ist bereits von Eurer Rückkehr verständigt worden.« Dillberg stemmte die Arme in die Hüfte und trat die Reihe der Gefangenen ab. »Gütiger Himmel! Sollte es mit den Hinrichtungen nicht schnell vorangehen und sollten weiterhin so viele verlorene Seelen in den Verdacht geraten, den Verführungen des Teufels erlegen zu sein, werden die Malefikanten bald Schulter an Schulter in den Keuchen hocken.«

Viktor kümmerte es nicht, ob dieses Geschmeiß zu zweit oder zu zwölft in den Keuchen ausharrte. Er wartete ungeduldig ab, bis der Eisenmeister eintraf, und überwachte noch die Verteilung der Vaganten auf die Zellen. Dort wurden die Männer von den Frauen getrennt. Jedem der Malefikanten legte der Eisenmeister eine eiserne Schiene um die Handgelenke und befestigte daran eine schwere Kette, deren Ende einen in die Wand der Keuche eingemauerten Ring umschloss. Derart gefesselt war es den Gefangenen gerade noch möglich, sich auf den Boden zu kauern.

Die meisten der Gefangenen ließen sich stillschweigend in Ketten legen. Einige aber, vor allem die Frauen, heulten laut dabei auf. Ein älterer Mann fluchte aufgebracht und wünschte den Eisenmeister und die gesamte Salzburger Obrigkeit zum Teufel. Sein Zetern hörte Viktor noch, als er den Turm bereits verlassen hatte und eiligen Schrittes zum Brunnen an der Steingasse trat – dort, wo er Charlotte mit einer Wache zurückgelassen hatte, nachdem sie durch das Johannestor gezogen waren. Ihm war klar gewesen, dass es kaum möglich sein würde, sie noch aus dem Turm zu schaffen, wenn der Eisenmeister ihr die Ketten angelegt hatte. Zwar war auch das für ihn durchaus eine reizvolle Vorstellung, doch er wollte verhindern, dass jemand erfuhr, dass sich sein eigenes Eheweib unter den Gefangenen aus Hallein befand.

Als er am Brunnen ankam, hockte Charlotte dort mit stoischem Gesichtsausdruck auf dem Boden und zog das zerrissene Hemd vor der Brust zusammen. Sie schaute nur kurz zu ihm auf, als er unmittelbar vor ihr stand, den Soldat anwies, ihre Fesseln zu lösen, und den Mann dann fortschickte. Sogleich forderte Viktor Charlotte auf, sich hinzustellen.

Zunächst blickte sie ihn nur regungslos an, so dass er sie schon packen und auf die Beine ziehen wollte, doch dann richtete sie sich mit einem gepressten Stöhnen auf, wich aber seinen Augen aus. Er fragte sich, ob sie Angst vor ihm hatte. Wenn ja, dann versuchte sie verzweifelt, ihre Furcht zu verbergen. Sie wirkte lethargisch. Nur ein leichtes Zittern ihrer Hände verriet, wie unangenehm ihr seine Nähe war. Er streckte seine Hand nach ihr aus, und sie wich zurück wie ein scheues Tier. Mit einem raschen Griff bekam er jedoch ihren Arm zu fassen und zog sie mit sich in eine der Gassen, denn auf dem Brunnenplatz waren bereits zwei Weiber und ein Handwerksbursche stehengeblieben und verfolgten verstohlen ihre Auseinandersetzung. Charlotte ließ es geschehen, dass er sie mit sich drängte und in der Gasse an eine Hauswand drückte. Noch immer weigerte sie sich, ihm ins Gesicht zu schauen.

»Bei unserer letzten Begegnung hast du nicht soviel Respekt gezeigt«, raunte Viktor. »Du hast mich getreten und bespuckt.«

Er wartete auf eine Reaktion von ihr, die aber nicht erfolgte, dann fügte er hinzu: »Viele böse Dinge sind zwischen uns vorgefallen. Anstatt eine Lösung für unseren Streit zu suchen, bist du davongelaufen wie ein trotziges Kind. Nun schau, in welche Malaise du durch dieses törichte Gebaren geraten bist.«

Sie schwieg.

»Deine Familie hat sich große Sorgen gemacht«, sagte Viktor. »Wohl an jedem Tag, den du fort warst, haben deine Schwester und deine Mutter den Dom aufgesucht, um für dein Wohlergehen zu Gott zu flehen, und sie haben manch bittere Träne in Sorge über dich vergossen. Sogar deinem Vater soll die Ungewissheit so sehr zugesetzt haben, dass niemandem der Kummer in seinen Augen verborgen blieb.«

Im Grunde hatte Viktor kaum eine Ahnung, ob und in welchem Maße Charlottes Verschwinden ihre Familie erschüttert hatte. In den vergangenen Wochen hatte es zwischen ihm und der Familie Schwartz nur einen einzigen Kontakt gegeben, als sein Schwiegervater ihn aufgesucht und ihm erbost vorgeworfen hatte, mit seinem anmaßenden Verhalten und seinen Handgreiflichkeiten Charlotte vertrieben zu haben. Mit der Drohung, die monatlichen Apanagen empfindlich zu kürzen, war Karl Friedrich Schwartz von dannen gezogen. Trotz all der Schwierigkeiten, die Viktor der Familie Schwartz bereitet hatte, nahm er an, dass Charlottes Vater noch immer darauf hoffte, durch die Ehe seiner Tochter die ersehnten Kontakte zum Hochadel zu knüpfen. Wenn es ihm nun gelang, Charlotte wieder an sich zu binden, würde sein Schwiegervater zweifellos bereit sein, ihn weiterhin zu unterstützen.

»Ich entschuldige mich bei dir«, brachte er gequält hervor. Diese versöhnenden Worte kamen ihm nur schwer über die Lippen, doch wenn es überhaupt möglich war, Charlotte an seiner Seite zu halten, dann musste er zunächst ihren Zorn besänftigen.

Viktor seufzte. »Es tut mir leid, dass ich dich grob behandelt habe. Der Wein vergiftet meinen Verstand. Ich bitte dich um Milde. Verzeih mir meine Fehler und erlaube mir, dir zu beweisen, dass ich ein besserer Mensch bin als der, den du bislang in mir zu sehen glaubtest.«

Ihm fiel auf, wie schwer sie atmete. »Du bist ein Teufel«, sagte sie leise und blickte noch immer zu Boden. Es erleichterte Viktor, dass sie zumindest mit ihm sprach, auch wenn es ihm nicht gefiel, wie ablehnend sie sich zeigte.

»Akzeptiere mich als deinen Ehemann, den du achtest und dem du gehorchst, dann werde auch ich dir Respekt entgegenbringen«, schlug er vor.

Sie schüttelte den Kopf. »Ich ertrage dich nicht. Bitte … bring mich zu meiner Familie.«

»Du wirst deine Familie sehen, aber zunächst müssen wir unsere Schwierigkeiten aus der Welt schaffen.« Viktor trat auf sie zu und wollte nach ihrem Arm greifen, aber Charlotte hob abwehrend die Hände.

»Bleib zurück!«, rief sie.

»Du wirst mit mir kommen.«

»Ich laufe dir davon. Das kannst du nicht verhindern.«

Viktor ballte eine Faust, doch zügelte er sich umgehend. Ihr störrisches Verhalten machte ihn wütend, dennoch gelang es ihm, die Kontrolle über sein Temperament zu wahren. Er wusste, dass es möglich war, sie einzuschüchtern, ohne die Hand gegen sie zu erheben. Also packte er sie und zog sie mit sich aus der Gasse zum Brunnen und von dort zum Gefängnisturm. Charlotte wehrte sich, indem sie kraftlos gegen seine Schulter schlug und leise Schreie von sich gab.

Als sich der Turm in seiner drohenden Masse vor ihnen erhob, ergriff er sie mit beiden Händen und raunte ihr ins Ohr: »Siehst du den Turm? Dort lasse ich dich in Ketten legen und übergebe dich der Willkür der Wärter. Ich werde dich nicht schützen können, wenn sie erneut geifernd über dich herfallen und sich zwischen deine Beine drängen, um dich zu besudeln.«

Viktor war klar, dass seine Drohung kaum ernst zu nehmen war. Weder wollte er das Risiko eingehen, dass Charlotte als sein Eheweib erkannt wurde, noch würden der Gerichtsdiener, der Eisenmeister oder eine andere Person es wagen, hier in Salzburg das Gesetz mit Füßen zu treten und sich an den inhaftierten Weibern zu vergehen. Doch er nahm an, dass er Charlotte in ihrer derzeitigen Verfassung mit dieser Drohung große Angst einjagen konnte, und in ihren erschrockenen Augen erkannte er, dass seine Worte die beabsichtigte Wirkung erzielten.

Sie schluchzte auf und schüttelte den Kopf. »Wenn ich tue, was du verlangst, was geschieht dann mit den anderen?«

»Das verdreckte Gesindel, mit dem du dich abgegeben hast? Der Hofrat wird sie einer Befragung unterziehen und in Erfahrung bringen, ob sie vom Zauberer-Jackl in den schwarzen Künsten unterrichtet wurden. Wenn sie schweigen oder leugnen, wird man die Folter anwenden, um die Wahrheit hervorzubringen.«

Charlotte legte eine Hand vor den Mund und sackte auf die Knie. Viktor fragte sich, ob ihr so deutlich zur Schau getragenes Mitgefühl allen Vaganten galt, die in der Keuche festgehalten wurden, oder ob sie sich vor allem um ihren Galan sorgte.

»Wirst du dich fügen?«, wollte er wissen. Sie zögerte, doch dann glaubte er ein Nicken zu erkennen. Er zog sie zurück auf die Beine und führte sie zu einem einspännigen Wagen in der Nähe, der ihm schon aufgefallen war, als er den Turm verlassen hatte. Auf dem Bock schlief ein junger Fähnrich. Viktor rüttelte am Fuß des Burschen und wies ihn an: »Wach auf! Du wirst diese Frau zur Kaserne Türnitz bringen.«

Der Fähnrich räusperte sich verlegen und winkte Charlotte zu sich auf den Bock. Zunächst blieb sie einfach stehen, erst als Viktor sie anstieß, kletterte sie zu dem Fähnrich hinauf.

Viktor traute ihr nicht. Er zweifelte daran, dass er sie am Abend in seinem Quartier antreffen würde, und er befürchtete, dass Charlotte sich an ihre Familie wenden oder gar ein zweites Mal vor ihm aus Salzburg davonlaufen würde.

»Charlotte!« Plötzlich erklang eine helle Kinderstimme hinter ihm. Viktor wandte sich um und sah in der Nähe des Turmes die Frau, die ihm Charlottes Aufenthaltsort verraten hatte, mit ihrem Sohn, der nun auf Charlotte zustürmte. Was hatten die beiden hier zu suchen? Er hatte sie vor seinem Aufbruch nach Hallein in die Gesindekammer der Kaserne geschickt, doch wahrscheinlich hatte sich auch dort schnell herumgesprochen, dass Vaganten aus Hallein nach Salzburg gebracht worden waren, um sie hier im Gefängnis der Neustadt zu verhören. Also war sie wohl zum Turm geeilt, um zu erfahren, ob sich auch der Mann unter den Gefangenen befand, für den sie zur Verräterin geworden war.

»Adam!«, rief Charlotte aus und streckte dem Kind eine Hand entgegen. Zum ersten Mal an diesem Tag zeigte sich ein schwaches Lächeln auf ihren Zügen. Aber gleich darauf wirkte sie besorgt, als ihr Blick sich mit dem der Mutter des Jungen kreuzte.

Viktor zögerte nur kurz. Er ging auf den Wagen zu, legte dem Kind seine Hände auf die Schulter und zog den Jungen von ihr fort. Charlotte funkelte ihn aufgebracht an. Genau auf diese Reaktion hatte er gehofft.

»Du kennst dieses Kind«, zischte Viktor. »Also nehme ich an, du hast mit dem Jungen und seiner Mutter bei den Vaganten gelebt. Ich werde sie zu den anderen in den Turm sperren lassen.«

Charlotte schnaufte. »Die beiden haben weder etwas mit dem Zauberer zu schaffen, noch wandten sie sich jemals gegen das Gesetz. Lass die Finger von dem Jungen!«

»Vielleicht«, sagte er. »Vielleicht verzichte ich darauf, deine Freunde dem Gerichtsdiener zu übergeben. Doch das liegt in deiner Hand. Die beiden werden dich in die Kaserne begleiten. Sollte ich am Abend in meinem Quartier eintreffen und du bist nicht dort, werde ich nach dir und nach ihnen suchen lassen, und ich verspreche dir, dieses Kind wird so hart die Rute zu spüren bekommen, bis es freimütig gesteht, dass er mit dem Teufel einen wilden Reigen getanzt hat.«

Charlotte verzog angewidert das Gesicht. »Für deine Boshaftigkeit wirst du in der Hölle brennen.«

»Treffe ich dich heute Abend in der Kaserne an?«, erwiderte er unbeeindruckt.

Statt einer Antwort zog sie den Jungen auf den Wagen und drückte ihn an sich. Viktor war dies Antwort genug. Er nickte zufrieden und ging zurück zum Turm. Die Mutter des Jungen kam ihm entgegen und ging auf den Wagen zu. Ihr Blick verriet Besorgnis. Viktor wunderte das nicht, denn ihm war klar, dass sie befürchtete, Charlotte könnte erfahren, wer die Vaganten an die Obrigkeit ausgeliefert hatte.

»Geh mit ihr«, flüsterte er ihr zu, als er vor ihr stand. »Sorge dafür, dass sie in meinem Quartier bleibt, dann werde ich darüber schweigen, was du ihr angetan hast.«

Mit ausdrucksloser Miene trat die Frau an ihm vorbei und setzte sich zu Charlotte und dem Jungen auf den Wagen. Viktor schaute der abfahrenden Kutsche noch kurz nach, dann betrat er den Turm.

Er war zufrieden. Charlotte befand sich unter seiner Kontrolle. Nun wurde es Zeit, mehr über den Mann zu erfahren, der ihm seine Frau geraubt und sie besprungen hatte, als wäre sie eine Hure.

Kapitel 27

Die Keuche maß kaum drei Schritte in der Länge und vielleicht zwei in der Breite. Robert verrenkte seinen Hals, um einen Blick auf die schmale Scharte an der Hinterseite zu werfen, von wo ein schales Licht in die Zelle fiel. Seine Hände waren mit einer Schiene zusammengekettet worden, so dass er sie nicht zusammenbringen konnte, und die Kette, die von dieser Schelle bis zu dem eingemauerten Eisenring führte, war so kurz, dass er weder liegen noch sich ohne Schmerzen auf den Boden hocken konnte.

Man hatte sie zu viert in dieser Keuche untergebracht. Neben Robert wand sich Sigmund stöhnend unter der Last der Ketten. Als die Tür hinter ihnen geschlossen worden war, hatte Sigmund eine Zeitlang immer wieder Columbinas Namen gerufen. Da keine Antwort erfolgte, gab er es schließlich auf. Die Wunde an seiner Schläfe war inzwischen stark angeschwollen.

Außer Sigmund befanden sich noch zwei Knaben in ihrer Zelle. Robert war ihnen im Pfannhaus das eine oder andere Mal über den Weg gelaufen, wo die beiden während der Sudwoche die getrockneten Salzfuder in die Lagerräume getragen hatten. Sie mochten an die dreizehn Jahre alt sein, sprachen wenig und wenn, dann ließ die Furcht ihre Stimmen zittern. Einer von ihnen hatte auf dem strohbedeckten Boden sein Wasser abgeschlagen, so dass sich in der Zelle ein unangenehmer Uringeruch ausgebreitet hatte. Der Eisenmeister hatte ihnen nach dem Anketten noch gesagt, dass er jeden Morgen das Stroh wechseln würde. Robert hoffte, dass er diese Pflicht nicht vernachlässigte, denn sonst würde es hier schon bald wie in einem Viehstall stinken.

Er versuchte sich umzudrehen und stöhnte laut auf. Die Prügel, die die Soldaten ihm in Hallein verabreicht hatten, waren zwar weniger schmerzhaft gewesen als die Schläge und Tritte, die er einst von Rudwin Stollberg und Arnulf Gruber eingesteckt hatte, aber er befürchtete, dass an seiner rechten Brust ein oder zwei Rippen geprellt, wenn nicht gar gebrochen waren.

»Wie lange werden die uns hier festhalten?«, fragte einer der Knaben ängstlich und beteuerte sogleich: »Ich habe nichts Unrechtes getan.«

»Du bist ein herumziehender Strolch«, brummte Sigmund. »Das ist denen Unrecht genug.«

»Die waren darauf aus, den Zauberer Jakob Koller in ihre Gewalt zu bekommen«, ergriff Robert das Wort. »Und darum werden sie alles daran setzen, aus uns herauszupressen, was wir über ihn wissen.«

»Ich bin dem Jackl nie über den Weg gelaufen«, behauptete der Knabe. »Darauf werde ich einen heiligen Eid ablegen.«

Sigmund kicherte spöttisch. »Dein Eid ist einen Dreck wert. Der Freimann wird dich mit der Gerte streichen, bis du jubilierend gestehst, dass du dem Jackl den Arsch geleckt und auf die heilige Hostie geschissen hast.«

Auf diese Bemerkung hin rümpfte der Junge nur die Nase und spuckte vor Sigmund aus. Robert indes kümmerte sich nicht mehr um das Geplänkel. Seine Gedanken waren bei Charlotte, und er fragte sich, was mit ihr geschehen sein mochte.

Während des Marsches von Hallein nach Salzburg hatte man sie voneinander getrennt. Er hatte sie nur kurz zu Gesicht bekommen, als die Soldaten ihm die Fesseln angelegt hatten. Charlotte und auch Johanna hatten sich wie abwesend verhalten und mit verweinten Augen zu Boden gestarrt. Ihre Kleidung war an mehreren Stellen zerrissen gewesen, und an Johannas Bein war ihm eine Blutspur aufgefallen. Viktor von Calbach hatte die Schändung der Frauen nicht verhindert, sondern seine Schergen sogar noch dazu ermuntert. Diese Bösartigkeit hatte Robert so wütend gemacht, dass er dem selbstgefälligen Offizier gerne eine Tracht Prügel verabreicht hätte, wenn es ihm möglich gewesen wäre. Für diese Genugtuung hätte er auch weitere Schläge in Kauf genommen, doch die Fesseln an seinen Handgelenken und das Seil um seinen Hals verhinderten eine solche Tat.

Als sie dann am Abend Salzburg erreicht hatten und hier am Turm eingetroffen waren, hatte Robert Charlotte nicht mehr unter den Gefangenen ausfindig machen können. Viktor musste dafür gesorgt haben, dass sie von den Vaganten getrennt worden war, und er wusste nicht, ob ihn das beunruhigen sollte. Zwar bedeutete das wohl, dass Charlotte die Keuche erspart blieb, doch auch, dass sie erneut der Willkür ihres Ehemannes ausgeliefert war.

Neben der Sorge um Charlotte plagte Robert auch die Befürchtung, dass nun das Geheimnis offenbart werden würde, das er in den vergangenen Wochen vor seinen Gefährten verborgen gehalten hatte. Man hatte ihn unter dem Verdacht der Teufelsbuhlschaft verhaftet. Früher oder später würde man ihn verhören und womöglich der Folter unterziehen. Nach allem, was Robert über die Schrecken der Tortur gehört hatte, nahm er an, dass es ihm kaum gelingen würde, den Peinkommissaren seine Herkunft und die Mordtat an dem Schiffmeister Rudwin Stollberg zu verschweigen. Vielleicht würde man ihn nach Rosenheim ausliefern oder aber auch hier in Salzburg richten. Seinem Urteil, und damit dem Tod, konnte er in keinem Fall entrinnen.

Während er noch mit seinem Schicksal haderte, öffnete sich quietschend die Tür, und der bullige Eisenmeister trat ein. Er löste die Kette an Roberts Handgelenken und wies ihn an, ihm zu folgen. Stöhnend kam Robert auf die Beine und humpelte hinter dem Mann her, der ihn in den gegenüberliegenden leeren Raum führte. In der Mitte der Kammer befand sich ein großer Tisch. Die Fensterscharte war deutlich breiter als in der Zelle, zudem waren an den Wänden zwei Laternen befestigt, so dass der Raum gut ausgeleuchtet wurde.

»Zieh dich aus und leg alles, was du am Körper trägst, auf dem Tisch ab«, verlangte der Eisenmeister.

»Warum?«, wollte Robert wissen.

Sein Gegenüber hob missmutig die Arme. »Es wurde so angeordnet. Nun mach schon. Oder muss ich dich dazu zwingen?«

Es widerstrebte Robert, der Anweisung Folge zu leisten, doch er sah keinen Sinn darin, weiteren Ärger zu provozieren. Betont langsam zog er seine Beinkleider aus, streifte das Wams und das Hemd ab, warf alles auf den Tisch und stand nun nackt vor dem Eisenmeister. Er musste an die Briefe seines Vaters denken, die im Saum seines Wamses versteckt waren. Inzwischen ärgerte er sich darüber, dass er sie nicht in Hallein zurückgelassen hatte. Das silberne Kreuz hingegen trug er noch immer an einer Schnur um den Hals, doch nun machte der Eisenmeister einen Schritt auf ihn zu, langte nach diesem Schmuck und riss mit einem Ruck das Lederband entzwei.

»Wem hast du das gestohlen?«

»Es gehört mir«, behauptete Robert.

»So?« Der Eisenmeister lachte. »Dir gehört nicht einmal der Staub der Straße, den du geschluckt hast.«

Einen bangen Augenblick lang glaubte Robert, der Mann wollte ihn bestehlen. Während der Eisenmeister das silberne Kreuz betrachtete, wurde jedoch die Tür geöffnet. Viktor von Calbach trat in den Raum und streckte seine Hand aus. »Was ist das? Gib es mir!«

Der Eisenmeister überließ Viktor das Kreuz. »Der Kerl trug es bei sich.«

Viktor runzelte die Stirn. »Lass uns allein.«

Der Eisenmeister zog sich zurück. Viktor drehte das Kreuz in seiner Hand, dann legte er es zu den anderen Sachen auf dem Tisch ab. Robert rührte sich nicht und schaute unbewegt in das Gesicht Viktor von Calbachs, der eine Gerte bei sich trug, die er langsam durch die Finger gleiten ließ. Robert hielt dem Blick seines Gegenübers stand, doch nackt wie er war, fühlte er sich schutzlos und erniedrigt.

Viktor musterte Robert kurz. Dann schritt er unvermittelt aus und stieß Robert so fest vor die Brust, dass er zurückstolperte und zu Boden stürzte.

»Du wirst mich nicht noch einmal auf diese Weise anstarren!«, warnte ihn Viktor.

Robert stand sofort wieder auf und richtete seine Augen erneut fest auf von Calbach. Auch wenn Charlottes Ehemann die Macht hatte, ihn foltern und töten zu lassen, war er durchaus bereit, diesem Teufel die Stirn zu bieten.

Viktor ohrfeigte ihn. »Du frecher Kerl. Was glaubst du, wer du bist?«

»Zumindest bin ich kein Mann, der tatenlos zusieht, wie sein Eheweib von einer schmutzigen Meute geschändet wird«, sagte Robert. Diese Erwiderung brachte ihm einen schmerzhaften Hieb mit der Gerte ein. Er schrie auf. Ein roter Striemen zog sich über seine Brust.

»Man muss dich wohl zähmen wie ein wildes Tier«, rief Viktor und hob die Gerte an. »Wer bist du? Was hast du mit dem Zauberer Jakob Koller zu schaffen?«

»Wollt Ihr nicht wissen, was ich mit Eurer Frau zu schaffen habe?«, gab Robert zurück, was ihm drei weitere Schläge einbrachte.

»Für jede weitere Schmähung werde ich nicht nur dich prügeln, sondern auch ihr Schmerzen zufügen«, zischte Viktor. »Also überlege dir gut, was du sagst.«

Robert schwieg. Charlotte hatte ihm davon erzählt, dass es diesem Mann ein widerwärtiges Entzücken bereitet hatte, sie zu misshandeln. Er nahm die Drohung ernst und verzichtete darauf, Viktor weiter in Rage zu bringen.

Der verschränkte die Arme vor der Brust. »Sag mir deinen Namen.«

»Ich heiße Robert«, antwortete er verkniffen.

»Wie ist der Name deiner Familie?«

Robert zögerte.

»Wird's bald!« Viktor trat nach ihm. Robert wich zurück und gab den falschen Familiennamen an, den er seit seiner Flucht aus Rosenheim benutzt hatte.

»Erdmann ist mein Name. Robert Erdmann.«

»Das klingt wie eine Lüge«, vermutete Viktor. »Woher stammst du, Robert Erdmann?«

»Aus Kufstein«, behauptete Robert spontan und hoffte, dass Viktor von Calbach sich dort nie aufgehalten hatte, denn er selbst hatte in Kufstein ja nur wenige Stunden lang eine Rast eingelegt und wusste so gut wie nichts über diesen Ort.

»Kufstein also.« Viktor runzelte die Stirn und wirkte nicht überzeugt. »Aus welchem Grund treibst du dich dann hier im Erzstift auf den Straßen herum und bettelst?«

»Ich habe nach Arbeit gesucht«, behauptete Robert. »Also habe ich mich von Ort zu Ort begeben und bin schließlich nach Hallein gelangt.«

»Bist du zusammen mit dem Zauberer Jakob Koller über die Straße gezogen?«

»Ich weiß nicht, wer das ist.«

Diese Antwort brachte Robert weitere Hiebe mit der Gerte ein. Er versuchte sein Gesicht zu schützen und duckte sich, während Viktor brüllte: »Lügen, nichts als Lügen! Ich werde dich prügeln, bis die Wahrheit zusammen mit dem Blut aus dir herausströmt.«

»Haltet ein!«, erklang plötzlich eine fremde Stimme, und tatsächlich ließ Viktor nun von ihm ab. Robert blinzelte und betrachtete den Mann, der zu ihnen in den Raum getreten war. In diesem Moment fühlte er sich elender als unter Viktors Schlägen, denn er erkannte Sebastian Zillner, der nun die Tür hinter sich schloss, sich neben Viktor stellte und auf Robert deutete.

»Was fällt Euch ein, diesen Burschen zu verhören, bevor der Fall an den Hofrat übergeben wurde?«, wollte Zillner wissen.

Robert konnte nicht den Blick von dem Mann abwenden, der wahrscheinlich sein Vater war. Vor acht Tagen, als Zillner vor seinem Haus aus der Kutsche ausgestiegen war, hatte er ihn nur aus der Ferne beobachtet. Nun stand Robert ihm direkt gegenüber, und ihm fielen erneut einige Ähnlichkeiten in ihren Gesichtszügen auf. Alles in allem unterschieden sie sich aber doch so sehr voneinander, dass es einem Unwissenden wohl kaum in den Sinn gekommen wäre, dass es sich bei ihnen um Vater und Sohn handelte.

Viktor von Calbach räusperte sich und entgegnete: »Dieser Vagant steht im Verdacht, dass er mit dem Zauberer-Jackl über das Land gezogen ist. Wenn wir jetzt einen Hinweis über den Aufenthaltsort des Zauberers aus ihm herauszwingen, dann könnte es gelingen, Koller doch noch zu ergreifen.«

»Der Zauberer ist Euch also entkommen.«

Viktor nickte.

»Und was lässt Euch annehmen, dass ausgerechnet dieser Kerl Euch verraten kann, wo sich der Jackl aufhält?«

»Er ist ein Dieb.« Viktor langte nach dem silbernen Kreuz

und reichte es Zillner. »Dieses kostbare christliche Symbol trug er bei sich. Zu wertvoll, als dass es einem Vagabunden gehören könnte. Wahrscheinlich hat er es einem gottesfürchtigen Mann gestohlen, um es zu besudeln und zu verspotten, so wie es ihm der Zauberer-Jackl gelehrt hat.«

Gespannt verfolgte Robert Zillners Reaktion auf das Kreuz. Der Hofrat runzelte die Stirn, dann aber zeigte sich Überraschung in seiner Miene, die er sofort wieder zu verbergen suchte.

Sein strenger Blick fixierte Robert. »Ist das wahr?«, wollte er wissen. »Hast du dieses Kreuz gestohlen?«

Einen Moment lang überlegte Robert, ob er Zillner wie zuvor Viktor mit Lügen abspeisen sollte, doch was hatte er überhaupt noch zu verlieren, wenn er seinem Vater die Wahrheit offenbarte? Man hatte ihn in diesem Gefängnis in Ketten gelegt und würde nichts unversucht lassen, ihm das Geständnis abzutrotzen, dass er die schwarzen Künste angewandt hatte. Obwohl er sich mit dieser Schuld nicht beladen hatte, zweifelte er stark daran, dass er ein solches Verbrechen unter den Qualen der Folter leugnen konnte.

Er war nach Salzburg gekommen, um seinen Vater zu finden. Nun, wo er ihm gegenüberstand, war es wohl an der Zeit, den letzten Schritt zu gehen.

»Das Kreuz gehörte meiner Mutter«, behauptete Robert.

Viktor von Calbach verzog das Gesicht. »Deiner Mutter?«

»Seid still!«, wies ihn Zillner zurecht und wandte sich dann wieder an Robert: »Wie ist der Name deiner Mutter?«

»Sie hieß Sybilla«, antwortete er.

Zillner dachte kurz nach, dann sagte er zu Viktor: »Geht hinaus!«

»Ihr schickt mich fort?«

»Geht!«, wiederholte der Hofrat in schärferem Ton. »Wartet vor der Tür, bis ich Euch rufe.«

Viktor von Calbach gab ein missmutiges Schnaufen von sich, doch er folgte der Anweisung und trat aus der Keuche. Zillner schloss die Tür hinter ihm, langte dann nach dem Hemd, das Robert abgelegt hatte, und warf es ihm zu, damit er seine Blöße bedecken konnte.

»Wie alt bist du?«, wollte Zillner wissen.

»Ich wurde im Jahr des Herrn 1658 in Rosenheim geboren«, entgegnete Robert. »So hat es meine Mutter zumindest behauptet.«

»Und deine Mutter – diese Sybilla? Ist sie mit dir über die Straße gezogen? Hielt sie sich ebenfalls in Hallein auf, als du verhaftest wurdest?«

»Nein, sie ist vor drei Monaten gestorben.«

Einen Moment lang wirkte Zillner wie vor den Kopf geschlagen. Robert bemerkte, wie sich die Faust des Hofrats ballte, bevor er sie hinter seinem Rücken verbarg. Zillner versuchte gefasst zu wirken, doch anscheinend berührte ihn die Nachricht von Sybillas Tod sehr stark.

»Eine Krankheit?«, fragte Zillner.

Er schüttelte den Kopf. »Sie setzte sich gegen einen Mann zur Wehr, der sie bedrängte. Er stach mit einem Messer auf sie ein. Sie hatte bereits viel Blut verloren, als man sie fand, und als sich die Wunde entzündete, raubte ihr ein starkes Fieber die letzte Lebenskraft.«

»Wurde der Mann gerichtet, der ihr das angetan hat?«

»Er hat seine gerechte Strafe erhalten«, entgegnete Robert unbewegt. Er wollte vermeiden, dass sein Vater sich eingehender mit diesem Vorfall beschäftigte, und sagte stattdessen: »Erlaubt Ihr mir, Euch eine Frage zu stellen?«

»Es ist nicht üblich, dass ein Gefangener um eine solche Gunst bittet«, meinte Zillner. Er überlegte kurz, dann wedelte er mit der Hand und sagte: »Nun gut, was wünschst du zu erfahren?«

»Euer Name ist Sebastian Zillner?«

Sein Gegenüber nickte.

»Ihr sollt wissen, dass meine Mutter auf ihrem Totenbett nach Euch gerufen hat.« Robert ging zum Tisch und griff in sein Wams. »Ich trage Briefe bei mir, die Ihr vor vielen Jahren an sie gerichtet habt.« Er zog die Papiere hervor und reichte sie dem Hofrat, der sie stirnrunzelnd entgegennahm. Während Zillner eines der Papiere auseinanderfaltete und die Schrift überflog, sagte Robert: »Die Briefe sind mit Eurem Namen unterzeichnet, und Ihr schreibt über ein Kind, das Ihr mit meiner Mutter gezeugt habt. Sie soll damals schwanger in Rosenheim eingetroffen sein. Zudem habe ich eine Erinnerung aus meiner Kindheit. Da war ein geheimnisvoller Mann, der vor fünfzehn Jahren meine Mutter aufgesucht hat. Und ich glaube, dass Ihr dieser Mann wart.«

Zillner faltete die Papiere zusammen und steckte sie wie selbstverständlich in seine Manteltasche. »Was willst du behaupten, Bursche?« In seiner Stimme lag plötzlich eine überraschende Härte und Kälte.

Robert schluckte und stellte die Frage, die ihm so sehr auf der Seele brannte: »Seid Ihr mein Vater?«

Zillners Körper spannte sich. »Erwartest du wirklich eine Antwort darauf?« Der Hofrat machte einen Schritt auf ihn zu und baute sich vor ihm auf. Robert vermutete, dass er ihm mit diesem Gebaren noch einmal verdeutlichen wollte, welcher Standesunterschied zwischen ihnen bestand und welchen Respekt er erwartete.

»Ihr habt meiner Mutter nahegestanden, und sie traf schwanger in …«

»Hör auf!«, fiel ihm Zillner ins Wort und hob eine Hand, um Robert zum Schweigen zu bringen. »Es steht dir nicht zu, solche Vermutungen zu äußern. Weder mir gegenüber noch zu einer anderen Person.«

»Und doch seid Ihr begierig zu erfahren, wie es meiner Mutter Sybilla in all den Jahren ergangen ist.«

»Ich habe sie gekannt, das ist wahr. Sie gehörte dem Gesinde meiner Familie an. Deine frechen Vermutungen hingegen sind nichts als Hirngespinste.«

»Dann interessiert es Euch also nicht, ob sie glücklich oder unglücklich war, nachdem sie Salzburg verlassen hatte?«

Zillner schwieg. Seine Miene blieb ausdruckslos. Schließlich sagte er: »Doch, ich möchte erfahren, wie ihr Leben verlaufen ist.«

Es hatte Robert enttäuscht, dass Sebastian Zillner der Frage nach seiner Vaterschaft ausgewichen war, doch nun erkannte er, dass er ein wertvolles Pfand in Händen hielt. Er vermutete, dass Zillner sich Sybilla all die Jahre verbunden gefühlt hatte, und er war der Einzige, der die Neugier des Hofrats befriedigen konnte. Für diese Dienste würde er ihm die eine oder andere Gefälligkeit abtrotzen können.

»Ich werde Euch von meiner Mutter erzählen«, sagte Robert. »Doch zunächst ...«

»Was denn?«, unterbrach ihn Zillner mürrisch.

»Ich bitte Euch darum, Euch um Charlotte von Calbach zu kümmern.«

»Charlotte von Calbach?« Zillner runzelte die Stirn. »Der Ehemann ihrer Schwester hat mich darüber unterrichtet, dass sie ihrem Mann davongelaufen und seit Wochen verschwunden ist.«

»Sie befand sich unter den Vaganten, die in Hallein gefangen genommen wurden. Doch als wir hier am Turm ankamen, konnte ich sie nicht mehr finden. Viktor von Calbach muss dafür Sorge getragen haben, dass sie nicht angeklagt wird. Beschützt sie vor ihm! Er ist zu allem fähig. In Hallein hat er zugelassen, dass sie von mehreren grobschlächtigen Hundetreibern geschändet wurde.«

»Das sind schwerwiegende Anschuldigungen.« Zillner rieb sich angestrengt über die Stirn, dann öffnete er die Tür und rief nach Viktor.

»Entspricht es der Wahrheit, dass Eure Frau sich unter den Vaganten in Hallein aufhielt?«, wollte der Hofrat wissen, als Viktor eingetreten war.

Viktor räusperte sich verlegen. »Allem Anschein nach hatten die Vaganten sie in ihre Gewalt gebracht«, antwortete er zögerlich. »Gott sei es gelobt, ich konnte sie befreien und zurück in mein Quartier in die Kaserne Türnitz schaffen.«

»Das ist eine Lüge«, brach es aus Robert heraus, doch Zillner brachte ihn zum Schweigen, indem er ausrief: »Du redest nur, wenn du gefragt wirst, Bursche!«

»Er ist es, der Unzucht mit meinem Eheweib getrieben hat«, fauchte Viktor und deutete auf Robert. »Sie haben wie die Tiere zusammen in den Wäldern gelebt, und wahrscheinlich hat er sie mit einem Zauber an sich gebunden. Dafür wird sein Kopf rollen.«

»Nein«, widersprach Zillner. »Ich werde den Burschen mit mir nehmen.«

Viktor schien verdutzt. »Das lasse ich nicht zu. Er steht unter dem Verdacht der Teufelsbuhlschaft.«

»Sein Name wurde noch nicht zu den Akten genommen, also gibt es bislang auch keine Anklage.«

»Ich weigere mich«, zischte Viktor. »Wenn es sein muss, werde ich den Hofkanzler und den Fürsterzbischof über diesen Vorfall in Kenntnis setzen.«

Zillner trat auf ihn zu. Sie standen sich wie zwei kampfeslustige Hähne gegenüber. »*Wenn es sein muss*«, erwiderte Zillner scharfzüngig, »lasse ich Eure Frau zu den Vorfällen in Hallein befragen und auch jeden einzelnen Soldaten und jeden Hundetreiber, der Euch bei dieser Unternehmung begleitet hat.«

Viktors Lippen wurden schmal, es war offensichtlich, wie angestrengt er darüber grübelte, wie er diese Situation lösen könnte. Robert betete stumm darum, dass Viktor nicht so dumm und stolz sein würde, seinen Ruf für die Rache an einem Nebenbuhler aufs Spiel zu setzen, wenngleich er sich auch wünschte, dass Viktors abscheuliches Wesen endlich offen zu Tage gelegt wurde und man ihn wegen seiner Verfehlungen zur Rechenschaft zog. Letztendlich hatte er keine Ahnung, ob Sebastian Zillner seinen forschen Worten wirklich Taten folgen lassen würde, und so hoffte er darauf, dass Viktor klein beigab und er tatsächlich mit Zillner diesen Turm verlassen durfte.

»Er gehört Euch«, sagte Viktor schließlich, darum bemüht, soviel Haltung wie möglich trotz dieses Zugeständnisses zu bewahren. »Ich werde keinen Einwand dagegen vorbringen, wenn Ihr ihn entlastet.«

»Gut«, erwiderte der Hofrat. »Gebt ihm saubere Kleidung und die Gelegenheit, sich den Schmutz aus dem Gesicht zu waschen. Ich hole ihn morgen zur achten Stunde ab.« Ohne Viktor oder Robert noch eines Blickes zu würdigen, verließ Zillner den Raum.

Viktor verschränkte die Arme und funkelte Robert aufgebracht an. »Der Tag wird kommen, an dem wir uns ohne den Schutz deines Gönners gegenüberstehen.«

»Dem sehe ich mit Freude entgegen«, gab sich Robert von dieser Drohung unbeeindruckt.

Viktor ging zur Tür, blieb dort stehen und meinte: »Ich werde an dich denken, wenn ich zwischen den Beinen meiner Frau liege.« Er griente bitterböse und trat aus der Kammer.

Robert atmete einige Male tief ein und aus, dann setzte er sich auf den Boden und fuhr mit der Hand angespannt durch sein Haar. Zillners Triumph über von Calbach hätte ihm Hoffnung machen sollten, doch Viktors letzte Bemerkung verstärkte seine Sorge um Charlotte sosehr, dass ihm übel wurde.

Kapitel 28

Robert verbrachte eine unruhige Nacht. Mehrere Male schreckte er auf dem Boden der schmalen Kammer auf, weil er träumte, dass seine Hände noch immer angekettet waren. Sein Herz raste aufgeregt, bis er sich darauf besann, dass er hier ohne die Fesseln auf der dünnen Leinendecke lag, die der Eisenmeister ihm für die Nacht überlassen hatte. Fast schämte er sich dafür, wenn er an seine Gefährten dachte, die in den Keuchen unter der Last des Eisens kaum die Beine ausstrecken konnten und dem Tod geweiht waren, während er an diesem Morgen hoffentlich das Gefängnis an der Seite Sebastian Zillners verlassen würde.

Der Eisenmeister hatte ihm auf Zillners Weisung hin nicht nur die Decken, sondern auch einen Krug Bier, eine Schale Brei, eine Schüssel mit Wasser sowie einige Kleidungsstücke gebracht. In der grauen Hose, dem schlichten Wams, den Beinkleidern und den abgetragenen Lederschuhen fühlte Robert sich zwar nicht unbedingt wie ein Edelmann, aber nachdem er sich gestärkt und sein Gesicht sowie den Oberkörper gewaschen hatte, konnte er nach den schrecklichen Vorfällen des gestrigen Tages doch wieder ein wenig Mut fassen.

Sorgen bereitete es ihm nur, dass Zillner nun erfahren hatte, wer er war und dass er auch seinen Namen kannte. Es war gut möglich, dass die Häscher aus Rosenheim auch hier in der Stadt nach ihm gesucht und den Salzburger Hofrat um Unterstützung bei der Suche nach Rudwin Stollbergs

Mörder gebeten hatten. Wusste Sebastian Zillner also vielleicht schon, dass er Sybillas Tod durch seine eigene Hand gerächt hatte? Wenn ja, ließ er es sich nicht anmerken. Möglicherweise hatten seine Verfolger hier in Salzburg aber auch niemals nach ihm gesucht.

All diese Gedanken gingen ihm auch noch durch den Kopf, als das erste Tageslicht durch die Fensterscharte fiel. Bald darauf wurde die Tür geöffnet, und der Eisenmeister rief ihn zu sich. Vor der Kammer wartete bereits Sebastian Zillner, der ihn mit einer Handbewegung anwies, ihm zu folgen. Irgendwie erschien es Robert noch immer unwirklich, dass er ein freier Mann war, doch als er neben seinem Vater auf den Weg vor den Turm trat und die frische Morgenluft schnappte, atmete er erleichtert auf.

»Komm jetzt!«, sagte Zillner und trat voran.

»Wie war es Euch möglich, mich aus dem Turm zu schaffen?«, wollte Robert wissen, als sie die hohe Stadtmauer entlangschritten.

»Ich bin ein Untersuchungsrichter der Inquisitionsprozesse. Der Gerichtsdiener und der Eisenmeister folgen meinen Anweisungen, zudem werden die Namen und alle weiteren Angaben der Gefangenen erst heute aufgenommen, so dass noch keine Anklage gegen dich erhoben wurde.«

»Ihr handelt eigenmächtig. Der Rat weiß nichts davon, dass Ihr mich schützt.«

Zillner nickte. »Und er wird auch nichts davon erfahren. Den Gerichtsdiener und den Eisenmeister habe ich für ihr Schweigen großzügig entlohnt. Und Viktor von Calbach – nun, wenn wahr ist, was du mir über die Vergewaltigung seiner Frau berichtet hast, wird er es nicht darauf anlegen, eine Konfrontation mit mir zu suchen.«

»Also bin ich tatsächlich frei«, meinte Robert.

Zillner reagierte auf diese Feststellung nur mit einem Brummen. Inzwischen hatten sie die Brücke über die Salzach erreicht und machten sich auf den Weg in die Altstadt. Während sie die Brücke passierten, fiel Robert ein langgestrecktes Gebäude auf, an dessen Hofeinfahrt sich mehrere Soldaten aufhielten.

»Ist das die Kaserne?«, fragte er.

»Die Türnitz«, bestätigte Zillner.

»Charlotte von Calbach hält sich dort auf.«

»Du solltest besser keine Gedanken mehr an sie verschwenden. Sie befindet sich dort unter der Obhut ihres Ehemannes. Daran wirst du nichts ausrichten können.«

»Dieser Viktor ist ein Dreckskerl. Er hat sie gedemütigt und geschlagen, bis sie vor ihm geflohen ist, weil sie um ihr Leben fürchtete.«

»Viktor von Calbach mag ein bösartiger Holzkopf sein, aber er ist auch ihr Ehemann, und damit hat sich diese Angelegenheit für dich erledigt. Kein Wort mehr darüber.«

Sie traten den Uferkai entlang. Roberts Blick blieb auf das Kasernengebäude gerichtet, und er fragte sich, hinter welchem der Fenster sich Charlotte aufhielt. Es drängte ihn danach, das Gebäude zu betreten und nach ihr zu suchen, doch er rief sich zur Besonnenheit. Er wollte Zillner nicht verärgern. Um Charlotte würde er sich später kümmern.

»Wohin bringt Ihr mich?«, fragte Robert.

»In mein Haus. Meine Frau ist heute Morgen aufgebrochen, um mit unseren Kindern ihrer Mutter einen Besuch abzustatten. Ich schaffe dich auf den Dachboden, ohne dass jemand von dir erfährt. Du wirst mir in den nächsten Tagen alles über Sybilla berichten, was ich wissen will. Danach kannst du gehen, wohin du möchtest.«

Jetzt erkannte Robert, dass sie tatsächlich in die Straße einbogen, in der er vor einigen Tagen Zillner kurz beobachtet hatte, und sie erreichten das Haus mit den Glöckchen über der Tür. Robert erinnerte sich daran, wie die alte Magd, die bei seinem Anblick regelrecht erschrocken gewesen war, ihn davongejagt hatte. Heute jedoch zeigte sich hier niemand. Nur einige Häuser weiter leerte eine beleibte Frau einen Eimer auf der Straße aus, ohne sie aber zu beachten.

Zillner bat ihn zu warten. Er schloss die Tür auf, lugte ins Innere und winkte ihn heran.

»Eil dich!«, rief er. »Der Flur ist verlassen.«

»Ist es Euch so unangenehm, mit mir gesehen zu werden?«, meinte Robert, als er in den geräumigen Flur trat, wo mehrere breite Schränke untergebracht waren.

»Ich habe meine Befugnisse weit überschritten, als ich dich aus dem Turm befreit habe. Niemand darf davon erfahren. Schon gar nicht das Gesinde meines Hauses.«

Zillner zog Robert mit sich die Treppe in den ersten Stock hinauf, wo sie ein großes Zimmer betraten, in dem zwei junge Männer damit beschäftigt waren, die kunstvollen Holzvertäfelungen von den Wänden zu reißen. Die Arbeiter schauten nicht auf. Zillner und Robert durchquerten wortlos den Raum. Erst als sie durch die Tür auf der anderen Seite des Zimmers in ein weiteres Treppenhaus gelangten, raunte Zillner: »Die beiden kümmern uns nicht.«

»Warum lasst Ihr das Holz von den Wänden entfernen?«, fragte Robert.

»Es stammt aus der Zeit meiner Großeltern«, erklärte der Hofrat. »Heute verwendet man solche Vertäfelungen nicht mehr, weil sich häufig Ratten, Mäuse und anderes Ungeziefer dahinter ausbreiten. Meine Gemahlin hat den Wunsch geäußert, dass dieser Raum mit Wandteppichen geschmückt werden soll oder mit italienischen Tapezereien.«

Zum ersten Mal begriff Robert, dass der Mann, den er für seinen Vater hielt, tatsächlich recht vermögend war. Früher, wenn er als Bankert verhöhnt worden war, hatte er sich oft vorgestellt, sein Vater könnte ein Edelmann oder gar ein Fürst sein. Nun erhaschte er, während sie die Treppe hinaufstiegen, in einem offenen angrenzenden Raum den Blick auf Stühle mit gepolsterten Sitzen, Kommoden mit vergoldeten Beschlägen, kunstvoll geschmiedete Kronleuchter sowie auf den Simsen zur Schau gestellte silberne Teller, Becher, Näpfe, Schüsseln und Kandelaber. Robert war beeindruckt. Sebastian Zillner war gewiss kein Fürst, aber in seinem ganzen Leben hatte sich Robert noch nicht im Haus einer so wohlhabenden Familie aufgehalten.

Im dritten Stock deutete der Hofrat dann auf eine Klapptür an der Decke. »Das ist der Zugang zum Dachboden«, sagte er und stieg die letzten Stufen hinauf, so dass er die Luke aufstoßen konnte. Staub wirbelte dabei auf, und als Robert sich abwandte, um den Schmutz nicht in die Augen zu bekommen, bemerkte er, dass eine der angrenzenden Türen neben ihm eine Handbreit offenstand und dass ihn aus diesem Spalt die alte Magd mit erschrockenen Augen anstarrte. Als sie erkannte, dass Robert auf sie aufmerksam geworden war, schloss sie rasch die Tür.

»Komm herauf!«, rief Zillner.

Robert kümmerte sich nicht weiter um die Alte und kletterte auf den Dachspeicher. Er musste sich bücken, um nicht an eine der Streben zu stoßen, doch zumindest fiel durch zwei kleine runde Fenster am Giebel genug Licht in die Kammer, dass er sich orientieren konnte.

Neben der Bodenluke hatte Zillner bereits zwei Decken, einen kupfernen Krug, zwei Rauchwürste und einen Laib Brot sowie einen Eimer für die Notdurft bereitgestellt.

»Du wirst die nächsten Tage hier oben verbringen«, sagte der Hofrat, »und mir jede meiner Fragen beantworten.«

»Und danach?«, wollte Robert wissen.

»Danach überlasse ich dir einige Münzen, und du ziehst deiner Wege. Ich würde es begrüßen, wenn du Salzburg verlässt und fortan auch die Nähe des Umlandes meidest.« Zillner zog zwei Kisten heran, setzte sich auf die erste und wies Robert an, sich ihm gegenüber niederzulassen. »Dringende Pflichten warten auf mich, und so ist mein Zeit knapp bemessen, doch bevor ich gehe, will ich mehr über Sybilla erfahren.«

»Was möchtet Ihr wissen?«

»Nun ja.« Zillner überlegte kurz und fragte dann: »Habt ihr – du und deine Mutter – all die Jahre in Rosenheim gelebt?«

Robert nickte. »Ja, zunächst nahm uns eine Frau am Äußeren Markt auf, später kamen wir im Haus eines Gerbers am Stadtrand unter.«

»Hat Sybilla für diesen Gerber gearbeitet?«

»Für ihn und andere Haushalte. Sie half dort an den großen Waschtagen, schuftete auf den Feldern oder sammelte für die Schiffbauer Moos auf den sumpfigen Wiesen. Sie war stets fleißig und gönnte sich nur selten einen Tag Ruhe.«

»Ich weiß«, meinte der Hofrat. »Doch sag mir: Wie war ihr Gemüt? War sie fröhlich oder eher bedrückt?«

»Ich habe sie nur selten lachen gesehen. An vielen Abenden schien sie so tief in ihre Gedanken versunken, als wäre sie an einem ganz anderen Ort. Aber sie hat nie darüber gesprochen, was ihr die Seele schwermachte.«

»Hat sie dir über die Jahre berichtet, die sie hier in Salzburg verbracht hat?«

»Kaum.«

»Und dein Vater? Was hat sie dir über den erzählt?«

»Auch da hielt sie sich bedeckt und hat nur behauptet, sie habe sich einst in einen jungen Handelsreisenden verliebt, mit dem sie eine kurze Affäre hatte. Als sie von ihrer Schwangerschaft erfuhr, war dieser Mann, dessen vollen Namen sie angeblich nicht einmal kannte, bereits des Weges gezogen.« Robert zuckte die Achseln. »Ihre Worte klangen für mich nie so recht glaubhaft. Eigentlich habe ich immer an dieser Geschichte gezweifelt.«

Zillner dachte kurz über diese Antwort nach, dann leckte er sich verlegen über die Unterlippe, als würde ihm die nächste Frage schwerfallen. »Hat sie in Rosenheim geheiratet?«

Robert schüttelte den Kopf.

»War dort ein Mann an ihrer Seite? Jemand, der sie begehrt hat und der sich um sie und um dich gekümmert hat?« Zillners Mundwinkel zuckten. Robert merkte ihm an, dass ihn vor allem diese Frage die ganze Zeit über beschäftigt hatte. Er zögerte, dann antwortete er: »Sie war allein. Es hat die ganzen Jahre keinen einzigen Mann in ihrem Leben gegeben. Aber sie hat sich auch niemals darüber beklagt.«

»Zwanzig Jahre«, raunte Zillner, als könne er das nur schwer begreifen.

»Welche Verbindung gab es zwischen Euch und meiner Mutter, bevor sie nach Rosenheim gekommen ist?«, stellte nun Robert eine Frage, über die er schon seit Wochen gegrübelt hatte. »Als sie im Fieber lag, hat sie Euren Namen ausgerufen. Warum wart Ihr so wichtig für sie?«

Zillner richtete sich auf. »Ich habe dich nicht aus der Keuche geholt, damit du mir Fragen stellst, Bursche.«

»Ich glaube, sie hat Euch geliebt. All die Jahre«, setzte Robert nach. »Und auch Ihr konntet sie nicht vergessen.«

»Halt den Mund!«, wies ihn der Hofrat zurecht. Er klappte die Bodenluke auf und stieg die Leiter hinunter.

»Seid Ihr mein Vater?«, rief Robert, doch Zillner erwiderte nur: »Ich kehre am Abend zurück. Verhalte dich so lange ruhig.« Dann zog er die Klappe nach unten, und Robert hörte ein Klacken. Er bückte sich und versuchte die Klappe hochzuziehen, doch sie war von unten verriegelt worden und ließ sich nicht öffnen. Ernüchtert setzte er sich zurück auf die Kiste und fluchte leise.

Nichts hatte sich geändert. Er war noch immer ein Gefangener.

Eine Weile hockte sich Robert an eines der runden Fenster, durch das er einen Blick auf die Straße werfen konnte. Ihm ging noch immer das seltsame Gespräch durch den Kopf, das er mit Sebastian Zillner geführt hatte. Er wurde nicht recht klug aus diesem Mann, der ihn zwar aus der Keuche befreit hatte, aber nicht eingestehen wollte, dass er sein Vater war.

Zillner verlangte, dass er die nächsten Tage hier auf dem Dachboden ausharrte. Warum wollte er ihn noch tagelang über Sybilla ausfragen, wo er die wesentlichen Dinge doch nun bereits wusste? Robert schien es, als sei Zillner wie besessen davon, jedes Detail aus Sybillas Leben zu erfahren, und wieder fragte er sich, welches Schicksal die beiden miteinander verbunden haben mochte. Für ihn stand außer Frage, dass sie ein Verhältnis gehabt hatten, und er war auch nach wie vor davon überzeugt, dass Sebastian Zillner sein Vater war. Doch er spürte auch, dass die Vergangenheit ein noch größeres Geheimnis barg, das Zillner wie einen kostbaren Schatz hütete.

Es war müßig, über dieses Geheimnis zu spekulieren, darum wanderten Roberts Gedanken alsbald zu Charlotte. Ihm kam das Kasernengebäude in den Sinn, das er auf dem Weg durch die Stadt passiert hatte. Die Vorstellung, dass Charlotte in ihrem schlechten Zustand Viktor von Calbach dort schutzlos ausgeliefert war, verursachte eine ständige Unruhe in ihm. Er erhob sich, lief auf dem Dachboden auf und ab und haderte damit, dass Zillner ihn eingesperrt hatte. Er wollte Charlotte aufsuchen und mit ihr sprechen. Seit sie in Hallein voneinander getrennt worden waren, hatten sie kein Wort mehr miteinander wechseln können. Er fühlte sich gereizt, weil er keine Ahnung hatte, in welcher Verfassung sie sich nach den schrecklichen Vorfällen befand. Gerade jetzt würde sie seine Nähe und seinen Trost brauchen – doch er würde tagelang nutzlos in dieser Dachkammer hocken.

Während er noch diese Umstände verfluchte, vernahm er ein Geräusch, und im nächsten Moment wurde die Bodenluke angehoben. Robert nahm zunächst an, Sebastian Zillner sei früher als erwartet zurückgekehrt, doch dann erkannte er die alte Magd, die sich in der Luke aufrichtete und ihn mit ernstem Ausdruck musterte.

»Du bist es also tatsächlich«, raunte die Alte.

Robert rührte sich nicht. »Ich bin kein Dieb.«

»Ich weiß. *Er* hat dich hierhergebracht.«

Sie kletterte nun ganz auf den Dachboden. Mit verschränkten Armen standen sie sich gegenüber. »Wir sind uns schon einmal begegnet, als du hier vor dem Haus herumgeschlichen bist.« Sie streckte die Hand aus, berührte sein Kinn und drehte seinen Kopf ein wenig zur Seite, um ihn zu betrachten. »Du siehst ihr ähnlich. Mehr als ihm.«

»Wen meinst du?«

»Wen schon – Sybilla natürlich.«

»Du hast sie also gekannt.«

»Natürlich kenne ich sie. Sie ist meine Tochter.«

Robert stutzte. Sybilla hatte ihm gegenüber immer behauptet, sie wäre ein Waisenkind gewesen. Nun stellte sich also heraus, dass dies nur eine weitere Lüge gewesen war.

Die Alte gab ein mürrisches Grunzen von sich. »Ich habe all die Jahre befürchtet, dass sie mit ihrem Bankert zurückkehren wird.«

Einen Augenblick lang war Robert noch sprachlos darüber, dass es sich bei dieser Frau um seine Großmutter handelte, dann aber klärte er sie auf: »Sybilla befindet sich nicht in Salzburg. Sie ist vor einigen Monaten gestorben.« Trotz dieser Nachricht blieb die Miene der Alten unbewegt. »Nach ihrem Tod fand ich einige Briefe, die der Hofrat Zillner an sie gerichtet hatte«, sagte Robert, »und ich kam hierher, um mehr über diesen Mann zu erfahren.«

Seine Großmutter schüttelte verständnislos den Kopf.

»Die beiden konnten also nicht voneinander lassen. Ich hatte gehofft, ihre Torheit würde enden, wenn sie getrennt wären.«

»Dann ist Sebastian Zillner also mein Vater?«

Die Alte musterte ihn. »Ich entdecke in deinem Gesicht einige Merkmale, die mich an den Herrn in seiner Jugend erinnern. Ja, du scheinst sein Sohn zu sein.«

»Was ist damals geschehen? Wurde Sybilla nur deshalb fortgeschickt, weil sie schwanger war? Ich kann das nicht glauben. Zillner hat mir die Antwort darauf verweigert, so als gäbe es ein Geheimnis, das er schützen müsse.«

»Manche Dinge sollte man nicht aus der Dunkelheit herauszerren. Schon gar nicht nach so vielen Jahren.«

Es ärgerte Robert, dass seine Großmutter sich nun ebenso verstockt gab wie zuvor sein Vater. »Ich möchte die Wahrheit wissen. Du wirst sie mir verraten«, verlangte er.

»Die Wahrheit?« Die Alte lachte bitter auf. »Die Wahrheit ist, dass du eine Gefahr für Sebastian Zillner bist.« Sie zog an seinem Ärmel und drängte ihn zu der Luke. »Geh fort und halte dich von Salzburg fern! Lass die Vergangenheit ruhen. Es ist besser für dich und für uns.«

Robert stieg die Treppe hinab und wartete, bis seine Großmutter ihm gefolgt war. Dann fragte er: »Warum bin ich eine Gefahr für ihn? Sag es mir! Ich will es verstehen.«

Sie schob ihn weiter. »Mein Schweigen ist zu deinem Vorteil. Ich lasse dir deinen Seelenfrieden.«

Er glaubte nicht, dass es ihm gelingen würde, die Großmutter umzustimmen, darum stieg er die Treppe weiter hinab, bis er den Flur vor dem Hauseingang erreichte. Hier drehte er sich noch einmal zu der Alten um, die ihm gefolgt war, als wolle sie sich vergewissern, dass er auch wirklich das Haus verließ. »Wie ist dein Name?«, wollte er von ihr wissen.

»Josefa«, antwortete sie.

»Habe ich noch andere Verwandte, Josefa?«

»Sebastian Zillner ist Vater von zwei Söhnen und einer Tochter. Sie sind damit wohl deine Halbgeschwister. Ich selbst hatte nur Sybilla.«

Er hörte ein gewisses Bedauern aus dieser Bemerkung heraus und fragte sich, wie schwer es Josefa gefallen sein musste, ihr einziges Kind zu verstoßen. Welche Sünde mochte Sybilla nur begangen haben, dass diese Frau eine solch harte Entscheidung gegen ihre Tochter getroffen hatte?

»Möchtest du wissen, wie es Sybilla in Rosenheim ergangen ist?«, fragte er sie. »Willst du erfahren, wie sie gestorben ist?«

Josefa schüttelte den Kopf und öffnete ihm die Tür. »Für mich ist sie schon vor langer Zeit gestorben. Geh, und lass mir und dieser Familie den Frieden.«

Robert wandte sich ab und trat davon. Im Grunde wollte er Sebastian Zillner nicht endgültig den Rücken kehren – gerade nun, wo er nach all den Strapazen endlich zu ihm gefunden hatte. Es gab noch so viele offene Fragen, auf die er sich Antworten erhoffte – so verstockt sich sein Vater auch geben mochte. Wenngleich Josefa ihn gebeten hatte, sich von diesem Haus für immer fernzuhalten, sah er nicht ein, warum er ihrer Bitte Folge leisten sollte. Seine Großmutter würde ihn gewiss nicht davon abhalten, erneut das Gespräch mit seinem Vater zu suchen.

Er hätte sich Josefas Drängen widersetzen und auf dem Dachboden bleiben können, aber diese unerwartete Freiheit gab ihm die Gelegenheit, Charlotte aufzusuchen. Sie brauchte ihn und musste zumindest erfahren, dass er sich nicht mehr unter den Gefangenen in der Keuche befand. Bestimmt sorgte sie sich ebenso um ihn wie er sich um sie, und das Wissen um seine Freiheit würde ihr zumindest diese Last nehmen.

Er versuchte sich in Erinnerung zu rufen, welchen Weg er an der Seite Zillners am Morgen zurückgelegt hatte, und streifte durch die Salzburger Straßen und Gassen, bis er tatsächlich das Kasernengebäude erreichte, in dem sich Charlotte wahrscheinlich aufhielt. Nun allerdings stellten sich ihm neue Schwierigkeiten in den Weg. Er zählte an der Hinterfront an die fünfzig Fenster. Wie sollte er sie in diesem Komplex finden? Und wenn es ihm wirklich gelang, zu erfahren, wo sich die Unterkunft des Offiziers Viktor von Calbach befand, hatte er keine Gewähr, dass er Charlotte dort allein antraf. Sollte er Viktor begegnen, würde das womöglich eine weitere Eskalation heraufbeschwören.

Während er noch in diese Gedanken versunken war, fiel sein Blick auf eine Frau, die einen großen, mit Brot und Gemüse beladenen Weidenkorb im Arm trug und auf den Toreingang der Kaserne zutrat. Er stutzte und fragte sich, ob seine Augen ihm einen Streich spielten. Nein, sie war es tatsächlich.

»Helene!«, rief er laut aus. Sie drehte sich um, und er winkte ihr. Einen Moment lang stand sie einfach da, als wäre sie erstarrt. Dann setzte sie den Korb auf dem Boden ab, kam rasch auf ihn zu und schlang die Arme um ihn.

»Oh, mein Gott, Robert!« Sie wollte sich an ihn drücken, doch er hielt sie zurück, weil seine Rippen noch immer von den Prügeln schmerzten, die er in Hallein bezogen hatte.

»Was zum Himmel tust du hier?«, wollte er wissen. »Warum bist du in Salzburg?«

Sie rückte ein wenig von ihm ab, und es schien ihm, als hätte seine Frage sie in Verlegenheit gebracht. Dennoch freute er sich, so unverhofft mit ihr zusammenzutreffen. Nachdem sie in Hallein vor ihm davongelaufen war, hatte es ihn stets bedrückt, dass sich ihre Wege im Streit getrennt hatten.

»Nach … nach unserer Auseinandersetzung bin ich mit

Adam über die Straße nach Salzburg gezogen«, sagte sie. »Hier hörte ich davon, dass in Hallein Vaganten unter dem Verdacht der Zauberei festgenommen worden sind und dass man die Malefikanten nach Salzburg geschafft hat. Darum bin ich zum Gefängnis in der Neustadt geeilt, weil ich in Erfahrung bringen wollte, ob auch du dich unter diesen Leuten befindest. Dort begegnete ich allerdings Charlotte ...«

»Charlotte?«, hakte er nach.

Helene nickte.

»Du lebst bei ihr?«, fragte Robert überrascht.

»Ich ... ich soll die häuslichen Dienste für sie verrichten. Sie ist in keiner guten Verfassung, und ...«

»Du wolltest mit diesem Korb also zu ihr.« Robert deutete auf die Kaserne. »Hält sie sich in diesem Gebäude auf?«

»Ja.«

»Und Viktor von Calbach?«, fragte er. »Ist er bei ihr?«

»Im Moment nicht. Aber ich weiß nicht, wann er zurückkehrt.«

»Dann bring mich zu ihr«, verlangte er.

Ihr Zögern verriet die Eifersucht, die noch immer zwischen ihr und Charlotte stand. »Robert ... ich ...«, begann sie ausweichend.

Er drängte sie mit sich zum Tor der Kaserne. »Helene, bitte! Ich muss mit ihr sprechen.«

»Wir sind frei und können die Stadt verlassen«, brachte sie hastig hervor. »Ich hole Adam, wir kehren Salzburg den Rücken, und alles ist wie zuvor.«

Robert schüttelte den Kopf. »Es hat sich zuviel verändert. Charlotte braucht mich.« Er hob den Korb auf und drückte ihn Helene in den Arm. »Führe mich zu ihr.«

Helenes Augen ließen den Unmut erkennen, seiner Bitte Folge zu leisten. Er glaubte schon, sie wolle sich weigern, doch schließlich seufzte sie und schritt zum Tor.

»Eil dich und halte dich so kurz wie möglich dort auf«, sagte sie, als sie den Hof passierten. »Charlottes Ehemann kann jederzeit wieder hier eintreffen, und es hätte wohl ebenso für dich wie für sie unangenehme Folgen, wenn er euch zusammen sähe.«

Robert trat ihr hinterher und sorgte sich nicht um Viktor. Seine Gedanken galten einzig Charlotte. Es waren kaum zwei Tage vergangen, seit sie voneinander getrennt worden waren, doch ihm kam es vor, als würde er gleich auf einen Menschen treffen, den er schon vor Jahren aus den Augen verloren hatte.

Kapitel 29

Mit zitternder Hand hob Charlotte die Karaffe über den Pokal und füllte ihn. Sie schwankte dabei so sehr, dass der Wein über den Rand schwappte, auf die Anrichte floss und von dort auf den Boden tropfte.

Sie schaute gleichgültig darüber hinweg, hob den Pokal an und trank ihn in drei schnellen Zügen aus. Ihr Blick fiel auf die bauchige Karaffe, die am Morgen noch mit dem Malvasier gefüllt gewesen war. Nun befand sich nur noch ein Rest in dem Gefäß. Der Alkohol war ihr bereits so sehr zu Kopf gestiegen, dass sie kaum noch einen klaren Gedanken fassen konnte, und doch gelang es ihr noch immer nicht, die grässlichen Bilder aus ihrem Kopf zu vertreiben, die ihr wieder und wieder vor Augen stiegen. Im Grunde verstärkte der Rausch des Weines nur noch diesen widerwärtigen Reigen. Wie ein Fiebertraum, der sich nicht vertreiben ließ, drängte sich eine verzerrte Erinnerung an die Vergewaltigung immer wieder vor ihre Augen.

Das bärtige Gesicht, das sich über sie beugt. Die Hände der anderen beiden Männer, die sie auf der festgestampften Erde festhalten. Johannas Kreischen, während ein vierter Kerl sie gegen die Wand drückt.

Charlotte stöhnte und klammerte sich mit den Händen an die Anrichte, doch sie konnte nicht verhindern, dass sie die Schändung noch einmal durchlebte.

Der Bärtige schiebt ihre Röcke hoch und zwängt sich mit einem Keuchen in sie, während einer der anderen Kerle mit seiner schwieligen Hand grob nach ihrer Brust greift. Sie spürt die feuchte Zunge des Bärtigen, der über ihr Gesicht leckt. Sein Atem stinkt nach Fäulnis, und er grunzt bei seinen ruckartigen Bewegungen wie ein Schwein. Dann ergießt er sich in sie und macht einem der anderen Männer Platz.

Charlotte wimmerte und krümmte sich zusammen. Sie brauchte mehr Wein, um endlich von diesem Bildern erlöst zu werden. Und um den stechenden Schmerz in ihrem Unterleib zu betäuben.

Als sie den Pokal abstellte und zum Bett wankte, fiel ihr Blick auf Adam. Der Junge hockte auf dem Boden vor der Bettstatt und verfolgte jeden ihrer schwankenden Schritte mit skeptischen Blicken. Charlotte versuchte zu lächeln, doch der schiefe Ausdruck auf ihrem Gesicht schien ihn nur noch mehr zu verunsichern, denn nun schaute er betreten zur Seite. Sie kümmerte sich nicht weiter um ihn, sondern ließ sich auf das Bett fallen und zog die Decke bis an den Hals.

Adam trat zu ihr. »Bist du krank?«, fragte er. Charlotte wusste ihm keine Antwort darauf zu geben.

Also schwieg sie einfach. Seit sie in dieses Quartier zurückgekehrt war, hatte sie ohnehin kaum ein Wort gesprochen. Am gestrigen Abend hatte Viktor versucht, sie in ein Gespräch zu verwickeln, doch sie war ihm ausgewichen. Auch wenn er sich durchaus bemühte, sie gut zu behandeln, verspürte sie in seiner Nähe nur Ekel und Angst. Zumindest hatte sie hier in ihrer Kammer Ruhe vor ihm, denn er verzichtete darauf, die Nächte in diesem Bett zu verbringen. Stattdessen richtete er sich abends ein notdürftiges Lager aus mehreren Decken in der Wohnstube ein, während Helene und Adam in der Gesindekammer dieser Kaserne zusammen mit den übrigen Bediensteten die Nacht verbrachten und erst in den frühen Morgenstunden hierher zurückkehrten.

Als Viktor heute Morgen das Haus verlassen hatte, war sie erleichtert gewesen. Sie wollte allein sein, doch schon kurz darauf waren ihr Vater und Elisabeth hier eingetroffen. Ihre Schwester hatte sie besorgt in die Arme geschlossen, der Vater hingegen war ihr mit seiner üblichen sauertöpfischen Miene entgegengetreten und hatte ihr Vorwürfe über ihr Verhalten gemacht. Während er sie gescholten und Elisabeth ihre Hand gehalten hatte, hatte Charlotte nur still dagesessen und gehofft, dass die beiden bald wieder verschwinden würden. Weder ihrem Vater noch Elisabeth wollte sie berichten, was ihr in Hallein zugestoßen war. Sie sehnte sich danach, allein zu sein und ihren Schmerz zu betäuben.

Seltsamerweise war Helene der einzige Mensch, den sie momentan um sich haben konnte. Roberts einstige Gefährtin hatte ihre frühere Feindseligkeit abgelegt und zeigte ihr gegenüber eine geradezu verlegene Zurückhaltung, die Charlotte als sehr angenehm empfand. Am gestrigen Abend hatte Viktor einen Zuber herangeschafft und ihr gestattet, sich während des Bades in der Schlafkammer einzusperren. Helene hatte auf dem Herd einige Eimer Wasser erhitzt und den Zuber damit bis zur Hälfte gefüllt. Nachdem sie die Tür abgeschlossen hatten, hatte Charlotte sich entkleidet und in das warme Bad gehockt. Helene hatte den geschundenen Körper mit einer Seifenlauge gewaschen, ihr dabei nicht in die Augen geschaut und die ganze Zeit über geschwiegen. Nach dem Bad fühlte Charlotte sich etwas besser, doch das Gefühl, dass ihr Körper von dem Gestank der Vergewaltigung besudelt worden war, ließ sich nicht so einfach von ihrer Haut reiben.

Sie vernahm nun ein Klappern an der Tür und vermutete, dass entweder Viktor heimkehrte oder aber Helene, die auf den Markt geschickt worden war. Stumm betete sie darum, dass Viktor noch länger von seinen Pflichten ferngehalten wurde, und zog das Laken über ihren Kopf, als könne sie so der Welt und dem Leben entfliehen.

»Charlotte.«

Die Stimme ließ sie zusammenfahren. Sie schlug das Laken zurück, richtete sich ein Stück auf und blinzelte. Zunächst glaubte sie, der Rausch des Weines gaukele ihr ein Trugbild vor. Erst als sich Robert auf ihr Bett setzte und sie in die Arme schloss, war sie davon überzeugt, dass es kein Traum war.

Charlotte klammerte sich fest an ihn. Sie spürte, dass er sie küssen wollte, doch als sie die Lippen fest zusammenpresste, hielt er sich zurück. Hinter ihm sah sie Helene an der Tür stehen, die mit ausdrucksloser Miene ihre Zusammenkunft verfolgte und sich nun abwandte und davontrat.

»Wie kannst du hier sein?«, fragte sie, als sie sich voneinander lösten. »Man hatte dich in den Turm gesperrt.«

Er lächelte und streichelte über ihre Wange. »Sie hatten mich in Ketten gelegt, aber Sebastian Zillner hat mich eigenmächtig aus dem Gefängnis geschafft und mich in seinem Haus untergebracht.«

»Du bist mit Sebastian Zillner zusammengetroffen?«

Robert nickte. »Er hat in meinen Sachen das Kreuz gefunden und auch die Briefe, die er damals an Sybilla geschrieben hatte. Zillner wollte soviel wie möglich über meine Mutter erfahren und setzte sich darum für meine Freilassung ein. Er hat mich auf dem Dachboden seines Hauses versteckt, doch ich bin ihm davongelaufen, um dich zu finden.«

»Und nun bist du hier.« Charlotte nahm seine Hand von ihrer Wange und küsste sie. Sie wünschte sich, ihm mehr Nähe geben zu können, doch es war ihr nicht möglich. Er schien das zu spüren und verlangte nicht danach.

»Du hast so sehr gehofft, mit deinem Vater zusammenzutreffen«, sagte sie. »Wirst du zu ihm zurückkehren?«

»Ja, einmal noch. Du musst wissen, in Zillners Haus bin

ich auf Sybillas Mutter – meine Großmutter – getroffen. Sie gehört Zillners Gesinde an und weigert sich ebenso wie Sebastian Zillner, über die Vergangenheit zu sprechen. Es scheint ein dunkles Geheimnis zu geben, von dem nur die beiden wissen. Ich will erfahren, was damals geschehen ist und warum Sybilla aus Salzburg fortgeschickt wurde.«

»Ich wünsche dir Erfolg«, sagte sie und bemerkte, dass Roberts Blick auf die Weinflecken gerichtet war, die an der Anrichte und auf dem Boden klebten.

»Wir reden nur über mich«, meinte er. »Dabei bist du es, die soviel Ungemach ertragen musste. Was dort in Hallein vorgefallen ist ...«

Rasch legte sie ihm zwei Finger auf den Mund und brachte ihn zum Schweigen. Es genügte, wenn die bösen Bilder sie heimsuchten. Sie war nicht bereit, darüber zu sprechen. Auch nicht mit ihm. »Es ist geschehen«, sagte sie leise. »Ich werde darüber hinwegkommen.«

»Die Schuld daran trägt Viktor. Er ...«

»*Ich* trage die Schuld an dieser Misere«, unterbrach sie ihn. »Mein Aufbegehren gegen Viktor wird unsere Gefährten das Leben kosten.«

»Das ist Unsinn.«

»Er wollte *mich*«, erklärte sie. »Viktor hat die Jagd auf die Vaganten in Hallein durchgeführt, weil er wusste, dass ich mich dort aufhalte. Er hat es mir gesagt.« Sie schluchzte auf. »Ich wünschte, ich könnte das alles ungeschehen machen. Bei Gott, ich würde mein Leben dafür geben.«

Robert erhob sich und griff nach der Karaffe, in der noch der Rest des Malvasiers schwappte. »Und darum betrinkst du dich? Charlotte, ich weiß, dass du in Hallein Schreckliches erlitten hast, aber es schmerzt mich, dich hier in dieser Lethargie versinken zu sehen. Du darfst nicht an diesem Ort bleiben. Viktor ist wie ein lähmendes Gift für dich. Er ist unberechenbar. In Hallein hat er diese Schweine sogar noch ermuntert, dich und Johanna zu schänden. Du musst fort von hier.« Er hockte sich erneut zu ihr und nahm ihre Hand. Selbst diese Berührung war ihr plötzlich unangenehm.

»Ich nehme dich mit mir. Wir verlassen Salzburg. Helene, Adam, du und ich. Gib mir nur ein oder zwei Tage, damit ich mich mit Sebastian Zillner aussprechen kann.«

Sie schüttelte den Kopf. »Ich werde nicht gehen. Columbina, Johanna, Ida, Sigmund und die anderen leiden für meine Verfehlung. Solange unsere Freunde in Ketten liegen, werde ich hier meine Buße ableisten. Es geht mir nicht schlecht dabei. Helene sorgt gut für mich, ihre alte Feindseligkeit ist vergessen. Und Viktor scheint bemüht, mir meinen Frieden zu lassen und mit mir auszukommen. Er hat mich bislang nicht angefasst.«

»Du bist erst zwei Tage hier«, wandte er ein. »Viktor wird sich nicht ewig zurückhalten.«

»Ich habe mich entschieden«, erwiderte sie kühl, obwohl sie sich dessen nicht gewiss war. Ein Teil von ihr sehnte sich nach der Abgeschiedenheit dieser Kammer, ein anderer jedoch nach Roberts Trost.

Mit einem Schnaufen erhob er sich und trat zur Tür. Er überlegte kurz, dann sagte er: »Du bürdest dir eine Schuld auf, die du nicht tragen musst. Sag mir, würdest du deine Meinung ändern, wenn unsere Gefährten ebenfalls die Freiheit erlangen? Wenn wir alle zusammen Salzburg verlassen könnten – wärest du dann bereit, dich uns erneut anzuschließen?«

»Das wird nicht geschehen.«

»Und wenn doch?«

Sie zögerte. »Ich habe Angst vor Viktors Zorn. Er würde uns erneut aufspüren.«

»Wir ziehen weit fort. In ein anderes Land. Italien, die Schweiz oder Böhmen. Er wird uns dort nicht finden.«

»Eine schöne Vorstellung.« Sie rang sich ein Lächeln ab,

weil sie wusste, dass er es ernst meinte. Und doch war es unmöglich.

»Ich werde dich nicht im Stich lassen«, versicherte Robert ihr. Seine aufmunternden Worte rührten sie. Sie verspürte den Drang, ihn nun doch noch einmal in die Arme zu schließen. Im nächsten Augenblick vernahm sie allerdings Helenes Stimme und stampfende Stiefelschritte aus der angrenzenden Stube. Die Tür wurde geöffnet, und Viktor betrat die Kammer. Seine funkelnden Augen wanderten von Robert zu ihr und wieder zurück.

»Du!«, zischte Viktor. Er richtete drohend einen Finger auf Robert. »Wieder einmal schnüffelst du an meinem Weib herum wie ein geiler Straßenköter. Halte dich von ihr fern, oder ich lasse dich erneut in Ketten legen.«

Robert reagierte nicht auf die Drohung. Die beiden Männer standen sich gegenüber und fixierten sich mit festem Blick. Erst nach einem Moment knurrte Viktor: »Verschwinde!«

Robert schaute mit trauriger Miene zu ihr, dann verließ er die Kammer. Charlotte hörte, wie er in der Wohnstube mit Helene sprach. Kurz darauf vernahm sie, wie die Wohnungstür geöffnet und zugeschlagen wurde.

»Ich hätte in Hallein dafür Sorge tragen sollen, dass man ihn totschlägt«, rief Viktor aus. Aufgebracht schlug er die Faust in die offene Hand. Zum ersten Mal seit sie sich wieder in diesem Quartier befand, befürchtete Charlotte, dass Viktor sie prügeln würde. Doch er zügelte seine Wut, gab ein verächtliches Schnaufen von sich und verließ die Kammer.

Charlottes Kopf schmerzte. Ihr war übel. Plötzlich konnte sie die Tränen nicht mehr zurückhalten. Sie zog sich das Laken wieder über den Kopf und kniff die Augen zusammen, auch wenn sie wusste, dass sie dadurch Viktors Launen und die ganze traurige Welt nicht verdrängen konnte.

Eine Weile streifte Robert in der Stadt umher, nahm dabei aber kaum die hochragenden Steinbauten im Kern Salzburgs, die breit angelegten Plätze oder die Menschen um sich herum wahr. Seine Gedanken waren bei Charlotte. Es hatte ihn erschrocken, in welchem Zustand sie sich befand. Aus ihren Augen hatte er eine bedrückende Resignation gelesen, ihr Atem hatte nach Wein gestunken, doch vor allem konnte er nicht verstehen, dass sie sich die Schuld an der Verhaftung der Vaganten gab und sich nun gewissermaßen selbst eine Buße auferlegte, indem sie sich in die Obhut Viktor von Calbachs begab.

Sein einziger Trost war es, dass Helene sich um sie kümmerte und das einstige Zerwürfnis zwischen den beiden Frauen nun einem gegenseitigem Respekt gewichen schien. Dennoch war Robert davon überzeugt, dass Charlotte dort in der Kaserne früher oder später zugrunde gehen würde. Viktor von Calbach mochte sich in diesen Tagen zusammenreißen, doch ein Teufel wie er würde früher oder später erneut die Hand gegen Charlotte erheben und sie in sein Bett zwingen.

Daran würde sie zerbrechen. Er durfte das nicht zulassen, und in seinem Kopf reifte auch bereits eine Idee, wie er mit der Hilfe Sebastian Zillners ihre Gefährten vor einem Prozess bewahren konnte, so dass Charlotte vielleicht bereit war, mit ihm Salzburg zu verlassen. Erst dann konnte er ihr helfen, über den Schmerz und die Erniedrigung all dieser schrecklichen Vorfälle hinwegzukommen.

Ein Kirchturm in der Nähe schlug zur fünften Stunde des Nachmittags. Robert setzte seinen Weg nun in Richtung des Hauses fort, von dem aus er heute aufgebrochen war. Er nahm an, dass Sebastian Zillner seine Abwesenheit nicht verborgen geblieben war, und dieser Gedanke bestätigte sich, als seine Großmutter Josefa ihn bereits an der Eingangstür abfing und ihm eine Hand auf die Brust legte, als wolle sie ihn zurückstoßen.

»Du solltest dich von hier fernhalten«, knurrte die Alte aufgebracht. »Warum willst du unserem Herrn schon wieder unter die Augen treten?«

»Weil ich ihm einen Vorschlag unterbreiten muss.« Robert trat an Josefa vorbei und lief die Treppe hinauf. Seine Großmutter folgte ihm schnaufend. Als er die große Wohnstube betrat, lief er Sebastian Zillner fast in die Arme, der hier mit einer zierlichen Frau und einem vielleicht fünfjährigen Knaben die Arbeiten an den Vertäfelungen begutachtete.

Alle Augen wandten sich zu Robert, der regelrecht in die Stube stürzte und augenblicklich innehielt. Bei der Frau musste es sich um die Dame des Hauses handeln, und der Knabe war somit wohl sein Halbbruder. Für Robert, dessen gesamte Familie stets nur aus seiner Mutter bestanden hatte, war es plötzlich eine seltsame Situation, seinem Vater und Bruder gegenüberzustehen und hinter sich das missmutige Keuchen der Großmutter zu vernehmen.

»Wer ist dieser Bursche?«, fragte Zillners Ehefrau, ohne dass sie wirklich interessiert klang.

»Jemand, der Josefa mit dem Kaminholz zur Hand gehen sollte«, reagierte Zillner rasch. Sein Blick verriet den Unmut über diese Begegnung. »Allerdings kann ich mich nicht erinnern, ihn zu mir gerufen zu haben.«

Eine verlegene Pause entstand, dann geleitete Zillner Frau und Kind zur Tür. »Wir sind hier fertig. Bitte bring Vital Edmund in die Küche. Er sieht hungrig aus.«

Der Hofrat schob die beiden in das Treppenhaus und schloss rasch die Tür, so dass er auch Josefa aussperrte. »Komm mit!«, sagte er und trat ans Ende der Stube. Zillners brummenden Tonfall konnte Robert entnehmen, dass er sehr aufgebracht war.

Zillner führte ihn in sein Arbeitszimmer. Der Hofrat lehnte sich an sein Schreibpult und richtete anklagend einen

Finger auf Robert: »Ich bereue es schon jetzt, mich für deine Freilassung eingesetzt zu haben.«

»Für diese Gunst bin ich Euch nach wie vor dankbar«, erwiderte Robert, doch Zillner brachte ihn mit einer wegwerfenden Handbewegung zum Schweigen.

»Wie konnte ich dir trauen? Einem umherziehenden Vagabunden, der sich mit Lügen und Betrug durchs Leben schlägt.«

Robert verstand die Wut des Hofrats über sein unerlaubtes Entfernen, und doch kränkten ihn diese Worte. Nun also zeigte sich das wahre Bild, das sein Vater von ihm hatte. Er hielt ihn für einen Lumpen, der anderen Menschen Schaden zufügen wollte.

Zillner verschränkte die Arme vor der Brust. »Wie ist es dir überhaupt gelungen, den Dachboden zu verlassen?«

»Eure Magd Josefa hat die Luke entriegelt«, gestand Robert ohne Umschweife. Es gab keinen Grund, die Alte zu schützen, zudem ließen Zillners Augen bei der Erwähnung der Großmutter kurz einen Ausdruck des Missfallens erkennen, was Robert darin bestärkte, seinen Vater mit dem Wissen zu konfrontieren, das er an diesem Tag gewonnen hatte.

»Sybilla war Josefas Tochter. Insofern ist sie meine Großmutter.«

»Und was hast du sonst noch von ihr erfahren?«, wollte Zillner wissen.

»Dass Euch mehr mit meiner Mutter verbunden hat, als Ihr zugeben mögt. Zumindest mehr als eine belanglose Affäre. Ihr habt sie nie vergessen können, und ich bin mittlerweile fest davon überzeugt, dass ich Euer Sohn bin.«

»Und wenn schon«, knurrte Zillner. »Das ändert nichts. In ein paar Tagen schicke ich dich fort.«

»Josefa flehte mich geradezu an, von Euch Abstand zu halten. Sie meinte, ich sei eine Gefahr für Euch. Warum? In der Vergangenheit scheint ein dunkler Schatten über Eure Verbindung zu Sybilla zu liegen. Ein Geheimnis, das Ihr mit Josefa teilt, das aber niemand auszusprechen wagt.«

Zillner rieb angestrengt seine Stirn, als würde ihn diese Unterhaltung sehr anstrengen. Seine anfängliche Wut schien einer grüblerischen Traurigkeit gewichen.

»Und Euer Eheweib?«, fragte Robert. »Weiß sie ebenfalls um dieses Geheimnis?«

»Schweig!«, rief der Hofrat und schlug mit der Faust hart auf den Tisch. »Halte dich aus meinen Angelegenheiten heraus, oder du wirst dir wünschen, niemals einen Fuß in diese Stadt gesetzt zu haben.«

Nach diesen zornigen Worten ließ sich Zillner auf einen Stuhl fallen. Er schüttelte den Kopf und wirkte verletzt, als er nun mit leiser Stimme fragte: »Warum bist du überhaupt zurückgekommen? Wieso bist du nicht aus der Stadt geflohen und lässt mir und meiner Familie den Frieden? Drängt es dich sosehr danach, eine Vergangenheit ans Licht zu zerren, die weder mir noch deiner Mutter zur Ehre gereicht?«

»Ich möchte nur verstehen, was damals vorgefallen ist«, entgegnete Robert. Zillners Vorwurf erschien ihm ungerecht. Schließlich war er es gewesen, der ihn in dieses Haus geholt hatte. Nun wollte er ihn davonjagen wie einen Streuner, der ihm Flöhe in die Wohnstube schleppte.

»Wenn Ihr weiterhin Euer Schweigen bewahrt, werde ich vielleicht Josefa davon überzeugen können, mit mir über diese Vorfälle zu sprechen.«

Zillner strafte ihn mit einem düsteren Blick. Auch ohne Worte war dies eine deutliche Warnung, den Bogen nicht zu überspannen. Robert nahm an, dass es besser sei, diese delikate Angelegenheit fürs Erste ruhen zu lassen, und sagte: »Zudem habe ich Euch einen Vorschlag zu unterbreiten.«

Sein Vater runzelte die Brauen. »Einen Vorschlag? Worum handelt es sich dabei?«

»Um den Zauberer Jakob Koller.« Robert leckte sich angespannt über die Lippen. »Ich kann Euch helfen, den Jackl aufzuspüren.«

»Wie?«

»Ich kenne den Ort, an dem er sich in vier Tagen aufhalten wird.«

Zillners Interesse schien geweckt. Er richtete sich auf und gab Robert ein Zeichen, weiterzusprechen.

»Während meiner Zeit bei den Vaganten habe ich erfahren, dass der Zauberer an Neumond einen bestimmten Ort aufsuchen wird.«

»Und du kennst diesen Ort?«, fragte Zillner.

Robert nickte. »Ich schlage Euch einen Handel vor.«

»Wenn es dir darum geht, die Vorfälle um Sybilla ...«

»Nein«, fiel er dem Hofrat ins Wort. »Ich möchte, dass Ihr den Vaganten, die in Hallein ergriffen wurden, die gleiche Gnade zukommen lasst wie mir. Im Gegenzug werde ich Euch das Versteck des Zauberer-Jackl verraten, so dass Ihr ihn ergreifen könnt.«

»Die Vaganten aus Hallein«, raunte Zillner. Er rieb nachdenklich sein Kinn, richtete seinen Blick ausdruckslos auf Robert, schaute dann eine Weile ins Leere und wog diesen Vorschlag und die Möglichkeiten ab. Schließlich sagte er: »Ich könnte Sorge dafür tragen, dass der Vorwurf der Zauberei gegen diese Leute entkräftet wird. Doch ich stimme deinem Vorschlag nur unter einer Bedingung zu.«

»Ich höre.«

»Du selbst wirst an diesen Ort reisen und den Zauberer-Jackl gefangen nehmen.«

»Das wäre keine gute Idee«, wiegelte Robert ab. »Der Jackl hat gewiss Gefolgsleute in seiner Nähe. Ich könnte ihn nicht überwältigen.«

Zillner lächelte bitter. »Aber auch du wirst nicht allein sein. Ich werde dir einen Begleiter zur Seite stellen.«

»Ihr habt bereits jemanden im Sinn?«

»Ganz recht.« Der Hofrat wirkte nun regelrecht gelöst. »Ich werde ihn nur noch überzeugen müssen.«

Kapitel 30

Die dralle Wirtin stellte den dritten Weinkrug auf Viktors Tisch ab, zeigte bei ihrem Lächeln eine Reihe schiefer gelber Zähne und entfernte sich rasch. Sofort füllte Viktor seinen Becher und leerte ihn zur Hälfte in einem Zug. Er wusste, dass es nicht gut für ihn war, wenn er sich hier betrank, denn am nächsten Morgen hatte ihn der Fürsterzbischof Max Gandolph in die Residenz bestellt. Viktor würde ihm wohl oder übel erläutern müssen, warum er sich als unfähig erwiesen hatte, den Zauberer-Jackl in Hallein gefangen zu nehmen. Eigentlich hätte es dafür einen klaren Kopf gebraucht, doch je länger Viktor in dieser Kellertaverne vom Tabakrauch und dem würzigen Dunst des Weines umgeben war und das Geschwatze der anderen Zecher in seinem Kopf dröhnte, desto reizvoller erschien es ihm, seine Sorge vor dem morgigen Tag mit Hilfe eines kräftigen Rausches zu vertreiben.

Das Gute daran war, dass die Benommenheit auch die anderen betrüblichen Gedanken unterdrückte, die ihn mehr oder minder plagten. Zum einen bereitete ihm nach wie vor die Syphilis großes Ungemach.

An manchen Tagen schmerzte sein Kopf sosehr, dass er aufschrie, und jedes Körperteil war ihm dann so schwer, als hätte man ihm Eisenketten angelegt. Zudem widerte es ihn an, dass er sich Charlotte gegenüber höflich und nett verhalten musste. Zwar war es ihm in den vergangenen Tagen recht problemlos gelungen, den höflichen Ehemann zu spielen, doch jedes Mal, wenn er sie mit ihrem ausdruckslosen Gesicht auf dem Bett kauern sah, überkam ihn der Reiz, sie auf das Laken zu drücken und zu ohrfeigen. Vor allem nachdem er völlig überraschend ihrem Galan in der Schlafkammer begegnet war, stellte er sich die Frage, ob er wirklich die Kontrolle über seine Ehefrau besaß. Es wäre wohl besser gewesen, diesem Kerl noch in der Kammer eine ordentliche Tracht Prügel zu verpassen. Und der Gedanke daran, dass die beiden womöglich hinter seinem Rücken über ihn lachten und bereits Pläne für eine weitere Flucht schmiedeten, machte ihn so wütend, dass er rasch wieder den Becher füllte und den Wein die Kehle hinunterstürzte.

Als er den Becher auf dem Tisch abstellte, bemerkte er, wie jemand an ihn herantrat. Er schaute auf und konnte zunächst nicht das Gesicht des Mannes ausmachen, denn der hatte seinen Mantelkragen hochgeklappt und den Hut tief nach unten gezogen. Erst als der Mann sich ihm gegenüber auf einer Bank niederließ, erkannte er ihn.

»Doktor Zillner«, sagte Viktor überrascht. »Ich hätte nicht erwartet, Euch an einem solchen Ort anzutreffen.«

Zillner rümpfte die Nase. »In den vergangenen Stunden habe ich in mehreren Tavernen nach Euch gesucht. Und fast hätte ich Euch hier zwischen den Rauchschwaden übersehen.«

»Ihr habt gewiss nicht nach mir Ausschau gehalten, um mit mir zu zechen.«

»Natürlich nicht.« Zillner zog eine angewiderte Miene. »Bei Gott, Ihr stinkt nach Wein, als hättet Ihr darin gebadet. Kümmert es Euch nicht, dass wir morgen dem Erzbischof gegenübertreten werden? In welcher Verfassung gedenkt Ihr, ihm vorstellig zu werden?«

»Max Gandolph wird ohnehin von uns enttäuscht sein. Wir konnten ihm nicht den Zauberer bringen, so wie wir es versprochen haben. Das bedeutet, der Landesfürst wird nicht gut auf unseren Bericht zu sprechen sein.«

»Vielleicht mildert es seine Wut, wenn wir ihm noch einmal die Ergreifung des Jakob Koller in Aussicht stellen.«

»Ihr macht mich wirklich neugierig«, sagte Viktor. »Wie wollt Ihr Jakob Koller aufspüren? Wollt Ihr dem Erzbischof vorschlagen, dass er Euch die gesamte Salzburger Garnison zur Verfügung stellt, um jedes Haus und jede Hütte des Erzstifts zu durchkämmen?«

»Das wird nicht nötig sein. Ihr allein werdet den Zauberer festsetzen. Nun ja, nicht ganz allein. Robert, der Bursche, den ich aus dem Turm befreit habe, wird Euch zu Jakob Koller führen.«

Viktor lachte. Dieser Vorschlag erschien ihm völlig abwegig. Der ehrbare Hofrat Zillner suchte ihn in dieser billigen Taverne auf, wollte ganz offensichtlich nicht erkannt werden und versuchte ihn für ein mehr als merkwürdiges Vorhaben zu gewinnen. Mittlerweile fragte sich Viktor, wer von ihnen betrunkener war.

»Ihr habt eine Abneigung gegen mich«, sagte Viktor und schaute Zillner herausfordernd an. »Wahrscheinlich verachtet Ihr mich sogar. Was also bringt Euch dazu, meine Gesellschaft zu suchen und mir diesen Vorschlag zu unterbreiten?«

»Euer Wesen ist niederträchtig. Ihr empfindet eine dunkle Freude an dem Leid anderer Menschen. Für das, was Ihr Eurem Eheweib angetan habt, sollte man Euch binden und peitschen.« Zillner zögerte kurz, und ihm war anzumerken, dass ihm etwas auf der Seele lag, das er kaum auszusprechen wagte. Dann aber beugte er sich vor und sagte im Flüsterton: »Dennoch möchte ich mir Eure Kaltblütigkeit zunutze machen.«

»Und wie?«

»Dieser Robert wird Euch zum Versteck des Jackl führen.

Ihr überwältigt den Zauberer und schafft ihn nach Salzburg. Doch Ihr werdet auch dafür Sorge tragen, dass Euer Begleiter nicht mehr zurückkehrt.«

»Ich soll Robert töten. Ist es das, was Ihr von mir verlangt?«

Zillners Gesicht war eine starre, schuldbewusste Maske. Er antwortete nicht auf die Frage, aber sein Schweigen kam für Viktor einer Zustimmung gleich.

»Ihr bezeichnet mich als niederträchtig«, zischte Viktor, »gleichzeitig plant Ihr die Ermordung dieses Burschen, der Euch lästig geworden ist. Wer von uns beiden ist der größere Teufel?«

Zillner senkte den Kopf und schwieg. Viktor glaubte nicht, dass sein Gegenüber bereit war, ihm eine Erklärung für diesen seltsamen Auftrag zu geben, aber er wollte dennoch wissen: »Ihr habt mir klargemacht, dass Ihr mich verabscheut, und betraut mich trotz allem mit dieser delikaten Angelegenheit. Habt Ihr keine Sorge, dass ich darüber plaudere, wie Ihr das Gesetz mit Füßen tretet? Zunächst befreit Ihr einen der Zauberei verdächtigen Mann aus dem Gefängnisturm, und jetzt wollt Ihr seinen Tod, um ihn loszuwerden. Einen feinen Juristen gebt Ihr in meinen Augen ab.«

»Ihr werdet kein Wort darüber verlieren«, brummte Zillner. »Jeder von uns hat Schuld auf sich geladen. Ich weiß, dass Ihr nicht eingeschritten seid, als Eure Frau in Hallein geschändet wurde. Wollte ich Euch an den Pranger stellen, würden sich rasch einige Männer finden lassen, die Euer Fehlverhalten bezeugen. Das reicht aus, um Euch den Prozess zu machen, doch mir ist klar, dass Ihr dann nicht zögern würdet, mich dem Salzburger Hofrat ans Messer zu liefern.«

»Dessen könnt Ihr Euch gewiss sein.«

»Wir haben uns also gegenseitig in der Hand. Das ist der

Grund, warum ich Euch diesen Auftrag anbiete. Und auch, weil ich Euch für skrupellos genug halte, ihn zu erfüllen.«

Viktor wusste nicht recht, ob er das als Kompliment auffassen sollte. »Was wäre mein Lohn, wenn ich das erledige, was Ihr von mir verlangt?«

Zillner schniefte. »Ich gebe Euch die Möglichkeit, den Zauberer-Jackl zu ergreifen und ihn persönlich dem Fürsterzbischof auszuliefern. Damit wird nicht nur der Makel von Hallein bereinigt sein. Ihr werdet zudem in Max Gandolphs Gunst steigen.«

»Ein verlockender Gedanke. Doch angenommen, dieser Robert irrt, und der Zauberer-Jackl hält sich nicht dort auf, wo er ihn erwartet?«

»Ich werde die Verantwortung für einen Fehlschlag auf mich nehmen«, sagte Zillner. »Bei einem Erfolg hingegen überlasse ich Euch den Ruhm.«

Viktor zögerte. Zillner musste wirklich verzweifelt sein, wenn er ihn für einen solchen Auftrag zu gewinnen versuchte. Wieder befiel ihn die Neugier, was der Grund dafür sein mochte, dass der Hofrat Charlottes Galan zur Hölle schicken wollte. Nun ja, vielleicht würde sich in den nächsten Tagen noch die Gelegenheit ergeben, ein wenig Licht in das Dunkel zu bringen.

»Steht Ihr mir also zur Seite, wenn ich morgen dem Landesfürsten diesen Vorschlag unterbreiten werde?«, drängte Zillner auf eine Entscheidung.

Viktor griff nach dem Becher. »Ich würde sagen, wir sollten darauf anstoßen, dass wir zum zweiten Mal Seite an Seite ein gewagtes Vorhaben durchführen.«

»Ihr solltet Euch einen klaren Kopf bewahren«, meinte Zillner und machte ein angewidertes Gesicht.

»Wir trinken darauf, dass Ihr von Eurem hohen Roß herabgestiegen seid.« Viktor griente.

Zillner erhob sich und wirkte, als wäre er über sich selbst

erschüttert. »Gott möge uns vergeben«, sagte er. »Ich erwarte Euch in der Residenz.« Er zog seinen Hut wieder tief ins Gesicht und verließ eilig die Taverne.

Am nächsten Morgen trafen Viktor und Sebastian Zillner wie vereinbart im Carabinierisaal der bischöflichen Residenz zusammen. Viktor kam dort völlig außer Atem an, denn er war den ganzen Weg gelaufen, weil er befürchtete, zu spät einzutreffen. Die Zecherei des gestrigen Abends hatte ihren Tribut gefordert. Ihn plagte ein Schwindel, und schon kurz nach dem Aufstehen hatte er sich in der Wohnstube übergeben. Nun setzte ihm zwar noch immer ein stechender Kopfschmerz zu, aber er fühlte sich nüchtern und kräftig genug, um dem Erzbischof entgegenzutreten.

Ein Sekretär führte sie durch die Säle und ließ sie in einem Vorraum warten, so wie Viktor es schon von seinem ersten Besuch in der Residenz kannte. Er hoffte, dass es nicht wieder an die zwei Stunden dauern würde, bis der Landesfürst sie zu sich bat, und schritt unruhig auf und ab. Sebastian Zillner hingegen rührte sich kaum, stand still auf einer Stelle und wich Viktors Blick aus. Viktor hatte den Eindruck, als schäme sich der Hofrat für den Auftrag, den er ihm am Abend in der Taverne erteilt hatte. Zillner hatte dabei ein Grenze überschritten, die ihn anscheinend selbst erschreckte und ihm zusetzte. Für einen Mann, dessen moralische Verfehlungen bislang wohl einzig aus gelegentlichen politischen Ränken bestanden hatten, kam die Planung eines Mordes einer Todsünde gleich.

Während sie warteten, spekulierte Viktor, welchen Grund es dafür geben mochte, dass Sebastian Zillner den Tod des Burschen forderte, für den er sich zunächst so eingesetzt hatte. Konnte es sein, dass Zillner Robert in sein Bett geholt hatte, um sich mit ihm zu vergnügen? Weder an Zillner noch an dem Vaganten waren Viktor jemals weibische Affektiertheiten aufgefallen, aber es war kein Geheimnis, dass viele Menschen ihre sündigen Gelüste gut zu verbergen verstanden.

Nein, es musste eine andere Erklärung dafür geben, warum Zillner diese Grenze überschritten hatte. Gewiss hätte Viktor gerne herausgefunden, was dieser Grund war, doch für ihn war vor allem wichtig, dass Zillner ihm die Gelegenheit für eine Erfahrung verschaffte, nach der es ihn seit langem verlangte. Er würde eigenhändig einen Mann töten und damit den Moment bestimmen, an dem dieses Leben endete. Welch größere Macht konnte es über einen Menschen geben? Dass es sich dabei auch noch um seinen Nebenbuhler handelte, der ihn so schändlich erniedrigt hatte, versetzte Viktor nur noch stärker in eine euphorische Stimmung.

Endlich wurden sie von dem Sekretär in das Arbeitszimmer des Bischofs gebeten. Max Gandolph von Kuenburg hockte dort in einem Sessel, von dem aus er mit ernstem Blick verfolgte, wie Viktor und der Hofrat Zillner eintraten, sich tief vor ihm verneigten und ihn begrüßten.

Nach diesen üblichen Formalitäten langte der Bischof nach einer ledernen Mappe, klappte sie auf und holte zwei Bögen beschriebenes Papier hervor. Viktor erkannte sofort, dass es sich um den von ihm verfassten Bericht über die Verhaftung der Vaganten in Hallein handelte, den er vor zwei Tagen an die Residenz geschickt hatte.

Der Landesfürst betrachtete das Papier, als würde er Abscheu davor empfinden. Dann warf er es vor die Füße der beiden Männer.

»Ihr hattet mir den Zauberer Jakob Koller versprochen«, sagte der Fürsterzbischof. »Und was bringt Ihr mir? Eine Handvoll zerlumpter Vagabunden. Als wären unsere Gefängnisse nicht ohnehin schon so überfüllt, dass wir die Prozesse und die Hinrichtungen beschleunigen müssen.«

»Dieser Zauberer ist ein gerissener Kerl, den der Teufel mit großer Macht ausgestattet hat«, versuchte Viktor sich zu verteidigen. »Wenn er sich wirklich von einem Augenblick zum anderen unsichtbar machen oder in ein Tier verwandeln kann, ist es für ihn recht einfach, seinen Häschern zu entkommen.«

Er ahnte, dass dies nicht die Worte gewesen waren, die der Fürsterzbischof hören wollte, denn Max Gandolph verzog ärgerlich das Gesicht und schimpfte: »An dem Tag, als Ihr mir diesen Vorschlag unterbreitet habt, klang das ganz anders. Mit Euren Informationen wäre es ein Leichtes, den Zauberer zu fassen, habt Ihr behauptet. Doch wie so viele andere habt auch Ihr Euch als unfähig erwiesen, Koller zu ergreifen, der also weiterhin Gottes heiliges Werk besudelt und den Menschen im Erzstift Schaden zufügt. Aller Aufwand hat sich als nutzlos erwiesen.«

»Nicht völlig nutzlos, Euer Gnaden«, ergriff Sebastian Zillner das Wort. Der Landesfürst schaute ihn fragend an und ermunterte ihn damit, weiterzusprechen.

»Einer der Burschen, die wir in Hallein aufgegriffen haben, hat ausgesagt, dem Zauberer begegnet zu sein. Und angeblich weiß er sogar, wo sich Jakob Koller in einigen Tagen aufhalten wird.«

»Das alles kommt mir bekannt vor«, raunte der Erzbischof. »Bei Eurer letzten Aufwartung gab es doch ebenfalls jemanden, der Euch stichfeste Hinweise offenbart hatte. Wie viele Helfer wollt Ihr noch heranschaffen?«

»Wenn es überhaupt möglich ist, den Zauberer-Jackl zu ergreifen, dann kann das nur durch die Unterstützung einer Person gelingen, die bereit ist, den Jackl an uns zu verraten.«

»Welches Interesse sollte dieser Mann daran haben, uns Koller auszuliefern?«, wollte der Landesfürst wissen.

»Einige seiner Gefährten sind in die Keuchen gesperrt

worden. Es ist sein Anliegen, dass diese Leute auf freien Fuß gelangen.«

»Unsinn. Diese Leute stehen unter dem Verdacht der Teufelsbuhlschaft. Der Vorwurf muss geklärt werden. Ich würde niemals die Zustimmung geben, einen Gefangenen in die Freiheit zu entlassen, der womöglich dem Teufel seine Seele verschrieben hat.«

»Das ist auch nicht nötig«, sagte Zillner. »Leutnant von Calbach wird unseren Mann an den Ort begleiten, wo er den Zauberer vermutet. Wenn Koller dann hier in Salzburg in Ketten gelegt wurde, finden wir eine andere Möglichkeit, unseren Helfer großzügig zu entlohnen.«

Viktor verfolgte interessiert, wie Zillner seine Ausführungen vorbrachte, ohne eine Miene zu verziehen. Ihn amüsierte die Bezeichnung *großzügige Entlohnung,* die doch nichts anderes als eine rasche Beförderung vom Leben zum Tod bedeutete. Der Landesfürst schien sich allerdings allmählich mit diesem neuen Vorschlag anzufreunden, denn er nickte gefällig und meinte: »Nur Leutnant von Calbach wird also mit unserem Mann aufbrechen?«

»Der Aufwand wäre äußerst gering«, sagte Zillner. »Und doch besteht dadurch eine gute Möglichkeit, den Zauberer endlich zu ergreifen. Und Herr von Calbach hat sich dazu bereit erklärt, diesen Auftrag anzunehmen.«

Viktor nickte und fügte an. »Es wäre mir ein wichtiges Anliegen, Eurer Sache ein weiteres Mal dienen zu dürfen.«

»Hoffentlich mit mehr Erfolg«, sagte der Landesfürst. »Nun gut, ich gebe mein Einverständnis.« Er wedelte mit der Hand als Zeichen, dass er diese Besprechung für beendet hielt. Viktor und Zillner verbeugten sich und wollten das Arbeitszimmer verlassen, doch als sie die Tür erreichten, rief der Erzbischof: »Ihr bleibt noch, Leutnant von Calbach.«

Viktor und Zillner tauschten einen fragenden Blick, dann

verließ Zillner das Zimmer, und Viktor wandte sich erneut dem Landesfürsten zu. Max Gandolph erhob sich, kam auf Viktor zu und legte ihm eine Hand auf die Schulter. »Es gibt noch einen Punkt, den ich mit Euch besprechen möchte, junger Freund. Und diese Weisung ist allein für Eure Ohren bestimmt.«

Viktor nahm Haltung an und spannte sich. Nun wurde er wirklich neugierig.

Zur Mittagsstunde bereitete Helene für Charlotte einen Obstbrei zu und bestrich eine Scheibe Graubrot mit einer fingerdicken Schicht Schmalz. Es war weiß Gott kein opulentes Mahl, aber sie wusste, dass Charlotte nur wenig Appetit hatte und wahrscheinlich bis zum Abend kaum etwas davon zu sich nehmen würde. Mit einem Seufzen wies sie Adam an, die Obstschalen einzusammeln und den Boden zu fegen. Ohne zu murren, folgte er dieser Aufforderung und nahm den Besen zur Hand. Helene beobachtete ihn bei seiner Arbeit und freute sich darüber, dass sich ihr Sohn mit dieser neuen Situation offenbar sehr gut abgefunden hatte. Sie ahnte, dass Adam Viktor von Calbach nicht mochte und ihm aus dem Weg ging. Nichtsdestotrotz schien er froh darüber zu sein, dass sie endlich wieder längere Zeit an einem Ort verweilten und ein Dach über dem Kopf hatten. Und seltsamerweise hielt er sich gerne in der Nähe von Charlotte auf, obwohl die seit Tagen kaum ein Wort von sich gab und die meiste Zeit benommen vom Wein in ihrem Bett verbrachte.

Bislang hatte sich Helene häufig an die Herdstelle zurückgezogen und Charlotte alleingelassen. In gewisser Weise fühlte sie sich dennoch für sie verantwortlich, schließlich hatte sie eine Schuld auf sich geladen, die sie inzwischen sehr bedauerte. Sie hatte die junge Frau oft dafür verflucht, dass sie ihr Robert genommen hatte, doch das, was Charlotte in Hallein widerfahren war, hätte sie weder ihr noch einer anderen Frau gewünscht.

Die Haustür klapperte. Helene streckte ihren Kopf und sah, dass Viktor von Calbach zurückgekehrt war und seinen Mantel abstreifte. Sie seufzte bitter. Wenn er sich in ihrer Nähe aufhielt, fühlte sie sich angespannt. Von diesem Mann ging eine beängstigende Bösartigkeit aus. Auch wenn er sich auffallend zurückhaltend gab und mit ihr nur ab und an sprach, um ihr Anweisungen zu erteilen, spürte sie in seinem Blick doch etwas Gefährliches – einen Dämon, der in seinem Innersten lauerte und nur darauf wartete, endlich hervorzuspringen.

Rasch nahm sie den Teller und die Schale zur Hand und trat an ihm vorbei zur Schlafkammer. Sie klopfte an die Tür, öffnete sie und stellte die Speisen auf der Anrichte neben dem Bett ab. Charlotte öffnete kurz die Augen und krümmte sich dann stöhnend zusammen. Wie so oft hing ein penetranter Weindunst in der Luft.

»Soll ich ein Fenster öffnen?«, fragte Helene.

Charlotte gab ein Geräusch von sich, das sie nicht als Zustimmung oder Ablehnung deuten konnte, und so klappte sie die eine Seite des Fensters auf und ließ frische Luft hinein, die Charlotte sicherlich guttun würde.

Sie wollte die Kammer schon wieder verlassen, als Charlotte sich aufrichtete und leise sagte: »Helene …«

Helene drehte sich zu ihr um, senkte aber den Blick und brachte es nicht fertig, Charlotte in die Augen zu schauen.

»Bist du Robert noch einmal begegnet?«, wollte Charlotte wissen.

»Wie sollte ich«, entgegnete sie. »Ich halte mich doch die meiste Zeit hier in der Küche auf.«

Charlotte nahm dies mit einem traurigen Nicken hin. »Es ist gut, dass ihr hier seid. Adam und du. Ich fühle mich besser, wenn ich euch in meiner Nähe weiß.«

»Ihr seid nicht allein«, meinte Helene. Noch immer klang es seltsam für sie, Charlotte so förmlich anzusprechen. Viktor hatte diesen Respekt von ihr verlangt.

Charlotte sank wieder auf ihr Bett zurück. Helene trat aus der Kammer und ging in die Küche. Sie erschrak, als sie sah, dass Viktor dort auf der Bank hockte, Adam am Hemdsärmel zu sich herangezogen hatte und in der anderen Hand eine Pistole hielt, deren Mündung er gegen Adams Stirn drückte. Ihr Sohn zitterte vor Angst, während Viktor heiser kicherte und den Abzug betätigte. Der Hahn schnappte auf die leere Pulverpfanne, und Viktor lachte auf. »Wäre sie geladen gewesen, hätte das Geschoss deinen Schädel zerschmettert«, sagte Viktor. »So schnell ist der Tod, mein Kleiner. So schnell und so simpel.«

Adam heulte auf. Helene löste sich aus ihrem Schrecken und eilte auf die beiden zu. Sie riss Adam von Viktor fort und rief zornig aus: »Lasst die Finger von ihm! Was soll dieser Irrsinn?«

Sofort schnellte Viktor von der Bank hoch und ohrfeigte sie. »Du erhebst nicht das Wort gegen mich!« Er packte sie und drückte sie gegen die Wand, dann schleuderte er sie zu Boden. Viktor hob einen Fuß an und zielte mit dem Stiefelabsatz auf ihr Gesicht. »Du dumme Vettel!«, schimpfte er. »Ich sollte dir die Nase zertreten, weil du deinen verlausten Galan in die Kammer meiner Frau geführt hast. Doch dafür wird er schon bald mit seinem Blut bezahlen.«

Helene schrie auf, legte den Arm vor ihr Gesicht und kniff die Augen zusammen. Sein Tritt traf sie jedoch nicht ins Gesicht, sondern gegen ihre Brust. Sie stöhnte und würgte nach Luft. Plötzlich vernahm sie ein aufgeregtes Kreischen. Helene öffnete die Augen und sah, dass Charlotte in die Küche stürzte und an Viktors Schulter zerrte. Der erhob die Hand gegen sie, wagte es aber anscheinend nicht, auf sie einzuschlagen.

»Hör auf!«, schrie Charlotte Viktor an. Sie stieß ihn zur Seite, eilte auf Helene zu und zog sie auf die Beine. Helene erhaschte einen Blick auf Viktor, der die Fäuste ballte und anscheinend nur schwer sein Temperament unter Kontrolle halten konnte. Alles an ihm bebte, doch bevor er überhaupt die Gelegenheit hatte, erneut auf sie loszugehen, drängte Charlotte sie aus der Küche in ihre Kammer, wo Adam ängstlich neben dem Bett hockte.

Charlotte drückte die Türflügel zu und drehte den Schlüssel im Schloss herum. Sie keuchte. Zum ersten Mal, seit sie hier in Salzburg aufeinandergetroffen waren, wirkte sie tatkräftig und entschlossen. Nun kam sie auf sie zu und nahm sie in den Arm. Helene wehrte sich nicht dagegen. Nach diesem Schrecken war sie froh, sich an jemanden klammern zu können.

»Wir warten hier ab, bis Viktor zu Sinnen gekommen ist«, raunte Charlotte. »Keine Angst. Ich werde euch beschützen.«

Helene brachte keinen Ton hervor, sondern presste ihre Arme nur noch fester um Charlotte, als wäre die ihr letzter Halt, bevor sie in einen Abgrund stürzte.

Kapitel 31

Der Wein ekelte sie an. Charlotte füllte den Pokal, doch schon der Geruch verursachte ihr Übelkeit. In den vergangenen zwei Tagen hatte sie die Flasche verschlossen gelassen. Die Nüchternheit ließ ihre Gedanken klar werden, aber sie brachte des Nachts auch die Alpträume und die Schwermut zurück.

Sie stellte den Pokal auf die Anrichte, stieg aus dem Bett und schöpfte aus einer Schale kühles Wasser in ihr Gesicht. Ihr Blick fiel auf Adam, der neben dem Bett hockte und mit einigen Eichenblättern spielte, in die er mit einem Messer verschiedene Symbole geritzt hatte. Diese Blätter sollten wohl ein Kartenspiel darstellen, denn so wie er die Blätter nebeneinander ablegte, als wären sie damit sinnvoll geordnet, erinnerte sie das an Roberts Handhabung der Karten. Selbst dessen Mienenspiel imitierte Adam so gekonnt, dass es Charlotte schwer ums Herz wurde. Nun schaute Adam sie an und lächelte. Charlotte erwiderte es, erleichtert darüber, dass Viktors Wutausbruch dem Knaben wohl nur einen kurzen Schrecken eingejagt hatte.

Sie selbst jedoch spürte in sich eine Veränderung seit diesem Vorfall. Viktors Entgleisung hatte sie aus ihrer Lethargie gerissen. Zwar war ihr noch immer zum Heulen zumute, und die Welt erschien ihr wie ein Jammertal, doch als Viktor vor zwei Tagen auf Helene eingeprügelt und damit erneut sein wahres Gesicht gezeigt hatte, war Charlotte wieder einmal klargeworden, zu welchem Grausamkeiten ihr

Ehemann fähig war und dass der Frieden, den er mit ihr geschlossen hatte, beim kleinsten Funken jederzeit in einem Gewaltausbruch eskalieren konnte. Nicht nur sie, auch Helene und Adam waren dieser Gefahr schutzlos ausgesetzt.

Als sie sich zurück auf das Bett setzte, zuckte es unangenehm in ihrem Unterleib. Der Schmerz war noch immer nicht völlig abgeklungen, aber zumindest hatten gestern ihre Blutungen eingesetzt, woraufhin sie ein Dankesgebet zum Himmel gerichtet hatte. Der Gedanke, von einem ihrer Vergewaltiger geschwängert worden zu sein, hatte sie all die Tage gequält, und erst jetzt war ihr diese Last von der Seele genommen worden.

Charlotte atmete tief ein und aus. Sie genoss die Ruhe dieses Tages und dass sie mit Adam allein sein konnte. Helene war vor etwa einer Stunde zum Markt aufgebrochen. Viktor hatte sich am Morgen verabschiedet und ihr mitgeteilt, dass er mehrere Tage fort sein würde. Welchem Zweck seine Reise diente, hatte er ihr nicht verraten, und sie wollte es auch gar nicht wissen. Auch wenn er sich nach seinem Wutausbruch einige recht verkniffene Worte des Bedauerns abgerungen hatte, freute sie sich über jeden Tag, den er nicht an ihrer Seite verbrachte, und sie wünschte sich, er möge niemals wieder zurückkehren.

Sie seufzte und überlegte, dass es letztendlich nur an ihrer eigenen Entschlusskraft lag, ob sie sich aus Viktors Umklammerung befreite. Robert hatte sie aufgefordert, mit ihm die Stadt zu verlassen. Es war ein verlockender Gedanke, doch nach wie vor fühlte Charlotte sich an die selbst auferlegte Buße gegenüber ihren Gefährten verpflichtet, die im Gefängnisturm ihrem sicheren Tod entgegensahen. Und welchen Sinn hatte es überhaupt, ihr Heil in einer erneuten Flucht zu suchen? Viktor hatte sie schon einmal aufgespürt. Er würde auch ein zweites Mal nichts unversucht lassen, sie erneut zu ergreifen, und dann war zu befürchten, dass Viktor einen Grund finden würde, um Robert, Helene und selbst Adam in Ketten legen zu lassen.

Ernüchtert verfolgte sie Adams Handbewegungen, mit denen er die Blätter nach seinen ganz eigenen Regeln auf mehrere Stapel verteilte. Der Junge runzelte die Stirn und rieb sich nachdenklich mit der Hand über den Mund – genauso, wie es Robert oft getan hatte, wenn er in Gedanken versunken gewesen war. Diese Geste, die Adam sich bei Robert ganz offensichtlich abgeschaut hatte, verursachte in ihr von einem Moment zum anderen das schmerzhafte Verlangen, Robert hier bei sich zu haben.

»Warum weinst du?«, fragte Adam unvermittelt.

Eilig wischte sie ihre Tränen fort. »Es ist nichts«, entgegnete Charlotte, doch diese Beteuerung klang selbst für sie nicht überzeugend.

»Bist doch hoffentlich nicht traurig, weil Viktor fortgegangen ist.« Adam verzog das Gesicht, als widere ihn schon die Vorstellung an, dass überhaupt jemand Viktors Abwesenheit als unangenehm empfinden könnte.

»Du scheinst ihn nicht zu mögen«, meinte sie und zwinkerte, damit er wusste, dass sie seine Verbündete war.

Adam schüttelte den Kopf. »Kannst du ihn denn leiden?«

»Gewiss nicht.« Sie stieß ein bitteres Lachen aus.

»Aber du bist mit ihm verheiratet. Das hat meine Mutter gesagt.«

»Trotzdem muss ich mich nicht in seiner Nähe wohlfühlen.«

»Das verstehe ich nicht.«

Sie hob die Schultern. »Es ist nicht einfach, das Leben zu begreifen. Manchmal verstehe ich es selbst auch nicht.«

Adam nickte, doch sie glaubte nicht, dass er ihre Antwort nachvollziehen konnte. Eine Weile schwieg der Junge, dann aber sagte er: »Er macht mir Angst. Ich habe mich schon vor ihm gefürchtet, als er mich das erste Mal angesehen hat.«

»Du meinst, bevor du vor dem Gefängnisturm zu mir auf den Wagen geklettert bist.«

»Nein, vorher, als wir hier waren.«

Charlotte stutzte. »Was meinst du damit?«

»Wir sind in dieser Wohnung gewesen – am Tag, nachdem wir aus Hallein fortgegangen waren. Meine Mutter hat mit Viktor gesprochen. Hier war es schmutzig, und es hat nach Wein gestunken. Viktor wollte uns wieder fortschicken.«

»Warum ist Helene zu ihm gegangen?«, wollte Charlotte wissen. Ihr Körper spannte sich.

Sie trat auf Adam zu und packte seine Schulter. Er sah sie erschrocken an und begriff nun wohl, dass diese Plauderei großes Unheil heraufbeschwor.

»Rede schon!«, verlangte sie in so schroffem Ton, dass er verkniffen den Kopf schüttelte.

»Willst du, dass ich Viktor von deiner Ungezogenheit berichte?«, zischte sie und bedauerte es sogleich, den Jungen mit dieser Drohung zu erschrecken. Aber sie wollte erfahren, was Adam wusste.

Er weinte. »Sie hat mit Viktor gesprochen.«

»Worüber?« Ihr Griff an seine Schulter wurde fester.

»Den Zauberer-Jackl«, schluchzte Adam auf. »Und sie hat gesagt, dass du Robert verzaubert hast und dass du im Pfannhaus in Hallein arbeitest.« Er wand sich unter ihrem Griff. »Bitte! Sag ihnen nicht, dass ich ungehorsam war. Sie werden sonst wütend auf mich.«

Charlotte ließ ihn los, strich über sein Haar und machte einen Schritt zurück. Sie fühlte sich wie taub, während die Erkenntnis auf sie einprasselte, dass Helene sie an Viktor ausgeliefert hatte und damit auch zur Verräterin an Robert und ihren Freunden geworden war.

Zitternd langte sie nach dem Pokal. Sie schnaufte und spürte, wie ihr Körper bebte, dann schrie sie auf und schleuderte das Gefäß mit aller Kraft gegen die Wand.

Helene war nur kurz über den Markt geschlendert und hatte dann an einem Ort Ruhe und Einkehr gefunden, auf den sie vor ein paar Tagen gestoßen war. Es handelte sich um einen alten Friedhof, der am Fuß des schroffen Felsens angelegt worden war, auf dem die mächtige Festung thronte.

Inmitten des Friedhofes gab es eine schlichte Kapelle, in der Helene sich auf den Boden kniete und im Angesicht des Herrn darum betete, dass Robert zur Vernunft kommen und gemeinsam mit ihr der Stadt den Rücken kehren würde. Sie flehte zu Gott, dass er seine schützende Hand über Robert und Adam halten möge, und selbst für Charlotte erbat sie den Segen des Allmächtigen. Ihre einstige Rivalin hatte sich schützend vor sie gestellt, als Viktor von Calbach seine Hand gegen sie erhoben hatte, und Helene wollte zumindest auf diese Weise ihre Dankbarkeit ausdrücken. Letztendlich befürchtete sie aber, dass ihre Fürbitten auf taube Ohren stießen. Es waren Monate vergangen, seit sie zum letzten Mal auf den Knien zum Herrn gesprochen hatte – vielleicht zu lange, um nun seinen Segen zu erbitten.

Mit diesem ernüchternden Gedanken bekreuzigte sie sich schließlich und verließ die Kapelle. Draußen betrachtete sie die Grabplatten mit den kunstvoll gemeißelten Buchstaben und Symbolen, bis ihr die Abbildung eines Totenschädels ins Auge fiel, der über der Inschrift eines lateinischen Textes prangte. Die Worte erschlossen sich ihr nicht, aber sie beugte sich hinab, legte eine Hand auf den Totenkopf und wünschte Viktor von Calbach einen schmerzhaften Tod. Bang blickte sie um sich. Wenn jemand sie bei dieser Handlung beobachtet hatte, konnte sie rasch in den Verdacht geraten, mit bösen Mächten im Bunde zu stehen. Doch der

Friedhof war verlassen. Nicht einmal einer der vielen umherstreifenden Hunde hielt sich in der Nähe auf. Sie wiederholte ihren Fluch gegen Viktor, ohne recht zu wissen, ob sie diese Bitte an Gott oder an die Mächte der Finsternis richtete, dann erhob sie sich und kehrte dem Friedhof den Rücken.

Sie überquerte den Domplatz und lief durch mehrere Straßen und Gassen, bis sie einen öffentlichen Brunnen erreichte, auf dessen Umfassung sie sich niederließ. Eigentlich war es an der Zeit, zur Kaserne zurückzukehren, doch Helene genoss es, hier eine Weile zu sitzen, die vorbeiziehenden Menschen zu beobachten und ihre Gedanken schweifen zu lassen. Es machte sie unruhig, dass sie nicht wusste, wie ihr Leben in einigen Wochen ausschauen würde. Führte sie Charlotte und Viktor von Calbach dann immer noch den Haushalt, oder zog sie mit Robert und Adam wieder über die Straße auf der Suche nach Arbeit oder mildtätigen Gaben? Wenn sie an den bevorstehenden Winter dachte, schreckte sie vor dieser Vorstellung zurück, und doch glaubte sie nicht, dass sie noch allzu lang Charlotte zur Seite stehen würde. Schon jetzt raubte ihr die Sorge den Schlaf, Charlotte könnte eines Tages von ihrem Verrat erfahren – und auch die bloße Anwesenheit von Viktor von Calbach machte ihr Angst.

Wenn sie Robert doch nur überzeugen könnte, Salzburg mit ihr zu verlassen. Vielleicht musste sie nur noch einmal vernünftig auf ihn einreden und ihm den Kopf gerade rücken. Er schien vergessen zu haben, dass er noch immer wegen Mordes gesucht wurde. Sich in die Nähe eines Salzburger Juristen und Mitglied des Hofrats zu begeben und gar in dessen Haus zu wohnen, konnte ihn in große Gefahr bringen, selbst wenn er davon überzeugt war, dass es sich bei Sebastian Zillner um seinen Vater handelte.

Sie wollte mit ihm sprechen – so bald wie möglich. Es

würde nicht schwer sein, ihn zu finden. An dem Tag, an dem sie die Gefährten verraten hatte, hatte Viktor von Calbach sie zum Haus des Hofrats Zillner gebracht, und sie glaubte sich gut zu erinnern, in welcher Straße dieses Haus lag und welchen Weg sie einschlagen musste. Dort würde sich eine Möglichkeit ergeben, in das Haus zu gelangen und Robert aufzusuchen. Auch wenn ihre Hoffnung recht gering war, dass er auf ihre Bitte einging, die Stadt mit ihr zu verlassen, musste sie ganz einfach versuchen, ihn umzustimmen.

Während sie noch diesem Gedanken folgte, fiel ihr am Ende der Straße ein Reiter auf einem Schimmel auf. Plötzlich wurde das Problem hinfällig, denn bei dem Reiter handelte es sich um Viktor von Calbach, und er wurde von Robert begleitet. Helene schluckte und spürte, wie ein unangenehmes Kribbeln ihren Rücken hinablief. Sie konnte sich nicht erklären, was Viktor und Robert miteinander zu schaffen hatten. Bei ihrer letzten Begegnung in Charlottes Kammer hatte Helene befürchtet, die beiden würden aufeinander einprügeln. Helene betrachtete die Decken, die hinter dem Sattel zusammengerollt waren, zudem waren dort Wasserschläuche und Provianttaschen befestigt, was darauf schließen ließ, dass Robert und Viktor zu einer mehrtägigen Reise aufbrachen.

Sie stand auf und ging auf die zwei Männer zu, die ihren Weg zum südlichen Stadttor fortsetzten. Als sie die beiden erreichte, streifte ihr Blick zunächst die Augen Viktor von Calbachs, der kurz verwundert, dann mit seiner üblichen verächtlichen Arroganz auf sie hinabschaute. Nun erst bemerkte Robert sie. Sofort stellte sie sich vor ihn und legte ihm die Hände auf die Brust, als könne sie ihn so zurückhalten.

»Helene«, sagte er überrascht.

Sie hielt sich nicht mit einer Begrüßung auf und wollte wissen: »Was geht hier vor?« Ihre Augen glitten zu Viktor, und sie raunte: »Was hast du mit dem zu schaffen?«

Robert wartete, bis Viktor sich ein Stück entfernt hatte, so dass der ihre Worte nicht mehr verstehen konnte. »Ich werde es dir nicht erklären«, sagte er leise. »Vielleicht ist mein Vorhaben dumm. Aber möglicherweise kann ich Columbina und den anderen helfen, die Freiheit zu erlangen. Wenn ich den Jackl finde, könnte es gelingen.«

»Aber wie willst du …?«

Er schüttelte den Kopf. »Frag nicht! Kümmere dich lieber um Charlotte. In ein paar Tagen werde ich zurück sein, und dann können wir hoffentlich alle zusammen die Stadt verlassen.«

Während sie noch sprachen, wandte Viktor sich auf dem Schimmel um und rief Helene ärgerlich zu: »Mach das du fortkommst! Erledige deine Pflichten in meinem Quartier und halte uns nicht länger auf!«

Robert wollte zu Viktor aufschließen, doch sie zog ihn am Arm zurück und flüsterte in sein Ohr: »Hüte dich vor ihm! Er ist unberechenbar.«

»Ich weiß«, erwiderte Robert. Er drückte kurz Helenes Hand, dann lief er auf Viktor zu, und die beiden setzten ihren Weg zum Stadttor fort. Eine Weile schaute Helene ihnen noch nach, ihre Hände zitterten vor Sorge um Robert. Schließlich lief sie zur Kaserne zurück und haderte mit jedem Schritt stärker mit sich, dass sie Robert so einfach hatte ziehen lassen. Viktor von Calbach hasste ihn, und wer immer diese beiden Männer zusammen auf eine Reise geschickt hatte, musste befürchten, dass sie in einen handfesten Streit geraten würden, der ein tragisches Ende fand.

Noch immer aufgerüttelt von dieser Begegnung betrat sie Viktor von Calbachs Quartier und traf in der Küche auf Adam, der sie mit einem geradezu erschrockenen Gesichtsausdruck anstarrte.

»Was ist mit dir?«, wollte sie wissen, doch er antwortete nicht und lief rasch davon. Stattdessen tauchte nun Charlotte in der Küche auf, fasste ihren Arm und zog sie in die Schlafkammer. Bevor Helene recht wusste, was ihr geschah, verpasste ihr Charlotte eine Ohrfeige und stieß sie auf das Bett.

Helene keuchte und erhob sich. Sie rieb über ihre brennende Wange und betrachtete verwundert Charlotte, die ihre Hände in die Hüfte stemmte und aufgebracht schnaufte.

»Du Metze hast uns an Viktor verraten«, zischte Charlotte. »Du hast die Vaganten in Hallein an ihn ausgeliefert.«

Für einen Moment war Helene wie vor den Kopf geschlagen, und sie brachte keine Erwiderung hervor. Vor allem grämte sie sich über ihre eigene Unbedarftheit. Sie hätte niemals darauf eingehen dürfen, ausgerechnet mit der Person unter einem Dach zu leben, die durch ihren Verrat solch großes Unheil hatte erleiden müssen. Wie hatte sie annehmen können, dass ihr Geheimnis über lange Zeit bewahrt werden konnte? Wahrscheinlich hatte sich Adam verplappert. Wie dumm sie doch war! Sie hatte sich auf die Verschwiegenheit eines Kindes verlassen.

»Warum?«, rief Charlotte aus. »Ich verstehe es nicht.«

Helene schluckte und brachte mit belegter Stimme hervor: »Ich tat es, um Robert zu schützen. Glaub mir, ich wollte nicht, dass unseren Gefährten der Prozess gemacht wird. Es ging mir nur um Robert.«

Charlotte runzelte die Stirn. »Wovor wolltest du Robert beschützen?«

»Vor dir«, antwortete Helene. Sie wagte es nicht, Charlotte in die Augen zu schauen.

»Du hast das aus Eifersucht getan?«

Helene schüttelte den Kopf. »Ich war davon überzeugt, du hättest einen Zauber über ihn ausgesprochen. Bevor er dir begegnete, war er mir zugetan, doch dann hat er sich verändert. Du hast ihn verführt und ihn dir gefügig gemacht, obwohl du verheiratet bist.« Nun schaute sie doch auf. »Ich wollte Gerechtigkeit.«

»Gerechtigkeit?«, brachte Charlotte heiser hervor. »Du nennst es Gerechtigkeit, dass Columbina, Johanna und die anderen beschuldigt werden, Teufelsbuhlschaft zu betreiben? Dass man sie foltern und hinrichten wird?« Sie schnaufte, und einen Augenblick später stürzte sie wie eine Furie auf das Bett zu. Helene zuckte zusammen und schützte ihr Gesicht, als Charlotte auf sie einprügelte und sie dabei beschimpfte. Die Schläge waren kraftlos, doch sie gingen wie ein Trommelwirbel auf sie nieder. Helene schrie auf und rollte sich zur Seite, doch als Charlottes Faust ihr Ohr traf, wehrte sie sich und trat aus. Ihr Fuß streifte Charlottes Hüfte. Trotz der Hiebe konnte Helene sich aufrichten und Charlotte zurückstoßen, so dass die nach hinten fiel. Helene holte noch einmal mit dem Fuß aus, und es gelang ihr, sie mit einem Tritt vom Bett zu drängen.

Charlotte heulte auf. Helene nutzte diesen Moment, um aufzuspringen und in einer Ecke der Kammer Schutz zu suchen, indem sie nach einem Stuhl griff und ihn vor sich hielt. Sie hatte erwartet, dass Charlotte erneut auf sie losgehen würde, doch deren Wut wandelte sich nun abrupt in Verzweiflung, als sie sich auf den Boden hockte, sich zusammenkrümmte und in Tränen ausbrach.

Für einen Moment verharrte Helene regungslos. Dann ließ sie den Stuhl sinken und ging vorsichtig auf Charlotte zu. Deren Schläge hatten sie erschrocken, doch nun schien keine Gefahr mehr zu drohen. So wie Charlotte dort hockte und weinte, rührte sie Helenes Herz. Sie setzte sich zu ihr, nahm sie in den Arm und war erleichtert, als Charlotte die Zuwendung ohne Gegenwehr geschehen ließ.

Eine Weile drückte Charlotte nur schluchzend das Gesicht auf ihre Schulter. Schließlich versiegten die Tränen. Charlotte atmete schwer, als sie wissen wollte: »Woher nimmst du dir das Recht, über Roberts Leben zu bestimmen?«

»Und du?« Helene gelang es nicht, ihren Unmut über Charlottes Vorwurf zu verbergen. »Was weißt du schon über ihn? Hast du eine Ahnung davon, warum er seit Monaten über die Straße zieht? Hat er jemals mit dir darüber gesprochen, aus welchem Grund er seinen Heimatort verlassen musste, und ist es dir überhaupt in den Sinn gekommen, was ich für ihn auf mich genommen habe?« Sie zögerte kurz, dann fügte sie an: »Ich habe so viel für ihn aufgegeben, dass ich mir das Recht herausnehme, an seiner Seite zu stehen.«

Einen Moment lang befürchtete Helene, der alte Zorn könnte in Charlotte aufwallen, doch die blieb gefasst und meinte nur: »Dein Eigensinn hat viel Leid verursacht. Vielleicht erfreut es dich, dass ich für meinen Ehebruch eine bittere Strafe erleiden musste.«

Helene strich mit ihren Fingern über Charlottes tränennasse Wange, und auch sie weinte nun. »Ich weiß, was dir geschehen ist. Das alles bedauere ich sehr. Ich wollte nur, dass dein Ehemann dich zu sich holt. Dass du eine solch erniedrigende Schändung erleiden musstest, lastet schwer auf meiner Seele, und wahrscheinlich werde ich dafür eines Tages zur Rechenschaft gezogen werden. Ich bete nur darum, dass es nicht meine Strafe sein soll, dass Robert etwas zustößt.«

»Wie kommst du darauf?«, wollte Charlotte wissen.

»Ich bin ihm begegnet, als er zusammen mit Viktor die Stadt verlassen hat. Er sprach davon, einige Tage fort zu sein. Er will durch die Ergreifung des Zauberer-Jackls erreichen, dass unsere Gefährten freigelassen werden.«

»Der Jackl?« Charlotte schaute sie verwundert an und runzelte die Stirn. »Jakob Kollers Ergreifung soll ihm helfen, Columbina und die anderen zu entlasten?«

Helene nickte.

»Gütiger Himmel!«, entfuhr es Charlotte. »Er will nach Schönau. Robert weiß, dass sich Jakob Koller an Neumond auf der Christlieger-Insel aufhalten wird. Dieser Tag ist übermorgen. Er bietet dem Salzburger Hofrat den Kopf des Zauberers gegen die Freiheit unserer Gefährten an.«

»Ich fürchte, Robert befindet sich in großer Gefahr«, merkte Helene an. »An dem Tag, als Viktor auf mich eingeprügelt hat, machte er die Andeutung, Robert werde mit seinem Blut dafür bezahlen, dass er dir weiterhin nachgestellt hat.«

»Du glaubst, Viktor will die Gelegenheit nutzen, um Rache an Robert zu üben?«

»Es wäre ihm zuzutrauen.«

Charlotte erhob sich und schritt unruhig auf und ab. Ihre frühere Lethargie war verschwunden. Nun legte die junge Frau eine grimmige Entschlossenheit an den Tag. »Ich werde das nicht zulassen«, sagte sie. »Wenn ich keine Zeit verliere, ist es möglich, den beiden zu folgen und Robert zu warnen.«

»Du willst ihnen folgen?«, dragte Helene. »Ganz allein?«

Charlotte schaute ihr fest in die Augen. »Nein, nicht allein. Du wirst dich mir anschließen. Ich werde dir die Gelegenheit geben, deine Schuld zu begleichen.«

Kapitel 32

Robert empfand es als Ärgernis, dass Viktor von Calbach sein Pferd immer wieder zu einem schnellen Trab vorantrieb, so dass er gezwungen war, ihm in eiligem Schritt zu folgen, wenn er nicht zurückfallen wollte. Er keuchte und verfluchte Viktor in Gedanken, weil der es ständig darauf anlegte, ihm aufzuzeigen, welcher Standesunterschied sie trennte. Vielleicht wäre es Viktor in Salzburg sogar möglich gewesen, für Robert ebenfalls ein Pferd herbeizuschaffen, doch Charlottes Ehemann schien eine deutliche Grenze zwischen ihnen ziehen zu wollen, indem er stolz auf dem Rücken des Schimmels thronte, während Robert ihm hinterherlaufen und zu ihm aufblicken musste.

Es wäre ihm recht gewesen, wenn sie jeden Wortwechsel vermieden hätten, bis sie an ihrem Ziel ankamen, doch Viktor tat ihm diesen Gefallen nicht. Er provozierte Robert, indem er ihm häufig zurief, er solle sich beeilen, oder wissen wollte, ob er erst die Gerte spüren müsse, um mit dem Pferd Schritt zu halten; zudem trieb er sein anmaßendes Gebaren auf die Spitze, als er einen Schluck Wasser aus seinem Lederschlauch trank und grinsend vor Roberts Füße ausspuckte.

Robert juckte es bei diesen Schmähungen in den Fingern, Viktor vom Pferd zu ziehen und in den Staub der Straße zu werfen. Doch er hatte Sebastian Zillner versprechen müssen, keinen Streit mit Charlottes Ehemann vom Zaun zu brechen. Als der Hofrat ihm eröffnet hatte, dass ausgerechnet Viktor von Calbach ihn auf der Suche nach dem Zauberer-Jackl begleiten würde, hatte er kurz überlegt, ob es einen Sinn hatte, dieses Vorhaben überhaupt in Angriff zu nehmen, aber letztendlich hatte er eingesehen, dass das Leben seiner Gefährten und Charlottes Wohlergehen schwerer wogen als seine Abneigung gegen diesen anmaßenden Dummkopf, der sich wie ein Fürst aufführte.

Mit Einbruch der Dämmerung schlugen sie ihr Nachtlager auf. Robert vermutete, dass sie an diesem Tag bereits zwei Drittel des Weges zurückgelegt hatten. Wenn sie sofort nach Sonnenaufgang aufbrechen würden, konnten sie Schönau und die Christlieger-Insel bereits zur Mittagsstunde erreichen. Er fühlte sich müde und musste sich eingestehen, dass ihn der Marsch angestrengt hatte. Ein paar Stunden Schlaf und eine Mahlzeit würden ihn gewiss wieder zu Kräften bringen. Zunächst ging er Viktor aus dem Weg, indem er einige trockene Äste sammelte, doch nachdem sie das Feuer entzündet hatten, musste sich Robert wohl oder übel auf dessen Gesellschaft einlassen.

Viktor hockte sich neben das Feuer und betrachtete missmutig seine karge Ration, die nur aus einem Kanten Brot und einem Hartkäse bestand. »Das Essen eines Bettlers«, murrte er, obwohl er selbst es versäumt hatte, vor der Abreise für bessere Verpflegung zu sorgen. Wahrscheinlich hatte er gehofft, die Nacht in einem Gasthaus zu verbringen, doch die Gegend war verlassen, nicht einmal das Gehöft eines Bauern lag hier in der Nähe.

»Zaubere uns etwas Schmackhaftes herbei«, spottete Viktor. »Gesottenes Fleisch und süßes Naschwerk.« Er lachte leise.

»Ich bin kein Zauberer«, antwortete Robert ernst und vermied jeden Augenkontakt mit Viktor, indem er auf die Flamme starrte.

»So?«, rief Viktor in überzogener Verwunderung aus.

»Aber du bist doch mit dem Jackl über die Straße gezogen. Hat er dich wirklich nichts gelehrt?«

Robert schnaufte abfällig. »Ich bin Jakob Koller nur ein einziges Mal begegnet. Und selbst an diesem Tag habe ich nur wenige Worte mit ihm und seinen Begleitern gewechselt.«

»Was ist er für ein Kerl? Sieht man ihm auf den ersten Blick an, welch dämonische Kräfte er besitzt, oder versteht er es, einen Fremden zu täuschen?«

»Der Jackl unterscheidet sich kaum von den anderen Burschen, die über die Straße ziehen«, meinte Robert. »Ich befürchte, der Erzbischof jagt einen Unschuldigen, dessen verleumderischer Ruf aus Lügen und Übertreibungen entstanden ist.«

»Hüte deine Zunge. Wenn du diesen Teufelsbuhlen verteidigst, gerätst du erst recht in den Verdacht, sein Kumpan zu sein, dem er die schwarzen Künste gelehrt hat.«

»So geschieht es, nicht wahr?« Robert zischte abfällig. »Eine unbedachte Äußerung, eine haltlose Beschuldigung, und schon wird eine rechtschaffene Person als Hexe oder Zauberer beschuldigt. Wen mag es wundern, dass die Keuchen in Salzburg derart überfüllt sind, dass man mit den Hinrichtungen nicht mehr nachkommt.«

»Willst du dich als rechtschaffen bezeichnen?«, höhnte Viktor. »Du bist ein Lügner und ein Dieb. Du lebst wie ein Tier, das sich im Unterholz verkriecht, und du schreckst nicht davor zurück, das heilige Sakrament der Ehe zu beschmutzen.«

Viktors Worte machten Robert wütend und verleiteten ihn zu einer spitzen Erwiderung. »Stolze Worte von einem Mann, der sich daran berauscht, sein Eheweib zu prügeln und sie zu demütigen.« Er konnte erkennen, dass Viktor sich spannte und den Atem hielt. Trotzdem fügte er an: »Euch scheint einzig die Bosheit Befriedigung zu verschaffen. Sagt, kann es sein, dass einst der Teufel seinen kalten Samen im Schoß Eurer Mutter hinterlassen hat?«

Viktor schnellte hoch, stapfte wortlos einige Schritte zum Sattelzeug und kehrte mit einer Gerte zurück, mit der er nun wie rasend auf Robert einschlug. Schon der erste Hieb traf schmerzhaft Roberts Gesicht. Schnell wandte er sich um und krümmte sich, während zwei weitere Schläge seinen Rücken trafen. Er versuchte die Gerte zu greifen, und nachdem der nächste Hieb auf seinen Fingern eine blutende Wunde hinterlassen hatte, gelang es ihm im zweiten Versuch, mit beiden Händen die Gerte zu umfassen und Viktor an weiteren Schlägen zu hindern.

»Ich sollte dich prügeln, bis du heulend um meine Stiefel kriechst, du Hund!«, zeterte Viktor. Er bleckte die Zähne, spuckte vor Robert aus und ließ schließlich von ihm ab.

Es dauerte eine Weile, bis beide sich beruhigt hatten. Robert sah ein, dass er Viktor bis zum Äußersten gereizt hatte, doch er würde keine Wort des Bedauerns äußern. Stattdessen sagte er: »Wir wissen, dass wir uns gegenseitig verachten. Aber wir sollten uns nicht die Köpfe einschlagen, bevor wir den Zauberer-Jackl aufgespürt haben. Weder der Fürsterzbischof noch der Hofrat Zillner wären davon angetan, wenn nur einer von uns beiden nach Salzburg zurückkehrt.«

Viktor verzog das Gesicht. Robert befürchtete, dass er erneut nach der Gerte greifen und noch einmal auf ihn losgehen könnte, doch Charlottes Ehemann atmete tief durch und ließ sich wieder neben dem Feuer auf der Decke nieder. Abschätzend behielt er Robert im Blick, und der fragte sich, was Viktor im Kopf herumgehen mochte. Kurz darauf wollte der Leutnant wissen: »Was hat Zillner mit dir zu schaffen gehabt?«

»Ich verstehe nicht, worauf Ihr anspielt.«

»Er hat dich aus der Keuche befreit. Gewiss nicht ohne

Eigennutz. Hast du ihm gefallen? Musstest du mit ihm das Bett teilen?«

Obwohl Viktor ganz offensichtlich versuchte, mit dieser bösartigen Provokation ihren Streit zu schüren, hätte Robert über diese Vermutung laut auflachen können. Die Vorstellung, dass ausgerechnet sein eigener Vater verdächtigt wurde, mit ihm Unzucht zu treiben, war so absurd, dass Robert nur leise kicherte und erwiderte: »Hütet Eure Zunge. Sebastian Zillner mag dunkle Geheimnisse haben, aber es würde ihm bestimmt nicht gefallen, von Euch einer solch abwegigen Verfehlung verdächtigt zu werden.«

Viktor neigte den Kopf und betrachtete Robert mit einem Stirnrunzeln. Plötzlich zeigte sich auf seinem Gesicht eine gewisse Aufregung, so als habe er eine erstaunliche Entdeckung gemacht.

»Natürlich«, sagte Viktor. »Ich erkenne eine Ähnlichkeit in euren Zügen. Warum ist mir das nicht früher aufgefallen? Du bist sein Bastard. Er hat dich aus der Keuche befreit, weil er dein Vater ist. Darum klingt auch mein Verdacht, er hätte dich in sein Bett geholt, so absurd für dich.«

»Unsinn!«, widersprach Robert.

Viktor lachte laut auf und schüttelte amüsiert den Kopf. »Zillner ist dein Vater. Bei Gott, der Mann ist abgebrühter, als ich es ihm zugetraut hätte.«

Robert war es leid, weitere Schmähungen zu ertragen. »Ihr ergötzt Euch an haltlosen Vermutungen«, sagte er unwirsch. Da er jedes weitere Wort mit Viktor vermeiden wollte, legte er sich auf die Decke und wandte ihm den Rücken zu. Es beschäftigte ihn in dieser Nacht jedoch noch lange, dass Viktor so mühelos sein Geheimnis aufgedeckt hatte, und bevor er schließlich einschlief, vernahm er des Öfteren ein leises Lachen seines Begleiters, den diese Erkenntnis noch immer zu amüsieren schien.

Charlottes Vorhaben, Robert und Viktor bis zum nächsten Morgen einzuholen, hatte bereits einen Dämpfer erlitten, als sie das Stallgebäude der Kaserne betreten hatte und dort auf mehrere Pferdeknechte und einen ihr unbekannten grimmigen Aufseher gestoßen war, der ihr gewiss keines der Reittiere überlassen würde. Eine zweite Möglichkeit wäre es gewesen, eines der beiden Pferde ihres Vaters zu entwenden, doch dieser Versuch war im Keim erstickt worden, als sie erfahren hatte, dass der mit der Kutsche nach Bergheim aufgebrochen war und erst am Abend zurückerwartet wurde.

Schließlich hatte Charlotte entschieden, dass Helene und sie den beiden Männern zu Fuß folgen würden. Da Robert ebenfalls kein Pferd besaß, würde allein seine Marschgeschwindigkeit das Vorankommen der beiden bestimmen. Wenn Helene und sie bis in die Nacht hinein ohne Rast der Straße folgen würden, könnte es womöglich gelingen, Roberts und Viktors Vorsprung aufzuholen.

Was genau sie dann tun würden, wenn sie mit den beiden zusammentrafen, war Charlotte überhaupt nicht klar. Sie wusste nur, dass Viktor jede Schandtat zuzutrauen war und dass die Andeutung, die er Helene gegenüber gemacht hatte, die schlimmsten Befürchtungen in ihr weckte. Welche Teufelei Viktor auch immer plante, sie würde nur schwer durchzuführen sein, wenn Helene und sie Robert zur Seite standen.

Nicht lange nachdem sie die Stadt verlassen hatten, musste sich Charlotte eingestehen, wie sehr sie sich überschätzt hatte. Sie hatte befürchtet, dass Helene sie bremsen und schon vor der Dämmerung nach einer Rast verlangen würde, doch letztendlich war sie es selbst, die am frühen Abend atemlos stehenblieb und Helene bat, im Unterholz die Decken auszubreiten und eine Mahlzeit zu sich zu nehmen.

Der Marsch hatte an ihren Kräften gezehrt. Schon nach der ersten zurückgelegten Meile hatte sie Stiche in ihrer Seite verspürt, und auch ihr Unterleib sandte einen pochenden Schmerz aus. Obwohl Helene ihr gut zusprach und sie unermüdlich aufforderte weiterzulaufen, war ihr Atem schon bald in ein ständiges Keuchen übergegangen. Sie musste einsehen, dass die Tage, die sie betrunken in ihrem Bett verbracht hatte, sie sosehr geschwächt hatten, dass sie nicht mehr mit Helene Schritt halten konnte. Daher waren sie also übereingekommen, früher als geplant zu ruhen. Wenn sie nach einem kurzen Schlaf schon vor der Morgendämmerung aufbrachen, konnte es noch immer gelingen, vor den beiden Männern in Schönau einzutreffen.

Während Helene Zweige für ein Feuer zusammensuchte, breitete Charlotte die Decken auf dem Waldboden aus, trank aus dem Wasserschlauch und fragte sich, ob Elisabeth ihren Eltern davon erzählt haben mochte, dass sie schon wieder zu einer gefährlichen Reise aufgebrochen war. Nach ihrem Entschluss, Robert zu folgen, hatte sie nicht lange gezögert, das Haus ihrer Familie aufzusuchen, um Adam in die Obhut ihrer Schwester zu geben und sich mit den nötigsten Vorräten zu versorgen, damit Helene und sie bei diesem anstrengenden Marsch bei Kräften blieben. Zu Charlottes Erleichterung war sie dort weder ihrem Vater noch ihrer Mutter begegnet. Elisabeth hatte zwar versucht, ihr diese Unternehmung auszureden und es eine schiere Dummheit genannt, dass sie sich in ihrem Zustand auf eine mehrtägige Reise begeben wollte, doch Charlotte ignorierte ihre Besorgnis und bat sie nur, ihren Eltern gegenüber nicht zu erwähnen, dass sie die Stadt für einige Tage verlassen würde. Den Grund, warum sie sich mit ihrer Magd auf diese Reise begab, verschwieg sie ihrer Schwester allerdings. Hätte Elisabeth erfahren, dass es erneut zu einer Auseinandersetzung mit Viktor kommen würde, hätte sie alles darangesetzt, diesem Vorhaben ein Ende zu bereiten. Sie hätte Charlottes Bitte niemals zugestimmt, Adam für die Dauer ihrer Abwesenheit im Haus der Eltern aufzunehmen. Gerade der Umstand, dass Helene ihr Kind in Salzburg zurückließ, hatte Elisabeth aber letztendlich wohl davon überzeugt, dass die Reise ihrer Schwester wirklich nur wenige Tage dauern würde.

Nachdem Helene das Feuer entzündet hatte, entledigte Charlotte sich ihrer Schuhe und goss ein wenig Wasser über die schmerzenden Füße. Helene hockte sich zu ihr und reichte ihr eines der Schmalzbrote, die sie als Wegzehrung bei sich führten.

Charlotte blieb nicht verborgen, wie zurückhaltend Helene sich verhielt. Ihre Begleiterin schwieg zumeist und senkte sofort schuldbewusst den Blick, wenn Charlotte sie ansah. In manchen Momenten, während sie über die steinige Straße geschritten waren, hatte Helenes Anblick sie regelrecht angewidert. Sie konnte ihr den feigen Verrat, der soviel Unheil und Leid über sie alle gebracht hatte, nicht ohne Weiteres vergeben. Einzig die Sorge um Robert, um dessen Gunst sie seit Wochen in Konkurrenz zueinander gestanden hatten, gab ihr ein Gefühl der Verbundenheit mit dieser Frau. Wenn sie allerdings ihr Ziel erreicht hatten und wenn Robert sich nicht mehr in Gefahr befand, würde sie von Helene verlangen, vor ihm ihre Schuld einzugestehen, und danach würden sich ihre Wege trennen. Auch Robert musste sich dann entscheiden, zu wem er stand.

Als sie nun hier am Feuer zur Ruhe kamen, schlich sich eine schon überwunden geglaubte Trübsal erneut in Charlottes Gedanken. War diese ganze Unternehmung nicht ein großer Trugschluss? Wahrscheinlich würden sie Robert und Viktor überhaupt nicht aufspüren. Robert würde spurlos verschwinden, und sie würde von ständiger Ungewissheit geplagt werden, ob er noch am Leben war und welche Rolle Viktor bei all dem spielte.

Was würde danach sein? Wollte sie denn wirklich in Viktors Quartier in der Kaserne die meiste Zeit des Tages in ihrem Bett verbringen, darauf hoffend, dass ihr Ehemann sie ignorierte und seine Launen im Griff behielt? Oder würde sie ihn davon überzeugen können, sie in die Obhut ihrer Familie zu entlassen, wo sie dann allerdings die bitteren Vorwürfe ihres Vaters zu ertragen hätte. Zumindest konnte ihr dort Elisabeth zur Seite stehen.

Sie wünschte sich, sie hätte mehr Zeit gehabt, um Robert besser kennenzulernen. Ihr kam Helenes Vorwurf in den Sinn, dass sie im Grunde nichts über Roberts Vergangenheit wusste und dass er ihr immer verschwiegen hatte, warum er das Leben eines Vaganten führte. Wahrscheinlich hatte Helene recht: Sie hatte sich nie darum gekümmert.

»Was ist Robert widerfahren, bevor er mit dir in das Erzstift gezogen ist?«, fragte sie unvermittelt.

Helene schaute sie an, schwieg aber.

»Sag es mir!«, verlangte Charlotte.

Helene schüttelte den Kopf. »Robert würde nicht wollen, dass ich dir davon erzähle.«

»Du bist es mir schuldig. Dein unbedachter Verrat hat uns alle ins Unheil gestürzt. Ich möchte verstehen, warum du so sehr um ihn kämpfst. Welche Schuld hat er auf sich geladen? Du weißt, dass ich Robert nicht schaden will und euer Geheimnis bewahren werde.«

Helene zögerte, blieb einen Moment in Gedanken versunken, so als müsse sie erst mit sich selbst ein Zwiegespräch darüber führen, ob sie auf Charlottes Frage eingehen sollte und sagte schließlich: »Wir haben in Rosenheim gelebt. Ich war dort mit einem Mann verheiratet, der im vergangenen Jahr gestorben ist.«

»Adams Vater?«, fragte Charlotte.

Helene nickte. »Er war ein Mann mit einem guten Herzen, der Adam und mich immer gut behandelt hat. Aber ich habe niemals ein starkes Verlangen nach ihm verspürt. Wir hatten Land gepachtet und Flachs angebaut. Fünf Jahre lang schufteten wir dort von der Früh bis in den Abend, aber ich war zufrieden mit diesem Leben. Dann zog sich mein Ehemann einen Bruch an der Leiste zu und starb daran. Als Witwe konnte ich die Pacht nicht mehr aufbringen, doch Adam und ich kamen bei einem Verwandten im Viertel der Gerber unter – in dem Haushalt, in dem sich auch Robert und seine Mutter verdingten. Wir lebten zusammen in einer Dachkammer, und obwohl Robert mich kaum beachtete, merkte ich schon bald, dass ich ihn auf eine Weise begehrte, wie ich es zuvor niemals für möglich gehalten hätte. Roberts Nähe schmerzte, und doch verlangte ich jeden Moment nach seiner Aufmerksamkeit. Er jedoch trug sein Geld lieber zu den Huren.« Sie verstummte. Charlotte blieb nicht verborgen, wie schwer es Helene fiel, über die Vergangenheit zu sprechen.

»Erst im Moment seiner größten Schwäche gelang es mir, ihn zu verführen«, gestand Helene ein und blickte schuldbewusst zu Boden.

»Was ist geschehen?«, wollte Charlotte wissen.

»Roberts Mutter starb. Ein jähzorniger Schiffmeister aus Rosenheim stellte ihr nach. Ihre Ablehnung verletzte den Kerl sosehr in seinem Stolz, dass er Sybilla in seiner Wut niederstach. Einige Tage später erlag sie dieser Verletzung. Robert hat ihr Tod tief getroffen. Er sann auf Vergeltung, denn der Schiffmeister drohte ungestraft davonzukommen. Robert war darüber völlig verzweifelt, und ich machte mir seinen Zustand zunutze, indem ich ihn dazu ermunterte, mit mir zu schlafen. Es war für ihn kein Akt der Liebe oder Zuneigung, sondern nur eine Möglichkeit, seinen Zorn für kurze Zeit zu besänftigen. Ich konnte ihm keinen Frieden schenken. Schon ein paar Tage später lauerte er dem Schiffmeister in der Kammer einer Hure auf und schickte ihn zur Hölle.«

»Robert hat diesen Mann getötet?«, fragte Charlotte überrascht.

»Tragischerweise ja«, antwortete Helene. »Noch am selben Tag sind wir aus Rosenheim geflohen. Robert wollte zunächst nicht, dass Adam und ich uns ihm anschlossen, doch wie du weißt, kann ich sehr störrisch sein, und so folgten wir ihm auf seinem Weg.«

Helenes Ausführungen betrübten Charlotte. Auf Robert war ein Kopfgeld ausgesetzt worden, weil er einen Mann getötet hatte. Sie bedauerte es, dass er dieses Geheimnis die ganze Zeit vor ihr verborgen hatte, doch sie konnte auch verstehen, dass er nicht nur sich selbst, sondern auch Helene und Adam hatte schützen wollen.

»Es kommt mir so unwirklich vor«, sagte sie leise. »Ich hätte nicht gedacht, dass Robert zu einer solchen Tat fähig wäre.«

»Er ist jung und kann ein rechter Heißsporn sein«, meinte Helene. »Nicht jedem Mann ist es möglich, sein Temperament zu zügeln.« Sie runzelte die Stirn. »Was ist mir dir? Wärest du dazu in der Lage, einen Menschen zu töten?«

»Warum fragst du?«

»Weil wir schon morgen auf Robert und Viktor treffen könnten.« Helene streckte sich nach dem Bündel, das neben ihr lag, und holte zwei Messer hervor, die sie in einer von Viktors Truhen gefunden und an sich genommen hatte. Eines davon reichte sie an Charlotte weiter. »Wenn Roberts Leben in Gefahr wäre – könntest du Viktor dann dieses Messer in den Leib stoßen?«

Charlotte betrachtete die Klinge und rief sich all die Scheußlichkeiten in den Sinn, die Viktor ihr angetan hatte und den Moment, als er vor ihrer ersten Flucht aus Salzburg benommen vor ihr auf dem Boden gekauert hatte. Auch damals hatte sie überlegt, seinem Leben ein Ende zu setzen, doch nicht den Mut dazu gefunden.

»Ich könnte es«, erklärte sie. Es sollte überzeugend klingen, doch schon im nächsten Augenblick zweifelte sie an ihren Worten, und der Gedanke an den nächsten Tag machte ihr schreckliche Angst.

Kapitel 33

Am Morgen wurden Robert und Viktor von einem Nieselregen geweckt. Zwar boten ihnen die Baumkronen ein wenig Schutz, doch ihre Decken und die Kleidung fühlten sich bald kalt und klamm an. Zu allem Übel breitete sich ein dichter Nebel über dem Land aus, der selbst das Gebirge um sie herum verschluckte und ihr Vorhaben erschwerte.

Auch Viktor setzte den Weg nun zu Fuß fort. Er führte den Schimmel am Zügel und trat voran in die Nebelwand. Der Streit des gestrigen Abends ließ sie in eisiges Schweigen verfallen. Robert war es recht so, denn damit waren auch endlich Viktors Provokationen verstummt. Er hatte befürchtet, Charlottes Ehemann würde versuchen, ihn weiter auszufragen, um weitere Bestätigung für seinen Verdacht zu erlangen, dass der Hofrat Zillner sein Vater war.

Trotz des widrigen Wetters erreichten sie bereits am Nachmittag die Gnotschaft Schönau. Sie mieden den Weg, der durch den Ort führte, und zogen über einen Trampelpfad neben den Feldern an das Ufer des Kunigsees, von wo aus sie hinter der Nebelwand schwach die Umrisse der Insel Christlieger erkennen konnten. Erst hier brach Robert das Schweigen und sagte: »Wir sind an unserem Ziel angekommen.« Er deutete zur Insel. »Dort hält sich der Jackl auf.«

Viktor rümpfte die Nase. »Woher wissen wir, ob sich der Zauberer dort wirklich versteckt?«

»Charlotte hat gesagt, es gäbe hier ein Boot.« Robert

winkte Viktor mit sich, und sie traten einige Schritte am Ufer entlang, ohne jedoch zwischen den Zweigen und dem Flechtwerk auf eine Schaluppe zu stoßen.

»Das Boot ist nicht mehr da«, sagte er, »also muss jemand zur Insel gerudert sein.«

Viktor band die Zügel des Schimmels an einen Baum und richtete den Blick auf den Christlieger. »Das heißt wohl, wir müssen schwimmen, wenn wir hinübergelangen wollen.«

»Ihr wollt, dass ich mit Euch komme?«

»Natürlich.« Viktor öffnete die Bänder seines Lederbeutels und verstaute einen Dolch, seine Pistole und das Pulversäckchen darin. »Wahrscheinlich hält sich die Bande des Zauberers hier in Schönau auf. Doch das heißt nicht, dass er sich allein auf der Insel versteckt. Du wirst mir helfen, ihn zu überwältigen.« Er schaute Robert zweifelnd an. »Oder kannst du etwa nicht schwimmen?«

»Es reicht, um mich über Wasser zu halten«, behauptete Robert, den es aber doch erleichterte, dass die Insel nicht allzuweit vom Ufer entfernt lag. Tiefe Gewässer waren für ihn immer eine Bedrohung gewesen.

Sie zogen sich bis auf die Beinkleider aus. »Was geschieht mit dem Jackl, wenn wir ihn überwältigt haben?«, wollte Robert wissen.

Viktor reagierte zunächst nicht auf die Frage, erklärte dann aber nach einem Moment: »Wir werden den Zauberer fesseln und ihn mit dem Ruderboot hier ans Ufer schaffen. Danach brechen wir unverzüglich auf. Sollte er sich weigern zu laufen, binden wir ihm auch die Füße und legen ihn über den Rücken des Pferdes.« Er schaute skeptisch zur Insel. »Sorgen bereitet es mir allerdings, dass wir nicht wissen, wie viele Gefolgsleute sich dort mit ihm auf der Insel aufhalten.«

»Sollte es Euch nicht größere Sorgen bereiten, dass er

seine dunklen Kräfte gegen Euch anwendet?«, meinte Robert.

»Verschone mich mit diesem Mummenschanz«, sagte Viktor. Er griff nach seinem Degen und dem Ledersack und trat zum Wasser. Robert folgte ihm zögerlich und stellte schnell fest, dass Charlottes Ehemann ein weitaus besserer Schwimmer war als er. Auf dem Rücken überquerte Viktor mit kräftigen Beinstößen zügig das Wasser, während er seinen Degen in der einen Hand hielt und den Ledersack mit der anderen nach oben stemmte, damit er nicht nass wurde. Robert hingegen strampelte so heftig, dass Viktor ihn am Ufer der Insel rasch aus dem Wasser zog und aufgebracht zischte: »Du machst zuviel Lärm!«

Robert sackte keuchend auf die Knie und schaute in den Nebel. Auf der Insel gab es eine felsige Erhebung und einige Bäume, die hinter dem grauen Schleier kaum zu erkennen waren. Nicht weit von ihnen entfernt war das kleine Ruderboot ans Ufer gezogen worden. Viktor langte in die Ledertasche, holte die Pistole hervor und machte sich daran, das Pulver auf die Pfanne zu schütten und das Bleigeschoß in den Lauf zu stopfen.

»Es soll hier eine Grotte geben. Dort wird sich der Jackl …«, sagte Robert, doch Viktor mahnte ihn zur Ruhe, indem er einen Finger vor den Mund legte und in den Nebel deutete. Schritte waren zu hören. Robert sah, dass sich eine Gestalt näherte. Ein hochgewachsener blonder Bursche, der zu der Schaluppe trat, sich umschaute, aber nichts Ungewöhnliches zu entdecken schien. Womöglich war er durch die Geräusche im Wasser alarmiert worden.

»Ist er das?«, fragte Viktor leise. »Ist das der Zauberer?«

Robert schüttelte den Kopf. »Nein, wohl nur einer seiner Kumpane.«

»Gut.« Viktor zog sein Messer hervor und lief geräuschlos auf den Mann zu, der ihm nun den Rücken zuwandte.

Robert stockte der Atem, als er sah, dass Viktor nach dem blonden Burschen griff, ihm eine Hand auf den Mund legte und ihm seinen Dolch, ohne zu zögern, mehrmals in die Seite trieb. Trotz des Nebels konnte Robert erkennen, dass Blut hervorspritzte.

Der Blonde stöhnte auf und versuchte verzweifelt, sich aus der Umklammerung zu lösen. Erst als Viktor ihm mit dem Messer in den Hals stach, brach der Bursche zusammen. Viktor kehrte zurück. Auf seinem Gesicht klebte Blut.

»War das nötig?«, krächzte Robert. »Ihr hättet ihn niederschlagen können.«

»Wen schert dieses Gesindel?«, lautete Viktors lapidare Erwiderung. »Auf nun, suchen wir die Grotte!« Aus seinem blutbesudelten Gesicht stachen zwei funkelnde Augen hervor, die verrieten, wie sehr diese Bluttat Viktor in Erregung versetzt hatte.

Und dieser Anblick ließ Robert erschaudern.

Der Nebel erschwerte es Charlotte und Helene, sich in Schönau zurechtzufinden. Sie bewegten sich zwischen den äußeren Hütten der Gnotschaft auf die Uferböschung zu und erreichten schon bald den See. Charlotte fluchte leise über das Wetter. Der dichte Dunst machte es unmöglich, Viktor und Robert zu finden. Selbst die Insel war von hier aus kaum zu erkennen.

Helene winkte sie mit sich, und sie liefen am Ufer entlang. Charlotte verspürte Wehmut, als sie an die unbeschwerten Tage dachte, die sie hier mit Johanna, Robert und ihren Freunden verbracht hatte. Heute jedoch war alles um sie herum grau und kalt, und zudem steckte ihr die Furcht vor Viktor in den Knochen.

Plötzlich hielt Helene inne und sagte: »Hast du das gehört?«

»Was?«

»Ein Schnauben.« Sie liefen weiter und entdeckten bald darauf Viktors Schimmel, dessen Zügel an einen Baum gebunden worden waren. Daneben fanden sie zu Boden geworfene Kleidungsstücke.

Helene hob ein Wams auf und blickte zur Insel. »Die beiden werden bereits hinübergeschwommen sein.« Sie rief laut Roberts Namen. Charlotte tat es ihr nach, doch außer dem leisen Plätschern des Wassers blieb es still.

»Nun denn«, meinte Helene. Sie zog die Haube vom Kopf und löste die Bänder an ihrem Überwurf.

»Was hast du vor?«, fragte Charlotte.

»Na was schon?« Helene ließ den Überwurf auf den Boden fallen und streifte ihren Rock ab. »Wir folgen ihnen.«

»Ich kann nicht schwimmen«, gab Charlotte recht kleinlaut zu.

Helene schüttelte missbilligend den Kopf. »Euch Mädchen aus gutem Hause lehrt man so viele nutzlose Dinge, aber wie man sich über Wasser hält, das wisst ihr nicht.« Sie zupfte an Charlottes Haube und wies sie an: »Zieh dich bis auf die Unterkleider aus. Du kannst dich an meinen Schultern festhalten. Zum Glück bist du recht dürr.«

Charlotte nickte und fügte sich. Im Grunde war sie erleichtert darüber, dass Helene soviel Entschlossenheit an den Tag legte und sie weiter vorantrieb, denn sie spürte, dass ihre Furcht sie mehr und mehr lähmte.

Robert glaubte ein Rufen vernommen zu haben – die Stimme einer Frau –, doch er tat dies rasch als Einbildung ab. Seine Ohren spielten ihm wohl einen Streich, weil er stark angespannt war. Der Schrecken über Viktors Bluttat steckte ihm noch immer in den Gliedern. Er dachte daran zurück, wie elend er sich gefühlt hatte, als er Rudwin Stollberg ertränkt hatte – obwohl er diesen Mann sosehr gehasst hatte. Viktor hingegen schien es genossen zu haben, diesen Burschen zu töten.

Am liebsten wäre er davongelaufen und zum Festland zurückgeschwommen, doch die vage Hoffnung, dass er diesen unseligen Tag zum Wohle Charlottes und ihrer Gefährten hinter sich brachte und es ihnen tatsächlich gelingen konnte, den Zauberer-Jackl zu ergreifen, ließ ihn hinter Viktor hertrotten, bis sie den Eingang der Grotte fanden: eine schmale Öffnung in einem Felsen, wo einige Stufen in ein Gewölbe hinabführten, aus dem der schwache Schein einer Lampe flackerte.

Viktor gab Robert ein Zeichen, dass er bereit war, die Grotte zu betreten. Er hielt in der rechten Hand seinen Degen und in der Linken die geladene Pistole. Robert hingegen war unbewaffnet und trug nur die Lederschnüre, mit denen sie den Zauberer fesseln wollten, wenn sie ihn denn tatsächlich in diesem Versteck aufspürten. Robert schnaufte und betete stumm darum, dass Jakob Koller klug genug sein würde, sich von Viktors Pistole so sehr einschüchtern zu lassen, dass er sich ohne Gegenwehr binden ließ. Er wollte an diesem Tag kein Blut mehr fließen sehen.

»Bleib dicht hinter mir«, raunte Viktor und trat in die Grotte. Robert folgte ihm nach kurzem Zögern. Sie gelangten über die Stufen in ein etwa vier Schritt breites und ebenso hohes Gewölbe, auf dessen Gesteinswänden das Licht einer Laterne und mehrerer Talglichter tanzten. Im hinteren Teil der Grotte war der Boden mit Stroh bedeckt, an der Seite stapelten sich mehrere Holzkisten und ein kleines Fass. Daneben waren Decken ausgebreitet worden. Auf einer dieser Decken hockte ein junger Mann, der nur mit einer Hose bekleidet war und sich überrascht zu ihnen umwandte. Auch in dem trüben Licht erkannte Robert das Gesicht des Rothaarigen.

»Wer seid ihr?«, krächzte Jakob Koller. Sein furchtsamer Blick huschte von Robert zu Viktor und blieb an der auf ihn gerichteten Pistole hängen. Wahrscheinlich hatte er seinen Begleiter erwartet, mit dem er ganz offensichtlich dieses Lager geteilt hatte.

»Und der?«, fragte Viktor. »Ist das Jakob Koller?«

Robert nickte. »Er ist es.«

»Welch eine jämmerliche Gestalt!« Viktor rümpfte die Nase. »Er unterscheidet sich nicht von dem Gesindel, das über die Straße zieht. Und er stinkt genauso sehr wie sein blonder Kumpan.«

Kollers Augen richteten sich auf den Ausgang. »Wo ist Georg? Was habt ihr ihm angetan?«, wollte er wissen, obwohl ihm das Blut auf Viktors Gesicht und Brust Antwort genug hätte sein müssen.

Robert hob die Hand, in der er die Schnüre hielt. »Streck deine Arme aus!«, verlangte er.

Jakob Koller erhob sich und musterte Robert. »Dich kenne ich«, meinte er. »Wir sind uns hier in Schönau begegnet.«

»Deine Arme!«, wiederholte Robert in schärferem Ton.

Zunächst reagierte Koller nicht darauf, dann aber senkte er traurig den Blick und folgte dieser Anweisung.

Erleichtert atmete Robert auf und machte einen Schritt auf den Jackl zu, um ihm die Handgelenke zu binden, doch in diesem Moment krachte ein Schuss aus Viktors Pistole. Der Brustkorb des Jackl platzte auf, und seine erschrockenen Augen weiteten sich. Er taumelte zurück und brach tot zusammen. Robert stand wie erstarrt neben der Leiche, während der Schuss noch immer in seinen Ohren dröhnte.

»Heiliger Jesus!«, würgte er hervor und drehte sich zu Viktor um. »Was habt Ihr getan?«

Er erhielt keine Antwort. Doch als Viktor die Pistole fallen ließ und die Degenspitze auf Roberts Kehle richtete, begriff er, dass sein Begleiter es niemals darauf abgesehen hatte, den Zauberer-Jackl nach Salzburg zu schaffen, und dass Viktor genau auf diesen Augenblick gewartet hatte, um seine Rache zu vollenden.

Kapitel 34

Der Knall ließ Helene und Charlotte am Ufer zusammenzucken. Die dichte Nebelwand verbarg noch immer, was dort auf der Insel vor sich gehen mochte, doch der laute Pistolenschuss war unzweifelhaft aus dieser Richtung zu ihnen gedrungen.

Eine Flut unheilvoller Bilder strömte durch Helenes Kopf. Sie wollte sie von sich drängen, doch sie konnte nicht verhindern, sich vorzustellen, dass diese Pistole auf Robert abgefeuert worden war und er sich dort drüben mit verzerrtem Gesicht in seinem Blut krümmte.

Ihr Blick kreuzte sich mit dem von Charlotte. Aus deren Gesicht war vor Schreck jegliche Farbe gewichen. In diesem Augenblick, in der die Angst um Robert sie verband, fühlte sie sich der jungen Frau wie einer Schwester verbunden. Wie Charlotte so dastand – zierlich und verletzlich wie ein Kind –, hätte sie sie am liebsten in die Arme geschlossen und noch einmal um Vergebung für all das Ungemach angefleht, das sie ihr bereitet hatte, doch dies war nicht die richtige Zeit dafür.

»Beeilen wir uns!«, drängte Helene mit heiserer Stimme. Sie legte ihren Rock ab und schlüpfte aus den Schuhen, so dass sie nun nur noch ihr Unterkleid trug. Charlotte tat es ihr nach. Beide nahmen einen Dolch an sich, und wie zwei kampfbereite Amazonen traten sie bis zur Hüfte in das kalte Wasser des Sees. Helene bemerkte, wie schwer Charlotte atmete, weil sie sich vor dem tiefen Wasser fürchtete, aber gleichzeitig ließ sie eine grimmige Entschlossenheit erkennen, als sie sich hinter sie stellte und ihr die Hände auf die Schultern legte.

»Klammere dich an mich und versuche, kein Wasser zu schlucken«, sagte Helene und ging in die Knie. Sie steckte das Messer zwischen die Zähne und schwamm mit kräftigen Zügen vorwärts, während Charlotte sich an sie presste und immer heftiger keuchte, je näher sie der Insel kamen.

Ich kann ihm das Leben nehmen, so wie ich es will. Der Gedanke verstärkte den Rausch nur noch, den Viktor verspürte, nachdem er den blonden Burschen und auch Jakob Koller getötet hatte. Nun zielte er noch immer mit dem Degen auf Roberts Kehle und drängte ihn zurück an die Steinwand. Unter der Spitze perlte am Hals ein erster Bluttropfen hervor. Ein Stoß nach vorn, und Robert wäre die Gnade eines schnellen Todes gewährt, da er rasch an seinem eigenen Blut ersticken würde. Doch eigentlich gefiel Viktor die Vorstellung, diesen Tod in die Länge zu ziehen. Ein Streich gegen den Oberschenkel würde Robert langsamer verbluten lassen. Er könnte ihm jedoch auch das Gedärm durchbohren, dann würde der Kerl über Stunden unter heftigen Schmerzen krepieren. Eine angemessene Strafe für den Ehebruch mit seiner Frau und die übrigen Schmähungen, die er ihm angetan hatte.

Viktors Blick fiel auf das kleine Fass, das neben der Kiste stand. Während er den Degen weiter auf Robert richtete, schob er den Deckel zur Seite und nahm sofort den Geruch von Lampenöl wahr. Ihm kam ein verlockender Gedanke. Die Öffnung der Grotte war groß genug, damit sich hier auf den Holzkisten und auf dem Stroh ein Feuer ausbreiten konnte. Er brauchte bloß das Öl darüber auszuschütten und es zu entzünden. Diese Grotte würde für Robert zum Vorgeschmack des Fegefeuers werden, in das er Jakob Koller bereits geschickt hatte. Ihre Körper würden von den Flammen verzehrt werden, doch Robert sollte diese Tortur lebend erleiden, seine Schreie würden bis in die umliegende Ortschaft zu hören sein.

»Warum habt Ihr Koller getötet?«, würgte Robert hervor. »Ihr hattet die Möglichkeit, ihn an den Erzbischof auszuliefern. Nun aber bringt Ihr ihm eine Leiche. Das wird er Euch übelnehmen.«

Viktor lachte auf. »Wie dumm du doch bist! Ich führe dieses Auftrag so aus, wie der Landesfürst es verlangt hat. Er trug mir auf, den Zauberer zu töten und seine Leiche verschwinden zu lassen.«

»Aber warum ...«

»Der Jackl lebt von nun an in den Köpfen der Menschen weiter«, sagte Viktor. »Niemand erfährt davon, dass er heute in dieser Grotte gestorben ist. Man wird sagen, er sei unsichtbar, aber dennoch treibt er weiterhin die bettelnden Kinder in die Arme des Teufels.«

»Und die Salzburger Obrigkeit rechtfertigt damit das harte Vorgehen gegen die Vaganten, die für das Erzstift zu einer Bedrohung werden könnten«, meinte Robert. »Die Furcht vor den Verbrechen des Zauberers kommt dem Landesfürsten also ganz recht.«

»Du hast es begriffen.« Viktor verstärkte leicht den Druck der Degenspitze gegen Roberts Kehle, so dass erneut etwas Blut die Klinge hinabfloß. Er wollte die Todesangst in seinem Gesicht sehen, doch sein Gegenüber verzog keine Miene und fragte nur: »War Sebastian Zillner in diesen Plan eingeweiht?«

»Der Hofrat Zillner? Nein, der erwartet tatsächlich, dass ich den Zauberer gefesselt und lebend den Händen der Justiz übergebe.« Viktor überlegte, ob Robert befürchtet hatte, dass das so rechtschaffene Bild des Mannes, der womöglich sein Vater war, ins Wanken geriet. Es war wohl an der Zeit, ihm noch eine unbequeme Wahrheit auf dem Weg in den Tod mitzugeben.

»Soll ich dir etwas über Sebastian Zillner verraten?« Viktor wartete einen Moment, bevor er sagte: »Der Hofrat steht dem Fürsterzbischof in seiner Verschlagenheit in nichts nach.«

Robert schaute ihn nur fragend an.

»Er will dich loswerden. Ich weiß nicht, was zwischen euch vorgefallen ist, aber er trug mir auf, dich zu töten, nachdem wir Jakob Koller gefunden hatten.«

»Das ist eine Lüge«, zischte Robert.

»Ist es das?« Viktor grinste. »Sei nicht einfältig. Für ihn bist du nur ein Bastard, den man erwürgt wie eine lästige Katze, wenn sie unbequem geworden ist.«

Robert kniff die Augen zusammen. Viktor nahm an, dass ihm erst in diesem Moment bewusst wurde, wie bedeutungslos sein Leben für Sebastian Zillner war. Ein wenig bedauerte es Viktor, dass nun keine Zeit mehr blieb, sich an diesem Schmerz zu weiden.

Er nutzte Roberts Unaufmerksamkeit, machte einen Schritt auf ihn zu und schlug mit dem Degenknauf so hart gegen dessen Schläfe, dass er mit einem Stöhnen zusammensackte. Während er benommen auf dem Boden kauerte, band Viktor ihm rasch die Hände und die Füße mit den Lederschnüren, dann machte er sich daran, das Öl aus dem Fass auf das Stroh und die Decken, über die Leiche des Jackl und die Holzkisten auszuschütten. Wenn er das Feuer entfacht hatte, konnte er sich nah am Ausgang aufhalten und versuchen, so lange wie möglich zu beobachten, wie Robert bei lebendigem Leib von den Flammen verzehrt wurde. Danach würde er unverzüglich nach Salzburg zurückkehren und dem Erzbischof wie auch Sebastian Zillner Bericht erstatten.

Er stellte das leere Fass ab und stieß Robert mit dem Fuß

an, so dass der sich benommen auf den Rücken drehte. Viktor wollte sein Gesicht sehen, wenn das Feuer ihn erreichte. Er langte nach einer der Talgkerzen, doch hielt sofort inne, als er ein Geräusch vernahm. Im nächsten Augenblick liefen zwei triefend nasse Frauen in die Grotte, die nur mit einem dünnen Hemd bekleidet und mit Messern bewaffnet waren. Trotz der Haare, die ihnen im Gesicht klebten, erkannte er Charlotte und hinter ihr die Vagantin Helene. Beide schnauften aufgeregt, und doch rührte sich zunächst niemand von ihnen.

Viktor starrte in Charlottes Gesicht. Die Überraschung ließ ihn nur kurz innehalten. Seine Finger schlossen sich fester um den Griff des Degens, als er in ihren Augen einen Ausdruck erkannte, der ihm verriet, dass er noch immer alles unter Kontrolle hatte.

Angst! Sie fürchtete sich vor ihm und dem, was nun geschehen würde.

Charlotte war nicht fähig, sich zu bewegen. Seit sie mit Helene Salzburg verlassen hatte, hatte sie befürchtet, es könnte zu einer Auseinandersetzung kommen, in deren Verlauf sie Viktor gegenübertreten musste. Doch nun, wo ihr Ehemann tatsächlich nur eine Armeslänge von ihr entfernt stand, fühlte sie sich, als hätten unsichtbare Fesseln ihren ganzen Körper umfasst.

In dem trüben Licht erkannte sie hinter Viktor einen reglosen Körper, daneben den an Armen und Beinen gefesselten Robert, dessen Stöhnen die große Sorge von ihr nahm, dass er bereits tot war. Robert lebte, doch es war offensichtlich, dass Viktor zu allem entschlossen war. Bevor Helene und sie die Grotte betreten hatten, waren sie am Ufer auf eine schrecklich zugerichtete Leiche gestoßen. In Viktors Gesicht klebte Blut, das verriet, dass er diesen Mann getötet hatte. Sein hasserfüllter Blick ließ keinen Zweifel daran aufkommen, dass er bis zum Äußersten gehen würde, um diese Morde zu vertuschen. Die Todesangst ließ Charlotte erschaudern.

»Zusammen!«, stieß Helene hinter ihr hervor. Charlotte begriff, was sie meinte. Es würde nur gelingen, Viktor zu überwältigen, wenn sie ihn gemeinsam angriffen.

Helene stürmte vor und hob dabei das Messer über ihren Kopf. Mit einem Ächzen ließ sie es auf Viktor herabfahren, doch der konnte ausweichen, so dass ihr Angriff ins Leere ging.

Mit etwas Mut hätte Charlotte die Gelegenheit nutzen können, um Viktor das Messer in die Seite zu rammen. Doch noch immer zögerte sie und verharrte auf der Stelle, während Helene kreischend wie eine Furie erneut auf Viktor zustürzte. Der schlug sie allerdings zurück, indem er seinen Degen schwang und mit diesem Streich Helenes Hemd über dem Bauch zerfetzte und ihr eine blutige Wunde schlug. Helene prallte mit einem Ächzen gegen die Steinwand. Erst da gelang es Charlotte, sich aus ihrer Starre zu lösen. Sie machte mit ausgestrecktem Messer einen Schritt auf Viktor zu, doch er drehte sich rasch in ihre Richtung und stieß sie mit der flachen Hand so hart zurück, dass sie zu Boden stürzte und die Waffe fallenließ. Als sie aufblickte sah sie, dass Helene sich von hinten an Viktor geklammert hatte, an seinen Haaren zerrte und ihre Zähne in seinem Hals vergrub. Er schrie auf und wand sich, doch es gelang ihm erst, sie abzuschütteln, als er rückwärts so kräftig gegen die Felswand prallte, dass Helene von ihm abließ und zusammensackte. Viktor hingegen wandte sich blitzschnell um und richtete den Degen auf sie.

»Nein!«, schrie Charlotte, doch da trieb Viktor auch schon die Waffe in Helenes Leib. Ihr Gesicht wirkte überrascht, als könne sie nicht recht begreifen, dass sie von dem Degen aufgespießt worden war.

Viktor stemmte einen Fuß gegen ihre Hüfte und zog die Waffe aus ihrem Körper. Sofort stieß Helene mit einem lauten Zischen einen Schwall Luft aus. Wahrscheinlich hatte der Degen ihre Lunge durchbohrt.

Charlotte wimmerte und kauerte sich zusammen, als Viktor nun auf sie zukam. In seinen Augen erkannte sie, dass er in einen wahren Rausch verfallen war und nun auch ihr das Leben nehmen wollte. Er hob den Degen an, doch im nächsten Moment wurde er überraschend von den Beinen geholt, als der gefesselte Robert in den Kampf eingriff und Viktor seine Füße in den Weg stellte. Der stolperte, prallte mit der Schulter gegen den Fels und schien erst zur Besinnung zu kommen, als er schnaufend mit gesenkter Waffe stehenblieb.

Charlotte schaute zu Robert. Er hatte sie vor Viktors wütendem Angriff gerettet. Das war aber auch schon das Einzige, was ihr Hoffnung vermittelte. Ansonsten bot sich ihr in dieser Felshöhle ein Anblick des Grauens. Eine Armlänge von ihr entfernt sah sie den toten Jakob Koller, aus dessen zerfetzter Brust noch immer Pulverdampf aufstieg. Ihm gegenüber kauerte Helene mit auf den Bauch gepressten Händen an der Wand. Ihre Finger waren blutgetränkt, die Augenlider flackerten, und sie gab ein leises Wimmern von sich. Viktor hingegen lehnte an der Steinwand und betastete seine Halsbeuge, die ebenfalls blutverschmiert war. Helenes Biss bereitete ihm offensichtlich starke Schmerzen. Für Charlotte war das zumindest eine kleine Genugtuung.

Sie erschnupperte einen Geruch, der ihr erst jetzt auffiel, aber wohl die ganze Zeit in der Luft gelegen hatte. Öl – die ganze Grotte stank nach Öl. Sie bemerkte, dass die Holzkisten und auch der Boden mit Öl beschmiert worden waren. Das also war Viktors Plan. Er wollte alles niederbrennen und die Leiche des Zauberer-Jackls dem Feuer übergeben.

Viktor schüttelte sich und bleckte die Zähne. »Ihr seid

eine Plage. Ihr alle«, knurrte er, dann machte er einen Schritt auf den wehrlosen Robert zu und trat ihm hart in den Magen. Würgend krümmte sich Robert zusammen. Viktor ließ von ihm ab und kam auf Charlotte zu. Sie wich vor ihm zurück, aber er war schneller und zog sie an den Haaren auf die Beine.

»Geh zum Ausgang!« Er versetzte ihr einen heftigen Stoß, so dass sie nicht verhindern konnte, auf die Felsöffnung zuzustolpern. Sie wandte sich um und sah, wie Viktor eines der Talglichter nahm und es gegen den ölverschmierten Kistenstapel warf. Das Feuer breitete sich sofort auf dem Holz und auf dem Boden aus und kam Robert und Helene gefährlich nah.

»Nein, nein! Du darfst sie nicht zurücklassen!«, protestierte Charlotte lautstark, als Viktor ihren Arm packte und sie mit sich zur Felsspalte zog.

»Du wirst mir niemals wieder sagen, was ich nicht tun darf«, fauchte Viktor und stieß sie ins Freie. Sie wandte sich um, doch er packte sie am Hals und schleifte sie mit sich zum Ufer.

»Steig in das Boot!«, verlangte er.

Sie konnte den Blick nicht von der Grotte abwenden, in der Robert und Helene einem elenden Tod entgegensahen. Alles in ihr wehrte sich dagegen, mit Viktor die Insel zu verlassen, daher schüttelte sie nur den Kopf und rührte sich nicht.

Er ballte die rechte Hand zur Faust und drohte ihr, doch dann stieß er sie nur rüde zum Ruderboot. Sie stolperte und fiel mit der Seite schmerzhaft auf eine Holzkante. Grimmig kam Viktor auf sie zu. Hinter ihm war Rauch zu erkennen, der aus der Grotte quoll.

»Du störrisches Weib«, knurrte er. »Ich hätte dich dort in das Feuer werfen sollen. Wenn ich dich also erst prügeln muss, damit du ...«

Während er noch sprach, bekam Charlotte eines der Ruder zu fassen. Sie griff mit beiden Händen um das Holz, schlug damit nach Viktor und streifte seine Stirn. Er stöhnte und sackte auf die Knie. Rasch sprang Charlotte auf und lief zurück zur Grotte. Eine Hand auf den Mund pressend, trat sie hinein und sah sogleich zwischen dem Rauch und dem Feuer Robert, der sich hustend auf dem Boden wand. Die Flammen hatten ihn fast erreicht. Die Hitze war unerträglich. Charlotte versuchte Helene zu finden, konnte sie jedoch nicht entdecken. Sie stolperte auf Robert zu, hockte sich neben ihn und zerrte an seinen Fußfesseln, die aber zu verknotet waren, um sie auf die Schnelle zu lösen.

»Das Messer!«, rief Robert. »Schnell, Charlotte!«

Sie schaute sich um und fand neben sich das Messer, das sie nach Viktors Angriff fallengelassen hatte. Als sie danach griff, verbrannte der heiße Griff ihre Hand, doch sie ließ ihn nicht fallen. »Gottverdammt!«, fluchte sie und verdrängte die Schmerzen. Sie durchtrennte die Schnur an Roberts Füßen und wollte auch seine Hände von den Fesseln befreien, doch er schüttelte den Kopf und rief: »Schaff Helene hier raus!«

Charlotte wandte sich um und machte nun Helenes Umrisse hinter ihr aus. Das Feuer züngelte bereits um ihre Beinen, dennoch zuckte Helene nur kraftlos. Für einen Moment befürchtete Charlotte inmitten der Hitze und dem Rauch ohnmächtig zu werden, doch sie riss sich zusammen und kroch stöhnend auf Helene zu. Plötzlich aber stellten sich ihr zwei Beine in den Weg. Erschrocken schaute Charlotte auf.

Viktor war zurückgekehrt. Seine Stirn blutete, doch das hinderte ihn nicht daran, nach ihr zu greifen und ihr seine Faust hart gegen die Schläfe zu schlagen. Vor Charlottes Augen tanzten bunte Flecken, aber sie war noch soweit bei Besinnung, um zu begreifen, dass Viktor sie zum Feuer schleifte. Wahrscheinlich hatte er nun nicht mehr vor, sie mit sich zu nehmen. Ihre Finger krallten sich in den Boden. Sie kreischte auf, während er sie weiter zum Feuer zog.

Aus dem Augenwinkel bemerkte sie eine Bewegung. Robert hatte sich auf dem Boden gedreht, so dass sich seine Beine direkt hinter Viktor befanden. Er holte mit den Füßen aus und stieß Viktor mit einem mit einem kräftigen Tritt gegen die Hüfte nach vorne, so dass der mehrere Schritte voranstolperte und direkt in den brennenden Kistenstapel stürzte. Er schrie jämmerlich auf. Sofort standen seine Haare in Flammen, und zwischen dem brennenden Holz schlug und trat er zuckend wie ein Wahnsinniger um sich. Es war ein Anblick, der Charlotte faszinierte, aber auch anwiderte. Sogleich besann sie sich aber darauf, Helene zu helfen. Sie kroch zu ihr, fasste sie unter die Arme und schleppte sie auf den Ausgang zu. Robert war inzwischen auf die Beine gekommen und lief neben ihr nach draußen. Seine Arme waren noch immer gefesselt, so dass er ihr nicht helfen konnte, doch Charlotte gelang es unter Aufbietung ihrer letzten Kräfte, Helene aus der Grotte zu ziehen. Draußen sackte sie hustend und würgend zusammen. Es schauderte sie, Helene anzuschauen. Das Feuer hatte bis zu ihren Knien nur verschmortes Fleisch hinterlassen, auf dem sich rote Brandblasen bildeten. Über Helenes Bauch verlief ein blutende Fleischwunde, doch die Verletzung, die ihr wahrscheinlich das Leben kosten würde, war der Degenstoß in ihre Lunge. Helenes Atem ging rasselnd, und mit jedem Husten spuckte sie Blut aus.

Neben ihr fiel Robert auf die Knie. Er wollte etwas sagen, wurde jedoch von einem Schrei aus der Grotte unterbrochen. Charlotte zuckte erschrocken zusammen, als eine schwarzverbrannte Gestalt auf die Felsöffnung zutaumelte und dort zusammenbrach.

»Heiliger Jesus!« keuchte sie. »Viktor!«

Noch einmal versuchte Viktor sich aufzurichten und weiter voranzuschleppen, dann sackte er zusammen und rührte sich nicht mehr.

Plötzlich nahm Charlotte ihre eigenen Verletzungen wahr. Auf ihrem rechten Handteller hatte sich eine große Brandblase gebildet, und ihre linke Schulter schmerzte, als fräßen sich dort die Flammen in ihr Fleisch.

Robert kniete sich neben sie und streckte seine Hände aus. »Hilf mir, die Fesseln zu lösen.«

Mit zitternden Fingern zerrte sie an den verknoteten Schlingen, bis er schließlich befreit war. Er schloss sie kurz in die Arme, hockte sich dann aber neben Helene und berührte vorsichtig deren Hand.

»Helene, hörst du mich?«, fragte er traurig.

Sie öffnete die Augen, schaute ihn an und nickte kraftlos.

Robert blickte auf Helenes Hände, zwischen denen immer mehr Blut hervorquoll. Charlotte sah in seinen Augen die Verzweiflung darüber, dass das Leben aus Helene schwand.

»Robert«, brachte Helene mit kaum noch wahrnehmbarer Stimme hervor. Sie beugten sich tiefer zu ihr, um sie zu verstehen. »Ich … ich … habe einen schrecklichen Fehler begangen …«

»Nein«, widersprach Robert. »Du musst dir nichts vorwerfen.«

»Es tut mir so leid.« Sie würgte elendig. Zwischen ihren Lippen zeigten sich Blutblasen. »Adam …« Ihre Stimme versagte.

»Wir werden uns um Adam kümmern«, sagte Robert. »Das verspreche ich dir.« Er wartete auf ein Reaktion, die aber nicht kam. Helene war gestorben, während er ihr sein Versprechen gegeben hatte.

Kapitel 35

Bevor sie die Insel verließen, vergewisserte sich Robert noch, ob Viktor wirklich tot war. Er stieß den verschmorten Körper mit dem Fuß auf den Rücken und schaute in die verzerrten Züge einer schwarzen Fratze. Angewidert schleifte er die Leiche weiter in die Grotte hinein, wo noch immer das Feuer schwelte und der dunkle Rauch das Atmen fast unmöglich machte. Die Überreste des Jackl konnte er nicht mehr entdecken. Sein Körper war von der Holzasche bedeckt. Niemand würde je davon erfahren, dass der gefürchtete Zauberer, der aber wohl doch nur ein ganz gewöhnlicher Bursche gewesen war, hier sein trauriges Ende gefunden hatte.

Auch die Leiche von Kollers Begleiter zog Robert in die Grotte. Helene allerdings legten sie in das kleine Boot und ruderten zum Festland hinüber. Glücklicherweise verschleierte der Nebel den Rauch des Feuers, so dass noch niemand in der Gnotschaft Schönau darauf aufmerksam geworden war, welche Tragödie sich auf dem Christlieger abgespielt hatte. Wären sie am Ufer mit einer Leiche aufgegriffen worden, hätte man ihnen gewiss unbequeme Fragen gestellt und sie womöglich verhaftet. Doch alles um sie herum war verlassen, und so konnten sie ungehindert anlegen und Helenes Leiche zu der Stelle tragen, an der Viktor den Schimmel und ihre Sachen zurückgelassen hatten.

Nachdem sie sich angekleidet hatten, legte Robert Helene über den Rücken des Pferdes, und sie brachen auf. Ungefähr eine Stunde lang zogen sie schweigend über einen Trampelpfad durch das Gehölz. Robert fühlte sich wie erschlagen, und er glaubte noch immer, den Tod in seiner Nähe zu spüren. Als Viktor den Degen an seine Kehle gedrückt hatte und später, als er gefesselt in der brennenden Grotte zurückgelassen worden war, hatte er fest damit gerechnet zu sterben. Doch statt seiner hatte Helene ihr Leben verloren. All das, was während der vergangenen Stunden geschehen war, erschien ihm wie ein widerwärtiger Alptraum, der jedoch sofort zur Realität wurde, wenn er sich umwandte und Helenes Leichnam betrachtete. Seine Kräfte schwanden. Er glaubte, er würde zusammenbrechen, doch zum Glück eilte Charlotte an seine Seite, fasste seinen Arm und spendete ihm aus ihren müden Augen Trost.

Nachdem sie etwa eine halbe Meile zurückgelegt hatten, hielten sie an. Der Nebel löste sich allmählich auf, und Robert beschloss, dass es an der Zeit war, Helene zu begraben. Sie konnten ihre Leiche nicht zurück nach Salzburg führen, also war es das beste, sie würde hier im Wald ihre letzte Ruhe finden.

Sie suchten eine Mulde zwischen den Bäumen und kratzten mit den Händen und den Messern Sand beiseite. Ein Gewirr von Baumwurzeln machte es allerdings unmöglich, allzu viel Erde fortzuscharren. In diese flache Vertiefung betteten sie Helene und bedeckten ihren Körper mit Steinen, so dass die Leiche hoffentlich vor den umherstreifenden Tieren geschützt war. Charlotte hatte mit einer Schnur zwei Äste zu einem Holzkreuz zusammengebunden und legte es auf die Steine. Alles in allem war es ein mehr als schlichtes Grab. Zusammen sprachen sie das Vaterunser und bekreuzigten sich. Robert legte anschließend beide Hände auf den Steinhaufen und klagte: »Ich wünschte, wir hätten sie in geweihter Erde betten und ihr ein christliches Begräbnis ermöglichen können. Sie hat ihr Leben für mich gegeben, obwohl ich sie immer enttäuscht habe. Es war mir nicht möglich, ihr das zu geben, was sie sich erhofft hat, und doch stand sie mir immer zur Seite.«

Charlotte nickte. »Als wir Viktor in der Grotte gegenüberstanden, fühlte ich mich wie gelähmt. Helene wollte, dass wir ihn zusammen überwältigen, doch ich konnte mich nicht rühren, weil ich Angst hatte. Wäre ich mutiger gewesen, könnte sie noch leben. Ich schäme mich dafür.« Sie legte ihre Hände auf die Steine und sagte: »Ich vergebe dir deine Verfehlungen und bete für deine Seele.«

Robert stutzte. »Von welchen Verfehlungen sprichst du?«, wollte er wissen.

Charlotte sah ihn ausdruckslos an, und er hatte den Eindruck, dass diese Frage ihr unangenehm war, so als gebe es zwischen ihr und Helene ein Geheimnis, das sie für sich behalten wollte.

»Ich bin müde«, sagte sie, ohne überhaupt auf seine Frage einzugehen. Sie erhob sich, legte eine Decke um ihre Schultern und ließ sich an einem moosbewachsenen Baum nieder. Robert blieb noch kurz an Helenes Grab sitzen und überlegte, ob er Charlotte noch einmal die Frage stellen sollte, welche Verfehlung Helene in ihren Augen begangen hatte. Als er sich umwandte, hatte Charlotte jedoch schon die Augen geschlossen und schlief.

Vielleicht ist es besser so, ging es ihm durch den Kopf. Wenn es ein Geheimnis zwischen den beiden Frauen gegeben hatte, dann war es hier mit Helene begraben worden. Es war nun allein Charlottes Entscheidung, ob sie darüber sprechen wollte.

Nach einer unruhigen Nacht, in der Charlotte mehrmals aus grässlichen Träumen aufschreckte, in denen sie von Viktor und dem Feuer verfolgt wurde, erwachte sie im ersten Morgenlicht. Der Nebel hatte sich verzogen, und durch die Baumwipfel fiel ein angenehmes Sonnenlicht auf sie. Robert war bereits vor ihr aufgestanden, sie konnte ihn zunächst nirgends entdecken. Kurz überfiel sie die Angst, er wäre ohne sie weitergezogen, doch bald darauf hörte sie seine Schritte. Er kam aus dem Unterholz auf sie zu, rollte die Decken zusammen und nahm Charlotte mit einem Lächeln bei der Hand.

»Wohin bringst du mich?«, fragte sie, während er sie einige Schritte durch den Wald führte.

»Als ich die Umgebung erkundet habe, bin ich auf einen besonderen Ort gestoßen«, meinte er. Tatsächlich erreichten sie schon bald einen zwischen den Bäumen versteckten Weiher, auf dessen Wasseroberfläche das Sonnenlicht sterngleich funkelte.

»Wir können die schrecklichen Dinge, die gestern vorgefallen sind, nicht einfach aus uns herauswaschen«, sagte Robert und legte die Decken auf den Boden. Er löste die Bänder an seinem Wams. »Aber es wird uns guttun, zumindest den Schmutz loszuwerden.«

Charlotte nickte. Er hatte recht. Ihre Gesichter waren dunkel vom Rauch, und an ihren Händen klebte noch immer Helenes Blut. Langsam streiften sie ihre Kleidung ab und standen schließlich nackt voreinander. Keiner von ihnen wandte den Blick ab. Auch wenn sie in den vergangenen Wochen des Öfteren das Lager miteinander geteilt hatten und sich so nahegekommen waren, wie es zwei Menschen nur möglich war, hatten sie sich bislang noch niemals völlig unbekleidet gesehen.

Charlotte war es nicht unangenehm. Vor ein paar Tagen hatte sie noch geglaubt, die Nähe eines Mannes würde für sie unbehaglich sein, doch nun, nachdem vor allem die Angst vor Viktor von ihr abgefallen war, spürte sie eine prickelnde Erregung, als Robert einen Arm um sie legte und mit ihr in den Weiher trat.

Sie bemerkte, dass er das Tuch mit ihren Initialen in der

Hand hielt, das sie ihm bei ihrer ersten Begegnung überlassen hatte. Nun tauchte er es in das kalte Wasser und wischte damit den Schmutz von ihrer Haut. Anschließend übernahm sie diese Aufgabe und sorgte dafür, dass jede Spanne seine Körpers gereinigt wurde. Sie küsste die kleinen Brandflecken und Prellungen, die er sich zugezogen hatte, und konnte noch immer nicht recht glauben, dass sie den gestrigen Tag ohne größere Verletzung überstanden hatten. Es war ein Wunder, für dass sie dem Herrn, dem Schicksal oder wem auch immer auf ewig dankbar sein würde.

Bald aber ließ das kalte Wasser sie frösteln, und sie verließen den Weiher. Sie wickelten die Decken um sich und genossen die Wärme ihrer Körper.

Seufzend legte Charlotte ihren Kopf an seine Schulter, spürte aber, dass ihn etwas bedrückte. So überraschte es sie nicht, als er zu ihr sagte: »Ich muss dir etwas anvertrauen.«

»Nur zu«, ermunterte sie ihn.

»Sebastian Zillner … er hat mich sehr enttäuscht.«

»Ich hatte immer meine Zweifel, ob diese Verbindung für dich vorteilhaft sein würde, selbst wenn er tatsächlich dein Vater ist. Was hat er getan?«

Robert zögerte, dann sagte er leise: »Er hat Viktor den Auftrag erteilt, mich zu töten.«

»Woher weißt du das?«

»Viktor hat mich damit verspottet, bevor er mich niederschlug.«

»Viktors Worten konnte man nicht unbedingt trauen«, gab sie zu bedenken. »Er war ein gewissenloser Lügner.«

»Ich glaube nicht, dass er gelogen hat. Es ergibt einen Sinn. Das alles hat mit Zillners und Sybillas Vergangenheit zu tun. Er wollte mich aus seinem Leben verbannen, und Viktor sollte sein Werkzeug sein.«

»Dann vergiss diesen Mann.«

Robert schüttelte den Kopf. »Wenn wir nach Salzburg

zurückkehren, werde ich ihn noch ein letztes Mal aufsuchen.«

»Ist das klug? Er könnte dich mit Viktors Verschwinden in Verbindung bringen und dich verhaften lassen.«

»Das wird er nicht tun.« Er atmete gedehnt aus. »Ich muss dieses Risiko eingehen, wenn ich die Wahrheit erfahren will.«

»Mir wäre es lieber, wir halten uns nur so lange wie nötig in Salzburg auf, holen Adam aus dem Haus meiner Eltern ab und verlassen die Stadt.«

Robert lächelte. »Du möchtest dich mir also wieder anschließen, wenn ich über die Straße ziehe?«

»Natürlich.«

»Ich hatte gehofft, dass du das sagen würdest. Doch nach all dem was geschehen ist, gibt es keine Hoffnung mehr für das Schicksal unserer Gefährten. Ich befürchte, Zillner hatte niemals vor, sich für ihre Freilassung einzusetzen.«

Charlotte kam Helenes Geständnis in den Sinn, das die Schwere der Schuld von ihr genommen hatte. Doch davon sollte Robert nie erfahren. Also sagte sie einfach nur: »Viktors Tod hat mich verändert. Ich fühle mich frei. Die ganze Welt um mich herum scheint mir heller und freundlicher und die Luft viel milder und erfrischender. Ich will mit dir zusammen sein.«

Robert küsste sanft ihre Stirn. »Das klingt wie ein Versprechen.«

Sie schaute ihn an und nickte. »Es ist eines.«

Nachdem sie den Schimmel in einem gemächlichen Trab über die Straße geführt hatten, erblickten sie am Nachmittag in der Ferne die Festung Hohensalzburg und die Dächer der Stadt. Da das Pferd sie mit Viktor in Verbindung gebracht hätte, ließen sie es auf einer Weide zurück und liefen den Rest des Weges zu Fuß. Mit jedem Schritt spürte Robert eine wachsende Wut in sich, aber auch eine bittere Traurigkeit. Er hatte über Charlottes Bitte nachgedacht, Sebastian Zillner zu ignorieren und der Stadt so schnell wie möglich und ohne großes Aufsehen den Rücken zu kehren, doch letztendlich würde er es sich wohl nie verzeihen, sich seinem Vater und dessen bösen Absichten nicht gestellt zu haben. Wenn er seinen Frieden finden wollte, musste er Sebastian Zillner noch einmal gegenübertreten.

Sie ließen das Stadttor hinter sich. Am Waagplatz schickte er Charlotte zu ihrem Elternhaus, um Adam abzuholen, und machte mit ihr aus, hier wieder zusammenzutreffen. Dann stapfte er entschlossen davon.

Bereits am Eingang des Hauses der Familie Zillner traf er auf seine Großmutter. Josefa bog um die Toreinfahrt, und als sie ihn bemerkte, blieb sie einfach stehen und sagte kein Wort. Robert trat auf sie zu.

»Ist er im Haus?«, wollte er wissen.

Josefa nickte bekümmert. Robert fragte sich, ob wohl auch sie davon wusste, dass Zillner seinen Tod gewollt hatte.

»Bitte führ mich zu ihm.«

Sie schaute ihn einen Moment lang nur an, dann drehte sie sich um und ging in das Haus. Robert folgte ihr zu der Tür von Zillners Arbeitszimmer. Josefa klopfte an und trat ein. Zillner stand an seinem Schreibpult. Der Hofrat wandte sich mit mürrischer Miene um und rief: »Was ist denn?«

Seine Gesichtszüge erstarrten, als er Robert erblickte.

»Du bist zurück«, stellte der Hofrat fest und gab Josefa ein Zeichen, den Raum zu verlassen. »Lass uns allein.«

»Nein«, widersprach Robert. »Sie bleibt.«

Josefa rührte sich nicht. Robert schloss die Tür hinter ihr. Er schaute von Zillner zu Josefa und meinte: »Ihr seid womöglich die beiden einzigen Menschen, die um das Geheimnis von Sybillas Verstoßung wissen und die mir erklären können, was damals wirklich geschehen ist.«

»Du weißt es doch bereits«, raunte Josefa verhalten. »Doktor Zillner und meine Tochter sind in ihrer jugendlichen Unvernunft ein heimliches Verhältnis eingegangen, das tragischerweise damit endete, dass Sybilla schwanger wurde. Wir alle haben erst dann beschlossen, sie fortzuschicken.«

»Das ergibt keinen Sinn«, wandte Robert ein. »Die ungewollte Schwangerschaft einer Dienstmagd ist für einen angesehenen Herrn kein Ruhmesblatt, aber auch kein dramatisches Unglück. Zu viele Männer aus dem hohen Stand bedienen sich der Leiber ihres Gesindes, um ihre Lust zu stillen, als dass die Familie Zillner durch einen solchen Fehltritt in gesellschaftliche Ungnade gefallen wäre.« Er deutete auf seinen Vater, der ihn noch immer mit verschlagenen Augen fixierte. »Und wie würde eine solche Bagatelle erklären, dass er einen Mann beauftragt hat, mich zu töten?«

Josefa blinzelte und runzelte die Stirn. »Was …?«

»Wusstest du davon?«, wollte er wissen.

Sie schüttelte den Kopf und schaute Zillner so erschüttert an, dass er davon überzeugt war, dass sie die Wahrheit sprach.

»Ich konnte die feige Mordtat verhindern«, berichtete Robert und wandte sich an Zillner. »Doch zuvor verriet mir Euer Scherge noch, dass Ihr ihm aufgetragen hattet, mich zu töten.«

»Ist das wahr?«, fragte Josefa.

Zillner verzog die Lippen und schwieg.

Die alte Frau machte einen Schritt auf Zillner zu. »Ihr habt doch bereits eine schreckliche Sünde auf Euch geladen. Wollt Ihr Eure Seele nun mit weiterer Schuld in die Verdammnis treiben?«

»Meine Seele sollte Erlösung erfahren«, verteidigte sich Zillner verkniffen.

Josefa schüttelte verständnislos den Kopf. »Indem Ihr Euren Sohn töten wolltet? Glaubt Ihr denn, mit einer solchen Tat wäre Eure Verfehlung ausgelöscht?«

Zillner antwortete schnell. »Verlass den Raum, Josefa!«

Die Alte tauschte einen Blick mit Robert. Er deutete ein Nicken an und ließ Josefa gehen. Mit einem aufgebrachten Schnaufen trat sie aus dem Zimmer, während sich Zillner mit einem spitzenbesetzten Tuch die Stirn abtupfte.

»Diese schreckliche Sünde, von der Josefa sprach«, meinte Robert, »es handelt sich dabei nicht nur um einen belanglosen Fehltritt mit der Magd Eures Vaters, habe ich recht?«

Zillner ballte die Hand zur Faust. In seinem Gesicht zuckte es. Zeigte er Wut oder Enttäuschung? Robert konnte es nicht bestimmen. Auf jeden Fall schien es ihn große Überwindung zu kosten, sein lange gehütetes Geheimnis preiszugeben, und er schaute ins Leere, als er sagte: »Ich habe Sybilla begehrt wie keinen Menschen zuvor und keinen danach. Und sie hat gewiss nicht anders empfunden. Gott hat uns mit einer verzehrenden Liebe gestraft, die keinen anderen Gedanken mehr zuließ als die verlockende Versuchung unseres Fleisches. Vielleicht stellte er einfach unsere Standfestigkeit und unsere Moral auf die Probe, doch es war uns nicht möglich, der Verlockung zu widerstehen, obwohl wir uns darüber im Klaren waren, dass diese Liebe uns nur ins Verderben führen würde. Wenn wir uns heimlich trafen, haben wir uns oft wie zwei Verlorene in den Armen gehalten und doch immer gewusst, dass uns diese Nähe nicht genügen würde.«

»Warum zog Euch diese Liebe ins Verderben?«, wollte Robert wissen.

Zillner schloss kurz die Augen und nickte dann, als müsse er sich selbst noch einmal davon überzeugen, seine folgenden Worte wirklich auszusprechen. »Hat dir Sybilla jemals von ihrem Vater – deinem Großvater – erzählt?«

»Sie hat immer behauptet, sie sei ein Waisenkind. Ich habe mir also niemals Gedanken über meine Großeltern gemacht. Lebt Josefas Ehemann denn noch?«

Zillner schüttelte traurig den Kopf. »Josefa war niemals verheiratet.«

»Aber wer ist dann Sybillas Vater?«

Der Hofrat rieb angestrengt über seine Stirn und atmete tief durch. »Ich war nicht der Einzige in meiner Familie, der seine Hände nach dem Gesinde ausgestreckt hat. Mein Vater ...«

Zillner stockte, doch Robert ahnte, worauf er hinauswollte, und so sprach er selbst die schreckliche Vermutung aus.

»Josefa war die Liebschaft Eures Vaters.«

Zillner blieb stumm, doch sein peinlich berührtes Schweigen kam für Robert einer Zustimmung gleich.

»Sybilla war Eure Schwester.« Nun dämmerte Robert der Sündenfall in seinem ganzen Ausmaß. »Ihr habt es immer gewusst und Sybilla ebenso. Trotzdem habt ihr euch der fleischlichen Sünde hingegeben.«

»Wir ergaben uns der Lust«, bestätigte Zillner. »Jeden Tag habe ich darum gebetet, von dieser Gier befreit zu werden, und auch Sybilla versuchte davon abzulassen. Und doch konnten wir der Versuchung nicht widerstehen, immer wieder miteinander zu schlafen. Als mein Vater und Josefa von diesem Inzest erfuhren, war es bereits zu spät, denn Sybilla war schwanger.«

»Also wurde sie fortgeschickt ...«

»Ich erfuhr erst Jahre später von ihrem Aufenthaltsort, als ich zufällig ein Gespräch zwischen Josefa und meinem Vater aufschnappte. Zunächst schickte ich ihr einige Briefe, dann suchte ich sie in Rosenheim auf, und obwohl ich mir geschworen hatte, sie nicht anzurühren, spürte ich sofort die unwiderstehliche Anziehungskraft zwischen uns. So gaben wir uns ein letztes Mal der Sünde hin. Nach diesem Vorfall wusste ich, dass wir uns niemals wiedersehen durften.« Nun ließ sich Zillner auf seinen Stuhl sinken und sackte in sich zusammen wie eine Strohpuppe. »Ich habe Sybilla niemals vergessen können. Die Liebe zu ihr war all die Jahre so stark, wie ich sie zu keiner anderen Frau empfunden habe. Dem Herrn scheint meine Qual zu gefallen. Er lässt mich leiden, obwohl ich versucht habe, das Leben eines aufrechten Christenmenschen zu führen.«

»Dann tauchte ich plötzlich auf. Das fleischgewordene Zeugnis Eures Sündenfalls. Und Ihr wolltet mich aus dem Weg schaffen, indem Ihr Viktor von Calbach aufgetragen habt, mich zu töten.«

Zillner wagte es noch immer nicht, ihm in die Augen zu schauen. Stattdessen wirkte er tief beschämt, als er sagte: »Ich suchte nach Erlösung von all den Sünden, die mir seit Jahren den Schlaf rauben und wie eine teuflische Plage meine Seele quälen. Du wirst mir das alles nicht verzeihen können, und ich kann das auch nicht von dir verlangen.«

Gewiss, Robert wollte seinem Vater für dessen Niederträchtigkeit keine Absolution erteilen, dennoch war er auch aus dem Grund zu ihm gekommen, um ihm zu helfen, sein Gewissen zu erleichtern. Das Ausmaß von Zillners Verfehlung hatte er freilich nicht ahnen können.

»Ich werde Salzburg bald verlassen«, sagte Robert. »Über Eure dunklen Geheimnisse werde ich Schweigen bewahren. Ihr müsst mich nicht töten, um Eure Schuld zu vertuschen.«

»Ich weiß …«

»Aber ich kann Euch einen Rat geben, wie Ihr Eure Sünde vor Gott mildern könnt.«

Sein Vater schaute schuldbewusst auf. »Und wie?«

»Wenn Ihr nach Vergebung sucht, dann lasst die Menschen frei, die in Hallein festgenommen wurden. Setzt Euch für eine Entkräftigung der Vorwürfe ein.«

»Das ist mir nicht möglich. Sie stehen unter dem Verdacht der Teufelsbuhlschaft.«

»Sie alle sind zu Unrecht beschuldigt worden. Und es sind

Kinder unter ihnen. Unschuldige Kinder, die niemals mit Hexerei oder den Verlockungen des Teufels in Berührung gekommen sind.«

»Das kannst du nicht wissen«, wandte Zillner ein. Er dachte einen Moment lang nach und fragte dann: »Was ist mit Jakob Koller? Befindet er sich weiterhin in Freiheit?«

»Er ist tot«, entgegnete Robert. »Viktor von Calbach hat ihn erschossen. Der Fürsterzbischof hatte ihm diesen Auftrag erteilt.«

»Der Bischof?« Zillner runzelte die Stirn. »Und Viktor von Calbach? Wo ist er jetzt?«

»Er wird Euch nicht mehr unter die Augen treten.«

»Ich nehme an, das wird mir als Antwort genügen müssen.«

Robert nickte. »So ist es.« Er trat zur Tür, wandte sich aber noch einmal zu seinem Vater um. »Ich beschwöre Euch erneut: Setzt Euch für die Gefangenen ein. Eine solche Tat würde Eurem Seelenheil zum Vorteil gereichen.«

Zillners Lippen zogen sich stumm zusammen.

»Lebewohl, Vater«, sagte Robert leise und öffnete die Tür. Er trat auf den Korridor, auf dem noch immer Josefa wartete. Seine Großmutter verharrte dort mit verschämt gesenktem Kopf.

Ohne ein Wort ging Robert an ihr vorbei und verließ das Haus mit eiligen Schritten.

Kapitel 36

Charlotte fand nur schwer die richtigen Worte, um Adam begreiflich zu machen, dass seine Mutter gestorben war und nie mehr zu ihm zurückkehren würde. Der Junge stand vor ihr, schaute sie mit seinen traurigen Augen an, nur ein Zucken seiner Unterlippe verriet, dass er tatsächlich begriff, was sie ihm erklärt hatte. Sie sprach darüber, dass Robert und sie sich in großer Gefahr befunden hatten und dass Helene mit großem Mut ihr Leben für sie eingesetzt hatte. Adam stellte keine einzige Frage, sondern nickte nur ab und an, während sie versuchte, ihm die tragischen Ereignisse der letzten Tage zu schildern und dabei doch all das verschwieg, was er ohnehin nicht verstehen würde.

Ein Teil dieser Geschichte war komplett gelogen, nämlich der, dass Robert, Helene und sie auf ihrem Weg zurück nach Salzburg von Banditen angegriffen worden waren, die in einem kurzen Kampf Helene mit einem Messer tödlich verwundet hatten. Viktor oder den Zauberer-Jackl erwähnte Charlotte mit keinem Wort. Vielleicht würde irgendwann einmal der Tag kommen, an dem sie Adam die ganze Wahrheit über den Tod seiner Mutter anvertrauen würde, doch nicht heute und vor allem nicht in Gegenwart ihrer Mutter und ihrer Schwester, die hinter Adam Platz genommen hatten und immer wieder die Stirn runzelten über Charlottes Bericht. Elisabeth legte dem Jungen tröstend eine Hand auf die Schulter, und in den Augen ihrer Mutter sah man Tränen schimmern. Charlotte war sich dabei nicht sicher, ob sie über das traurige Schicksal dieses Kindes weinte oder über den Zustand ihrer Tochter, denn trotz des Bades am Morgen trug Charlotte noch immer die schmutzige Kleidung, ihr Haar war vom Feuer versengt, und in ihrem Gesicht zeugten mehrere Abschürfungen von einem erbitterten Kampf.

»Was passiert denn jetzt mit mir?«, fragte Adam schließlich, als Charlotte ihren Bericht beendet hatte. »Schafft ihr mich in ein Waisenhaus?«

Sie schüttelte den Kopf. »Nein, wir nehmen dich mit uns. Robert und ich. Wir werden wieder über das Land ziehen.«

Adams traurige Miene hellte sich ein wenig auf. Er ging auf Charlotte zu und klammerte sich wie ein Ertrinkender an sie. Eine Weile verharrten sie so, dann schickte sie ihn in die Küche, damit er sich für den Aufbruch stärken konnte.

»Du willst die Stadt schon wieder verlassen?« Elisabeths Blick verriet Unverständnis.

»Das habe ich vor.«

»Mit diesem Vaganten.«

Charlotte nickte.

»Und Viktor?«, fragte ihre Mutter. »Was ist mit deinem Ehemann?«

Charlotte zögerte mit einer Antwort. Eigentlich vertraute sie den beiden vorbehaltlos, dennoch wollte sie nicht über Viktor sprechen. Niemand durfte erfahren, was mit ihm geschehen war. Deshalb sagte sie nur: »Ich fürchte ihn nicht mehr.«

»Du verbirgst etwas vor uns«, meinte Elisabeth. »Und mir gefällt nicht, dass du dich schon wieder in Gefahr begeben willst.« Sie schüttelte den Kopf. »Ein Leben auf der Straße – das ist doch gegen alle Vernunft.«

»Dann bin ich halt unvernünftig«, erwiderte Charlotte trotzig.

Die Mutter griff nach ihrer Hand. »Willst du uns der

Lächerlichkeit preisgeben, mein Kind? Du bist verheiratet – vergiss das nicht! Dein Platz ist an der Seite deines Ehemannes.«

»Wir wissen, dass es Streit zwischen Viktor und dir gab«, ergriff Elisabeth das Wort. »Und wir haben dir angeboten, dass du eine Weile bei uns bleiben kannst, wenn Viktor seine Zustimmung gibt. Du hast es nicht nötig, wie eine Bettlerin herumzuziehen. Viktor würde das niemals zulassen.«

Charlotte lächelte unwillkürlich. Sie konnten nicht ahnen, wie wenig Viktor sie noch interessierte und wie befreit sie sich fühlte, seit er auf dem Christlieger im Feuer gestorben war.

»Ich werde nach deinem Vater schicken lassen«, sagte die Mutter. »Er wird sich darum kümmern, dass du dieses unsinnige Vorhaben fallenlässt. Ihr redet gemeinsam mit Viktor und sucht nach einer Lösung, die allen gerecht wird.«

»Und sorge dich nicht um den Jungen«, meinte Elisabeth. »Vater wird gewiss einwilligen, dass er hier leben kann. Unsere Köchin Anna hat drei Kinder. Sie wird sich auch um ein viertes kümmern können.«

Charlotte streichelte die Hand ihrer Mutter und gab sich einsichtig. »Vielleicht habt ihr recht. Es wäre töricht von mir, Viktor noch einmal zu brüskieren.«

»Es ist gut, dass du das einsiehst«, sagte die Mutter. Charlotte erhob sich und umarmte sie. Danach trat sie zu Elisabeth und schloss auch sie in die Arme.

»Danke für alles.« Sie löste sich von ihrer Schwester und bemerkte: »Ich werde Adam danach fragen, ob er es sich vorstellen kann, in diesem Haus zu bleiben.« Sie verharrte noch einen Moment, dann ging sie in die Küche, wo die Magd Anna den Jungen mit einer Pastete versorgt hatte. Er hockte an dem breiten Küchentisch und kaute mit vollen Backen, während noch immer Tränen an seiner Wange herabliefen. Zumindest hatte er sich trotz der Trauer um Helene seinen Appetit bewahrt. Auf einer Platte stand ein weiteres Dutzend Pasteten bereit, von denen sie rasch drei in ihren Rockschurz steckte.

»Ich muss dir eine Frage stellen«, sagte Charlotte und winkte ihn zu sich heran. Adam erhob sich, und sie gingen auf den Flur hinaus.

»Robert und ich werden Salzburg so bald wie möglich verlassen, und wir möchten, dass du mit uns kommst. Was hältst du davon?«, wollte sie wissen.

Die traurige Miene des Jungen hellte sich sogleich auf. »Das würde mir gefallen. Wann gehen wir zu Robert?«

»Wenn du möchtest sofort.«

Adam nickte, und so nahm sie seine Hand und öffnete das Eingangsportal. Sie traten auf die Straße. Charlotte wollte schnell von hier verschwinden, bevor ihr Vater eintraf, dennoch wandte sie sich noch einmal um und betrachtete die Fassade ihres Elternhauses, dem sie wohl für lange Zeit den Rücken kehren würde. Elisabeth und ihre Mutter würden es ihr übel nehmen, dass sie sie getäuscht hatte, und sie bedauerte es, dass der Abschied im Salon nur aus einer kurzen Umarmung bestanden hatte. Trotzdem zweifelte sie nicht an ihrer Entscheidung.

»Komm jetzt«, sagte sie zu Adam und machte sich mit ihm auf den Weg zum vereinbarten Treffpunkt.

Während sie durch die Straßen und Gassen liefen, wurde Charlotte von der Befürchtung geplagt, Robert könnte gefangengenommen und in die Keuche gesperrt worden sein. Sie atmete erst erleichtert auf, als sie ihn am Waagplatz entdeckte, wo er Adam sofort an sich drückte und ihm versicherte, dass er von nun an immer für ihn da sein würde. Sie besprachen, wie es weitergehen sollte. Charlotte hätte die Stadt am liebsten sofort verlassen, doch Robert glaubte, es sei besser, hier die Nacht zu verbringen, da sie noch sehr erschöpft waren. Er selbst sah sich wohl nicht in Gefahr, doch Charlotte fürchtete, dass ihr Vater nach ihnen suchen lassen würde. Obwohl sie noch einen Schlüssel für Viktors Quartier in der Kaserne besaß, wo sie Nahrungsmittel, Kleidung und andere nützliche Dinge für ihre Reise hätten an sich nehmen können, weigerte sie sich, auch nur einen Fuß in das Gebäude zu setzen. Wenn ihr Vater versuchen wollte, ihre erneute Flucht zu verhindern, wäre dies der erste Ort, an dem er sie vermuten würde.

Sie kamen überein, bis zum nächsten Tag in der Stadt zu bleiben, und suchten eine Herberge am Stadtrand auf, wo man ihnen für die letzten Kreuzer, die sie besaßen, einen Schlafplatz im Kuhstall überließ.

Dort hockten sie sich auf eine Strohschütte, teilten die Pasteten unter sich auf und richteten sich mit den Decken einen Schlafplatz ein. Charlotte merkte Robert an, dass er immer wieder ins Grübeln verfiel und dass er wohl noch nicht bereit war, über seine Begegnung mit Zillner zu reden. Also verzichtete sie darauf, ihn danach zu fragen.

Als die Nacht hereinbrach, legten sie sich auf ihre Decken und kauerten sich aneinander, um sich gegenseitig Schutz und Wärme zu geben. Charlotte legte einen Arm um Adam, und Robert legte seine Arme um sie beide. Mit einem Gefühl von Geborgenheit sank Charlotte in den Schlaf.

Das dumpfe Muhen einer Kuh im Gatter neben ihnen weckte Robert im Morgengrauen. Er gähnte und stöhnte unter der dahinschwindenden Erinnerung an einen unangenehmen Traum. Er wusste nur noch, dass Sebastian Zillner ihn darin heimgesucht hatte.

Auch Charlotte und Adam wirkten müde und zerschlagen. Charlotte strich über ihre zerknitterte Kleidung, dann rollte sie die Decken zusammen, und sie nahmen in der Herberge die Morgensuppe ein.

Robert blieb schweigsam. Er dachte über die Offenbarung seines Vaters nach. Erst jetzt konnte er die Vergangenheit und all das, was geschehen war, in einen vernünftigen Zusammenhang bringen.

»Was ist mit dir?«, fragte Charlotte.

Robert war nicht bewusst gewesen, wie auffällig er sie betrachtet hatte. Er lächelte nur und senkte den Blick. Seine Gefühle für sie wurden mit jedem Tag stärker, und wenn sie in seiner Nähe war, glaubte er zu verstehen, welche Qualen seine Eltern empfunden haben mussten, als sie versucht hatten, ihre Liebe zu ignorieren.

Zur Mittagsstunde brachen sie auf und begaben sich zum Kajetanertor, durch das sie die Stadt verlassen wollten. Sie waren dort schon fast angekommen, als plötzlich ein Mann auf sie zukam. Robert erkannte ihn sofort. Es handelte sich um den Gerichtsdiener Dillberg, dem er im Gefängnisturm begegnet war.

»Du bist Robert«, sagte Dillberg. »Ich warte seit den Morgenstunden auf dich.«

Robert stellte sich schützend vor Charlotte. Was hatte das zu bedeuten? Hatte Sebastian Zillner womöglich doch seine Verhaftung angeordnet? Wollte er ihn endgültig zum Schweigen bringen?

Der Gerichtsdiener winkte ihn zu sich heran. »Folge mir!«

»Wohin?«, wollte Robert wissen.

»Nun komm schon! Ich habe lange genug gewartet.«

Zögernd lief Robert hinter ihm her. Dillberg öffnete die Tür zu einem Verschlag in der Nähe des Tores, und als Robert in das Innere spähte, erblickte er die ängstlichen Augenpaare von drei Kindern. Eines von ihnen war Ida, Columbinas jüngste Tochter. Die beiden anderen, ein Knabe und ein Mädchen in Adams Alter, hatten sich ebenfalls unter den Vaganten befunden, die mit ihnen in Hallein gefangen genommen und in die Keuche gesperrt worden waren. Robert glaubte sich zu erinnern, dass sie Geschwister waren.

»Sie sollen dir anvertraut werden«, sagte der Gerichtsdiener.

»Das heißt, sie sind frei?«

Der Mann zuckte die Schultern. »So wurde es mir mitgeteilt.«

»Wer hat das veranlasst?«, fragte Robert.

»Das muss dich nicht kümmern.«

Robert zögerte nun nicht mehr, er forderte die Kinder auf, aus dem Verschlag zu treten, und brachte sie zu Charlotte und Adam. Für ihn gab es keinen Zweifel daran, wer für die Freilassung der Kinder verantwortlich war, und als hätte es noch ein letzte Bestätigung gebraucht, nahm er nun an einer der Arkaden auf der gegenüberliegenden Straßenseite eine Bewegung wahr. Er sah einen Mann, der sie beobachtet hatte und nun eiligen Schrittes davonlief. Das Gesicht des Mannes hatte er nicht erkennen können, doch die Statur und der Gang verrieten ihm, dass es sein Vater gewesen war.

»Zudem soll ich dir noch dies hier aushändigen«, sagte der Gerichtsdiener und reichte ihm ein Ledersäckchen. Als Robert es in der Hand hielt, konnte er die Münzen darin ertasten.

Er dankte Dillberg mit einem Nicken, gab Charlotte die Mädchen an die Hand und legte seine Hände um die Schultern der beiden Knaben.

Gemessenen Schrittes durchquerten sie das Kajetanertor und schauten sich nicht um, während sie über die Straße traten. Bald schon erreichten sie die Stätte des Hochgerichts – den Ort, an dem die Hinrichtungen der verurteilten Hexen und Zauberer durchgeführt wurden. Nun war dieser Platz verlassen, doch der Tag lag wohl nicht mehr fern, an dem ihre Gefährten auf diesen Steinbau geführt wurden, um ihrem Leben ein Ende zu setzen.

Sie verharrten kurz vor der Richtstätte. Charlotte legte mit trauriger Miene eine Hand an einen der Steinquader. Es fiel Robert nicht schwer, ihre Gedanken zu erraten. Columbina, Johanna, Sigmund – sie alle waren zu ihren Freunden geworden, und auch wenn es sie erleichterte, dass zumindest die Kinder ihre Freiheit zurückerlangt hatten, trauerte sie doch schon um die Gefährten, die in der Keuche dem Tod entgegensahen.

Nach einer Weile kam Charlotte auf ihn zu und nickte als Zeichen, dass sie bereit war, endlich aufzubrechen. Robert rief die Kinder zu sich, und erst als sie die Richtstätte schon eine geraume Weile hinter sich gelassen hatten und sie nur noch Felder, Wiesen und Wälder vor Augen hatten, konnte Robert befreit durchatmen.

Am Abend legten sie die erste Rast ein, als sie einen Dorffriedhof erreichten, auf dem sich eine Gruppe von etwa vierzig Vaganten aufhielt. Robert, Charlotte und die Kinder wurden freundlich aufgenommen, und die Landfahrer teilten sogar ihre kargen Rationen mit ihnen.

Während Adam und die anderen Kinder auf dem Friedhof umherstreiften, ließen sich Robert und Charlotte an einem Bretterzaun nieder und betrachteten die Kinder, die aufgeregt schwatzten und sich neckten. Sie schienen die Schrecken der Kerkerhaft bereits vergessen zu haben, und selbst Adam, der den ganzen Tag über recht still und nachdenklich gewesen war, lachte nun wieder und wirkte recht lebhaft.

Sie sprachen darüber, was mit den Kindern geschehen sollte. Es gab keinen Zweifel, dass sie alle zu Waisen werden würden. Man hatte sie ihrer Obhut übergeben, und Robert und Charlotte kamen darin überein, dass sie sich fürs Erste um alle vier kümmern würden, bis sich eine andere Lösung fand, denn auf Dauer konnten sie ihren Weg nicht mit so vielen Kindern fortsetzen. Die beiden Geschwister hatten ihnen verraten, dass die Schwester ihres Vaters auf einem Gehöft im Lungau lebte. Sie würde sich um die beiden Kinder kümmern. Das also war ihr erstes Ziel. Ida hingegen würde ebenso wie Adam bei ihnen bleiben.

Trotz all der Enttäuschungen, die ihm sein Vater bereitet hatte, erfüllte es Robert mit Genugtuung, dass Sebastian Zillner eingesehen hatte, dass der erste Schritt zu seinem Seelenfrieden darin bestanden hatte, diese Kinder in die Freiheit zu entlassen.

Auf einmal fühlte er sich dazu in der Lage, Charlotte von seiner letzten Zusammenkunft mit Zillner zu berichten. Er sprach mit ihr über das Geständnis seines Vaters, erzählte ihr von dem Inzest seiner Eltern und Zillners Verlangen nach der Vergebung seiner Sünde. Er ließ kein Detail seiner Begegnung mit Zillner aus und verschwieg ihr nichts. Zudem nahm er sich vor, Charlotte in den nächsten Tagen von seiner Vergangenheit zu erzählen, ihr zu erklären, was nach dem Tod seiner Mutter in Rosenheim geschehen war und warum er sich auf der Flucht befand. Sie sollte alles erfahren. Es würde von nun an keine Lügen und Heimlichkeiten mehr zwischen ihnen geben.

Nachdem er über alles gesprochen hatte, schwiegen sie eine Weile. Seine Gedanken waren bei seinem Vater und bei den seltsam verschlungenen Wegen der Liebe. War dies alles vielleicht nur das verworrene Spiel eines allmächtigen Gottes? War es das Schicksal, das jedem einzelnen vorherbestimmt war oder einfach nur ein böser zufälliger Streich, den das Leben spielte? Helene hatte ihr Leben für ihn gegeben, obwohl er ihre Liebe niemals ernsthaft erwidert hatte. Wie konnte es sein, dass Zillner, Sybilla, Helene und so viele andere eine Erfüllung durch dieses Leid erhofften?

»Hast du Angst vor den Wochen und Monaten, die vor uns liegen?«, wollte er von Charlotte wissen.

»Und wenn schon«, erwiderte sie.

Er deutete auf die über den Friedhof verstreuten Vaganten. »Sieh dir diese schmutzigen Männer und Frauen in ihrer zerschlissenen Kleidung an! Willst du wirklich so leben?«

»Ich will bei dir sein. Und wenn das heißt, dass ich hart arbeiten und betteln muss, um satt zu werden, dann werde ich auch das gerne in Kauf nehmen.«

Robert holte das Ledersäckchen hervor, das ihm der Gerichtsdiener am Stadttor gegeben hatte, und ließ die Münzen darin klimpern. »Ein letztes Geschenk, mit dem mein Vater seine Seele erleichtern wollte. Ich habe das Geld gezählt. Es reicht, um eine Kuh oder mehrere Ziegen zu kaufen und ein Stück Land zu pachten. Womöglich ließe sich damit auch noch eine Schiffspassage bezahlen. Wir müssen uns nur entscheiden, in welche Richtung wir ziehen wollen. Schon im Frühjahr könnten wir sesshaft werden.« Er schaute sie an und fragte: »Was hältst du davon?«

Charlotte nahm seine Hand und lächelte zufrieden. Es war ihm Antwort genug.

Nachwort

An dieser Stelle möchte ich darauf eingehen, welche Vorkommnisse und Personen dieses Romans einen historischen Ursprung haben und was meiner Phantasie entsprungen ist.

Ein Gasthaus mit dem Namen Bruckladner hat es in Rosenheim niemals gegeben. Auch die erwähnten Personen sind allesamt fiktiv. Anders verhält es sich mit einigen Protagonisten, auf die wir in Salzburg treffen. Von ihnen besitzen mehrere einen realen Hintergrund. Allen voran der Salzburger Fürsterzbischof Max Gandolph von Kuenburg (1622–1687), der das Erzstift neunzehn Jahre lang bis zu seinem Tod regierte. Sein Name wird bis heute mit den Salzburger Hexen- und Zaubererverfolgungen in der zweiten Hälfte des siebzehnten Jahrhunderts verbunden. Häufig wird behauptet, dass der Landesfürst mit diesen Verhaftungen und Hinrichtungen das Ziel verfolgte, die ansteigende Zahl der Bettler und Landstreicher einzudämmen. Auch wenn es sich anbot, Max Gandolph von Kuenburg in diesem Roman ein solches Motiv zu unterstellen, möchte ich doch betonen, dass dies auf einer reinen Spekulation beruht.

Sebastian Zillner lebte von 1640 bis 1712 und gehörte lange Jahre dem Salzburger Hofrat an, in dessen Auftrag er ab dem Jahr 1677 die Leitung der Hexenprozesse übernahm. Alle familiären Verstrickungen, die in diesem Roman geschildert werden, sind jedoch frei erfunden.

Noch heute spricht man im Salzburger Land über den sogenannten »Zauberer-Jackl«, der auch als »Bettlerfürst« bezeichnet wurde und angeblich mit dem Teufel im Bunde stand, in dessen Auftrag er unschuldige Landstreicher-Kinder zum Bösen verführte. Dieser Jakob Koller war aber wohl ganz einfach nur ein gewöhnlicher Vagant, dessen Mutter der Hexerei angeklagt wurde und die unter der Folter auch ihren Sohn bezichtigte, den Teufelspakt eingegangen zu sein. Später bestätigten mehrere festgenommene Kinder diese Behauptung und gaben an, dass der »Jackl« eine immer größere Gefolgschaft dazu heranbilde, den rechtschaffenen Menschen im Erzstift Schaden zuzufügen. Die Regierung ließ über Jahre fieberhaft nach dem »Zauberer-Jackl« suchen, doch ergreifen konnte man ihn nie. Das Schicksal des »Jackl« bleibt bis heute ungeklärt. Seine Ermordung auf der Christlieger-Insel des Kunigsees (heute: Königssee) entstammt meiner Phantasie.

Einen Malefikanten namens Hans Huefnagel hat es wirklich gegeben, und es ist in den historischen Quellen auch überliefert worden, dass ihm erst bei seiner sechsten Vernehmung und nach wiederholter Anwendung der Folter ein Geständnis abgerungen werden konnte. Der Wahrheit scheint es auch zu entsprechen, dass es dem damaligen Salzburger Scharfrichter Moritz Ehegartner bei mehreren Hinrichtungen nicht gelungen war, den Malefikanten mit nur einem Schwertstreich den Kopf vom Körper zu trennen. Um solche Missgeschicke zu vermeiden, ging man alsbald dazu über, die zum Tode Verurteilten zu erdrosseln. Bei einer Massenhinrichtung am 3. September 1678 wurde zudem zum ersten Mal ein Fallbeil eingesetzt.

Die Hexenprozesse im Erzstift Salzburg wurden mit Unterbrechungen in den Jahren 1675 bis 1690 geführt. Das Jahr 1678, in dem dieser Roman spielt, ist als der Höhepunkt dieser Verfolgung anzusehen. Man geht davon aus, dass insgesamt 138 Malefikanten hingerichtet wurden. Unter ihnen befanden sich 56 Kinder im Alter zwischen 9 und 16 Jahren.

Bei der Recherche des historischen Hintergrunds haben mir viele schriftliche Quellen weitergeholfen. Eine wichtige Unterstützung war dabei die ausführliche Dissertation, die Dr. Heinz Nagl über den Zauberer-Jackl-Prozeß verfasst hat (erschienen 1975 in den Mitteilungen der Gesellschaft für Salzburger Landeskunde). Nicht unerwähnt bleiben sollen auch folgende hilfreiche Bücher: *Salzburg – Anmut und Macht* von Karl Heinz Ritschel, *Salzburgs Fürsten in der Barockzeit* von Franz Martin, *Hallein – Ursprung und Geschichte der Salinenstadt* von Ernst Penninger und Georg Stadler, *Straße ins Feuer* von Michael Kunze sowie *Arme, Bettler und Vaganten* von Martin Rheinheimer.

Mein Dank geht zudem an Walter Leicht vom Städtischen Museum Rosenheim, der sich viel Zeit für meine Fragen und einen gemeinsamen Stadtrundgang in Rosenheim genommen hat. Ebenso geduldig versorgten mich Dr. Renate Wonisch-Langenfelder und Mag. Peter Husty vom Museum Salzburg mit Informationen. Auch Dr. Hanno Bayr und Dr. Heinz Nagl konnten mir bei vielen Problemen weiterhelfen. Für den Feinschliff dieses Romans standen mir als Testleser Jessica Krienke, Anne Diekhoff, Pascal Rupp und Susanne Bökamp zur Seite. Ein Dankeschön geht natürlich auch wieder an meinen Agenten Dr. Uwe Heldt sowie an Reinhard Rohn vom Aufbau Verlag.

Weitere Informationen unter www.michael-wilcke.de.